【紀元前3万5千年頃のヨーロッパ】

氷河

The Clan of the Cave Bear

ケーブ・ベアの一族

ジーン・アウル 作　大久保寛 訳

上

集英社

エイラ—地上の旅人　1

ケーブ・ベアの一族　上

ジーン・M・アウル作　大久保寛訳

装丁◎坂川事務所
装画・挿画◎宇野亜喜良

読者の皆様へ

　およそ三万年から三万五千年前の時代、洞窟に住んでいた人々がどのようにものを考え、感じていたのかは、最も空想的な考古学者にもわからないはずです。

　私たちが触れられるのは、「骨と石」だけ。でも私にはそれで十分でした。

　まず、百科事典を読みあさったあと、いわゆる現生人類が現れる以前に、地球上を闊歩《かっぽ》していた人々のことについて、図書館に通いつめて調べあげました。そして、現代に彼らをよみがえらせたのです。

　ネアンデルタールは一般に考えられているように、粗野で知能も低く、なかば猿のような人々ではなかったのです。

　有名になったイラクの洞窟で発見されたネアンデルタールの墓場のことを調べ、私はその確信を深めました。（注—1）

　ネアンデルタールが獣と同じように、弱者を切り捨て、強いものだけが生き延びようとする人々であったら、大きな傷を負った人が、そんな高齢まで生きられたはずはありません。きっと、だれかが世話をしていたのです。

　ネアンデルタールは、私たちと同じような人間であった。

それがいくつかの史実にもとづいた推測による私の結論でした。

彼らを描くことは、まるで、私たちの世界をまったく違う視点から見ているようでした。そしてその過程で、はっきりわかってきたことがあります。人間の本質は、暴力ではなく思いやりにあるということです。そのことに確信が持てるようになり、嬉しく思いました。

われわれ人間は生来暴力的であったとする「裸の猿」理論には私は与しません。人間に関する絶対に変わらぬ真実は、われわれが互いを思いやる点にあるのです。私の本がこれほど多くの人々に読まれるようになったのは、人間への関心の強さ、そして、自分たちのルーツをもっと知りたいという点にあったと思います。

ネアンデルタール人は絶滅しただけでなく、混血として遺伝子を残したのではないかと推測できる証拠があります。〔注—2〕

つまり、私たち人類は、ネアンデルタールの遺伝子を多少持っている可能性もあるのです。

もしかりに、今日、彼らに出会うようなことが起こったら、きっと彼らと心を通わせることができるでしょう。

もともと、「エイラ—地上の旅人」シリーズは、大人の読者のために書かれたものでした。本当は、自分のため、そして、現代人にきわめて近い人類が地球上に初めて登場した時代に生きていた、普通の大人の、複雑で洗練された生活を、私と同じように理解できる人たちのために書いたのです。

私の作品を日本で最初に出してくれた出版社は、若い読者向けに翻訳することにしたため、未成年には不適切と思われる部分には省略された箇所もあります。結果的には、きわめて優れた日本語訳となったかもしれませんが、一般的な大人を対象とした小説の持つ複雑さが失われてしまいました。今回、原作どおりに翻訳し直され、日本の読者にオリジナルの作品を読んでもらえることをとても嬉しく思います。

ジーン・M・アウル

注―1

「花を供えられたネアンデルタールの墓」のこと。1950年代、イラク北部のシャダニール遺跡から、およそ六万年前のネアンデルタール人の骨が発掘されているが、そのうち、一体は老人で、重傷を負った痕跡が見られた。シャダニールのネアンデルタール人たちは、傷を負って食べ物がとれなくなったものを見捨てることなく、最後まで一緒に暮らすという思いやりに満ちた精神文化をもっていたのではないかという考古学的な推測がなされた。骨の周辺には、アザミ、ノコギリ草、ヤグルマ草などたくさんの花粉が発見され、死者たちに花をたむけた葬送の儀式を持っていたのではないかとされ、高度な精神文化を持っていたと推測された。

注―2

クロアチアの洞窟で発掘されたネアンデルタール人の骨を分析したところ二万八千年前のものと判明。一方、クロマニオン人は三万二千年前に同じ地域に居住したことは考古学上既にあきらかにされていることから、両人類はその時点で4千年も同じ地域で共存していたという仮説が成り立つこと。

主な登場人物

エイラ——大地震で両親を亡くし、瀕死の状態で倒れているところを別の種族のイーザに拾われる。
クレブ——ケーブ・ベアの一族のモグール（まじない師）。ブルンとイーザの兄。
ブルン——一族の族長。クレブの弟でイーザの兄。つれあいはエブラ。息子はブラウド。
イーザ——一族の薬師。クレブとブルンの妹。エイラを助け、義母となってエイラを薬師に育てる。
ブラウド——ブルンとエブラの息子。次期の族長。つれあいはオガ。
グラド——副族長でザウグの息子。つれあいはウカ。
ザウグ——グラドの父で投石器の名人。
ドルーグ——道具作りの名人。大地震でつれあいを亡くし、その後アガをつれあいにする。
グーブ——儀式などのときに、モグールを手伝う侍祭。ドルーグの息子。
ウバ——イーザの娘。エイラとともに薬師の教育を受けながら育つ。
オガ——ブラウドのつれあい。息子ブラクの命をエイラに救われる。
ダルク——エイラの息子。

ケープ・ベアの一族　上

私の最悪の批評家であり

――最良の友人である

レイに捧げる

1

獣の皮でおおわれた小屋から出た裸の少女は、小さな川の曲がったところにある石や岩ばかりの川原を目指して走った。振りかえろうなんてことは、思いもしなかった。少女のそれまでの経験からして、帰ったときに小屋とその中の人たちが消えてなくなってしまっているなんて想像もつかなかったのだ。

少女はバシャバシャと川に入っていった。足もとの石と砂が動き、川が急に深くなった。少女は、冷たい水中に潜ってから、水を吐きながら浮き上がると、一回一回しっかりと水をかいて、傾斜の急な向こう岸を目指した。歩くより先に泳ぎを覚えた少女は、五歳の今、水の中にいるほうが落ちつけるくらいだった。そのあたりでは、川を渡るには泳ぐしかない場合がしばしばあった。

少女は、しばらく泳いで行ったり来たりしてから、流れに身を任せて川を下った。川が広く浅くなって、泡立ち始めたところで、少女は立ち上がり、岸まで歩いていった。それから、小屋のそばの川原に戻り、石をえりわけ始めた。とりわけきれいな小石を積んだ山の上に、さらに石を置いたちょうどそのとき、大地が揺れだしたのだった。

上の石がひとりでに転がり落ちるのを、少女は驚きながら見守った。そして、小石でつくった小さなピラミッドが揺れて崩れるのを、不思議そうに見つめた。そのときになって、少女は自分も揺れていることに気づいたが、まだ不安よりも戸惑いを覚えていた。どうして自分の世界が不可解な変化を遂げてしまったのか理解しようと、少女はあたりを見回した。地面が動くはずないのに。

ちょっと前まで穏やかに流れていた小さな川は、激しく渦巻き、波がぶつかり合いながら、岸に押し寄せていた。流れに逆らって動く川底からは、泥がさらい上げられ、川は濁っていた。上流の岸のそばに茂った低木は、目に見えない根もとの動きによって揺すぶられ、下流の巨岩は不気味な震動のために小きざみに動いていた。

巨岩の向こうを見ると、川が流れこむ広大な針葉樹の森が、異様に揺れていた。春の洪水で根がむきだしになり、支える力が弱くなっていた川岸の巨大なマツの木が、向こう岸に傾いた。バリバリッという音がして、その木は倒れ、濁った川にまたがり、揺れ動く大地の上で震え続けた。

少女は、木の倒れる音を聞いてびくっとした。恐怖が心をかすめ、胃がむかつき、締めつけられた。立ったままでいようとしたが、吐き気を覚えるような揺れに体のバランスを失い、後ろに倒れてしまった。気をとりなおしてどうにか立ち上がり、おぼつかないながらもそのまま立っていたが、怖くて一歩も前に進めなかった。

川から少し離れたところにある、獣の皮でおおわれた小屋に向かいかけたとき、低くとどろく音がぞっとするような怒号に変わった。地面にできた裂け目から、湿気を帯びた腐敗臭が噴きでてきた——目覚めて口を開けた大地から、臭い息が吐きだされたように。冷えて固まった溶岩が激しい震動のせいで大きく裂け、その裂け目に土や石や小さな木が落ちていくさまを、少女は訳がわからずに見つめ続けた。

底知れぬ裂け目の向こう端に建っている小屋が、その下の硬い地面の半分がもぎとられたため、傾いた。細い骨組がぐらついてから、崩れ、獣の皮のおおいと小屋の中のすべてのものと一緒に、深い穴へと消えていった。少女が恐怖に目を見開いて震えているうちに、大きく口を開けて臭い息を吐く裂け目は、少女の五年の短い人生を満ちたりたものにして守ってくれていたいっさいのものをのみこんだ。

「おかあさん！　おかあさーん！」

どうしていいかわからず、少女は叫んだ。岩の割れる音が雷鳴のようにとどろいているので、耳に鳴り響く金切り声が、自分のものなのかどうかもわからなかった。少女は深い裂け目に向かって這《は》っていったが、地面が盛り上がり、投げだされてしまった。うねりながら移動する大地に何とか踏みとどまろうと、少女は地面を両手でしっかりつかんだ。

それから、裂け目が閉じ、とどろきがやみ、大地の震動は収まったが、少女の震えは止まらなかった。大地が発作を起こしたように激しく揺れたためにぐしゃぐしゃになった、軟らかく湿った土の上にうつぶせになったまま、少女は恐ろしくてぶるぶる震えていた。それは当然のことだろう。

少女は、森が散在するだだっ広い草原にたった一人取り残されてしまったのだ。大陸の北には、寒気を送りこんでくる氷河が広がっていた。広大な草原には、無数の草食動物と、彼らをえじきにする肉食動物がうろつき回っていたが、人間はほとんどいなかった。少女には、行き場もなく、彼女を探しに来てくれる人間もいなかった。一人ぼっちだった。

地面がまた揺れ、沈みこんだ。そして、大地が一口でのみこんだ肉を消化しているかのように、地の底からゴロゴロという音が聞こえた。少女は、地面がまた割れるのかと思い、うろたえて飛び上がった。それから、小屋があった場所に目をやった。むきだしの土と根こそぎになった低木しか残っていなかった。少女はわっと泣きだしながら、川に駆け戻ると、泥水のそばでくずおれ、涙にむせんだ。

けれども、ぬれた川岸は、静まることのない大地からの避難所とはならなかった。今度は、さっきよりも大きな余震が起きて、地面を揺さぶった。少女は、冷たい水が裸の体にかかったのに驚いて、ハッと息をのんだ。またうろたえ、飛び起きた。揺れ動き、何もかもむさぼり食う、この恐ろしい場所から、何とか逃げなきゃならない。でも、どこに行けばいいの？

石や岩だらけの川原には種が芽を出す場所はなかったので、やぶなどなかったが、上流の片側の岸には、若葉を出したばかりの低木がぎっしり生えていた。少女は、水から離れないほうがいいと本能でわかったが、絡み合うように生えたイバラの茂みは通り抜けられそうにもなかった。涙に曇る目で、反対側の背の高い針葉樹の森のほうを見てみた。

川のそばに密生した常緑樹の重なり合った枝の間からは、太陽の光が細く差しこんでいた。その薄暗い森の大木の下には、ほとんど草や低木は生えていなかったが、大木の多くはもはや真っすぐに立っていなかった。数本は倒れていた。ほかの多くは、ぎこちなく傾き、まだしっかり根を張っている近くの大木に支えられていた。このごたごたした木々の奥は暗黒のやみで、イバラの茂みの上流と同じように、行く気を起こさせなかった。少女は、どっちに行ったらいいかわからず、まず一方を見てから、決めかねてもう一方に目をやった。

下流を見ているうちに、足もとが揺れ始め、少女は行動を起こした。小屋がまだ残っていないかと子どもらしく淡い望みを抱きながら、最後に一度、うつろな風景に目をやり、森へと駆けこんでいった。

ときおり大地が沈みこんで、音が低くとどろいた。その音に追いたてられながら、少女は川の流れをたどっていった。立ち止まるのは水をのむためだけで、どんどん先へと進んでいった。揺れる大地に屈した針葉樹が、何本も地面に倒れていた。少女は、もつれた根が残した円形の浅いくぼみをよけて通った――むきだしの根の下側には、湿った土や石がまだしがみついていた。

夕方に近づくにつれ、地殻変動の跡はしだいに見られなくなり、倒れた木や移動した岩も少なくなり、水も澄んできた。もはや方角がわからなくなったとき、少女は足を止め、くたびれきって森の地面にへたりこんだ。それまでは、動いていたので暖かかったが、じっとしていると、夜の冷気を感じて体がぶるっと震えた。少女は、あたり一面を厚くおおった針葉樹の落ち葉の中に潜りこむと、ぎゅっと小さく体を丸め、体の上に落ち葉をかけた。

けれども、疲れきっていたのに、そのおびえた少女に眠りは容易には訪れなかった。川のそばの障害物をよけながら必死に歩いているときは、恐怖を心の隅に追いやることができた。それが今は、途方もなく大きな恐怖に襲われていた。少女はじっと横たわり、目を大きく見開いたまま、周りのやみが濃くなっていくのを見つめた。怖くて動けず、息をすることもできないほどだった。

少女はそれまで夜を一人で過ごしたことはなかったし、夜には、えたいの知れないやみを寄せつけないようにいつも火がたかれていたのだ。とうとう、少女はこらえきれなくなった。発作を起こしたようにしゃくり上げ、苦悶の叫び声を上げた。小さな体が、すすり泣きとしゃっくりで震えた。抑えていた気持ちをそうやって解放しているうちに、しだいに眠りに落ちていった。小さな夜行動物が、もの珍しそうに少女に鼻をこすりつけたが、少女は気がつかなかった。

少女は、叫びながら目を覚ました！

まだ静まっていない地球の奥底からかすかに聞こえてくるゴロゴロという音が、少女に恐ろしい悪夢を見させ、恐怖をよみがえらせたのだ。少女は、いきなり立ち上がった。走りだしたかったが、いくら目を大きく開けても、まぶたを閉じているように何も見えなかった。自分がどこにいるのか、とっさに思いだせなかった。胸がどきどきした。どうして見えないんだろう？　夜に目を覚ましてしまったときにいつも安心させてくれる、あの優しい腕はどこにあるんだろう？

どういうことになっているのか、しだいにはっきり思いだしてきた。恐怖と寒さに震えながら、少女は身を縮めると、あたりをおおった針葉樹の落ち葉の中にふたたび潜りこんだ。うっすらと夜が明け始める中、少女は眠りに落ちた。

森の奥深くに、しだいに日が差してきた。少女が目を覚ましたときには、すっかり朝になっていたが、濃い陰の中にいたので、時間はよくわからなかった。前日の夕方、日差しが薄れてきたころには、少女はすでに川から離れていたのだが、今、あたりを見回して、どこもかしこも木ばかりなのにあらためて気づくと、パニックを起こしそうになってしまった。

のどが渇いていたおかげで、ゴボゴボと流れる水の音に気づいた。音のするほうに歩いていくと、あの小さな川が見つかったので、少女はほっとした。森の中にいようが、川のそばにいようが、迷子であることに変わりはないが、たどっていけるものがあるほうが安心だ。それに、川のそばにいる限り、のどの渇きをいやすことはできる。前の日は、流れる水がそばにあるだけでありがたく思ったものだ。ただ、水では空腹は満たされない。

少女は、植物の葉や根が食べられることは知っていたが、どれが食べられるのかはわからなかった。最初に味見してみた葉は、苦くて、舌がヒリヒリした。少女はそれを吐きだし、口をすすいだ。ほかの葉を口にする気にはもうなれなかった。とりあえず、満腹感を得るためにさらに水を飲み、ふたたび下流に向かって進み始めた。深い森は怖いので、日差しのある明るい川から離れないようにした。夜になると、地面をおおった針葉樹の落ち葉の中にまた潜りこみ、体を丸めた。

二日目の夜も一人きりで過ごすことになったが、最初の夜と変わりなかった。みぞおちには、冷たい恐怖が飢えとともに宿っていた。これほど怖い思いをしたのは生まれて初めてだった。これほどの空腹を覚えたのも、これほどの孤独を覚えたのも初めてだった。失ったものを思うとつらかったので、地震とその前の生活のことは思いださないようにした。これからのことを思うと、不安でどうしようもなかったので、それも頭の中から締めだそうとした。これから自分がどうなってしまうのか、誰が面倒をみてくれるのかなんて、考えたくもなかった。

少女は、今、生きることだけを考えながら、目の前の障害物をよけて通り、次の支流を渡り、次の丸太をよじ登った。川をたどっていくこと自体が、目的となった。行き先があるわけではなく、川が案内役になってくれ、どこかいい場所にたどり着けそうな気がしたからだ。何もしないよりはましだった。

しばらくすると、空っぽのおなかが鈍く痛み始め、頭が働かなくなった。少女は、とぼとぼと歩きながら、ときどきすすり泣き、うす汚れた顔に涙の白い筋ができた。小さな裸の体には泥がこびりついていた。以前は銀白に近く、絹糸のように細くて柔らかかった髪には、マツの葉や小枝や泥がくっつき、頭に張りついていた。

下生えのない常緑樹の森がしだいに落葉樹林に変わっていき、それまで森の地面をおおっていた針葉樹の落ち葉はなくなり、代わって低木や草が茂っていたので——葉の小さな落葉樹林の木の下はそういうものだ——前に進むのがさらにたいへんになった。雨が降ると、倒れた幹や大きな岩の陰にうずくまるか、地表に突きでた岩層の下で雨宿りした。あるいは、雨で体の汚れを洗い流しながら、黙々とぬかるみを歩き続けた。夜には、前の季節に育って落ちたもろい枯葉を積み上げ、その中に這《は》うようにして潜りこんで寝た。

飲み水はたっぷりあったので、脱水症状になることはなかった。おかげで、寒さや風雨のために体温が低下していたものの、死ぬほどの危険な状態にはならずにすんだ。けれども、少女は衰弱していた。空腹はもはや限界を超えていた。腹にはたえず鈍い痛みを覚え、ときおりめまいがした。少女は、食べもののことは考えないようにし、ただ川をたどっていけば何とかなると考えることにした。

落ち葉の寝床に日が差し、少女は目を覚ました。体の熱で温められた心地よい寝床から起き上がると、湿った落ち葉を体にくっつけたまま、川に水をのみに行った。前日の雨のあとなので、青い空と日差しはうれしかった。出発すると間もなく、少女の歩いている側の川岸がしだいに高くなってきた。また休んで水をのもうと決めたころには、急な斜面が少女と川とを隔てていた。少女は慎重に下り始めたが、足をすべらせ、下まで転げ落ちてしまった。

少女は、すり傷や打撲傷を負って、川のそばの泥の中にうずくまった。疲れきって、体は弱っていたし、ひどく悲しくもあったので、とても動く気になれなかった。大粒の涙がこみ上げ、ほおを伝い落ち、哀れっぽく泣き叫ぶ声が空気を引き裂いた。誰も聞いていなかった。少女の泣き叫ぶ声は、誰かに助けに来て欲しいと訴えるすすり泣きになった。誰も来てくれなかった。少女は、肩を揺すらせながら絶望の涙にむせんだ。立ち上がりたくなかったし、これ以上先に進みたくもなかったが、ほかに何ができる？　泥の中で泣いていてもどうにもならない。

泣きやんだ少女は水際に横たわった。体の下にある木の根がわき腹を強く突つき、口の中には泥の味がすることに気づいて、少女は体を起こした。それから、だるそうに立ち上がると、川の水を飲みに行った。そして、また歩き始め、木の枝を根気強く押しのけ、コケにおおわれた丸太を這《は》って乗りこえ、川の浅瀬にバシャバシャと入ったり出たりしながら、進んでいった。

川は、少し前の春の雪どけで水かさが増し、普段の二倍以上に膨《ふく》れ上がっていた。遠くのほうから、とどろきが聞こえた。それから、しばらくして、滝が高い岸から流れ落ちているのが見えた。少女がたどってきた小さな川がそこで大きな流れと合流し、さらに二倍の大きさになろうとしていたのだ。滝の向こうでは、合流した川が急流となって、岩や石の上を泡立ちながら突き進み、草原へと流れこんでいた。

とどろく滝は、高い岸のふちから、幅広く白い布のようになって流れ落ちていた。その白い水は、底の岩がすりへってできた泡立つ滝つぼに落ち、霧のような水しぶきが絶え間なく上がり、二つの川が出会うところは激しく渦巻いていた。はるか昔、その川の流れが、滝の内側にある硬い岩石のがけを深く削りこんだので、流れ落ちる滝の内側のがけからは岩棚が突きでて、通路ができていた。

少女は、少しずつ近づいていき、そのぬれたトンネルを用心深くのぞきこんでから、動く水のカーテンの内側を歩き始めた。絶え間なくザーザーと流れ落ちてくる水のせいでめまいがしたので、ぬれた岩をしっかりつかんで倒れないようにした。その音は、激しい流れの内側にある岩壁からはねかえり、耳をつんざくばかりにとどろいていた。少女は恐るおそる上を見上げた。そして、ポタポタと水の垂れる頭上の岩の上を、さっきまでの川が流れていることにはっと気づいた。少女はゆっくりと這うように進んでいった。

通路はしだいに狭くなり、もう少しで向こう岸に着くというところで、切り立った壁になってしまっていた。がけの下にできた通路は、行き止まりになっていたのだ。まわれ右して戻るしかなかった。出発地点にたどり着くと、少女は波打つ激流を見て、首を振った。ほかに方法はない。

少女は川に入った。水は冷たく、流れは強かった。少女は川の中ほどまで泳ぐと、流れに身を任せて滝のそばを回りこんでから、広くなった川の向こう岸まで行った。泳いで疲れたが、もつれてくしゃくしゃになった髪を除いて体はきれいになった。少女は、生きかえったような気分になって再出発したが、そんな状態は長くは続かなかった。

その日は、晩春にしては珍しく暖かく、森林地帯から広々とした草原に出たばかりのころは、暑い日差しが気持ちよかった。けれども、燃えたつような太陽が高く昇るにつれ、その灼熱の光線が、小さな少女のわずかに残っていた体力を奪った。午後になったころには、少女は、川と絶壁の間の幅の狭い砂地をよろめきながら歩いていた。きらめく水が強い日差しを反射する一方、ほとんど真っ白に見える砂岩が光と熱を照りかえしていたので、あたりはいっそうギラギラとまぶしかった。

川の向こう側では、白や黄色や紫の小さな花が、目の覚めるような新緑をした若草にきれいに溶けこみながら、地平線まで咲いていた。けれども、少女には、草原のつかの間の春の美しさを味わっている余裕はなかった。体の衰弱と空腹のために、意識がもうろうとしてきていた。幻覚さえ起こし始めていた。

「わたし、気をつけるって言ったでしょ、おかあさん。ちょっと泳いできただけなのに、おかあさん、どこに行っちゃったの？」

少女はつぶやいた。「おかあさん、ご飯はいつ？　わたし、おなかがぺこぺこよ。暑いし。呼んだのに、どうして来てくれなかったの？　何度も何度も呼んだのに、来てくれないんだもの。どこに行ってたの？　おかあさん？　おかあさーん！　二度と行かないで！　ここにいて！　おかあさん、待って！　おいていかないで！」

少女は、消えていく幻に向かって走りだし、がけの下をたどっていったが、がけはしだいに水際から引っこんで、川から遠ざかってしまった。少女は、水ののめる場所から離れていってしまったのだ。やみくもに走っているうちに、石につまずいて、その勢いのまま倒れこんだ。それで、はっと現実に戻った――ほとんど。少女は座ってつま先をこすりながら、心を落ちつけようとした。

ごつごつした砂岩の壁には、ところどころに暗い洞穴が口を開け、あちこちに細い裂け目が走っていた。焼けつくような暑さと氷点下の寒さという両極端の天候による膨張と収縮のせいで、軟らかな岩が砕けてしまったのだ。少女は、岩壁の低いところにある小さな穴をのぞきこんだが、そのちっぽけな洞穴にはほとんど興味を覚えなかった。

それよりもずっと興味を覚えたのは、がけと川の間の草地で青々とした若草をのどかにはんでいるオーロックスの群れだった。少女は、幻を追ってやみくもに走っていたので、その大きな赤茶色の野牛に気づかなかったのだ。体高一・八メートルで、曲がった巨大な角をもっているその牛の群れに気づいた少女は、恐怖に襲われたが、おかげで、頭に残っていたもやもやがすっかり消えた。草をはむのをやめて自分を見ているがっしりした雄牛から目をそらさないようにしながら、あとずさりして岩壁に近づき、まわれ右して走りだした。

少女は、肩越しにちらっと振りかえってみた。すると、何かが目にも止まらぬほど素早く動いたので、思わず息をのんで、その場に立ち止まった。後世にはるか南のサバンナに住むことになるネコ科のいかなる動物よりも二倍は大きい、巨大な雌《めす》ライオンが、オーロックスの群れをひそかに追ってきていたのだ。怪物のようなライオンが野牛に飛びかかったとき、少女は、悲鳴が口まで出かかったが、どうにか抑えた。

　きばをむきだしにして、かぎづめを荒々しく突きたてながら、巨大な雌ライオンは、がっしりしたオーロックスを地面に組みふせた。巨大な肉食獣が、強力な歯で牛ののどをバリッとかみくだくと、牛の恐怖の叫び声はやんだ。噴きだす血が四つ足のハンターの鼻面にかかり、黄褐色の毛を真っ赤に染めた。雌ライオンがオーロックスの腹を引き裂き、生温かくて赤い肉の塊をむしりとったとき、オーロックスの脚はピクッと動いた。

　激しい恐怖が少女の体の中を駆け巡った。少女は慌てふためいて逃げだした。もう一頭のネコ科の巨大な肉食獣が、その様子をじっと見守っていた。少女は、いつの間にかケーブ（洞穴）・ライオンの縄張りに入ってしまっていたのだ。

　普通なら、そのネコ科の大きな動物は、五歳の人間のごとき小さな生きものをえじきにしようなどとはしなかっただろう。たくましいオーロックスや、大型のバイソンや、大きなシカのほうが、飢えたケーブ・ライオンの誇りを満たしてくれるのだ。けれども、逃げる子どもは、ミャーミャーと鳴く生まれたばかりのライオンの子が二頭いる洞穴に近づきすぎていた。

　雌《めす》ライオンが狩りをしている間、この幼子たちを守るために洞穴に残っていたふさふさのたてがみのある雄《おす》ライオンが、警告のうなり声を上げた。さっと顔を上げた少女は、岩棚に身構えてうずくまっている巨大なライオンを見て息をのんだ。悲鳴を上げ、転んで、岩壁のそばの砂利で脚をすりむいてから、よろよろと立ち上がって方向を変えた。それまでよりもさらに大きな恐怖にかられながら、来たほうに走って戻り始めた。

　ケーブ・ライオンは、気だるそうに跳んだ。ずうずうしくも洞穴の神聖な育児室に侵入せんとした小さな子どもを捕らえることに関しては、揺るぎない自信をもっていた。雄ライオンは急がなかった――彼の流れるような動きに比べたら、少女の動きはゆっくりだ――それに、なぶりものにしてやろうという気になっていたのだ。

慌てふためいた少女が、がけの低いところにある小さな穴に向かったのは、本能に従ったまでだ。わき腹が痛くなって、息も切らしていたが、少女は、自分がやっと入れるくらいの幅のすき間から穴の中に体をねじこんだ。ちっちゃくて奥行きのない洞穴で、割れ目程度のものだった。少女は、狭苦しい空間の中でどうにか体の向きを変えると、背を壁に向けてひざをつき、後ろの硬い岩の中に紛れこもうとした。

ケーブ・ライオンは、その穴まで来たところで、まんまと相手に裏をかかれたとわかると、いらだってうなり声を上げた。少女が、その声を聞いてぶるぶる震えながら、恐ろしさで催眠術にかかったように動けなくなって見つめるうちに、ライオンは、曲がった鋭いかぎづめをむきだしにした前脚を、小さな穴にねじこんだ。少女は、逃げることもできないまま、かぎづめが迫ってくるのを凝視した。そして、かぎづめが左の太ももにくいこみ、平行した深い裂け目を四本つくったとき、苦痛のあまり悲鳴を上げた。

少女は、ライオンから逃れようと身をくねらせたが、そのとき、左の暗い壁際に小さなくぼみがあるのに気づいた。少女は、両脚を引っこめ、できる限りぎゅっと体を縮め、息を殺した。かぎづめがまた細いすき間からゆっくりと入ってきて、わずかに差しこんでいた日の光をほとんど遮ったが、今度はかぎづめは何も探しあてることができなかった。ケーブ・ライオンは、何度も何度もうなり声を上げながら、穴の前を行ったり来たりした。

少女は、小さな狭苦しい洞穴に一日中閉じこもりつづけ、夜も、次の日もずっと外に出なかった。脚ははれ上がり、うんだ傷は絶え間なく痛んだが、ごつごつした壁で囲まれた小さな洞穴には、体の向きを変えたり伸びをしたりするスペースすらほとんどなかった。少女は、飢えと痛みのためにほとんどずっとうわ言を言い続け、地震と鋭いかぎづめの恐ろしい悪夢を何度も見て、孤独の不安にさいなまれた。けれども、ついにその避難場所から出る決心をしたのは、傷や飢えや、痛む日焼けのためではなかった。のどの渇きのせいだった。

　少女は、細いすき間から恐るおそる外を見た。川のそばに、風のせいで成長の遅れたヤナギとマツが何本かまばらに生えていて、夕方になったばかりの景色の中に長い影を落としていた。少女は、草におおわれた場所とその向こうにきらめく水を長いこと見つめてから、穴から出る勇気を奮い起こした。ひび割れた唇を乾いた舌でなめながら、あたりを見わたした。

　動くものは、風にそよぐ草だけだった。ライオンの群れはもういなかった。何より子どもの身を案じる雌《めす》ライオンが、自分らの洞穴のそばに見知らぬ生きものの奇妙なにおいが漂っていることに不安を覚え、新しい育児室を見つけることに決めたのだ。

　少女は穴から這《は》ってでて、立ち上がった。頭がずきずきして、視界の中でぼんやりと点が踊っていた。一歩進むごとに、痛みの波に襲われ、傷口からにじみでた黄緑色のうみがはれ上がった脚を流れ落ちた。

　少女は、水のところまで行けるかどうか自信がなかったが、のどの渇きは耐えがたいほどだった。転んでひざをつき、最後の一メートルほどは這って進んだ。水際まで行くと、腹ばいになって、冷たい水をゴクゴクとのんだ。ようやくのどの渇きがいやされると、立ち上がろうとしたが、すでに忍耐の限界に達していた。目の前に点がちらつき、頭がくらくらし、あたり一帯が暗くなると同時に、少女は地面にばったり倒れてしまった。

上空をもの憂げに旋回していた腐肉をあさる鳥が、動かなくなった少女を見つけ、近くでよく見ようとサーッと降下した。

2

旅人の一団は、滝のすぐ向こうで川を渡った。川はそこで幅が増し、浅瀬から突きでている岩の周りを泡立ちながら流れていた。一団の人数は、老若合わせて二十人。地震で一族の洞穴が崩れる前は、二十六人だったのだ。二人の男が先に立ち、そのずっと後ろを女と子どもが歩き、二人の年寄りが側面を守っていた。若い男たちはしんがりを務めていた。

一団は、幅の広い川をたどっていった。川は、平坦な草原を曲がりくねりながら進み始めた。見ると、腐肉をあさる鳥が上空を旋回していた。腐肉をあさる鳥たちが飛んでいるということは、何であれ彼らの注意を引いたものは、まだ生きているのだ。先頭の二人が、急いで調べに行った。手負いの動物は、狩人にとって格好の獲物だ。四つ足の肉食獣が同じ考えをもちさえしなければ。

初めて身ごもって腹の膨《ふく》らんだ一人の女が、ほかの女たちの先に立って歩いていた。その女が見守っていると、先頭の二人の男は、地面に目をちらっとやってそのまま進み続けた。どうやら肉食獣のようだ。

この一族は、めったに肉食獣を食べない。

女は、身長一・四メートルそこそこ、骨太でずんぐりとしていて、がにまただったが、筋骨たくましい脚とはだしの扁平足でしっかりと背筋を伸ばして歩いた。体のわりに長い腕は、脚と同じように曲がっていた。大きなかぎ鼻、突きでた口、引っこんだあご。狭い額、長くて大きな頭、首は短くて太い。頭の後ろに骨のこぶ、後頭骨が出ているので、頭がよけい長く見える。

柔らかな綿毛のような、縮れぎみの短い茶色の毛が、脚や肩をおおい、背筋の上のほうにも生えていた。毛は頭に向かってしだいに濃くなっていき、髪の毛はびっしりと長く伸び、もじゃもじゃしていた。肌はすでに、冬の青白い色から、夏の日焼けした色に変わってきていた。突きだした眉弓《びきゅう》の下にくぼんだ目は、大きくて丸く、利口そうで茶色だった。女はその目を好奇心でいっぱいにしながら、二人の男が何を見たのか確かめようと、足を速めた。

女は、初めて身ごもったにしては年をとっていて、二十歳に近かった。新しい生命の兆しが女の体に現れるまで、一族の者は、この女は子どもが産めない体なのだと思っていたくらいだ。けれども、身ごもっているからといって、女の運ぶ荷は軽くしてはもらえなかった。大きなかごを背負っていたが、かごの後ろにも包みが結びつけられ、下にもつるされ、上にも積まれていた。女が着ている獣の皮の外衣に巻きつけてある皮ひもからは、きんちゃく袋がいくつかぶらさがっていた。柔らかな獣の皮の外衣には、ものを入れられるようにひだや小袋をつくってあった。きんちゃく袋の一つは、独特のものだった。カワウソの皮製だ。その水をはじく毛も、足も、しっぽも、頭もそのまま残してつくってあるので、どこから見てもカワウソそのものだった。

その動物の腹の皮を裂くのではなく、のどだけを切って内臓や肉や骨をとり除き、きんちゃくのような袋をつくったのだ。後ろの一筋の皮でくっついた頭が、ふたの役目をしていた。動物の腱《けん》を赤く染めてひもにしたものが、首の周りにあけられた穴に通されていた。袋は、そのひもをきつく締めて口を閉じ、女の腰の皮ひもに縛りつけてあった。

女は、二人の男が捨て置いていった生きものを最初に目にしたとき、毛の生えていない動物かと、戸惑いながら思った。近づくと、はっと息をのみ、一歩あとずさりしながら、未知の霊を近づけまいと、無意識のうちに首の周りの小さな皮の袋をつかんだ。袋の皮越しに小さなお守りを指でいじって加護を求めながら、もっとよく見ようと身をかがめたものの、一歩前に出ることはためらわれた。自分が目にしているのが現実のものなのかどうか、確信がもてなかったのだ。

女の目は間違っていなかった。貪欲《どんよく》な鳥をひきつけていたのは、動物ではなかった。人間の子ども――やせ衰えた、奇妙な外見の子どもだった！

女は、ほかにもぞっとするような不可解なものがないかと思ってあたりを見回してから、意識を失っている子どもをよけて進み始めたが、そのときうめき声が聞こえた。女は、恐怖を忘れて立ち止まると、子どものわきにひざをつき、そっと体を揺すった。その少女が寝返りを打ったとき、化膿《かのう》したかぎづめのあとと、はれ上がった脚が見えた。薬師《くすし》である女はすぐさま、カワウソの皮の袋を閉じてあるひもをほどこうとした。

そのとき、ちらっと振りかえった先頭の男が、女が子どものそばにひざをついていることに気づいた。男は歩いて戻ってきた。

「イーザ！　来い！」男は命じた。「この先にケーブ・ライオンの足跡とふんがある」

「子どもよ、ブルン。けがしているけど、死んではいない」女は言いかえした。

ブルンは、やせた幼い少女に目をやった。額が高く、鼻が小さく、妙に平らな顔をしている。「一族の子どもじゃない」その族長は、ぶっきらぼうに身ぶりで合図すると、背を向けて歩きだした。

「ブルン、子どもなのよ。けがもしている。もし置き去りにしたら、死んでしまう」イーザは、手ぶりも交えながら目で訴えた。

小さな一族の族長であるブルンは、懇願する女をじっと見おろした。この男は彼女よりもだいぶ大きく、身長は一・五メートルあまり、筋骨隆々としてたくましく、胸は大きく厚く、曲がった脚は太かった。顔だちは似ていたが、もっと大づくりで、目の上の隆起が大きく、鼻も大きかった。脚も腹も胸も、背中の上のほうも、茶色の剛毛でおおわれていた。動物の毛とまではいえないにせよ、それに近いものがあった。もじゃもじゃのひげが、突きでた口とひっこんだあごを隠していた。外衣も同じようなものだったが、女の外衣ほどだぶついておらず、短く切ってあり、ひもの結び方も違い、ものを入れるひだや小袋も少なかった。

ブルンは荷物は運んでおらず、傾斜した額に巻きつけた幅の広い皮帯に毛皮を結んで背中にかけ、武器をもっているだけだった。右の太ももには、黒ずんだ入れ墨のような傷あとがあった。その形はおおよそU字形で、上のほうが外側に広がっていた。ブルンのトーテム、バイソンのしるしだ。ブルンには、自分が族長であることを示すしるしや飾りは必要なかった。その物腰や、ほかの者が払っている敬意で、族長であることは明らかだった。

ブルンは、馬の長い前脚でつくったこん棒を肩から地面に下ろし、柄を太ももに当てて立てかけた。イーザには、ブルンが彼女の訴えを真剣に検討していることがわかった。イーザは、ブルンにゆっくり考えさせようと、興奮を隠して静かに待った。ブルンは、重い木のやりを下ろすと、焼いて硬くした鋭い先端を上に向けて肩に立てかけ、首にお守りと一緒につけてある投げ縄の三つの石の玉の釣り合いを直した。それから、腰から柔軟なシカ皮を細長く切ってつくったものを引きぬいた。このシカ皮は、両端が細くなっていて、真ん中に膨《ふく》らみがあり、そこに石を挟んで投げられるのだ。ブルンは、その柔らかな皮を手でしごきながら考えた。

ブルンは、自分の一族に影響を及ぼしかねない異例のことに慌てて決定を下したくなかった。とりわけ、すみかを失った今は。ブルンは、イーザの訴えをすぐさまはねつけたいという衝動を抑えた。イーザがこの子どもを助けたいと思うのは当然だ。動物に――とりわけ幼い動物にまで、医術を用いることすらあるのだから。もしこの子どもを助けることを許さなかったら、イーザは動揺してしまう。一族だろうがよそ者だろうが、関係はない。イーザの目に見えるのは、けがをしている子どもだけだ。だからこそ、イーザは優れた薬師《くすし》でいられるともいえる。

しかし、薬師だろうと何だろうと、イーザは女にすぎない。イーザが動揺したからといって、どうということはあるまい。イーザは、心の乱れを表に出すほどばかじゃないし、けがをしたよそ者がいなくても、この一族はもう山ほど問題を抱えているのだ。いや、だが、イーザのトーテムにはわかるし、どの霊にもわかってしまう。もしイーザが動揺したら、霊たちがますます怒りはしないか？　もしかして洞穴が見つかったら……いや、つまり、新しい洞穴が見つかったとき、イーザは儀式のために飲みものをつくらなければならない。心の乱れのせいで、間違いでもしたらどうなる？　霊たちが怒ったら、何もかもうまくいかなくなってしまうし、霊たちはもう十分腹を立てているのだ。新しい洞穴のための儀式には、絶対に間違いがあってはならない。

この子どもを連れていかせることにしよう、とブルンは思った。そのうち、余分な荷物を運ぶのが嫌になってしまうだろうし、この女の子はもう死にかけている。おれの妹であるイーザのまじないをもってしても、この子の命は救えないだろう。ブルンは、シカ皮の投石器を腰の皮ひもにまた挟みこみ、ほかの武器を手にとると、あいまいに肩をすくめた。おまえに任せる。連れてこようがこまいが、好きにしろ。ブルンは背を向け、歩き去った。

イーザは、かごの中に手を入れて皮のマントを出すと、少女をマントでくるんで、もち上げた。そして、その意識を失っている子どもを柔らかな皮のマントをうまく利用して腰にくくりつけた。少女が背丈のわりにやけに軽いので、イーザは驚いた。もち上げられたとき、少女はうめいた。イーザは、安心させるように少女をなでてから、二人の男が率いる隊列に戻って進み始めた。

ほかの女たちは立ち止まり、イーザとブルンとの衝突にかかわらないように離れたところにいた。薬師が何かを抱え上げてもっていくのを見ると、女たちは好奇心をむきだしにし、盛んに手を振り動かしながら、ぼそぼそ話した。カワウソの皮のきんちゃく袋を除けば、女たちが身につけているものはイーザと同じで、荷物をどっさりもっていることも同じだった。女たちが、みんなで協力して一族の持ちものを運んでいたのだ——地震のあとに残骸《ざんがい》から回収したものを。

七人いる女のうち二人は、外衣をひだにしてたるませた中に赤ん坊をくるみ、いつでも世話ができるように体にぴったり寄せていた。待っているうちに、一人がひだの中が温かくぬれるのを感じ、裸の幼児をひだからさっと出して、おしっこがすむまで前に掲げていた。旅をしていないときは、赤ん坊はしばしば、柔らかな皮の産着にくるまれる。おしっこや白濁した軟らかな便を吸収できるように、赤ん坊の周りにはいくつかのものが詰めこまれる——ムフロン（野生のヒツジ）の脱毛期にとげのある低木に引っかかっている毛や、鳥の胸毛、植物の綿毛などだ。しかし、旅をしているときは、赤ん坊を裸で運び、立ち止まらずに地面に排泄《はいせつ》させるほうが楽だし、簡単だ。

一行がふたたび出発したとき、もう一人の女が幼い男の子を抱え上げ、皮のマントでくるんで腰にくくりつけた。しばらくすると、男の子は、下りて一人で走ろうともじもじした。飽きればどうせ戻ってくるので、女は男の子に勝手に行かせた。まだ成人していないが大人の女と同じだけの荷物を運んでいる、少し年かさの女の子が、イーザのあとに続いている女の後ろを歩いていた。この女の子は、女たちのあとにつけているもう少しで成人する男の子のほうをちらちらと振りかえって見ていた。その男の子は、自分がしんがりを務めている三人の狩人の仲間で子どもではないように見えるように、自分と女たちの間をかなりあけていた。自分も獲物をもっていたらいいのになあ、と男の子は思っていた。女たちの側面を守っている年寄りの一人が、大きな野ウサギを肩に担いでいるのさえうらやましく思った。この野ウサギは、その年寄りが投石器で撃ち倒したのだ。

一族の食料を調達するのは、狩人だけではない。女たちが狩人以上に貢献するときもあるし、女たちが手に入れるもののほうが確実性がある。重い荷物を背負っているが、女たちは道すがら食料をあさっていった――しかも、ほとんど歩をゆるめることもないくらい手際よく。カンゾウが茂っていれば、素早く新芽や花を摘み、掘り棒で土を数回突いて柔らかくて若い根を掘り起こした。沼地のよどみの水面下からガマを根こそぎ引っこ抜いて集めるのは、さらに簡単だった。

新しいすみかを探して移動中でなかったら、女たちは、そうした丈の高い植物の生えている場所をしっかり覚え、しかるべき季節にまた来て、柔らかい穂を野菜代わりに摘みとったことだろう。さらにあとの季節には、古い根をすりつぶしてつくったでんぷんを黄色い花粉と混ぜて、軟らかいビスケットをつくる。穂が乾くと、綿毛が採れる。女たちのかごのいくつかは、こういった植物の丈夫な葉や茎でつくったものだ。今は、ただ見かけたものを集めるだけだが、ほとんど見逃すことはない。クローバー、アルファルファ、タンポポなどの新芽や柔らかな若葉。アザミは、とげをとってから切る。早熟な果物類もいくらか。先のとがった掘り棒が、たえず使われる。女たちの器用な手先にかかったら、無事でいられるものはない。掘り棒は、太ったおいしい地虫やイモリを捕るために、丸太をひっくりかえすてことしても使われる。淡水の貝類を川からすくい上げたり、岸に引き寄せたり、またさまざまなタマネギやイモ類を地面から掘りだしたりするのにも使われる。

集めたものはすべて、女たちの外衣の便利なひだの中か、かごの空いている隅に入れられた。大きな緑の葉は包みになるし、ゴボウなどの葉は、青菜として料理される。乾いた材木、小枝、草、草食動物のふんも集められた。夏になれば、もっとさまざまなものが手に入るが、今だって、どこを探せばいいかを知っていれば、食べものは豊富だ。

再出発したあと、三十歳をすぎた年寄りが足を引きずりながら近づいてきたので、イーザは顔を上げた。その年寄りは、荷物も武器ももっていなかった。携えているのは、歩くのを補助する長いつえだけだった。右脚が左脚より短かったが、驚くほど素早く動くことができた。

右の肩と二の腕は萎《な》えしなび、ひじから下は切断されていた。体の左側はよく発達し、肩も腕もたくましく、脚もがっしりしていたので、ひどくアンバランスに見えた。巨大な頭は、一族のほかの誰よりも大きかった。難産のせいで、生まれながらに体が不自由なのだ。

この年寄りはイーザとブルンの兄で、しかも長男なので、五体満足なら族長になっていたはずだ。男用のスタイルにカットされた皮の外衣を着て、ほかの男たちと同じように、寝具としても使われる暖かな毛皮を背負っていた。けれども、腰の皮ひもからはきんちゃく袋がいくつかぶら下がり、女たちが使うのと同じようなマントを背中にかけていた。このマントには、大きくてかさばったものが入っていた。

顔の左側には見るも恐ろしい傷あとがあり、左目はなかったが、悪くない右目は知性で、いや、それ以上のものできらめいていた。足は悪かったが、身のこなしはしなやかだった。大きな英知と、一族の中における揺るぎない地位のなせるわざだ。この年寄りはモグール、あらゆる一族の中で最大の力をもつまじない師で、もっとも畏敬《いけい》され、あがめられている聖人なのだ。一族の長になるのではなく霊界との仲立ちを務められるようにと、わざわざ自分には不自由な体が与えられたと、この年寄りは確信していた。多くの点で、どんな族長よりも力があったし、本人にもそれがわかっていた。近親者だけが本名を覚えていて、その名で呼んだ。

「クレブ」イーザがそうあいさつし、その年寄りが来てくれてうれしいことを身ぶりで知らせた。

「イーザ?」イーザが抱えている子どものほうを身ぶりで示しながら、クレブは聞いた。イーザがマントを開くと、クレブは、紅潮した小さな顔をじっと見た。はれ上がった脚と化膿《かのう》した傷口に目をやってから、薬師《くすし》に視線を戻し、その目から意味を読んだ。少女がうめいた。クレブは表情を和らげ、うなずいて承認を示した。

「よかろう」クレブはしわがれ声で言った。それから、「死人はもうたくさんだ」ということを身ぶりで伝えた。

クレブはイーザから離れなかった。クレブは、各人の立場と身分を定めている暗黙の規則に従う必要がない。そうしたければ、族長も含め、誰とでも一緒に歩ける。モグールは、一族の厳格な序列を超越した存在なのだ。

ブルンは、ケーブ・ライオンの足跡からはるか先まで一団を導いていってから、足を止め、景色を眺めた。川の向こうには、見わたす限り、草原がなだらかに起伏しながら遠くの平らな広大な緑地へと続いていた。視界を遮るものはなかった。絶え間なく吹く風に変形させられておかしな格好になったままの木が何本か立っていたが、これは広々とした草原の空漠さを際立たせているだけだった。

地平線の近くに、砂ぼこりが巻き上がっていて、硬いひづめをもった動物の大群がいることを明かしていた。狩人たちに合図を送ってその動物たちを追えたらいいんだが、とブルンは心の底から残念に思った。後方にある背の高い針葉樹林は、草原の広大さとの対比で低く見える落葉樹林の向こうに、もはやてっぺんが見えるだけだった。

川の、ブルンがいる側では、草原は少し先のがけで遮断されていきなり終わり、さらに前方で川が急角度に曲がるところからまた続いていた。切りたった岩の断崖は、氷河を頂き雄大にそびえる山脈のふもとの丘陵地帯の一部をなしていた。氷でおおわれた頂は、夕日を受けて鮮やかなピンク、深紅、スミレ色、紫に染まり、巨大なきらめく宝石を頂いているように見えた。実利を第一に考える族長ですら、この壮観な眺めに感動した。

ブルンは川に背を向けると、一族をがけのほうに導いていった。そのがけに、洞穴があるかもしれないからだ。一族にはすみかが必要だった。けれども、さらに重要なことは、一族を守ってくれるトーテムの霊が住む場所を必要としていることだった――霊がすでに一族を見捨ててしまっていないならの話だが。霊は怒っている。一族のうち六人に死をもたらし、一族のすみかを破壊するほど怒っていることを、地震が証明した。もしトーテムの霊の永遠のすみかが見つからなかったら、霊は一族のもとを去り、一族は、病気をもたらし獲物を遠ざける悪霊のなすがままになってしまうだろう。どうしてトーテムの霊が怒っているのかは、誰にもわからなかった。モグールにさえ、わからなかった——モグールは毎夜、霊の怒りを鎮めて一族の不安を和らげる儀式を行っていた。一族の者はみんな不安に思っていたが、ブルンほど心配している者はいなかった。

ブルンはこの一族に対して責任があり、それなりの重圧を感じていたのだ。霊——計り知れない欲望をもっている見えざる力——は、ブルンを当惑させるばかりだった。狩りをしたり一族を率いたりする具体的な世界のほうが、楽だった。ブルンがこれまで調べた洞穴は、どれも適していなかった——絶対必要な条件が欠けていた——ブルンはだんだん絶望し始めていた。次の冬に備えて食料を蓄えるべき貴重な暖かな日々が、新しいすみかを探すために無駄になってしまっている。しばらくしたら、あまり適切でない洞穴に一族をとりあえず宿らせ、正式のすみかは来年探すしかなくなる。それでは、身も心も落ちつかない。ブルンは、そんなことにならないように心からねがった。

一行ががけの下を歩いているうちに、陰が濃くなってきた。岩壁を跳ねるように流れ落ちている細い滝——長い日差しの中で、そのしぶきはゆらめくにじをつくっていた——のところまで来たとき、ブルンは停止を命じた。女たちはくたびれきった様子で、荷物を下ろすと、がけの下のふちやその狭い流出口のほうに散っていき、薪《たきぎ》を探した。

イーザは、毛皮のマントを広げてその上に少女を寝かせてから、急いでほかの女たちを手伝いに行った。少女のことが心配だった。呼吸が浅くなり、目を覚まさず、うめき声さえあまり上げなくなってきていた。どうやってこの子を助けたらいいのだろうか、とイーザはずっと考えていた。カワウソの皮のきんちゃく袋の中に入れてある、乾燥した薬草はどうだろうか。イーザは薪を集めながら、近くに生えている植物をざっと見ていった。なじみのあるものだろうがなかろうが、イーザにとっては、薬であったり栄養になったり、すべてなにがしかの価値をもっている。イーザには、ほとんどどんな植物でも見わけがつく。

小さな川のぬかるんだ岸に咲きかかっているアイリスの長い茎を見たとき、問題の一つが解決した。イーザはその根を掘りだした。一本の木に巻きついている、切れこみの三つあるホップの葉を見て、別なことを思いついたが、もってきている粉末状の乾燥ホップを使うことに決めた。ホップの円すい形の実は、かなり後になるまで熟さないからだ。イーザは、ふちのそばに生えているハンノキの滑らかな灰色がかった樹皮をはぐと、においをかいだ。強い香りがした。イーザは、うなずきながら、その樹皮を外衣のひだの中にしまった。クローバーの若葉を何つかみか摘んでから、急いで戻った。

薪が集められ、火をたく場所が決められると、ブルンと一緒に前を歩いていたグラドが、コケに包んでオーロックスの中空の角のはしの部分に詰めこんである炭をとりだした。新たに火を起こすこともできるが、知らない土地を旅している間は、前回火をたいたときの燃えさしをとっておき、それを使って次の火をたくほうが、うまく燃えない可能性もある材料で毎夜新しく火を起こすよりも楽だ。

旅の間、グラドは慎重に炭を絶やさないようにしていた。前の夜の火は、そのまた前の晩の炭によって起こされたが、もとをたどれば、これまで住んでいた洞穴の入口で、炉辺の残骸《ざんがい》をたいてつくった炭なのだ。新しい洞穴をすみかとして受けいれる儀式には、以前のすみかの燃えさしで火を起こす必要がある。

火の管理は、地位の高い男だけに任せられる。もし燃えさしが消えたら、守護霊が一族を見捨てたという確かな証拠なのだ。グラドは、副族長から、一族の最低の地位に降格されてしまう。そんなことになったら、耐えがたい屈辱だ。グラドは今、大きな名誉と重い責任を担っているのだ。

グラドが、一片の燃えている炭を乾いた火口《ほくち》の上にそっと載せ、吹いて火を起こしている間に、女たちは別の仕事にとりかかった。何世代にもわたって受け継がれてきた技を使って、女たちは素早く獲物の皮をはいだ。火が赤々と燃えてからまもなくして、とがった若木で串刺しにした肉が、二またの枝に載せられて焼かれ始めた。肉は高熱で焼かれるので、肉汁が出ない。火が弱くなって、薪《たきぎ》が炭になるころには、ゆらめく炎に肉汁が落ちることもほとんどない。

皮をはぎ肉を切るのに使う鋭い石のナイフで、女たちは根やジャガイモ類を削ったり切ったりした。きつく編み上げた水もれしないかごや木の椀に野菜を入れ、水を満たしてから、熱した石をそこに入れる。石が冷たくなると、また火の中に戻し、新しい石を水に入れる。やがて、水は湯になり、野菜が煮える。太った地虫はかりかりに焼かれる。小さいトカゲは丸ごと焼かれ、硬い皮が黒焦げになって割れ、おいしく調理された肉がむきだしになる。

イーザは、食事の用意を手伝いながら、自分自身の準備をした。何年も前に丸太の一部を彫ってつくった木の椀に、湯をわかした。アイリスの根を洗い、かみくだいてから、煮えたった湯の中に吐きだした。もう一つの碗——大きなシカの下あごをカップ形にしたもの——の中で、クローバーの葉をつぶし、粉末状のホップを一つかみ分入れて、ハンノキの樹皮を細かくちぎって加えると、その上に熱湯を注いだ。それから、非常用に保存してある硬い乾燥肉を二つの石に挟んですりつぶし、この凝縮されたたんぱく質を三つ目の碗に入れ、野菜の煮汁を加えて混ぜた。

イーザの後ろを歩いてきた女は、イーザが自分から何か言ってくれないかと期待して、イーザのほうをちらちらと見ていた。女も男もみんな、表には出すまいとしていたが、好奇心であふれんばかりになっていた。みんな、イーザが少女を拾うのを見たのだ。だから、そこに野営することになったあと、何かと理由を見つけては、イーザの毛皮のそばを歩いていた。この子はどうしてあんなところにいたのか、この子の仲間はどこにいるのか、明らかによそ者の子どもをイーザが道連れにすることを、ブルンはどうして許したりしたのか。あれこれ憶測が行われていた。

　ブルンが感じている重圧を、エブラはほかの誰よりもよくわかっていた。エブラは、ブルンの首や肩をもんで凝りをとろうとし、ブルンの起こす癇癪《かんしゃく》を真正面から受けとめた。エブラのつれあいであるブルンが、そんなふうになるのは珍しいことだ。ブルンは、冷静に自分を抑えられることで知られている。エブラには、ブルンが感情的になってしまったことを後悔しているのがわかった——それを認めることによって許しを乞うたりはしなかったが。けれども、エブラでさえ、少女を同行させることをブルンがどうして許したのか、不思議に思っていた。とりわけ、正常な行動から逸脱することで霊の怒りが増すかもしれないときに。

　エブラは、好奇心を起こしたものの、イーザに何も聞かなかった。ほかの女たちは、気軽に聞けるような立場になかった。薬師《くすし》がまじないをかけているときには、誰も邪魔をしてはならないし、イーザは無駄話をするつもりなどなさそうだった。イーザの注意は、彼女の助けを必要としている子どもに向けられていた。クレブも少女に興味をもっていたが、イーザは、そのまじない師がそばにいることは歓迎していた。

　イーザが無言の感謝をこめて見守る中、まじない師は足を引きずりながら、意識のない少女に近づいていき、しばらく思いにふけるように見てから、大きな岩につえを立てかけ、少女の上で流れるように片手を振った。慈悲深い霊に少女の回復に力を貸してくれるよう求めたのだ。病気や事故は、体という戦場で行われる霊たちの戦いの神秘的なあらわれだ。イーザのまじないは、彼女を通じて活動する守護霊から生じるが、聖なるまじない師がいなければ、どんな治療も完全にはならない。薬師は霊の代行者にすぎないが、まじない師は霊を直接とりなすことができる。

自分の一族とまったく違う少女をどうしてそんなに気づかっているのか、イーザにもわからなかったが、とにかく、生かしてやりたかった。モグールが、やるべきことを終えると、イーザは少女を腕に抱えて、小さな滝つぼまで運んでいった。首まですっかり水中に沈めると、少女のやせた小さな体にこびりついた泥やほこりを洗い流してやった。冷たい水のおかげで、少女は意識を回復したが、うわ言を言っていた。イーザが聞いたことのない声で叫び、もぐもぐつぶやきながら、のたくり、身もだえした。イーザは、静かにうなるような声でなだめながら、少女をしっかり抱いて戻った。

そっとだが、しっかりとした慣れた手つきで、イーザは、アイリスの根の煮汁に浸した吸水性のウサギの皮で傷口を洗った。それから、どろどろになった根をとりだし、傷口の上にじかに載せ、それをウサギの皮でおおうと、少女の脚を柔らかなシカ皮で包んで、湿布を固定した。つぶしたクローバーとちぎったハンノキの樹皮と石を、二またの枝で骨製の碗からとりだし、その碗を温かい肉汁の碗のそばに置いて冷ました。

クレブは、知りたがっているように碗のほうを身ぶりで示した。質問したわけではなかった――モグールでさえ、薬師《くすし》のまじないについて直接聞いたりはしない――ただ、興味があることを表しただけだ。イーザは、兄が関心をもっても構わなかった。クレブは、ほかの誰よりもイーザの知識を高く評価している。イーザが使う薬草を、別の目的で使うこともある。ほかの薬師たちがやってくる氏族会を除いては、イーザが専門的な仕事をもつ仲間と話し合えるのは、クレブと話すときだけだった。

「こうすれば、ほかの病気を招く悪霊を退治できるのよ」イーザは、アイリスの根の消毒液を指差しながら伝えた。「根からつくったこの湿布薬が毒を消して、傷の治療を助けるの」イーザは骨製の碗を手にとると、液体に指をつけて温度をチェックした。「クローバーは心臓を強くして、悪霊と戦えるようにするの――心臓を刺激して」話すとき、イーザは言葉をいくつか使ったが、主に強調のためだった。この一族の者は、言葉だけで意思伝達ができるほど明瞭に発音できず、身ぶり手ぶりをたくさん使ったが、その手話で十分意味が伝わったし、微妙なニュアンスを伝えられた。

「クローバーは食べものだ。ゆうべも食べた」クレブは身ぶりで伝えた。

「ええ」イーザはうなずいた。「今夜も食べるでしょうね。ただ、つくり方しだいで、薬にもなるの。たくさんのクローバーを少量の湯で煮て、必要なものを抽出するの。葉っぱは捨ててしまうのよ」クレブが、よくわかったというようにうなずくと、イーザは話を続けた。「ハンノキの皮は血をきれいにして清め、血を毒する悪霊を追いだすの」

「薬袋の中のものも使ったな」

「この女の子を落ちつかせて、安らかに眠らせるために、粉末にしたホップを。細い毛の生えている、あの熟した実のやつよ。霊たちが戦っている間、この子は休んでいなきゃならないから」

クレブはまたうなずいた。ホップが眠気を催させることはよく知っていた。別の使い方をすれば、ほどよい高揚感も覚えさせる。クレブは、イーザの治療法にはいつも興味をもっていたが、自分の薬草の使い方を進んで教えることはめったになかった。そのような秘伝はモグールと侍祭のもので、女に伝えられることではない――女が薬師であっても。イーザはクレブ以上に植物の効能に詳しいが、クレブは、イーザがよけいなことまで考えるのを望まなかった。イーザがクレブのまじないについてあれこれ推測するようになったら、それは決して好ましいことではない。

「もう一つの碗は?」クレブは聞いた。

「ただの煮汁よ。かわいそうに、この子は餓死寸前だわ。いったい何があったのかしら？　どこから来たのかしら？　仲間はどこにいるのかしら？　一人で何日もさまよい歩いたに違いないわ」

「知っているのは霊だけだ」モグールは答えた。「おまえの治療法は、間違いなくこの子に効くのか？　この子は一族の者じゃない」

「効くはずよ。よそ者だって、同じ人間なんだから。かあさんが、腕を骨折した男の話をしていたのは覚えているでしょ？　かあさんのかあさんが助けたよそ者よ。一族の治療法はその男に効いたわ。かあさんの話だと、眠り薬が予想以上に効いて、目を覚ますのが思ったよりも遅かったということだったけど」

「おまえがわしらのかあさんのかあさんを知らんのは残念だ。腕のいい薬師《くすし》だった。よその一族の者も会いに来たくらいでな。おまえが生まれてまもなく、霊界に行ってしまったのが残念でならんよ、イーザ。その男のことなら、彼女から話を聞いた。わしの前のモグールも話してくれた。その男は、回復したあと、しばらくとどまり、一族とともに狩りをした。優秀な狩人だったに違いない。狩りの儀式に参加するのを許されたほどだからな。確かに、よそ者も人間だが、やはり違う」モグールは言葉を切った。イーザは利口すぎる。あまり多くを語ってはいけない。さもないと、男たちの秘密の儀式のことをあれこれ推測し始めてしまうかもしれない。

　イーザは碗をもう一度確かめてから、ひざに少女の頭を載せ、骨製の碗の中身を少しずつのませた。煮汁を与えるほうが楽だった。少女はぶつぶつとうわ言をつぶやいて、苦い薬を払いのけようとしたが、飢えた体は食べものを欲しがっていた。イーザが抱きしめてやると、少女は穏やかな眠りに落ちた。イーザは、少女の心臓の鼓動と呼吸を確かめた。もうできる限りのことはした。もし手遅れでないなら、チャンスがある。あとは、霊たちと、この子の精神力しだいだ。

イーザは、ブルンが近づいてくるのに気づいた。ブルンが不機嫌そうに見ていたので、イーザはすぐさま立ち上がり、食事の用意を手伝いに行った。ブルンは、最初に検討したあと、そのよそ者の子どものことを忘れていたが、今になって考えなおし始めたのだ。習慣から、ほかの者がしゃべっているところを見ないよう目をそらしてはいたが、自分の一族の者がどう言っているかは、嫌でも気づいてしまった。あの女の子を同伴することを、ブルンはどうしてまた許したりしたのか。ブルンも同じ疑問を覚え始めていた。よそ者を仲間に加えることによって、霊の怒りをいっそうかきたててしまうのではないか。ブルンは、走っていく薬師を止めようとしたが、クレブがそれを見て遮った。

「どうした、ブルン？　心配そうだが」

「イーザはあの子どもをここに置いていかなきゃならん、モグール。一族の者じゃないからな。新しい洞穴を探す間、あの子がわれわれと一緒にいることを、霊たちは好まんだろう。イーザにあの子を連れてこさせるんじゃなかった」

「いいや、ブルン」モグールは反論した。「人に親切にしてやったからといって、守護霊たちは怒りはしない。イーザのことはわかっているだろ。けがをしている者を見たら、助けずにはいられないんだ。霊にだってイーザのことがわかっていると思わぬか？　もしイーザにあの子を助けて欲しくなかったら、あの子はイーザの通り道に置かれていなかったはずだ。何か理由があるに違いない。まあ、どっちにせよ、あの子は死ぬかもしれんがな、ブルン、アーススがあの子を霊界に呼びたいのなら、決定はウルススがするだろう。今は邪魔だてするな。もし置き去りにしたら、間違いなく死んでしまう」

ブルンは気にいらなかった――あの少女の何かが、ブルンを悩ませた――しかし、モグールの霊界に関する知識に敬意を表し、黙って従った。

クレブは食事のあと、座って黙想にふけりながら、みんなの食事が終わって夜の儀式が始められるようになるのを待った。その間に、イーザはクレブの寝床をつくり、朝のための用意をした。モグールは、新しい洞穴が見つかるまで男女が一緒に寝ることを禁じていた。そのほうが男たちは儀式にエネルギーを集中できるし、みんなで力を合わせて新しいすみかに少しでも近づこうとしているという自覚がもてるからだ。

イーザにとっては、この禁止はどうでもよいことだった。イーザのつれあいは、地震の際の陥没で死んだ者の一人なのだ。埋葬のときには、それなりに悲しんでみせた――さもなければ、悪いことが起こっていただろう――けれども、つれあいが死んだことをイーザはさほど悲しんではいなかった。イーザのつれあいが残忍で、要求の多い男だったということは、秘密でも何でもない。二人の間には、愛情などまったくなかった。一人になってしまったイーザを、ブルンがどうするつもりか、イーザにはわからなかった。誰かが、イーザと彼女の腹の子を養わなくてはならない。どうなるにせよ、クレブの食事の世話を続けられるようにイーザはねがった。

クレブは初めから、イーザとそのつれあいと炉辺をともにしていた。イーザは、クレブが彼女のつれあいを彼女と同じくらい嫌っていることがわかっていた。クレブが夫婦間の問題に立ちいることはなかったが。イーザは、モグールの食事の世話をすることを名誉だとつねづね思っていた。いや、それ以上に、多くの女がつれあいに感じるような愛情のきずなを、その兄に対して感じるようになっていたのだ。

イーザは、クレブを不びんに思うことがときどきある。クレブは、そう望めば、自分のつれあいをもつこともできただろう。けれども、クレブがいかに素晴らしいまじないの力をもち、いかに地位が高かろうと、どんな女も、クレブの異形の体と傷あとのある顔を嫌悪なくして見ることはない。クレブにもそれはわかっているはずだ。クレブは一度もつれあいをもったことはなく、自制を保ってきた。それこそがクレブの威信を高めたのだ。男たちも含めて全員――ひょっとすると、ブルンは別かもしれないが――モグールを恐れるか、畏敬《いけい》の念を抱いていた。イーザは違う。生まれてからずっと、クレブの優しさや思いやりを知っているのだ。クレブがめったに表に出さない性質だが。

ちょうどそのとき、偉大なモグールの心を占めていたのは、そうした性質のほうだった。その夜の儀式のことではなく、小さな少女のことを考えていたのだ。その少女のような人間に興味をもつことはしばしばあったが、一族の者はできる限りよそ者を避けるし、クレブもこんな幼いよそ者を見るのは初めてだった。この子が一人きりになってしまったのは、地震と関係があるのだろう。この子の種族がそんなに近くにいたとは驚きだ。たいがいは、ずっと北のほうに住んでいるのだが。

クレブは、数人の男が野営地から離れるのに気づき、自分もつえを手に立ち上がった。儀式の準備を監督するためだ。この儀式は、男の特権であり、義務でもある。女が一族の信仰生活に立ちいることはめったに許されないが、とくにこの儀式からはまったく閉めだされている。女が男たちの秘密の儀式を見てしまうことほど大きな不幸はない。ただ災難をもたらすだけでなく、守護霊を遠ざけてしまう。一族が死に絶えてしまうだろう。

けれども、そんな危険はほとんどない。そうした重要な儀式の場にあえて近づこうなどと考える女はいないからだ。女たちは、男たちの儀式を、くつろげる時間として楽しみにしていた。男たちの絶え間ない要求や、彼らに敬意を払って礼儀正しく振る舞うことから解放されるのだ。男が四六時中そばにいるのは、女にとってたいへんなことだ。とりわけ、男がいらいらしていて、つれあいに当たりちらすときには。たいがいは、男たちは狩りの期間中、不在になる。女たちは、新しいすみかが見つかるよう切にねがっていたが、女たちにできることはほとんどなかった。ブルンが進路を決めたが、そのとき女の意見などまったく求められなかったし、助言することもできなかった。

男がリードし、責任を負い、重要な決定をすることを、女は当然のことと思っていた。この一族は、何十万年にもわたってほとんど変わっておらず、今さら変化することはできない。かつては好都合ゆえに受けいれていた方法が、今では遺伝子に組みこまれているかのようになっている。男も女も、自分らの役割を苦もなく受けいれている。ほかのことは、がんこなまでに受けいれられない。誰も余分な腕を一本生やしたり、頭の形を変えようとしないのと同様、その関係を変えようとする者はいない。

男たちが去ったあと、女たちはエブラの周りに集まった。女たちは、自分らの好奇心が満たせるようにイーザも来てくれないかとねがったが、イーザは疲れきっていたし、少女のそばから離れたくなかった。クレブが立ち去るとすぐに、イーザは少女のわきに横になり、二人の体を毛皮でくるんだ。消えかけた火のかすかな光で、眠っている少女をしばらく見つめた。

奇妙な顔つきをした子どもだ、とイーザは思った。醜いといっていいくらいだ。額は盛り上がっているが、鼻は小さくて、顔はのっぺりしている。口の下には、すごく奇妙な骨ばったこぶ。何歳だろう？　初めに思ったよりも幼い。背が高いから、誤解してしまったのだ。それに、ひどくやせていて、骨が感じとれるほどだ。かわいそうに、最後に何か食べてから一人ぼっちでさまよい続けて、どれくらいの時間がたつのか？　イーザは、少女を守るように腕をかけた。幼い動物の子を助けることさえある女が、哀れなやせた少女を放っておけるわけがない。薬師《くすし》の温かな心は、か弱い少女に同情していた。

モグールのクレブが離れて立っているうちに、男が一人また一人とやってきて、たいまつで囲った大きな輪の中に小さな円形に並べられた石の後ろに座った。そこは、野営地から離れた開けた草原だった。まじない師は、全員が座るまで待ち、さらに少し間をおいてから、香木のたいまつを手に円の真ん中に入った。それから、空いている場所に、その小さなたいまつを立てた。たいまつの向こうには、つえが置かれていた。

モグールは、輪の中央に、いいほうの脚に体重をかけて真っすぐに立つと、座っている男たちの頭越しに、焦点の定まらない夢見るようなまなざしで遠くのやみを見つめた——ほかの者には見えない世界を片目で見ているかのように。左右非対称の体のいびつな出っぱりをおおっているケーブ（洞穴）・ベアの大きな毛皮のマントに包まれたモグールは、堂々としていたが、どこか非現実的な存在だった。人間だが、ゆがんだ形をしていて、人間ともいいきれない。人間にほかならないが、人間以外のものだ。体の障害が、モグールに超自然的な性質を与えていた。モグールが儀式をとりおこなうときに、これこそが畏敬《いけい》の念を起こさせるのだ。

いきなり、モグールはいかにもまじない師らしく手を振り動かし、頭蓋骨をとりだした。たくましい左腕で、それを頭上に掲げると、その大きな、額の広い特有の頭蓋骨がどの男にも見えるよう完全な円を描いてゆっくり振り回した。男たちは、たいまつのゆらめく光を受けて白く輝くケーブ・ベアの頭蓋骨をじっと見つめた。モグールは、地面の小さなたいまつの前に頭蓋骨を置くと、男たちの輪を完成させるように腰を下ろした。

モグールのわきに座っていた若い男が立ち上がり、木の椀を手にとった。グーブというこの若者は、十一歳を過ぎて、地震の少し前に成人式をすませたばかりだ。グーブは、まだ幼いときに侍祭に選ばれ、これまでもしばしばモグールの準備を手伝ってきたが、成人するまでは、実際の儀式には参加できなかったのだ。グーブが初めて新しい役目を果たしたのは、一族が洞穴を探し始めてからで、まだまだ自信がなかった。

グーブにとっては、新しい洞穴を見つけることは特別な意味をもっていた。めったに行われず、しかも言葉では説明しがたい、洞穴をすみかとして受けいれる儀式の詳細を、偉大なモグール自身から学ぶチャンスなのだ。子どものころは、侍祭に選ばれたことが名誉だとはわかっていたが、そのまじない師を恐れていた。若者はその後、体の不自由なそのモグールがあらゆる一族のうちでもっとも優れたモグールであるばかりでなく、厳しい顔つきの下には親切で優しい心が隠れていることを知った。今ではグーブは、その師を尊敬し、愛してもいた。

ブルンが野営を命じるとすぐに、侍祭は、今、碗の中に入っている飲みものを用意し始めたのだ。まず、ダチュラを丸ごと二つの石の間に挟んですりつぶした。難しいのは、葉と茎と花の使用量と割合を決めることだ。つぶしたその植物の上に熱湯を注ぎ、儀式のときまで、浸しておく。

モグールが輪の中に入る直前に、グーブはこの濃いダチュラ茶を、指で漉《こ》しながら儀式用の特別な碗に注いだ。そして、その聖者が上出来だと認めてうなずいてくれるように心からねがった。グーブが碗を差しだすと、モグールは一口すすり、うなずいて承認を示してから、のんだ。グーブは、聞こえないくらいの安堵のため息をもらした。それから、ブルンを筆頭に、地位の順に男たちに碗を回していった。各人がのむ間、グーブは碗を手で支え、それぞれの量を調節し、最後に自分ものんだ。

モグールは、グーブが座るのを待ってから、合図した。男たちは、やりの柄先で地面をリズミカルに打ち始めた。ドンドンというやりの音はしだいに大きくなり、やがて、ほかの音は聞こえなくなった。規則的なビートに乗った男たちは、立ち上がると、リズムに合わせて動き始めた。モグールはケーブ・ベアの頭蓋骨をじっと見つめた。モグールが意のままに操っているかのように、その凝視は男たちの注意を神聖な頭蓋骨に向けさせた。タイミングが重要なのだが、モグールはタイミングを見きわめる名人だ。モグールは、期待がぴったりピークに達するのを待ち――それ以上長びけば、緊張が途切れてしまうくらいのところで――一族を率いる弟に目をやった。ブルンは頭蓋骨の前にしゃがんだ。

「ブルンのトーテム、バイソンの霊よ」モグールは始めた。実際に口にしたのは、〝ブルン〟という一語だけだ。残りは片手のしぐさで表現し、ほかの言葉は声に出さなかった。霊との交信に使われる大昔からの型どおりの身ぶりだ。のどから出るわずかな言葉や手ぶりが違う、ほかの一族との意思疎通にも使われる。モグールは無言のしぐさを用いて、バイソンの霊に、彼を怒らせた一族の誤りを許してくれるようねがい、助けを求めた。

「この男はいつも霊たちをたたえてきました、偉大なるバイソンよ、いつも一族の伝統を守ってきました。この男は強いリーダー、賢いリーダー、公平なリーダー、よい狩人、よい扶養者、自制心のある人間で、強大なるバイソンにふさわしい男です。この男を見捨てないでください。このリーダーを新しいすみかへと導いてください。バイソンの霊が安んじて暮らせる場所へと。この一族は、この男のトーテムの助けを切に求めます」聖なる男は、そう締めくくった。それから、副族長に目をやった。ブルンが後ろに下がると、副族長のグラドがケーブ・ベアの頭蓋骨の前にしゃがんだ。

女はこの儀式を見ることを許されない。いつもストイックにたくましく振る舞っている男たちが、女が男にこいねがうように、見えざる霊にこいねがっていることを知られてはまずいからだ。

「グラドのトーテム、ヒグマの霊よ」モグールはふたたび始めた。同じ型どおりの身ぶりでグラドのトーテムに懇願した。それから、残りの男たちに、順番に同じことをした。終わると、モグールはケーブ・ベアの頭蓋骨をじっと見つめ続けた。一方、男たちは、ふたたび期待に胸を膨《ふく》らませながら、やりで地面を打っていた。

次に何があるかは、全員わかっていた。この儀式は決して変わることはない。毎晩同じことが行われているが、それでも男たちは期待して待つ。モグールが、彼自身のトーテムであり、あらゆる霊たちの中でもっともあがめられているウルススの霊、偉大なるケーブ・ベアを呼びだすのを。

ウルススはモグールのトーテムというだけではない。全員のトーテムであり、トーテム以上の存在だ。ウルススこそが、彼らを一族として結びつけている。最高の霊、最高の守護者だ。ケーブ・ベアに対する畏敬《いけい》の念が、彼らを一体にする共通の因子であり、それぞれ独立して暮らしているすべての一族を一つの種族、〝ケーブ・ベアの一族〟にまとめる力となっている。

片目のまじない師は、今だと判断すると、合図した。男たちは、やりで地面を打つのをやめて各自の石の後ろに座ったが、ドンドンという重々しいリズムが血の中を巡り、まだ頭の中で鳴っていた。

モグールは小さなきんちゃく袋に手を入れ、ヒカゲノカズラの乾いた胞子を一つまみ分とりだした。そして、小さなたいまつの上に片手をもっていくと、前かがみになって息を吹きながら、胞子を落とした。胞子には火がつき、夜のやみと鮮やかな対照をなす白くきらめく光を放ちながら、滝のようにケーブ・ベアの頭蓋骨の周りに劇的に落ちた。

頭蓋骨は光り、生気をとり戻したように見えた。ダチュラの効果で感覚が鋭くなっている男たちには、そう見えた。近くの木にいるフクロウが、命じられてでもいるようにホーホーと鳴き、神秘的な光に不気味な音を加えた。

「一族の守護者、偉大なるアーススよ」まじない師は型どおりの身ぶりとともに言った。「この一族を新しいすみかに案内してください。かつてケーブ・ベアが一族に、洞穴に住み、毛皮を着ることを教えてくれたように。あなたの一族を氷の山から守ってください。彼を生む霧雪の霊と、その夫である吹雪の霊から。この一族は、偉大なるケーブ・ベアにおねがいします、この一族に家がない間、いかなる災いももたらされないように。あらゆる霊のうちでもっともあがめられている強力なアーススの霊よ、あなたの一族が、あなたの民が始まりへの旅をする間、どうか一緒にいてください」

そのときモグールは、その素晴らしい頭脳の力を使った。

前頭葉がほとんどなく、発声器官が未発達でうまくしゃべれないが、巨大な脳をもつ——当時生きていたどんな種族よりも、また、まだ生まれていない未来の人々よりも大きかった——この原始の民は、ほかにはない独自の存在だった。視覚と身体の感覚をコントロールして、記憶を蓄える後頭部と頭頂部が発達した、人類の一分派の頂点に達していた。

さらに、たぐいまれなのはその記憶力だった。彼らの中には、先祖がいかなる行動をとってきたかが、無意識のうちに知識として蓄積されていた。その大きな脳の中には、自分の記憶だけでなく、先祖の記憶も蓄えられているのだ。彼らは、先祖が学んだ知識を思いだせる。特別な状況下では、もっと前まで踏みこめる。種の記憶、自分の進化の過程を思いだせるのだ。そして、十分に記憶をさかのぼると、全員が共通の記憶にたどりつき、心を一つにできる。

しかし、この資質が完全に育っているのは、顔に傷あとのある、体の不自由なまじない師の並はずれた頭脳の中だけだった。頭が巨大だったせいで障害を負ったクレブ。優しく内気なクレブは、その頭脳の力を使い、周りに座っている一人ひとりの男の心を一つに溶け合わせて導くことを、モグールとして学んだ。クレブは、種族が先祖から受け継いだどんな部分にでもみんなを連れていき、心の中でどんな先祖にもならせることができる。クレブは、誰もが一目置くモグールだ。光のトリックや麻薬の陶酔感に頼らなくても大丈夫な、真の力をもっている。だからこそ、みんなは舞台をととのえ、クレブの指導を受けいれたのだ。

太古からの星に照らされたその静かな暗い夜に、数人の男は、言葉では説明できない幻覚を体験した。幻を見たのではない。彼ら自身が幻影そのものだった。彼らは幻影の感じることを感じ、幻影の目で見て、底知れぬ起源を思いだした。海の生物の未発達の頭脳が温かな塩水の中に漂っているのを、心の奥底に見つけた。最初の呼吸の苦しさに耐えて生き延び、水陸両生の動物になった。

彼ら一族はケーブ・ベアを崇敬《すうけい》しているので、モグールは、原初的なほ乳動物——水陸両生の種やそのほかたくさんの種を生んだ先祖——を呼びだし、男たちの精神をそのクマの最初の先祖と溶け合わせた。それから、男たちは大昔から順を追って、一つひとつ先祖になっていき、ほかの形に分かれていったものを感じた。そうすることで、彼らは地球上のあらゆる生きものと自分との関係に気づいた。彼らが殺して食べた動物に対してさえ崇敬の念が生まれ、トーテムとの霊的結びつきのもとになった。

彼らの心は一つになって動いていた。現在に近づいたときにやっと、彼らは直接の先祖になり、ようやく自分自身になった。この儀式は永遠に続くように思われた。ある意味で、長い年月が経過していたが、実際はたいして時間はたっていなかった。めいめい自分自身に戻ると、静かに立ち上がり、寝る場所に行き、夢を見つくしたように夢のない深い眠りに落ちた。

モグールが最後に残った。一人きりで、今の経験について考えたが、しばらくすると、いつもの不安を覚えた。一族の男たちは、心を高揚させる深くて崇高な思いで過去を知ることができた。しかし、クレブは、ほかの者には決して思いもよらない限界を感じた。ほかの者は前を見ることができない。先のことを考えることすらできない。クレブだけが今後の可能性をわずかながら知っていた。

一族の者は、過去と異なる未来を想像することができないし、明日のために革新的なアイデアを生みだすこともできない。彼らの知っているすべてのこと、彼らの行うあらゆることは、これまでなされてきたことの繰りかえしだ。季節の変化に合わせて食べものを蓄えることすら、過去の経験の結果なのだ。

ずっと昔には、革新がもっと容易にできた時代もあった。くだけた石のへりがとがっているのに気づいて、へりがとがるように自分で石をくだいてみてはどうかと思ったときが。くるくる回した木の棒の先端が熱くなっていたので、もっと激しく長いこと回して、どれだけ熱くなるか確かめてみたときが。けれども、頭脳の記憶容量を大きくしながら、どんどん記憶を増やしていくにつれ、変化は難しくなった。ついには、頭脳の記憶庫に新しいアイデアを加える余地がなくなってしまったし、人間の頭はすでに大きくなりすぎていた。女たちは難産に苦しんだ。新しい知識を受けいれるためにそれ以上頭を大きくするのは無理だった。

この一族は、変わらぬ伝統に従って生きていた。この世に生まれてから霊の世界に呼ばれる日まで、一族の生活のあらゆる面が、過去によって定められていた。無意識のうちに、何の計画もなく、そうやって生存の試みを行っていたのだ――種を絶滅から救うための最後の努力で、失敗する運命にあったものの。この一族には変化を止めることはできない。それに抵抗することは、自滅であり、生存を止めることだった。

この一族は順応が遅い。発明は偶然で、しかも、しばしば利用されなかった。何か新しいことが一族に起これば、情報として蓄積されることはある。しかし、変化は、たいへんな努力を重ねてようやく達成される。そして、いったん変化がもたらされると、断固としてその新しい道に従う。二度と変えられないほど徹底的にやる。けれども、何かを新たに学ぶ余地のない種、成長する余地のない種は、もはや確実に変化していく環境に適応する力をもっていないし、違う形で発展するポイントをすでに超えてしまっていた。それは、自然の異なる試みであるもっと新しい種に任される。

広々とした平原に一人で座ったモグールは、最後のたいまつがプップッ音を立てながら消えていくのを見ながら、イーザが見つけた奇妙な少女のことを考えた。しだいに不安が増してきて、じっとしていられなくなった。あの少女のような人間には、これまでにも会ったことがあるが、モグールの知っている限りでは、つい最近になってからのことで、しかも、その出会いの多くは愉快なものではなかった。その人間がどこから来たのかは、なぞだったが——少女のような人間は、この土地の新参者だった——彼らが来て以来、多くのことが変わってきていた。彼らが変化をもたらしているようでもあった。

クレブは不安を振りはらい、ケーブ・ベアの頭蓋骨をそっとマントで包むと、つえをつかみ、足を引きずりながら寝床に歩いていった。

3

少女が寝返りを打って、手足をばたつかせ始めた。

「おかあさん」少女はうめいた。腕を激しく振り動かしながら、今度はもっと大きな声で叫んだ。「おかあさん！」

イーザは小声でささやきながら、少女を抱きしめてやった。イーザの体の親密な温かさとなだめる声が、高熱を発した少女の頭に染みこみ、少女を安心させた。少女は夜通し断続的に眠っていて、のたうち回ったり、うめいたり、うわ言を言ったりし、何度もイーザを起こしたのだ。その音声は奇妙で、一族の人間が話す言葉とは違っていた。軽やかに、滑らかに流れ、一つの音が別の音に混じり合っていた。イーザはそのほとんどをまねできず、耳はその微妙な差を聞きとれさえしなかった。けれども、ある特別な音の組み合わせが何度も繰りかえされ、イーザは、その子に近い誰かの名前ではないかと思った。自分がそばにいることで少女が慰められるとわかったとき、イーザは、それが誰であるかわかった。

この子はまだ幼いはずだ、とイーザは思った。食べものの見つけ方さえ知らなかったのだから。一人きりになってしまってから、どれくらいたつのだろう？　仲間はどうなったのか？　地震のせいなのか？　一人でそんなに長いことさまよっていたのか？　引っかき傷をいくつか負っただけで、ケーブ・ライオンから逃げられたのはどうしてか？　イーザは、そういう傷を何度も治療したことがあるので、少女があの巨大なネコ科の動物にけがを負わされたことがわかった。強力な霊がこの少女を守っているに違いない。

夜明けが近づいていたが、まだ暗かった。そのころになって少女はようやく熱でぐっしょりと汗をかいた。イーザは、少女をしっかり抱きしめ、ぬくもりを加え、ちゃんと毛皮でくるまれているか確かめた。少女は、ほどなく目を覚まし、ここはどこかと思ったが、暗くて見えなかった。隣の女の体に慰めを感じ、また目を閉じ、さらに安らかな眠りに落ちた。

空が白み、かすかな光を背に木々が黒く浮かび上がると、イーザは暖かな毛皮から静かに這《は》いでた。火をかき起こし、薪《たきぎ》を足すと、小さな川に行って、碗に水をくみ、ヤナギの木の皮をはいだ。ちょっと手を止め、お守りをつかみ、ヤナギを与えてくれてありがとうと霊に感謝した。ヤナギがどこにでもあるうえ、その皮が痛み止めになってくれるので、イーザは霊にいつも感謝している。痛みと苦しみを和らげるお茶をつくるために、これまで数えきれないほどヤナギの皮をはいできた。もっと強い痛み止めもあるが、それらは同時に感覚を鈍らせる。ヤナギの鎮痛作用は、痛みを和らげ、熱を下げるだけだ。

イーザが火におおいかぶさるようにして座り、水とヤナギの皮の入った碗に熱い小石を加えているうちに、数人が起きて動きだした。用意ができると、イーザはそれを毛皮のところにもって帰り、地面に掘った小さなくぼみに碗をそっと置いてから、少女の横に潜りこんだ。そして、眠っている少女の一風変わった顔に興味をそそられて、じっと見た。呼吸は正常になっていた。小さな鼻筋の皮が少しむけていることを除けば、日焼けは治まって褐色になっていた。

イーザは、この少女のような種族を以前も見たことがあるが、遠くからだ。この一族の女たちは、いつも走って隠れる。各一族が一堂に会する氏族会で、一族とよそ者との偶然の出会いに関して愉快ならざる出来事が語られていたので、一族の者はよそ者を避けるようにしている。とくに、女たちはほとんど接触を許されていない。しかし、イーザの経験は、それほど悪いものではなかった。はるか以前、腕を折って苦痛で正気を失いかけたよそ者の男が、一族の洞穴にさまよいこんできた――イーザは、そんな話をクレブとしたのを覚えている。

その男は、一族の言葉をいくらか覚えたが、行動は奇妙だった。男ばかりでなく女にもどんどん話しかけ、薬師《くすし》には崇敬《すうけい》といっていいくらいの丁重な態度で接した。そのせいで、男たちからの尊敬は得られなかった。イーザが、眠らないで少女を見つめながら、よそ者のことを考えているうちに、空はさらに白んできた。

イーザが少女を見ているうちに、明るい炎の玉が地平線上に現れ、一条の日差しが少女の顔に差した。少女のまぶたがピクピク動いた。目を開けた少女は、イーザの突きでた眉弓《びきゅう》の下にある深くくぼんだ大きくて茶色い目をのぞきこんだ。その顔は、犬の鼻面のように突きでていた。

少女は悲鳴を上げ、またぎゅっと目を閉じた。イーザは少女を引きよせた。やせこけた体が恐怖で震えていたので、イーザはなだめるような声でつぶやいた。少女はその声にどこか聞き覚えがあるようだったが、もっとよく覚えていたのは、温かで力づけてくれる体のほうだった。少女の震えはしだいに収まった。少女はわずかに目を開け、ふたたびイーザを見た。今度は、悲鳴を上げなかった。少女は目を大きく見開くと、見覚えのない奇妙な女の顔を見つめた。

イーザも、驚嘆しながら少女を見つめた。空のように青い目など、初めて見た。イーザは一瞬、この子は目が見えないのではないかと思った。この一族の年とった者の目には、膜がかかるときがある。その膜のせいで、目の色が薄くなり、視界がぼやける。けれども、その子の瞳は正常に開いているし、イーザを見ていることは間違いない。その灰色がかった明るい青の目は、この子にとっては異常ではないのだ、とイーザは思った。

少女は、顔の筋肉一つ動かすのさえ恐れて、目を大きく見開いたまま、まったく動かずに横たわっていた。イーザの助けをかりて体を起こしたとき、少女は苦痛で顔をゆがめた。そして、そのとき、記憶がどっとよみがえってきた。巨大なケーブ・ライオンの鋭いかぎづめが脚を引っかくところが目に浮かび、ぶるっと身震いした。のどの渇きが恐怖と脚の痛みを圧倒して、どうにか川まで行ったことも思いだしたが、それ以前のことは思いださなかった。飢えておびえながら一人さまよい歩いたつらい体験や、恐ろしい地震や、失った愛する人たちの記憶はすべて、心に封じこめてしまっていたのだ。

イーザは、液体の入った碗を少女の口にもっていった。のどが乾いていた少女は、一口のんだが、苦さに顔をしかめた。しかし、イーザがもう一度少女の口に碗を当てると、またのみこんだ。怖くて逆らえなかったのだ。イーザは、それでいいというようにうなずいてから、女たちが朝食の支度をするのを手伝いに行った。少女はイーザを目で追った。そして、イーザに似た人間でいっぱいの野営地に初めて気づき、目を見開いた。

食べものをつくるにおいに、少女は空腹痛を覚えた。イーザが、肉汁に穀類を加えてとろみをつけたかゆの入った小さな碗をもって戻ると、少女はがつがつとのみこんだ。薬師《くすし》は、固形の食べものを与えるのはまだ早いと思っていた。少女の縮んだ胃がいっぱいになるのには、たいして時間はかからなかった。その子が旅の間にのめるように、イーザは残った液体を水袋に入れた。少女が食事を終えると、イーザは少女を寝かせ、湿布をとった。傷口からはうみが出て、はれはひいていた。

「よし」イーザは声に出して言った。

少女は、その女のつぶやくような話し声を初めて聞いたが、荒々しいしわがれ声にびくっとした。少女の慣れない耳には、人間の言葉というよりも動物のうなり声かうめき声のように聞こえた。けれども、イーザの行動は動物のようではなく、とても人間的で、思いやりがあった。その薬師はすでに、どろどろにした根をまた用意していた。イーザが新しい湿布を当てている間に、いびつな体をした男が、足を引きずりながら近づいてきた。

少女は、それほどまでに恐ろしくて気味の悪い人間を見たのは初めてだった。顔の片側には傷あとがあり、目があるはずの場所を皮膚が垂れぶたのようにおおっていた。しかし、ここにいる人間はみんな、少女にとっては異質で醜かったから、その男の近寄りがたい醜さも程度の問題にすぎなかった。この人たちが何者なのか、どうして自分が一緒にいるのか、少女にはわからなかったが、今そばにいる女が自分の世話をしてくれていることはわかった。食べものをくれ、足を冷やして痛みを和らげてくれ、とりわけ、心の奥底でうずいていた不安をとりのぞいてくれた。奇妙な人たちだったが、一緒にいれば、少なくとももう一人ぼっちじゃない。

体の不自由な男は、ゆっくり腰を下ろすと、少女をじっと見た。少女が好奇心をあらわに見かえしたので、クレブは驚いた。一族の子どもたちは、いつもこのモグールを少し怖がっていた。年長者でさえクレブに一目置いていることはすぐにわかるし、クレブの打ちとけない態度のせいで、子どもたちは親しくなろうにもなれなかったのだ。子どもが悪さをすると、母親はモグールを呼ぶと脅すので、子どもたちとクレブの距離はますます広がった。子どもたちが大人になるころには、たいていの者、とりわけ女の子は心からクレブを恐れた。一族の者が恐怖に尊敬を加えるようになるのは、中年期になってからだ。この奇妙な少女が恐れもせずにクレブを値踏みしたことに興味を覚えて、クレブのいいほうの右目はきらめいた。

「この子はよくなっているな、イーザ」クレブは言った。その声は女の声より低く、その音は少女には言葉というよりうなり声に聞こえた。少女は、声に伴っている手ぶりには気づかなかった。その言葉は少女にはまったくなじみのないものだった。男が女に何か伝えた、ということしかわからなかった。

「飢えのせいでまだ弱っているけれど、けがはよくなっているわ」イーザはいった。「傷は深いけれど、足が悪くなるようなことはないし、うみはでている。この子はケーブ・ライオンに引っかかれたのよ、クレブ。ケーブ・ライオンが一度襲うと決めたのに、ちょっと引っかいただけでやめるなんて、聞いたことある？　この子が生きているなんて、驚きよ。よほど強い霊に守られているに違いないわ。と言っても」イーザはつけ加えた。「わたしには霊のことなんかわからないけれど」

確かに、モグールに霊のことを言うなど、女がするべきことではない——兄妹であってもだ。イーザは、すまないというしぐさをし、勝手な推測をしたことを許してくれるように求めた。クレブはイーザを無視し、さらに興味をもって少女を見た。強い霊に守られている、というイーザの言葉を聞いたからだ。クレブもほとんど同じようなことを考えていたのだ。クレブは認めなかったが、妹の意見はもっともで、クレブ自身の考えの正しさが確かめられたのだった。

一族は急いで野営を引きはらった。かごや包みを背負ったイーザは、少女を腰に抱え上げると、ブルンとグラドのあとを追った。イーザの腰に乗った少女は、道中、もの珍しそうにあたりを見回し、イーザやほかの女たちがすることを何でも見ていた。女たちが立ち止まって食料を集めるたびに、少女はとりわけ興味を示した。イーザはしばしば、新鮮なつぼみや柔らかい若芽を少女に食べるようにと渡した。少女は、同じことをしてくれた別の女がいたことをぼんやりと思いだした。しかしそれよりも今、少女は、植物をよく観察し、識別するための特徴をしだいにつかもうとした。飢えに苦しんだ日々を過ごしたために、この幼い子どもは、どうやって食べものを見つけるのか知りたいという強い思いをもつようになっていたのだ。少女は、一つの植物を指差した。イーザが立ち止まって根を掘りだしてくれたので、少女は喜んだ。イーザも満足した。この子はもの覚えが早い、とイーザは思った。この子はこれまでこんなことを知らなかったはずだ、知っていたら飢えなかったはずだから。

一行は昼ごろ、休憩をとった。その間に、ブルンは、すみかになりそうな洞穴をざっと調べた。イーザは、水袋に入れておいた残りの肉汁を少女にのませてから、固い乾燥肉を一切れ、食べるようにと渡した。洞穴のほうは、一族の必要条件を満たしていなかった。その日の午後遅く、ヤナギの木の皮の効き目が薄れ、少女の脚はずきずきし始めた。少女は休みなく身をよじった。イーザは少女の体をさすり、もっと楽にさせてやろうと体勢を変えた。少女はイーザにすっかり身を任せていた。信頼しきって、やせた腕をイーザの首に巻きつけ、頭をイーザの幅広い肩にもたせかけていた。長いこと子どもを授かることのなかった薬師《くすし》の心に、この孤児になった少女に対する愛情がこみ上げてきた。少女は弱って疲れきっていたが、イーザの歩くリズミカルな動きになだめられ、眠りに落ちた。

夕方が近づいてきたころには、イーザは、いつもより余分な荷を運んでいるせいでひどく疲れていた。ブルンがその日の旅を終えようと停止を命じたとき、イーザはほっとしながら子どもを下ろした。少女のほおは赤らんで熱く、目はどんよりしていた。イーザは薪《たきぎ》を探しながら、子どもをもう一度治療するための植物を探した。何が別の病気を引き起こしたのか、イーザにはわからなかったが、治療法は心得ていたし、ほかの多くの病気のことも知っていた。

治療はまじないのようなもので、霊の言葉を使って表現されるが、イーザの薬が効かないわけではない。大昔の一族は、いつも狩猟と採集によって生きてきた。何世代にもわたって野生の植物を用いてきたために、実験や偶然によって、植物に関する情報が蓄えられた。皮をはぎ、肉を切った動物の臓器は観察され、比較された。女たちは、食事の支度で動植物を切断するときに、その知識を役立てた。

イーザの母親は、訓練の一部としてさまざまなものの内部をイーザに見せ、その働きを説明してくれたが、実を言うと、それは、イーザがすでに知っていることを思いださせるのが目的だった。イーザは、高い敬意を払われる薬師《くすし》の家系に生まれた。治療の知識は、訓練よりも神秘的な手段を通じて、薬師の娘へと伝えられる。高名な家系の駆けだしの薬師は、平凡な先祖をもつ経験豊かな薬師より地位が高いが、それももっともなことなのだ。

イーザの頭の中には、生まれながらに、先祖の獲得した知識が蓄えられていた。大昔から薬師の家系で、イーザは直系の子孫だ。イーザは、先祖の知識を思いだせる。しかも、自分自身の経験を思いだすのと大差なく。いったん刺激を与えられれば、あとは自動的だ。イーザが自分自身の記憶を思いだせるのは、主に、それに関連した状況も覚えているからだ――イーザは何一つ忘れない。一方、先祖の知識は、どうやって学んだかは思いだせないが、蓄えられた記憶から引っぱりだせる。イーザと兄たちは、親は同じだったが、クレブもブルンも、イーザのような治療の知識はもっていない。

一族の者の記憶は、男女によって異なっている。男が植物の初歩的な知識しかもっていないように、女は狩猟の知識を必要としない。男と女の頭脳の違いは生まれつきのもので、文化はそれを強固にしているだけだ。頭脳の大きさに限りがあるのも自然がそうさせていることで、この種族を延命させるのが目的だ。出生時に異性に属する知識をもっている子どももいるが、刺激を受けずに育てば、大人になるまでには失ってしまう。

けれども、このようにして自然がこの種族を絶滅から救おうと試みることにより、かえってその目的が達せられなくなる可能性もあった。男と女は、子孫をつくるために欠くことができないばかりでなく、日々の暮らしのためにも不可欠だった。一方が、もう片方なしに長いこと生き延びることはできない。互いに相手の技を身につけることができないし、技の記憶ももっていないのだ。

この一族の者は男女とも、優れた観察眼をもっていたが、それぞれ異なるやり方で使った。旅を続けるうちに、地形はしだいに変化していたが、イーザは無意識のうちに、通過する風景を一つひとつ細部にわたって心にとめた。とりわけ、草木を。イーザは、葉の形や茎の高さのわずかな違いをかなり遠くから見わけることができた。見たことのない植物――数本の花、ところどころに生えた木、低木の茂みなど――があっても、どこかで知っていた。大きな頭脳の奥深くに、そうした植物の記憶が見つかった。イーザ自身のものでない記憶が。しかし、大量に蓄えられた、そのような情報が自由に使えるにもかかわらず、最近は、まったく知らない植物を見ることがあった。その地方と同様に知らない草木を。イーザは、もっとよく調べてみたかった。女はみんな、未知の植物に興味をもっている。それは新しい知識を獲得することを意味したが、当面の生存にも不可欠だった。

どの女も、知らない植物を試す方法を先祖の記憶で知っている。ほかの女と同じように、イーザも自分で試してみる。知っている植物に似ていると、同類のものとしてしまいがちだが、特徴が似ているからといって性質も同じだと考えるのは危険だ。イーザにはそれがわかっていた。試す方法は簡単だ。まず、ちょっとかじってみる。嫌な味だったら、すぐに吐きだす。味が悪くなければ、少しばかり口に含み、舌がヒリヒリしないかとか、焼けつくような感じがしないかとか、味が変わらないかとかを、慎重にチェックする。もし問題がなければ、のみこんで、何かしら影響がないか確かめる。次の日、もっと多めにかじってみて、同じ手順を行う。三度試してみて、何の害もなければ、新しい食べものと認められる。最初は、少量しか使われないが。

けれども、イーザはしばしば、きわだった影響を及ぼすものに興味をもった。薬として使える可能性があるからだ。ほかの女たちは、食用に適するか、有毒な植物に似た性質をもっていないか試したときに、何か普通でないものがあると、イーザのところにもってくる。イーザは、そうした植物を、自分の方法で慎重に試してみる。しかし、そのような実験には時間がかかるので、旅の間は、自分の知っている植物だけを使う。

今回の野営地の近くには、鮮やかな色の大きな花をつけた、丈が高く、しなやかで細い茎をもったホリホックが見つかった。色とりどりの花をつけるこの植物の根は、アイリスの根と同じく湿布薬になり、傷の治ゆをうながし、はれをひかせ、炎症を抑える。花を煎じた液は、少女の痛みを麻痺《まひ》させ、眠らせるはずだ。イーザは、薪《たきぎ》と一緒にその植物を集めた。

夕食のあと、少女は、大きな岩を背に座って、周りの人たちの動きを見回っていた。食べものを口にし、湿布を新しくしてもらった少女は、元気を回復し、イーザに何やらぺちゃくちゃしゃべった——その女には自分の言葉が理解できないとわかっていたが。一族のほかの者は、少女のほうを非難するようにちらちらと見ていたが、少女にはそのまなざしの意味はわからなかった。この一族の者は、発声器官が未発達なため、正確な発音ができない。強調として発する声がいくつかあるが、それは警告の叫び声や、注意を引く必要から発達したもので、言葉を口に出すのは、昔から重大時に限られている。彼らの主な意思の伝達手段――手ぶり、身ぶり、姿勢、そして、親密な触れ合いや習慣から生まれる直観、表情や態度の鋭い読み――は、表現に富んでいたが、限りもあった。一人が見た特別なものをほかの者に説明するのは難しく、抽象的なことともなると、いっそう困難だった。その少女のおしゃべりは一族の者を困惑させ、怪しませた。

一族の者は子どもを大事にし、優しく愛情深く育てるが、子どもが成長するにつれ、しつけは厳しくなる。赤ん坊は、女からも男からもちやほやされるが、少し大きくなれば、無視されることが叱責《しっせき》となる。子どもは、年上の子どもや大人が自分よりも地位が高いことに気づくと、年長者のまねをし、赤ん坊扱いされるのを嫌がる。子どもたちは、定着した習慣の範囲内で行動することを早くから学ぶ。習慣では、よけいな声を発することはよくないこととされている。少女は、背が高いので、実際の年よりも年長に見えた。一族の者は、育ちの悪い、しつけのよくない子だと考えた。

少女と身近に接していたイーザは、この子は見かけよりも幼いと思っていた。イーザには、少女の本当の年がわかってきていたので、無力な少女に寛大に応じていた。うわ言から、少女の種族が自分たちより流暢《りゅうちょう》に頻繁に話すらしいこともわかった。イーザは、自分に命を預けている少女に、信じきって自分の首にやせた小さな腕をかけている少女に心をひかれた。今からこの子に行儀を教えてやっても遅くない。イーザは、すでにその少女をわが子のように思い始めていた。

イーザがホリホックの花に熱湯を注いでいる間に、クレブがぶらぶらとやってきて、少女のそばに座った。クレブはこのよそ者に興味をもっていた。夜の儀式の準備がまだ終わっていなかったので、この少女の回復具合を見に来たのだ。幼い少女と、顔に傷あとのある体の不自由な老人は、互いにじっと見つめ合い、相手を探り合った。クレブは、この少女のような種族にこんなに近づいたのは初めてだったし、よそ者の子どもを見たのも初めてだった。少女のほうは、目を覚ましてこの一族と一緒にいるのがわかるまで、こういう人たちが存在することすら知らなかった。けれども、少女が興味をもっているのは、この種族の特徴ではなく、老人の顔のひだのよった皮膚だった。少女の限られた経験では、これほどひどい傷のある顔を見たのは初めてだった。衝動的に、子どもらしい遠慮のなさで、少女は老人の顔に手を触れ、傷の感触を確かめた。

少女に顔をそっとなでられたとき、クレブは面食らった。一族の子どもたちは、クレブにこんなふうに手を伸ばして触れたことはない。大人たちも、触れようとしない。クレブに触れるとその醜さが伝染するとでもいうように、クレブとの接触を避けているのだ。毎年冬になるたびに激しくクレブを苦しめる関節炎の治療をしてくれるイーザだけが、まったく平気なようだった。イーザは、クレブのゆがんだ体や醜い傷あとに嫌悪感を抱いていないし、クレブの力や地位を恐れてもいなかった。少女がそっと触れてくれたことで、クレブの老いた孤独な心は揺さぶられた。クレブは少女と話をしたくなり、どう切りだしたものかとしばらく考えた。

「クレブ」クレブは、自分を指差しながら言った。イーザは、花が湯に浸るのを待ちながら、静かに見つめていた。クレブが少女に興味をもってくれたことがうれしかった。クレブがモグールという肩書ではなく自分の個人名を使ったことにも感激した。

「クレブ」クレブは胸をたたきながら、もう一度言った。

少女は首をかしげながら、その言葉を理解しようとした。この人はわたしに何かやって欲しいんだ。クレブはもう一度名前を言った。少女はふいに顔を輝かせ、真っすぐに体を起こすと、笑みを見せた。

「グラブ?・」少女は老人の声をまねして言った。

クレブは、それでいいとうなずいた。少女の発音は近かった。それから、クレブは少女を指差した。少女は、老人の望みがわからず、ちょっと眉をひそめた。クレブは胸をたたき、もう一度自分の名前を言ってから、少女の胸をたたいた。少女はその意味がわかってにっこり笑ったが、クレブにはしかめ面のように見えた。しかも、少女の口から発せられた多音節の言葉は、発音できないばかりか、ほとんど聞きとれなかった。クレブは同じ身ぶりを繰りかえし、もっとよく聞こうと身をかがめた。少女は名前を言った。

「エーイ・ラ?・」クレブは口ごもり、首を振り、もう一度言ってみた。「エー・ラ、エイ・ラ?・」クレブにはそれ以上うまく発音できなかった。もっとも、一族の中で、クレブくらい発音できる者は多くないだろう。少女は顔を輝かせ、力強くうなずいた。少女が言ったとおりではないが、受けいれたのだ。この老人がそれ以上うまく発音できない、と幼いながらも感じとったからだ。

「エイラ」クレブはその音に慣れてきて、また言った。

「クレブ?・」少女は、クレブの注意を引こうと腕を引っぱりながら言ってから、女を指差した。

「イーザ」クレブは言った。「イーザ」

「イ――ザ」少女は繰りかえした。この言葉のゲームが気にいっていた。「イーザ、イーザ」少女は女を見ながら、繰りかえした。

イーザは重々しくうなずいた。名前の響きは、とても重要だ。イーザは身を乗りだし、クレブがやったように少女の胸をたたいた。もう一度少女に名前を言ってもらいたかったのだ。少女は名前を繰りかえしたが、イーザは首を振っただけだった。少女がいとも簡単に発している音の組み合わせに、イーザはまったく歯が立たなかった。少女はがっかりしたが、クレブのほうを見て、クレブが言ったように自分の名前を言ってみた。

「アイー・ガ?」イーザは言ってみた。少女は首を振って、もう一度言った。「アイ・ヤ」イーザはもう一度言ってみた。

「エイ、エイだ、アイではない」クレブは言った。「エーイー・ラ」イーザがなじみのない音の組み合わせを聞きとれるように、クレブはゆっくり繰りかえした。

「エーイ・ラ」イーザは、クレブが言ったように発音しようと慎重に言った。

少女はにっこりした。名前がそのままじゃなくたって問題はない。イーザは、クレブが発音した名前を必死に言おうとした。だから、少女はそれを自分の名前として受けいれたのだ。この人たちのためにエイラになろう。少女は無意識のうちに手を伸ばし、イーザに抱きついた。

イーザは少女をそっと抱きしめてから、引きはなした。人前で愛情をあらわにするのは見苦しいことだ、と教えてやらなくてはならないと思ったが、イーザは喜んでもいた。

エイラは、喜びで有頂天になっていた。それまで、この見知らぬ人たちの間で途方にくれ、孤独感を抱いていたのだ。自分の世話をしてくれているその女に必死に気持ちを伝えようとしたが、ことごとく失敗して、がっかりしていたのだ。これは始まりにすぎないが、少なくとも、女の呼び名はわかったし、自分の名前を教えることもできた。エイラは、交わりのきっかけをつくってくれた老人のほうに目を戻した。もうそんなに醜く思えなかった。喜びが湧き上がってきて、老人に対して温かな気持ちを覚えた。ぼんやりとだけ覚えている別の男に以前何度もしたように、少女は体の不自由な老人の首に腕を巻きつけ、老人の頭を引きよせ、ほおずりをした。

クレブは少女のこの愛情表現に動揺した。それにこたえて抱きしめてやりたいという衝動を何とか抑えた。家族の炉辺の外で、このよそ者の子どもを抱いているところを見られたら、まったくもってみっともない。しかし、すべすべした、引きしまった小さなほおがひげもじゃのほおにしばらくこすりつけられるのは許し、それから、首に巻きついた少女の腕をそっと外した。

クレブはつえをもつと、それを使って立ち上がった。足を引きずって立ち去りながら、少女のことを考えた。わしが話し方を教えねばならん、あの子は正しい意思の伝え方を身につけるべきだ。あの子の教育を女一人に任せるわけにはいかんからな。だが、本当のところ、少女ともっとたくさんの時間を過ごしたいだけなのだ。クレブは、気づかないうちに、その少女を一族の永遠の一員として考えていた。

ブルンは、イーザによそ者の少女を拾うのを許したことの意味をよく考えていなかった。ブルンがリーダーとして適性を欠いているわけではなく、彼の種族の限界なのだ。けがをしている一族以外の子どもを見つけるなど、ブルンには予測がつかなかったし、その少女を救うことで生じる結果を予知できるはずもない。すでに少女の命を救ったのだ。少女を同行させることに代わる選択は、少女を追いだしてふたたび一人さまよわせることだけだ。この少女が一人で生き延びられるはずがない――これには予測など必要ない、事実だ。少女の命をいったん救っておきながら、ふたたび死にさらそうとするなら、イーザの反対に遭わざるを得ないだろう。イーザは、個人的には何の力もないが、強力な霊たちが味方についている。そして、今や、どんな霊でも呼びだす力をもつモグールであるクレブも、味方だ。霊はブルンにとって強大な存在だ。ブルンは、霊と争いたいとは思わない。本当のところ、その少女に関して心配なのは、このような霊との争いをこの子がもたらしはしまいか、ということだった。ブルンは、その考えを言葉で表現することはできなかったが、それはつきまとって離れなかった。ブルンはまだ気づいていなかったが、ブルンの一族はすでに二十一人に増えていたのだ。

翌朝、薬師《くすし》がエイラの脚を調べてみると、傷はよくなっていた。イーザのたくみな治療のおかげで、感染症はほとんど治まり、平行についた四本の傷は閉じて治ってきていた——傷あとは永久に残るだろうが。イーザは、湿布はもう必要ないと判断したが、ヤナギの皮の茶をつくってやった。睡眠用の毛皮から出してやると、エイラは立ち上がろうとした。イーザは、慎重に脚に体重をかけようとする少女に手をかし、体を支えてやった。脚は痛んだが、そっと数歩歩くと、痛みは和らいだ。

真っすぐに立つと、エイラは、イーザが思ったよりもずっと背が高かった。ひざの骨ばった脚は細長く、真っすぐだった。イーザは、脚が悪いのかと思った。一族の者の脚は、外側に湾曲しているのだ。けれども、少女は片足を引きずっていることを除けば、何の問題もなく歩き回ることができた。青い目と同様、真っすぐな脚はこの少女にとっては正常なのに違いない、とイーザは結論をくだした。

一族が出発すると、薬師はエイラの体をマントでくるみ、腰にのせた。エイラの脚は、長い距離を歩けるまでには治っていなかったからだ。旅の途中、イーザはときどきエイラを下ろしてしばらく歩かせた。エイラは、長い間の空腹の埋め合わせをするように、がつがつと食事をとっていた。もう体重が増えてきているのではないか、とイーザは思った。移動がだんだん難しくなってきていたので、ときおり余分な荷を下ろせるのはうれしかった。

一族は広くて平らな草原をあとにし、それから数日の間、うねっている丘陵を進んだ。この丘陵は、しだいに険しくなってきた。それは山のふもとの丘陵で、きらめく氷原が日ごとに近づいてきた。丘陵には樹木が生い茂っていたが、針葉樹林帯の常緑樹ではなく、緑豊かな葉と節くれだった太い幹をもった落葉性の広葉樹だった。気温は、例年よりもずっと早めに高くなっていて、ブルンを戸惑わせていた。男たちはすでに、防寒用の外衣から、胴がむきだしになる短い皮の服に着替えていた。女たちは、夏服には着替えていなかった。体をおおう外衣を着て、皮膚がこすれないようにするほうが、荷物を運ぶのには楽だからだ。

地形は、一族の以前の洞穴を囲んでいた寒冷な草原地帯とは何一つ似ていなかった。一族が日陰の峡谷を抜け、温和な草深い小山を越えていくにつれ、イーザは、しだいに自分自身の記憶よりも古い記憶の知識に頼るようになっていた。樹皮が厚くて茶色のカシ、ブナ、クルミ、リンゴ、カエデなどに、樹皮が薄くて、しなやかで真っすぐな幹をもつヤナギ、カバ、シデ、ポプラや、高く茂ったハンノキ、ハシバミが混じるようになってきた。南からの生ぬるい微風に乗ってくるのか、イーザにはすぐには何とわからぬにおいが、あたりの空気には漂っていた。たっぷり葉の出たカバには、まだ尾状花《びじょうか》がついていた。果物のなる木々が満開の花を咲かせ、ピンクや白の優美な花びらが舞い、秋の恵みを約束していた。

一行は、うっそうとした森林のやぶやつる植物をかきわけて進み、岩層がむきだしになった斜面を登った。ごつごつした斜面の上から見ると、周りの丘陵は、あらゆる色合いの緑に輝いていた。登っていくにつれ、マツの濃い緑が銀色のモミと一緒にまた現れた。さらに高く登ると、ブンゲンストウヒがときおり見えた。針葉樹の濃い色が、広葉樹の原色に近い鮮やかな緑、小さい葉の木々の黄緑色や薄緑色に混じっていた。みずみずしく小さな植物——クローバーに似たカタバミから、岩肌にしがみついているちっちゃな多肉植物に至るまで——の緑のモザイク模様に、コケと草が色合いを加えていた。森の中には、そここに野生の花が咲いていた。白いエイレンソウ、黄色いスミレ、淡紅色のサンザシ。もっと高地の草地には、キズイセン、青と黄色のリンドウ。濃い木陰のいくつかには、黄色と白と紫のクロッカスが、遅咲きだが元気に顔を出していた。

一族は、険しい斜面を登りきったところで、休憩した。眼下を見ると、樹木の茂った丘陵地帯が、いきなり終わって草原になり、この草原が地平線まで延びていた。一族のいる高みからは、いくつかの動物の群れが、すでに夏の金色に変わってきている丈の高い草をはんでいるのが遠くに見えた。重荷を負った女づれでなく、軽装で素早く動ける狩人だったら、いくつかの獲物の中からどれかを選びながら、朝の半分も使わないで簡単に草原まで行けるだろう。広い草原の上の東の空は、晴れわたっていたが、南の空に入道雲が湧き上がり、どんどん近づいてきていた。このままいくと、北の高い山なみは雲におおわれ、雨を降らすだろう。

ブルンと男たちは、女子どもに声が聞こえないところで話し合いをしていたが、不安そうなしかめっ面や手ぶりから、この話し合いの目的が何かは明らかだった。引きかえすかどうか、決めようとしているのだ。このあたりはよく知らないし、さらに問題なのは、草原から遠ざかりすぎていることだ。樹木の茂った丘陵地帯でも多くの動物を見かけはしたが、眼下の草原の豊富な食べもので生きているおびただしい数の群れとは比較にならない。遮るもののない広々とした場所で狩りをするほうが簡単だ。森は獲物の姿を隠してしまうし、四つ足のハンターが身を隠している危険もある。草原の動物は群れをなす傾向があり、森の獲物のように単独だったり、小家族だったりすることは少ない。

イーザは、おそらく引きかえすだろうと思った。険しい丘陵を苦労しながら登ってきたのが、無駄になってしまうのだ。くたびれきった旅人たちは、雲が湧き上がって今にも雨が降りだしそうなせいで、なおさら陰鬱《いんうつ》な気分になっていた。待っている間、イーザはエイラを下ろし、重い荷から解放された。エイラは、イーザの腰に載せられていたあとで、治ってきている脚で自由に動けるのがうれしくて、さっそく歩きだした。イーザが見まもるうちに、エイラは、少し先の張りだした尾根の向こうに姿を消した。イーザは、その少女にあまり遠くまで行って欲しくなかった。話し合いはすぐにも終わるかもしれない。もしエイラのせいで出発が遅れたりしたら、ブルンはエイラを好意的に見ないだろう。イーザはエイラのあとを追った。尾根を回りこむと、エイラの姿が見えたが、その向こうに見えたものに、イーザは胸を高鳴らせた。

イーザは、肩越しに振りかえってちらちらと見ながら、急いで戻った。ブルンと男たちの話を遮る勇気はなかったので、話し合いが終わるのをジリジリしながら待った。ブルンがイーザに気づいた。ブルンは、気づいたそぶりを見せなかったが、イーザがやきもきしているのはわかった。男たちが解散すると、イーザはブルンのところに走り寄り、ブルンの前に座って、地面を見た――話がある、ということを意味する姿勢だ。話を聞くか聞かないかは、ブルンの自由だ。もしブルンがイーザを無視すれば、イーザは、自分の考えを伝えるのを許されない。

ブルンは、何の話だろうかと思った。あの少女が先のほうを見に行ったことには気づいた――一族のことで、ブルンに気づかれずにすむことはほとんどない――が、ブルンはもっとさしせまった問題を抱えていた。話というのはどうせあの少女のことだろう、とブルンは顔をしかめながら思って、イーザのねがいを無視しようかと思った。モグールがどう言おうと、あの子どもを連れて旅をするのは気が進まない。目を上げると、あのまじない師がブルンのほうを見ていた。ブルンは、その片目の男が何を考えているのか判断しようとしたが、無表情な顔からは何もわからなかった。

族長は、足もとに座っている女に目を戻した。その姿勢から、興奮で張りつめていることがわかった。心がかき乱されているようだ。ブルンは冷酷な人間ではないし、妹を敬服していた。つれあいとの間に問題があったにもかかわらず、いつも立派に振る舞ってきた。ほかの女たちの模範であり、つまらない要求で煩《わずら》わすこともまずない。話させたほうがいいだろう。要求に従って行動する必要はないのだ。ブルンは手を伸ばし、イーザの肩をたたいた。

触れられたとたん、イーザは一気に息を吐きだした。息を止めていたことにも気づいていなかったのだ。ブルンが話させてくれる！　決めるのにすごく時間がかかったので、無視するつもりだと思ったのに。イーザは立ち上がると、尾根のほうを指差しながら、「洞穴です！」と、一こと言った。

4

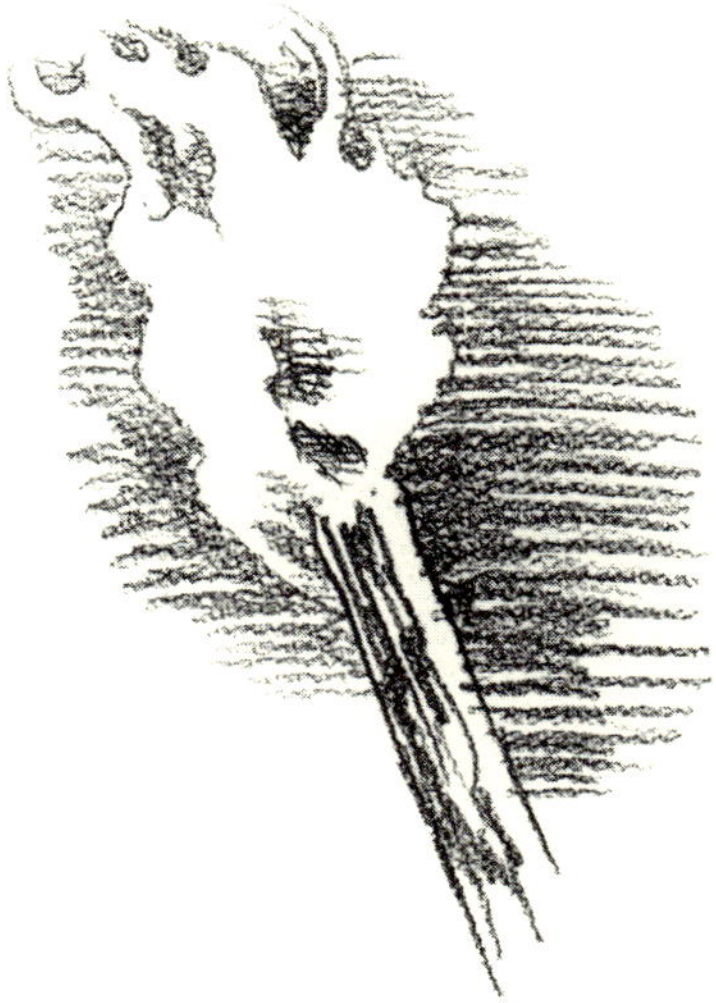

ブルンはくるりと向きを変えると、尾根のほうに大またに歩いていった。尾根の張りだした鼻先を回りこんだとたん、向こうの光景に息をのみ、立ち止まった。血管の中を興奮が駆け巡った。洞穴だ！　しかも、なんと素晴らしい洞穴であることか！　一目見た瞬間ブルンは、探しもとめていた洞穴だとわかったが、どうにか気持ちをしずめ、高まる希望を抑えた。意識的に努力して、洞穴と周りの環境をしっかりチェックした。じっと集中していたので、少女のことはほとんど念頭になかった。

数百メートル離れたブルンの位置からでも、山の灰褐色の岩壁にあいているほぼ三角形の入口は大きく、一族を収容するのに十二分なスペースが内部にあることを示している。入口は南を向き、日中はほとんど日差しを受けていそうだ。この事実を証明するかのように、一条の光線が頭上の雲の切れ目から差してきて、洞穴の前の広い台地の赤土を照らした。ブルンは、そのあたりをざっと見ていった。北側に大きながけがあり、南東側にも同じくらいのがけがあるので、風を防いでくれる。洞穴の西側の緩やかな斜面の下には、小さな川が流れている。これに気づいたブルンは、しだいに増えてくる心の中のリストの項目に、水も近い、とよい点をまた加えた。これまで見てきたどの場所よりも、はるかに有望だ。ブルンは、はやる気持ちを抑えながら、グラドとクレブに合図を送った。そして、洞穴をもっとよく調べるために、二人が合流するのを待った。

二人の男は急いで族長のほうに行った。イーザは、エイラを連れもどすためにそのあとに続いた。イーザも、洞穴をじっくり見て、満足してうなずいてから、少女と一緒に、興奮して盛んに身ぶり手ぶりで話している一団のところに戻った。ブルンの抑えていた興奮が、みんなに伝わっていたのだ。洞穴が見つかり、ブルンがそこを有望だと思っていることを、彼らはもう知っていた。雲におおわれた薄暗い空を突き破って差してきた明るい日差しは、心待ちにしていた一族の者の気分とぴったり合っていて、あたりの空気を希望で満たしたようだった。

ブルンとグラドは、やりをつかむと、クレブを伴って洞穴に近づいていった。人間が住んでいる気配はないが、この洞穴に居住者がいないとは限らない。大きな開口部から数羽の鳥が出たり入ったりしていて、盛んにさえずりながら、舞い下りたり、旋回したりしていた。鳥はいい前兆だ、とモグールは思った。洞穴に近づくと、三人は用心しながら入口のそばを進んだ。ブルンとグラドは、新しい足跡やふんがないか、慎重に調べた。いちばん新しいのは、数日前のものだった。強力なあごによって砕かれた太い脚の骨にある大きな歯形と足跡で、何があったのかわかった。ハイエナの群れが、一時この洞穴を使っていたのだ。あの肉食の清掃動物は、年とったダマジカを襲い、比較的安全な洞穴まで死骸を引きずってきて、ゆっくりと食事をすませたわけだ。

洞穴の入口の西端の近く――つるの絡まった低木の茂みの中に、湧き水を源泉とする池があった。そこから、細い流れが斜面を伝って小さな川へと続いていた。ほかの二人を待たせて、ブルンは湧き水をたどって水源まで行ってみた。洞穴の横の、険しく、でこぼこした、草の生い茂った斜面を少し登ったところにある岩から、水は湧きでていた。洞穴の入口のすぐそばにある、きらめく池の水は、新鮮できれいだった。ブルンは、この場所のよい点に池も加え、ほかの二人のところに戻った。立地条件は文句なしだが、洞穴自体が悪ければ決められない。二人の狩人と、体の不自由なまじない師は、大きな暗い入口から中に入る覚悟を決めた。

三人の男は三角形をした入口の東端に戻ると、頭上高くにある入口の頂点を見上げながら、山の穴の中へと入っていった。すべての感覚をとぎすまして、三人は壁から離れないようにしながら、用心深く洞穴の中を進んだ。目が薄暗さに慣れると、三人は驚嘆してあたりを見回した。そこは天井が高くて半球状になっている巨大な部屋で、一族の何倍もの人数が入れるほど大きかった。三人は、さらに奥へと通じる道がないかとよく見ながら、ごつごつした岩の壁伝いに少しずつ進んでいった。奥に近づくと、壁からこにも湧き水が染みでて、小さな黒っぽい水たまりができていた。水たまりは、少し向こうの乾いた地面のところで消えていた。この水たまりを通りすぎると、洞穴の壁は、入口に向かって急角度で曲がっていた。三人が西側の壁をたどって入口に戻っていたとき、しだいに増す光を受けて、暗灰色の壁に黒い裂け目の輪郭が現れた。ブルンの合図で、クレブは歩を止めた。グラドと族長は裂け目に近づき、中をのぞいた。真っ暗だった。

「グラド！」ブルンは、用事を意味するしぐさをつけ加えながら命じた。

副族長が外に飛びだすと、ブルンとクレブは緊張しながら待った。グラドは、近くに生えている草木をざっと見てから、モミの小さな木立のほうに向かった。モミの樹皮からにじみでて固まったヤニが、幹をところどころ光らせていた。グラドは樹皮をはいだ。木に残った白い傷に、ねばねばした新しい樹液がにじみでてきた。グラドは、針葉樹の大枝の下にくっついたままの枯れ枝を折りとって、外衣のひだから石の握斧《あくふ》を出し、若枝を一本切り、急いでその皮をはいだ。それから、ヤニのいっぱいついた樹皮と枯れ枝を丈夫な草の葉を使って若枝の先端にくくりつけると、腰のオーロックスの角の中から炭火を慎重にとりだし、それをヤニに当てて吹き始めた。間もなく、燃えているたいまつをもって洞穴に駆け戻った。

グラドが頭上高くにたいまつをかかげると、先頭のブルンはこん棒をつかみ、二人して裂け目から暗やみの中に入った。二人は、狭い通路を無言でゆっくり移動した。数歩進むと、この通路はいきなり曲がり、さっき見た洞穴の奥に折りかえしていた。曲がり角のすぐ先に、第二の洞穴があった。この部屋は、大洞穴よりもずっと狭く、おおよそ円形で、奥の壁に山のように積み上げられた骨が、ちらちらとまたたくたいまつの光に照らされて白っぽく見えた。ブルンは、もっとよく見ようと近づいたが、思わず目を見開いた。どうにか落ちつきを保って、グラドに合図した。二人は急いで引きかえした。

モグールは、つえにもたれながら、心配して待っていた。ブルンとグラドが暗い裂け目から出てきたとき、まじない師は驚いた。ブルンがそんなに興奮することはめったにないことだからだ。合図されると、モグールは二人のあとに続いて暗い通路に入った。小さな部屋まで行くと、グラドがたいまつをかかげた。モグールは、目を凝らして骨の山を見た。それから、急いで前に進みでて、つえを地面に置きながら、ひざをついた。骨の山を引っかき回して探すと、大きなただ円形のものが見つかった。モグールはほかの骨をわきにどかして、頭蓋骨を手にとった。

間違いない。その頭蓋骨の広い額の前面の湾曲は、モグールがマントに包んで運んでいる頭蓋骨のものと一致した。モグールは、腰を下ろし、巨大な頭蓋骨を目の高さにかざすと、信じがたいながらも畏敬《いけい》の念を抱いて暗い眼窩をのぞきこんだ。ウルススがこの洞穴を使っていたのだ。骨の量から判断して、ケーブ・ベアは、代々幾冬にもわたってここで冬眠していたに違いない。モグールは今、ブルンの興奮の意味がわかった。これほど素晴らしいお告げはない。この洞穴は、偉大なるケーブ・ベアのすみかだった。一族がほかの何よりも畏敬し、あがめている大きな生きものの精髄が、この洞穴の壁の岩に染みこんでいる。ここに住む一族には、確実に幸運がもたらされる。骨の古さから判断して、何年もの間、この洞穴に誰も住んでいないのは明らかだ。一族が発見するのを待っていたのだ。

完璧な洞穴だ。位置もよく、広々としていて、冬にも夏にも秘密の儀式用として使える小部屋——一族の霊的生活の神秘が息づく場所だ——もある。モグールはすでに、儀式を心に描いていた。この小さな部屋は、自分の場所にしよう。すみかを探す旅は終わった、一族は家を見つけたのだ——最初の狩りがうまくいくならば。

三人が洞穴を出たときには、太陽が輝き、雲は強い東風に吹き飛ばされてどんどん退却していた。ブルンはそれを吉兆と受けとめた。稲妻と雷鳴の伴う豪雨になって雲が断ち裂かれたとしても、構わなかっただろう。ブルンはそれも吉兆と受けとめたはずだ。いかなるものもブルンの高揚感をそげなかっただろうし、満足感を消し去れなかっただろう。ブルンは洞穴の前の台地に立って、山からの景色を眺めた。前方の二つの丘の間に、広々とした水面がちらちらと光っているのが見えた。ブルンは、海にこんなに近づいていたとは知らなかった。ある記憶がよみがえり、どうして気温が急に上昇し、見慣れない草木が生えているのか、そのなぞが解けた。

洞穴は、大陸中部の内海に突きだした半島の南端に連なる山々のふもとの丘陵地帯にある。この半島は、二カ所で本土につながっている。第一の場所は北で、幅の広い地帯だが、東の高山地帯につながっているのは、幅の狭い塩性湿地だ。この塩を含んだ湿地は、半島の北東端にある小さな内海にも通じていた。

背後の山々が、北の大陸氷河によって生じる冬の厳しい寒気とすさまじい風から沿岸地帯を守っていた。凍らない海水によって和らげられた海風が、この守られた南端に細長い温帯をつくり、寒帯に近い温帯によく見られる落葉性の広葉樹の密林に、十分な湿気と暖気を与えていた。

洞穴は、理想的な場所に位置していた。両方の地域の最良のものをもっていたのだ。温度は周辺地域のどこよりも高く、凍りつくように寒い冬季に暖をとる燃料となる木も豊富だ。大きな海がすぐそばにあって、魚介類がいくらでも捕れ、海岸沿いのがけには、海鳥たちが巣をつくり、当然その卵も手に入る。温帯林は、果物、木の実、草の実、種子、野菜などが好きなだけ採れる。泉や川から、新鮮な水が簡単にくめる。けれども、もっとも重要なのは、開けた草原が至近距離にあり、その広大な草地には、大きな草食動物の群れがいくつも存在し、食用になるだけでなく、服や道具にもなることだ。狩猟採集生活者の小さな一族は、その土地のもので自給自足するが、この土地は圧倒的に豊かだ。

ブルンは、足もとの地面にもほとんど気づかない様子で、待っている一族のところに戻っていった。これほど申し分のない洞穴があるとは想像もしていなかった。霊たちが帰ってきてくれたのだ、とブルンは思った。いや、霊たちは去っていなかったのかもしれない、この大きな素晴らしい洞穴に引っ越させたかっただけかもしれない。そうとも！　そうに違いない！　霊たちは古い洞穴に飽き、新しいすみかが欲しくなった。だから、地震を起こし、以前の洞穴を捨てさせたのだ。死んだ者は、霊界で必要とされていたのかもしれない。その埋め合わせに、この新しい洞穴に導いてくれたのだ。霊たちはおれを試していたのに違いない、おれの統率力を。だから、引きかえすべきかどうか、決心がつかなかったのだ。ブルンは、自分の統率力に問題がなかったことを喜んだ。もしそうすることが見苦しくなかったら、ほかの者のところに駆け戻って話したいくらいだった。

三人の男の姿が見えてきたときには、旅が終わったことは全員言われなくてもわかっていた。それは明らかだった。待っていた者のうち、洞穴を見たのはイーザとエイラだけで、洞穴の素晴らしさがわかるのはイーザだけだった。ブルンがきっとそこに決める、とイーザは思っていた。ブルンはもうエイラを捨てさせるわけにはいかないだろう。エイラがいなかったら、この洞穴が見つかる前に、ブルンは引きかえしてしまっていただろうから。エイラのトーテムは強力で、しかも幸運なものに違いない。エイラは、わたしたちに幸運をもたらした。イーザは、わきにいるエイラに――自分が引き起こした興奮に気づいてもいない少女――に目をやった。けれども、この少女がそんなに運がいいなら、どうして一家を失ったのか？ イーザは首を振った。霊たちのやり方はまったくわからない。

ブルンも少女を見ていた。イーザと少女を見たとたん、洞穴のことを教えてくれたのがイーザであることをブルンは思いだした。そして、イーザがエイラのあとを追わなかったら、イーザは洞穴を見つけなかっただろう。少女が一人で勝手に歩いていくのを見たとき、ブルンは不愉快に思った。全員に待つように命じたのだから。しかし、少女がちゃんとしつけられていたら、洞穴を見逃してしまっただろう。どうして霊たちは最初に少女をあそこに導いたのか？ モグールは正しい、いつも正しい。霊たちはイーザの憐れみの心を怒っていないし、エイラが一緒にいることに腹を立てていない。それどころか、エイラに好意をもっている。

ブルンは、本当なら族長になっていたはずの醜い男にちらっと目をやった。この兄が一族のモグールであって幸運だ。奇妙なことだが、おれはクレブを長い間、兄と考えたことがない、とブルンは思った。子どものとき以来。小さいころは、いつもクレブを兄だと考え、一族の男――とりわけ、リーダーになる運命にある者――として必要な自制心を身につけようと戦っていた。

兄は兄で、狩りができないゆえの苦痛とあざけりに対して自らの戦いを戦ってきた。だから、ブルンが精神的に参っているときには、それがわかるようだった。その体の不自由な男の優しいまなざしは、当時でさえ、心を落ちつかせる効果をもっていた。クレブが隣に座って無言の慰めを与えてくれると、ブルンはいつも気が晴れた。

同じ女から生まれた子どもは血はつながっているが、同性の子ども同士だけが、兄や弟、姉や妹、というふうに親しみのこもった言葉で呼び合う。しかも、小さいときや、特別に親密な気持ちで結ばれるわずかな機会に限られる。男は姉妹をもたないし、女は兄弟をもたない。クレブは、ブルンと血がつながっていて、しかも兄だ。イーザは彼らと血がつながっているだけで、姉妹はいない。

ブルンは、クレブを憐れんだときもあったが、クレブの知識と力に敬意を表するうちにクレブの不幸のことはとうの昔に忘れてしまっていた。人間として見ることもほとんど止めて、偉大なまじない師とだけ考え、その思慮深い助言をしばしば求めていた。この兄が族長になれなかったことを残念がっているとは思えなかったが、つれあいや子どもをもてなかったことは残念に思っているのではないか、とブルンはときどき考えた。女はときにやっかいだが、男の炉辺に温かさと喜びをもたらしてくれる。クレブはつれあいをもったことがなく、狩りの仕方も身につけておらず、普通の男の喜びや責任を知らないが、モグール、最高のモグールなのだ。

ブルンは、まじないのことは何も知らないし、霊のこともほとんど知らないが、族長であるし、つれあいは素晴らしい息子を生んでくれた。ブラウド――ブルンが、いつの日か自分の後継者として族長にするために訓練している息子――のことを思って、ブルンは満足げに顔を輝かせた。次の狩りにはブラウドを連れていくことにしよう、とブルンは不意に決めた。洞穴の発見を祝う狩りだ。その狩りでブラウドは成人になれるかもしれない。もしブラウドが生まれて初めて獲物を仕留められれば、洞穴を清める儀式に、ブラウドの成人式を含められる。エブラは誇らしく思うはずだ。ブラウドはもうそういう年だし、強くて勇敢だ。ときどき強情すぎることもあるが、気持ちを抑えることも覚えつつある。ブルンにはもう一人狩人が必要だった。一族が洞穴を手に入れた今、次の冬に備えて仕事はいろいろある。ブラウドはもうすぐ十二歳で、成人してもいい年ごろだ。ブラウドは新しい洞穴で初めて一族の記憶をわかち合うことになるだろう、とブルンは思った。とりわけ素晴らしい記憶を――イーザが飲みものを用意するような。

　イーザ！　イーザのことはどうしたらいいか？　それに、あの少女のことは？　あの子はよそ者だが、イーザはもう愛着をもっている。長い間子どもがいなかったからに違いない。しかし、間もなく、イーザには自分の子どもが生まれる――イーザを養ってくれるつれあいはもういないというのに。あの少女がいるとなれば、二人の子どもの世話をしなくてはならない。イーザはもはや若くないが、身ごもっている。まじないの力と薬師《くすし》としての地位があるから、相手の男にとっては名誉になる。もしあのよそ者の子ども――霊たちがかばっているあのよそ者の子ども――がいなければ、狩人の誰かが第二の女として受けいれてくれるだろう。しかし、もし今あの少女を追っぱらったら、霊たちを本当に怒らせてしまうかもしれない。もしそうしたら大地がまた震えるかもしれない。ブルンは身震いした。

　イーザがあの少女を育てたがっていることは間違いない。そして、洞穴のことを教えてくれたのはイーザだ。そのことを褒めたたえてやらねばならないが、露骨にやってはまずい。あの少女を育てさせてやれば、たたえたことになるが、あの少女は一族の者でない。一族の霊たちはあの子を欲しがっているのだろうか？　トーテムももっていないのだ。トーテムをもっていないとしても、一族と一緒にいるのを許されるのか？　霊か！　おれには霊のことなどわからない！

「クレブ」ブルンは呼んだ。まじない師は、ブルンが個人名で呼んだことに驚いて、振り向いた。族長が二人だけで話したいという合図をしたので、クレブは足を引きずりながら近づいていった。

「イーザが拾ったあの女の子だが、あれは一族の者ではない、モグール」ブルンは、どう切りだしたらいいのかよくわからないまま、話し始めた。クレブは待った。「あの子が生きるべきかどうかはアースに決めさせるべきだ、とあんたは言った。どうやら、ウルススはもう決めたようだが、わが一族はこれから先あの子をどうしたらいいかな？　あの子は一族の者ではない。トーテムももっていない。われわれのトーテムは、各自の霊を洞穴に迎える儀式によそ者が参加することを許すまい。自分の霊がそこに住まうことになる者だけが、許されるのだから。あの子は幼く、一人では生きていけない。それに、イーザが育てたがっていることは知っているだろうが、洞穴の儀式はどうしたものかな？」

クレブはこうした機会を待ちのぞんでいたのだ。答えは用意してあった。「あの子はトーテムをもっている、ブルン。強いトーテムを。それが何か、わからないだけだ。あの女の子は、ケーブ・ライオンに襲われたが、引っかき傷がいくつか残っているだけだ」

「ケーブ・ライオンにだって！　狩人だって、そんなに簡単に逃げられないぞ」

「そうとも。それに、あの子は長いこと一人でさまよって、飢えかかっていたのに死なず、われわれの通り道に倒れ、イーザに見つけられた。忘れてはいかん、おまえも止めなかったのだ、ブルン。あの子は、そのような苦難に遭うには幼すぎるのだが」モグールは話を続けた。

「しかし、あの子のトーテムがあの子を試して、ふさわしいかどうか確かめようとしたのではないか。あの子のトーテムは強いばかりでなく、運がいい。わしらもあの子の幸運にあやかれるだろう。もうあやかっているのかもしれん」

「洞穴のことか？」

「洞穴は最初にあの子に示された。われわれは引きかえそうとしていたのだ。おまえが近くまで導いたのだが、ブルン……」

「霊たちがおれを導いたんだ、モグール。霊たちが新しいすみかを求めていたんだ」

「そうとも、もちろん、霊たちはおまえを導いたが、最初にあの女の子に洞穴を見せた。わしは考えていたんだ、ブルン。トーテムが何かわかっていない赤ん坊が二人いる。時間がなかったのだからな。新しい洞穴を見つけることのほうが重要だったからな。洞穴を清める儀式のときに、その赤ん坊のトーテムの儀式も行ってはどうだろう。そうすれば、赤ん坊に幸運がもたらされ、母親も喜ぶ」

「それがあの女の子とどういう関係がある？」

「二人の赤ん坊のトーテムを知るために瞑想《めいそう》するときに、あの子のトーテムも聞いてみる。もしあの子のトーテムがわしに明かされたなら、あの子も儀式に参加させよう。あの子はあれこれすることはない。一緒に一族に迎えいれられる。そうすれば、あの子が一族にとどまっても何の問題もなくなる」

「一族に迎えいれるだって！　あの子は一族の者じゃない、よそ者の子どもだ。一族に迎えいれるなんて、誰が言った？　そんなことは許されない、ウルススが望まない。そんなことはこれまでただの一度もなかった！」ブルンは反対した。「あの子を一族の者にするなんて考えてもいなかった。あの子が大きくなるまで一緒に暮らすことを霊たちが許してくれるだろうか、と思っていただけだ」

「イーザがあの女の子の命を救ったのだ、ブルン。イーザは今や、あの子の霊の一部をもっている。だから、あの子の一部は一族になっている。あの子は来世に入りかけていたが、今は生きている。生まれ変わったようなものだ。この一族に生まれたのと同じだ」クレブは、族長が異議を唱えようとしているのがわかったので、急いで先を続けた。

「ある一族の者はほかの一族に加わることができる、ブルン。珍しいことでも何でもない。多くの一族の若者が団結して新しい一族をつくったときもある。この前の一族会を思いだせ。二つの小さな一族が一緒になって新しい一族をつくることに決めただろう？　どちらの一族も、十分な子どもが生まれずに人数が減り続け、生まれた子どもも、一年もたたずに死んでしまっていたのだ。誰かを一族に加えることは、例のないことではない」クレブは結論づけた。

「それは確かだ、ある一族の者が別の一族に加わることはある。しかし、あの女の子はおれたちとは違う。あの子のトーテムの霊が果たしてあんたに話しかけるかどうかも、わからないじゃないか、モグール。もし話しかけたとしても、あんたにその言葉の意味がわかるとも限らないだろ？　おれにはあの子の話すことさえ理解できん。あんたにはあの子のことが理解できると、本気で思っているのか？　あの子のトーテムを発見できると？」

「やってみることはできる。ウルススに助けてくれるよう求める。霊たちには自分たちの言葉があるのだ、ブルン。あの子がわれわれに加わるよう運命づけられているなら、あの子を守るトーテムは、自分の考えをわからせようとするはずだ」

ブルンはしばらく考えた。「しかし、あんたがあの子のトーテムを明らかにできたとしても、どの狩人があの子を欲しがる？　イーザと彼女の赤ん坊だけでも重荷なのに、一族には以前ほど狩人がいない。地震で失ったのは、イーザのつれあいだけではない。グラドのつれあいの息子も死んだ。若くて、屈強な狩人だったのにな。アガのつれあいも死んだが、アガには二人の子どもがいて、アガの母親も同じ炉辺でともに暮らしている」一族に死者が出たことを思って、族長の目には苦痛の色が浮かんだ。

「それに、オガだが」ブルンは話を続けた。「まず、オガの母親のつれあいが角で突き刺されて死んだ。そのすぐあとに、母親が地震の落盤で死んだ。おれはエブラに、オガを一緒に養ってやれと言った。オガはもうほとんど大人だ。適齢に達したら、ブラウドに与えようと思っている。ブラウドは喜ぶだろう」ほかのさまざまな責任のことが頭に浮かび、ブルンはちょっと思いにふけった。「あの子がいなくても、残された男たちはもう重荷を負っているんだ、モグール。もしあの子を一族に迎えいれたら、イーザを誰に与えたらいい？」

「あの子がわしらのもとを去っても大丈夫になるまで育てるとして、イーザを誰に与えるつもりだったのだ、ブルン？」片目の男は聞いた。ブルンは困った顔をした。クレブは、ブルンが答えないうちに話を続けた。「イーザもあの子も、狩人に抱えさせる必要はない。わしが二人を養う」

「あんたが！」

「いけないかな？　二人とも女だ。訓練せねばならない男の子はいない、少なくとも今のところは。わしは、モグールとして、あらゆる狩りの分け前にあずかる権利があるのではないか？　これまでは、必要がなかったから、すべてを求めなかったが、求めることはできる。わしがイーザとあの子を養えるように、モグールに割り当てられているすべての分け前を狩人全員で負担すれば、一人の狩人に抱えこませるよりも容易ではないか？　新しい洞穴が見つかったら、わしはどっちみち、ほかの男がイーザを欲しがらなければ、イーザを養うために自分の炉辺をもってもいいとおまえに話すつもりだったのだ。わしは何年もの間イーザと炉辺をともにしてきた。今さらそれを変えるのはわしには難しい。それに、イーザはわしの関節炎をよくしてくれる。もしイーザの子どもが女の子だったら、その子もわしが育てる。男の子だったら、まあ……そのときになったら、考えよう」

ブルンはその案をじっくり考えた。何もいけないことはない。そうしたほうが、誰にとっても楽だ。だが、どうしてクレブはそんなことをしたがるのか？　イーザは、どの男の炉辺で暮らすことになったとしても、クレブの関節炎の治療をするだろう。クレブのような年の男が、どうして急に小さな子どものことで心を煩《わずら》わそうとするのか？　よそ者の女の子をしつけ、教育する責任をどうしてわざわざ引きうけようというのか？　そうか、それかもしれない、責任を感じているのだ。ブルンは、あの少女を一族に迎えいれるのは反対だった――こんな問題は起こって欲しくなかったところだ――しかし、自分の支配下にないままのよそ者が一族と一緒に暮らすほうが、もっとまずいことだった。たぶん、あの子を受けいれて、女としてあるべきようにきちんとしつけたほうがいい。一族のほかの者も、そのほうが一緒に暮らしやすいだろう。もしクレブが養ってもいいというなら、ブルンにはそれを許さない理由はなかった。

ブルンは黙認のしぐさをした。

「よし、もしあんたがあの子のトーテムを明らかにできたなら、一族に迎えいれよう、モグール。イーザとあの子はあんたの炉辺で暮らしてもいい。少なくとも、イーザが自分の子を産むまでは」生まれてくる子が男の子でなく女の子であればいい、とブルンは生涯で初めてねがった。

いったん決断すると、ブルンはほっとした。イーザをどうするかという問題は、ずっと気になっていたのだが、わきに追いやっていたのだ。もっと重要な問題を考えなくてはならなかったからだ。クレブの提案は、一族のリーダーとして解決しなくてはならない難問の答えを出してくれたばかりでなく、もっとずっと個人的な問題も解決してくれた。地震でイーザのつれあいが死んで以来、ブルンはいくら考えても、イーザと彼女の生まれてくる子どもを、そしてたぶんクレブのことも、自分が養うしかないと思っていた。すでにブラウドとエブラを養い、オガも引きとった。さらに人数が増えれば、ブルンがくつろいですきを見せられる唯一の場所に摩擦が生まれてしまう。ブルンのつれあいもそれを喜びはしないだろう。

エブラはブルンの妹とうまくやっているが、同じ炉辺で暮らすとなったらどうか？　あからさまには何も言っていないが、エブラがイーザの地位に嫉妬していることをブルンは知っていた。エブラは族長のつれあいだ。たいがいの一族では、もっとも地位の高い女だろう。だが、イーザは薬師《くすし》で、しかも、連綿と続くもっとも立派で権威ある薬師の家系の末裔なのだ。つれあいを通じてでなく、自分自身の地位をもっていた。イーザが少女を拾ったとき、ブルンは、その子も引きとらなくてはなるまいと思ったのだ。クレブが自分だけで暮らすのでなく、イーザとその子どもたちまで養うと言いだすとは思いもよらなかった。クレブは狩りはできないが、モグールとしてほかの力がある。

問題が解決したので、ブルンは急いで一族のほうに行った。一族の者は、すでに察しがついていることをリーダーがはっきり言ってくれることを待ちのぞんでいたのだ。ブルンは身ぶりで知らせた。「これ以上旅はしない、洞穴が見つかった」

「イーザ」エイラのためにヤナギの皮の茶をつくっているイーザに、クレブは言った。「今夜はわしは何も食べんよ」

イーザは、わかったと頭を下げた。クレブは儀式にそなえて瞑想《めいそう》するつもりなのだ。瞑想する前には決してものを食べない。

一族は、洞穴へと続く緩やかな斜面の下を流れる小さな川のそばに野営した。しかるべき儀式によって清められるまでは、引っ越すことはない。あまりもの欲しげにすると不吉がもたらされるが、一族のどの者も、あれこれ口実を見つけては、近くに行って中をのぞきこんだ。植物を採集する女たちは、わざわざ洞穴の入口の近くで探したし、男たちは、女たちを見張るように見せかけてあとを追った。みんな興奮ぎみだったが、うきうきしていた。地震以来ずっと感じていた不安は、消えていた。大きな新しい洞穴の見た目は、みんなが気にいった。薄暗い洞穴の奥を明かりなしで見るのは難しかったが、広々としていて、これまでの洞穴よりもゆったりしていることはわかった。女たちは、洞穴のすぐそばの湧き水の静かな池をうれしそうに指差した。川まで水をくみに行く必要すらない。女たちは洞穴の儀式を心待ちにした。これは、女も参加できる数少ない儀式の一つだ。誰もが早くそこに移り住みたかった。

モグールは、あわただしい野営地から離れていった。誰にも邪魔されずに考えられる静かな場所を見つけたかったのだ。内海との合流点に向かって急速に流れている川に沿って歩いていくうちに、南からまた暖かな微風が吹いてきてモグールのひげをかき乱した。遅い午後の澄みきった空を傷つけるものは、遠くに浮かんでいるわずかな雲だけだった。あたりにはやぶが生い茂っていた。モグールは障害物をよけて進まなくてはならなかったが、精神を集中していたので、ほとんど目に入らなかった。近くの茂みから物音がして、モグールははっとわれに返った。ここは初めての土地のうえ、身を守るものは頑丈なつえだけだったが、モグールの強力な片手に握られたつえは、あなどりがたい防護用の武器となる。つえをかまえたモグールは、生い茂ったやぶから聞こえてくる、鼻を鳴らす音とうなる音に耳を傾けた。すると、動く茂みのほうから、ボキッと枝の折れる音がした。

密生した草木の間から、いきなり、一頭の動物が飛びだしてきた。大きくて強そうな体を、短くて太い脚が支えている動物だ。すごく鋭い下側の犬歯が、鼻の両側にきばのように突きでている。クレブは、その動物を見たのは初めてだったが、名前が思い浮かんだ。イノシシだ。その野生のブタは、けんか腰でクレブを見つめ、ためらうように脚をもぞもぞ動かしていたが、やがてクレブを無視し、軟らかな地面を鼻先で掘りながら、茂みに戻っていった。クレブはほっと安堵のため息をついてから、下流へと進み続けた。狭い砂の岸のところで止まると、マントを広げ、その上にケーブ・ベアの頭蓋骨を置き、真ん前に腰を下ろした。型どおりの身ぶりでウルススの助けを求めてから、心の中を空っぽにして、トーテムを知る必要のある赤ん坊のことだけを考えた。

クレブはいつも子どもに興味をもっていた。一族の真ん中に座って、黙想にふけっているように見せかけながら、誰にも気どられずに子どもたちを見ていることもある。赤ん坊の一人は、生後半年ほどの丈夫で大きな男の子で、生まれたときに攻撃的に泣きわめいたが、以来何度も、とりわけ母乳が欲しいときには激しく泣いている。ボルグは、生まれたときからいつも、乳首が見つかるまで母親の柔らかな胸に鼻をすりつけ、乳を飲みながら、うれしそうに小さなうなり声を上げている。今さっき、イノシシがうなりながら、軟らかな地面を鼻先で掘っていたが、あれとよく似ているな、とクレブは面白がりながら思った。イノシシは尊敬に値する動物だ。知力があるし、興奮すると、狂暴なきばで重傷を負わせる。攻撃しようと決めたら、短い脚で驚くほど速く走る。どんな狩人も、そのようなトーテムならさげすまない。それに、この新しい場所にもふさわしい。イノシシの霊は、新しい洞穴に安んじてとどまるだろう。イノシシで決まりだ、とクレブは思った。あの男の子のトーテムがわざわざ姿を現し、まじない師にあの男の子を思いださせたのだ。

モグールはこの選択に満足すると、もう一人の赤ん坊に心を向けた。オーナが生まれたのは地震の少し前で、オーナの母親はあの大異変でつれあいを失っていた。四歳になる兄のボーンが、今やあの一家のただ一人の男だ。アガは早く別のつれあいを見つける必要がある、とまじない師は思った。アガの母親のアバも引きとってくれるつれあいを。だが、それはブルンが心配することだ。自分が考えなくてはならないのは、母親ではなく、オーナのことだ。

女の子にはもっと優しいトーテムが必要だ。男のトーテムより強くあってはならない、さもないと、受胎の精が退けられてしまい、その女は子どもが産めなくなってしまう。クレブはイーザのことを考えた。イーザのトーテムであるサイガ（オオハナレイヨウ）は、彼女のつれあいのトーテムには強すぎ、打ち負かすのに何年間もかかった――いや、果たしてそうなのか？ モグールは、その点を疑問に思うことがしばしばあった。イーザは、多くの人間が思っている以上にまじないを知っている。与えられた男に満足してはいなかったが、責められるようなことはなかった。イーザはいつも立派に振る舞ってきた。ただ、二人の関係がうまくいっていなかったことは明らかだ。とにかく、つれあいはもう死んでしまった、とクレブは思った。モグールが、イーザのつれあいにはなれないにせよ、養うことになるだろう。

イーザの兄なので、クレブはイーザをめとることはできない。そんなことはあらゆる伝統に反するし、クレブは、つれあいをもつという望みをとうの昔に捨てていた。イーザはいい仲間で、何年間もクレブのために料理をつくり、世話をしてくれていた。以前は炉辺にたえず潜んでいた憎悪がなくなったので、これからはもっと楽しいムードになるだろう。エイラがいるから、さらに楽しい生活が送れるかもしれない。クレブは、エイラの小さな腕が自分を抱きしめようとしたときのことを思いだして、胸に温かなものがこみ上げてきた。それはあとで考えよう、とクレブは自分に言い聞かせた。まずオーナのことだ。

オーナは、おとなしくて何の不満も示さない赤ん坊で、しばしば、大きな丸い目でまじめくさってクレブを見つめる。静かに興味深くすべてを見て、何一つ見おとさない。とにかく、そう見える。フクロウの像が、ぱっとクレブの頭に浮かんだ。強すぎるか？　フクロウは、狩りをする鳥だ。だが、つかまえるのは小さな動物ばかりだ。女が強いトーテムをもつ場合、つれあいのトーテムは、さらにずっと強い必要がある。弱い保護力をもつ男は、フクロウのトーテムをもつ女のつれあいにはなれないが、オーナはいずれにせよ、強い保護力をもつ男を必要とするだろう。では、フクロウとしよう、とクレブは決めた。どんな女も、強いトーテムをもつつれあいが必要だ。自分がつれあいをめとらなかったのはそのためか？　ノロジカがどれだけの保護を与えることができるか？　イーザのトーテムのほうが強い。もっとも、クレブはもう何年間も、優しくて内気なノロジカを自分のトーテムだと思ったことがない。ノロジカも、このうっそうとした森に、あのイノシシのように生息している、とクレブは急に思いだした。まじない師は、二つのトーテムをもてる数少ない者の一人だ――クレブのトーテムはノロジカ、モグールのトーテムはウルススだ。

　ウルスス・スペラエウス――ケーブ・ベア――は、巨大な草食動物だ。立ち上がると、雑食動物である同類の二倍近くの高さがあり、重さは三倍、毛むくじゃらの体をした史上最大のクマで、普通は容易には怒らない。しかし、神経質になっていた一頭の雌《めす》グマが、考えごとにふけりながら歩いているうちに幼いクマの子に近づきすぎてしまった、無防備で体の不自由な少年に襲いかかった。少年の母親が、顔の半分を片目とともにかき裂かれ、血を流している少年を見つけ、元気になるまで看病した。巨大な生きもののけたはずれの力によって砕かれ、麻痺《まひ》して役に立たなくなった少年の片腕のひじから下を、母親は切断した。それから間もなく、少年の前代のモグールが、体が不自由で傷あとのあるこの子どもを侍祭に選び、「ウルススがおまえを選び、試し、それにふさわしいと認め、自分の保護下にあるしるしとして片目を奪ったのだ」と少年に言った。その傷あとには誇りをもたなくてはならない、とクレブは言われた。おまえの新しいトーテムのしるしなのだ。

ウルススは、自分の霊が女にのみこまれて子どもが生まれることを決して許さない。ケーブ・ベアは、試したあとに初めて保護を申しでる。選ばれる者はほとんどいないし、生き延びる者はさらに少ない。片目は大きな代償だが、クレブは悔やんではいない。自分は最高のモグールだ。どんなまじない師も自分ほどの力をもってはいない。しかも、その力はウルススによって与えられたものだ、とクレブは確信していた。そして今、モグールは自分のトーテムの助けを求めた。

お守りをつかむと、クレブは偉大なるケーブ・ベアの霊に、よそ者の女の子を守ってくれるトーテムの霊を明かしてくれるようにねがった。これこそ、クレブの力の試金石だ。霊のメッセージが届くという確信はなかった。クレブは少女に意識を集中し、彼女について知っている限りのことを思いだした。あの少女は恐れを知らない、とクレブは思った。わしを恐れることなく、おおっぴらに愛情深く接し、一族の非難も気にとめなかった。女の子にしては珍しい。わしがそばに行くと、女の子はたいがい母親の後ろに隠れてしまうのだ。あの少女は好奇心旺盛で、覚えがいい。ある像が心の中に浮かびかけたが、クレブはそれをわきに押しやった。いや、それは正しくない、あの子は女なのだから。あれは女のトーテムではない。クレブは心を空っぽにし、ふたたび試みたが、同じ像がまた浮かんだ。クレブはそれをとことん考えてみることに決めた。何かほかのものに導いてくれるかもしれない。

クレブは、開けた草原に降りそそぐ夏の暑い日差しの中でのんびり日なたぼっこをしているケーブ・ライオンの群れを心に描いた。子が二頭。一頭は、丈の高い枯れ草の中で陽気に跳ね飛び、小さなげっ歯動物の穴にもの珍しそうに鼻を突っこみ、襲いかかるふりをしてうなっている。雌《めす》の子ライオンだ。この子は立派な雌ライオンに成長して、群れの中心的なハンターになるだろう。獲物をつれあいのところにもち帰ってやることだろう。その子ライオンは、もじゃもじゃのたてがみのある雄《おす》ライオンのところまで弾むようにしていくと、遊んでとせがんだ。雌の子ライオンは恐れることなく、前肢を伸ばして、大人のライオンの大きな鼻をたたいた——そっと触れるように、ほとんどなでるように。大きなライオンは子ライオンを押し倒し、大きな前脚でつかんでから、長くてざらざらした舌でなめ始めた。ケーブ・ライオンは、愛情をこめて子を育てる。しつけも厳しい。こんなライオンの家庭の幸福なシーンが心に浮かぶのはどうしてなのか？

モグールは、この像を心から消し去り、もう一度少女に意識を集中しようとしたが、このシーンは変わらなかった。

「ウルススよ」クレブは身ぶりとともに訴えた。「ケーブ・ライオンなのですか？　まさか。女は、そんな強力なトーテムをもてません。いったいどんな男と連れそえるというのですか？」

クレブの一族の中で、ケーブ・ライオンのトーテムをもつ男はいない。どの一族にも、そんなにいるものではない。クレブは、手足の真っすぐな、あの背の高くてやせた少女の姿を思い浮かべた。額は広くて突きでているが、顔面はおおむね平らだ。肌は青白く、生気がなく、目の色も薄すぎる。醜い女になるだろう。正直なところ、モグールはそう思った。彼女をめとろうなどという男がいるだろうか？　クレブは、自分自身の醜さを思った。とくに、クレブが若いころは、女たちはクレブを避けたものだった。おそらく、あの少女はつれあいをもてないだろう。守ってくれる男もなく生涯を過ごすとしたら、強いトーテムの保護が必要だ。だが、ケーブ・ライオンでいいのか？　あの巨大なネコ科の動物をトーテムにもった女が一族にこれまでいたか、クレブは思いだそうとした。

いや、あの女の子は一族の者ではないのだ、とクレブは自分に思いださせた。あの子を守る力が強いことは間違いない。さもなければ、もう生きてはいないだろう。ケーブ・ライオンに殺されていたはずだ。ようやく考えがまとまってきた。ケーブ・ライオンだ！　ケーブ・ライオンはあの子を襲ったが、殺さなかった……いや、襲ったのだろうか？　あの子を試していたのではないか？　そのとき、別な考えがぱっと浮かび、背筋がぞくぞくした。すべての疑問が胸から一掃された。クレブは確信した。ブルンだって疑いようがあるまい。ケーブ・ライオンは、少女の左の太ももに、平行した溝を四本残したのだ。少女から一生消えることのない傷あとを。成人式で、モグールが若者の体にトーテムのしるしを刻みつけるとき、ケーブ・ライオンのしるしなら、太ももに平行線を四本刻むはずだ！

男なら、右の太ももにしるされる。しかし、あの子は女だし、しるしは同じだ。そうだ！　どうして今まで気づかなかったのか？　ライオンは、一族が受けいれるのが難しいとわかっていて、自ら少女にしるしをつけたのだ。あれだけはっきりしるされれば、誰も間違いようがない。ケーブ・ライオンは少女に一族のトーテムのしるしをつけた。一族に知ってもらいたかった。少女にわれわれと暮らして欲しい。少女がわれわれと暮らさざるを得ないように、少女の一家を奪った。どうしてだ？　まじない師の胸に不安がよぎった。少女が発見された日の夜の儀式のあとに覚えたのと同じ気持ちだ。もしその気持ちを言葉で説明するなら、不吉な予感といってもよかったが、神経を高ぶらせる奇妙な期待感も混じっていた。

モグールは不安を振り払った。トーテムがこんなに強く示されたのは初めてだ。だから、戸惑ったのだ。ケーブ・ライオンこそが、あの少女のトーテムだ。ウルススが自分を選んだように、ケーブ・ライオンが少女を選んだのだ。モグールは、目の前の頭蓋骨の暗くてうつろな眼窩をのぞきこんだ。モグールは、いったんわかってみると、霊たちのやり方がどれだけ素晴らしいかわかって驚嘆し、心の底から受けいれた。もはやはっきりした。モグールは安堵した——そして、圧倒された。あの小さな女の子が、どうしてそんなに強力な保護を必要としているのか？

5

黒い葉をつけた木々が、夕方の風を受けて揺らめき、暮れゆく空を背景に浮き上がっていた。もう夜になるので、野営地は静かで、落ちついていた。燃える炭火の薄明かりで、イーザは、マントの上にきちんと並べた数個の小さなきんちゃく袋の中身をチェックしながら、ときどき目を上げて、クレブの立ち去ったほうを見た。身を守る武器ももたずに、不案内な森の中に一人で行ったクレブのことが心配だったのだ。あの少女はすでに眠っていた。日の光が薄れるにつれ、イーザはますます不安になってきた。

少し前イーザは、洞穴の周辺に生えている草木を調べてみた。どんな植物が手に入り、薬を補充したり種類を増やしたりできるか、知りたかったのだ。イーザは、いつもカワウソの皮の袋にいくつかの薬をいれてもち歩いている。けれども、このカワウソの皮の薬袋に入っている数個の小さなきんちゃく袋——それぞれに、乾燥葉、花、根、種子、樹皮などを入れてある——は、救急用にすぎない。この新しい洞穴に引っ越せば、もっといろいろな薬を大量に蓄えておけるだろう。だが、イーザはこの薬袋をもたずに遠く

に行ったことはない。それは外衣と同じくらいイーザの一部になっている。いや、それ以上だ。薬袋をもっていないと裸のように感じるが、外衣がなくてもそんなふうに感じることはない。

イーザはようやく、老まじない師が足を引きずりながら戻ってくる姿を見て、ほっとした。そして、さっと立ち上がると、クレブのためにとっておいた食べものを温めようと火にかけ、クレブの好きな薬草茶をいれるために湯をわかし始めた。クレブは近づいてくると、大きな袋に小さなきんちゃく袋をいれているイーザのそばにそっと腰を下ろした。

「今夜は、あの子はどうだ？」クレブは身ぶりで言った。

「だいぶ楽になって眠っているわ。痛みはもうほとんどないし。あなたに会いたがっていたわ」イーザは答えた。

クレブは内心喜びながら、うなった。「朝になったら、あの子にお守りをつくってやってくれ、イーザ」

イーザは、わかったと頭を下げてから、またさっと立ち上がり、食べものと湯を調べた。動かないではいられなかった。うれしくて、じっと座っていられなかったのだ。エイラはとどまれる。クレブはエイラのトーテムと話したのに違いない、とイーザは興奮で胸をどきどきさせながら思った。二人の赤ん坊の母親はそれぞれ、その日すでにお守りをつくっていた。いかにも目につくようにやっていたので、みんな、彼女たちの子どもが洞穴の儀式でトーテムを知ることになることがわかった。それは赤ん坊にとって吉兆となる。二人の母親は、得意そうに反りかえんばかりにして歩いていた。クレブがこんなに長い間出かけていたのはそのためなのか？　難しかったに違いない。エイラのトーテムは何だろう、とイーザは思ったが、聞きたいという衝動を抑えた。クレブは教えてくれないだろうし、どうせすぐにわかるのだ。

イーザは兄に食べものを出し、自分と二人分の茶を注いだ。二人は静かに座っていた。二人の間には、心地のいい、温かな愛情が通っていた。クレブが食事を終えたときには、まだ起きているのはクレブとイーザだけになっていた。

「朝になったら、狩人たちが出かける」クレブは言った。「うまく獲物が捕れたら、明日儀式が行われる。準備できるな?」

「薬袋を調べたけれど、根は十分あるから、準備はできるわ」イーザは小さなきんちゃく袋の一つを差し上げながら、身ぶりで答えた。そのケーブ・ベアの皮製のきんちゃく袋は、ほかの袋とは違っていた。皮を強くするのに使われたクマの脂肪に微粉状の赤土を混ぜたもので、濃い赤茶色に染められていたのだ。一族の者は各自お守りに赤土を入れているが、ほかの女は、その聖なる赤に染められたものをもっていない。これはイーザがもっているもっとも神聖な形見だ。「朝になったら、身を清めるわ」

クレブはまたうなった。男が女に答えるときに使う、どっちつかずの態度だ。女の言葉にあまり意義を認めず、言った内容はわかったということを示すだけだ。二人はしばらく無言でいた。やがて、クレブは小さな茶碗を置き、妹の顔を見た。

「モグールが、おまえとあの女の子を養う。もし女だったら、おまえの子どもも。新しい洞穴では、おまえはわしの炉辺で暮らすのだ、イーザ」クレブはそう言うと、つえをつかんで立ち上がり、足を引きずりながら寝床まで行った。

クレブの言葉にびっくりして、イーザは立ち上がりかけたが、また腰を下ろした。思いもよらぬことだった。つれあいが死んだので、誰かほかの男が自分を養わなくてはならないことはわかっていた。でも、自分の今後については、考えないようにしてきたのだ——わたしがどういう気持ちを抱いていようが、どうせ何も変わらない。ブルンはわたしに相談などしない——それでも、イーザはときどき考えてしまうのだった。選択肢の中には、イーザが気にいらない者もいた。これはという者は、見こみがなかった。

たとえば、ドルーグ。グーブの母親が地震で死んだので、ドルーグは今、一人だ。イーザはドルーグを尊敬している。ドルーグは、一族の中で最高の道具のつくり手だ。大きなフリントを削って、でこぼこした握斧《あくふ》やスクレイパー（削器や掻器）をつくることは誰でもできるが、ドルーグの腕前はすごい。あらかじめ石に形をつけて、打ち欠くかけらが望みどおりの大きさと形になるようにできる。ナイフやスクレイパーを始め、ドルーグの道具はすべて、ひじょうに重んじられている。もし一族の男から自由に選んでいいなら、イーザはドルーグを選ぶだろう。ドルーグは、あの侍祭の母親にいつも優しくしていた。二人は真の愛情で結ばれていた。

でも、ドルーグにはたぶんアガが与えられるだろう。アガのほうが若いし、すでに二人の子どもの母親だ。息子のボーンには、そのうち、狩人が訓練を施してやる必要がある。赤ん坊のオーナは、成長してつれあいができるまで、誰か男が養ってやらなくてはならない。あの道具づくりの男なら、喜んでアガの母親のアバも引きとるだろう。あの老婆も、娘と同様、家庭を必要としている。そうした責任をすべて引きうけるとなると、あのもの静かな、きちょうめんな道具づくりの男の生活もだいぶ変わるだろう。アガはときおり、少し手が焼けることがある。グーブの母親のようなものわかりのよさはない。でも、グーブはそのうち自分自身の炉辺をもつだろうし、ドルーグには女が必要だ。

グーブをつれあいとするのは、まったく問題外だ。若すぎる。やっと大人になったばかりだし、これまでつれあいをもったこともない。ブルンは、年とった女をグーブに与えはしまい。それに、イーザは、つれあいというより母親のように感じてしまいそうだった。

イーザは、グラドとウカと、グラドの母親のつれあいだったザウグと暮らすことも考えてみた。グラドは、がんこで口数の少ない男だが、無慈悲ではないし、ブルンに対する忠誠心には疑問の余地がない。二番目の女だとしても、グラドと暮らすのは悪くなさそうだ。でも、ウカはエブラの妹で、姉の身分を侵しているイーザを快く思っていない。それに、まだ自分の炉辺をもってさえいなかった息子が死んで以来、ウカは悲嘆に暮れ、引きこもりがちだった。娘のオブラでさえ、ウカの胸の痛みを和らげることはできなかった。あの炉辺には悲しみが多すぎる、とイーザは思った。

クルグの炉辺については、ほとんど考えたことがなかった。クルグのつれあいで、ボルグの母親であるイーカは、率直で親切な若い女だが、それこそが問題だ。二人とも、若すぎる。それに、イーザは、イーカの母親のつれあいだった老人で、クルグたちと暮らしているドーブとあまり気が合わなかった。

残るはブルンだが、イーザは、ブルンの炉辺では二番目の女にさえなれない。ブルンは兄なのだから。もっとも、そんなことはたいした問題じゃない。イーザには自分自身の身分がある。少なくとも、地震のときにとうとう霊の世界に旅立ったあの憐れな老婆とは違う。その老婆は、別の一族の出身で、つれあいはとうの昔に死に、子どももおらず、炉辺から炉辺へとたらい回しにされ、いつも重荷になっていたのだ。身分もなく、何の価値もない女だった。

しかし、クレブと生活をともにし、彼が養ってくれるという可能性は、考えてもみなかった。一族の中で、男女を通じて、イーザがクレブほど愛している者はいない。クレブはエイラを好いてさえいる、それは確かだ。申し分のない取り決めだ――わたしの子が男の子でなければ。男の子は、狩人になれるよう訓練してくれる男と暮らす必要があるが、クレブには狩りはできない。

薬をのんで流産してしまうこともできる、とイーザはちょっと考えた。そうすれば、男の子をもつことはない。イーザは腹をたたいて、首を振った。いいえ、もう遅い、いろいろ問題が起きてしまう。イーザは、自分が赤ん坊を欲しがっていることがはっきりわかっていた。高齢にもかかわらず、妊娠後の経過は順調だった。子どもは正常で健康である可能性が大きい。それに、あっさりあきらめるには子どもは貴重すぎる。赤ん坊を女の子にしてくれるよう自分のトーテムにもう一度頼んでみよう。わたしがずっと女の子を欲しがっていたことを、わたしのトーテムは知っている。トーテムが身ごもらせてくれた赤ん坊が健康に生まれてくるよう体に気をつけます、ただどうか女の子にしてください。

イーザは、自分のような年の女の場合にはいろいろ問題が起こることを知っていたので、妊婦に有益な食べものを食べ、薬をのんでいた。この薬師《くすし》は、母親になったことはないが、妊娠や出産や育児について、たいていの女よりも詳しい。一族のすべての出産を手伝ってきたし、薬に関する知識を女たちに惜しみなく教えてきた。でも、母から娘へと伝えられてきた秘伝がある。イーザは、もしこの秘伝を知られるくらいなら――とりわけ、男に――死んだほうがましだと思っている。もし男が知ってしまったら、決してその使用を許さないだろう。

この秘伝が知られることがなかったのは、男にせよ女にせよ、誰も薬師に彼女のまじないについて聞かないからだ。直接聞くのを避ける習慣は、長年にわたるもので、今や伝統、ほとんど掟となっている。もし誰かが興味を示せば、イーザは自分の知識を話すことはできる。けれども、特別な技のことを口にしたことはない。もし男がたずねる気になったら、答えを拒むことができないからだ――どんな女も、男には返答を拒めない――それに、一族の者がうそをつくのは不可能なのだ。この一族は普段、表情やしぐさや姿勢のほとんどそれとわからぬ変化によって意思の微妙な相違を伝え合っているので、何かを企てるとすぐに見破られてしまう。うそをつくという概念さえ、この一族にはない。うそにいちばん近いのは、話すのを止めることだ。これはしばしば許されるが、うそをつこうとしていることは、たいがいわかってしまう。

イーザは、母親から教わった秘伝について誰にも話したことはないが、これまで使ってきていた。この秘伝は、受胎を妨げる――男のトーテムの霊がイーザの口から入って子どもを宿らせるのを妨げる。イーザのつれあいだった男は、どうしてイーザが妊娠しないのか聞こうとすらしなかった。イーザのトーテムが女にしては強すぎるからだと思いこんでいた。しばしばイーザにそう言ったし、ほかの男たちにも、彼のトーテムの霊がイーザのトーテムの霊に打ち勝てないのはそのためだと嘆いていた。イーザが受胎を妨げる植物を用いたのは、つれあいを侮辱するためだった。たとえつれあいがイーザをどんなに殴ろうと、彼のトーテムの受胎させる力が弱すぎて、イーザの防御を突きくずせないのだと、一族とつれあいに思わせたかったのだ。

殴るのは、イーザのトーテムを力でねじふせるためだと思われていたが、イーザには、つれあいがそれを楽しんでいることがわかっていた。初めのうちイーザは、もし自分が子どもを産めないのなら、つれあいが自分をほかの男に与えてくれるのではないかと期待していたのだ。イーザは、あの気どった自慢屋のことが、自分が彼に与えられる前から嫌いだった。つれあいが誰になるのかを知ったとき、イーザは絶望して母親にすがりつくことしかできなかった。母親はイーザを慰めることしかできなかった――この問題に関しては、娘と同様、母親も口を出す権利はなかったからだ。けれども、つれあいはイーザを誰にも譲りわたさなかった。イーザは薬師《くすし》で、一族の中で最高位の女だ。イーザを支配することは、男としての自尊心を満たせた。彼のつれあいに子どもができないので、彼のトーテムの力と男としての力が疑問視されると、暴力をふるうことで気を晴らした。

それで子どもができるものならと、殴ることは大目に見られたが、イーザはブルンがよくないと思っていることがわかった。もしブルンがそのときリーダーだったら、イーザはその男に与えられはしなかっただろう。ブルンの考えでは、男らしさは女に勝つことで証明されるものではない。女は、服従するしかないのだ。劣った相手と競い合ったり、女に怒りまくったりするのは、男らしくない。女に命令し、規律を維持し、狩りをして養い、感情を抑え、苦しくてもそれを表に出さない――それが男の義務だ。もし怠けたり、無礼だったりした場合は、女に平手打ちをくらわしてもいいが、怒りに任せてやってはいけない。楽しみながらでも、もちろんいけない。規律を維持するためだけだ。女をよく殴る男はいるが、習慣としている男はほとんどいない。習慣的に殴るのは、イーザのつれあいだけだった。

クレブが炉辺に加わると、イーザのつれあいはますます彼女を手ばなそうとしなくなった。イーザは薬師であるだけでなく、モグールのために食事をつくる女でもあった。もしイーザが炉辺を去れば、モグールも去ってしまう。自分が偉大なまじない師から秘伝を教わっている、と一族のほかの者は思っているに違いない――そんなふうに勝手に想像して、イーザのつれあいは悦にいっていた。実際には、クレブは、炉辺をともにしている間ずっと、二人に儀礼的に接していただけで、多くの場合、気づきもしないふりをしていた。とりわけ、イーザにひどく目につくあざがあるような場合には。

そんなふうに暴力をふるわれても、イーザは、薬草のまじないを用い続けた。けれども、妊娠してしまった。そうわかったときには、運命と思ってあきらめた。何かの霊が、ついにわたしのトーテムとまじないを負かしたのだ。たぶん、つれあいのトーテムだろう。でも、もしつれあいのトーテムの精力がとうとう勝ったのだとしたら、洞穴がくずれたときに、どうして霊は彼を見はなしたのか？

イーザは最後の望みを抱いた。娘を望んだのだ。女の子なら、つれあいが新たに得た評価を減じられる、しかも薬師の家系を絶やさないですむ――つれあいと暮らしているときには、子どもをもつくらいなら、自分の代で家系を絶やしたほうがましだと思っていたのだが。もし息子を産んだら、つれあいの汚名が晴らされてしまうが、女の子なら、そこまではいかない。今イーザは、前にもまして女の子が欲しくなった——死んだ男の死後の評価を否定するためではなく、クレブと暮らすのが許されるように。

イーザは、薬袋をしまうと、毛皮の中ですやすやと眠っている少女のわきに潜りこんだ。エイラはよほど運が強いに違いない、とイーザは思った。新しい洞穴が見つかり、わたしと一緒にいることを許され、クレブと炉辺をともにすることにもなりそうだ。エイラの強運で、わたしには娘がもたらされるかもしれない。イーザはエイラに腕をかけ、温かな小さな体に身をすりよせた。

翌朝、朝食のあと、イーザは少女を招きよせ、小さな川の上流に向かった。一緒に川岸を歩きながら、薬師《くすし》はある植物を探した。しばらくすると、向こう岸に空き地があったので、川を渡った。その空き地には、数本の植物が生えていた。高さ三十センチほど、長い茎に暗い緑色の葉がついており、茎の先端には小さな緑色の花が穂のようにかたまって咲いていた。イーザは、このアオゲイトウを掘りだすと、沼地の水たまりのそばまで行き、トクサを見つけた。それから、さらに上流で、カスミソウを見つけた。エイラは、イーザについて歩きながら、興味深く見守り、この女の人といろいろ話せたらいいのにと思った。エイラの頭の中は、聞くことのできない質問でいっぱいになっていた。

二人は野営地に戻った。エイラが見ていると、イーザは、きっちり編まれた鉢に水を満たし、細長いトクサと熱く焼いた石を水の中に加えた。エイラがわきにしゃがみこんでいる間、イーザは石の鋭いナイフで、エイラを運ぶのに使ったマントの一部をまるく切った。脂肪で処理された皮は、柔らかくてしなやかだが、丈夫だ。しかし、石のナイフはそれをたやすく切ることができた。イーザは、先をとがらせた別の石器で、円形の皮のふちに穴をいくつかあけた。それから、低木の筋ばった丈夫な樹皮をよってひもをつくり、穴に通して引きしぼり、小袋を完成させた。そして、ナイフを――ドルーグがつくったナイフで、宝物のように大切にしている道具だ――さっと動かし、外衣を閉じている長い皮ひもをエイラの首の太さに合わせて切った。この作業には、ほんのわずかの時間しかかからなかった。

料理用の鉢の中の水が沸騰し始めると、イーザは、その水の漏らない枝編みの鉢と一緒に、すでに集めてあったほかの植物をもって、また小さな川まで行った。イーザとエイラが川沿いに歩いていくと、土手が川に向かって緩やかに傾斜している場所にたどりついた。片手で容易に握れる丸い石を見つけると、イーザは、カスミソウを水に浸し、川のそばの大きくて平らな岩の浅いくぼみの上でたたいた。その根はぶくぶくと泡立った。外衣のひだから石器やそのほかの小道具をだすと、イーザは皮ひもをほどいて外衣を脱いだ。首のお守りを外し、そっと外衣の上に置いた。

イーザがエイラの手をとって川の中に導いてくれたとき、エイラは喜んだ。エイラは水が大好きだったのだ。しかし、全身がぬれると、イーザはエイラを抱え上げ、岩の上に座らせ、頭から足まで泡を塗りこんだ――よれよれになってもつれた髪も含めて。冷たい水の中にエイラをつけたあと、イーザは合図をして目をぎゅっとつぶってみせた。エイラにはその動作の意味がわからなかったが、まねをしてみると、イーザがうなずいたので、目を閉じて欲しいのだとわかった。エイラは、頭が前に倒されるのを感じた。それから、トクサの鉢から、加熱された液が注がれた。エイラの頭はもうずっとかゆかったが、イーザは、小さなシラミがいることに気づいていたのだ。イーザは、トクサから抽出したシラミとり液をつけた髪をもんだ。冷たい川でもう一度髪をゆすぐと、イーザは、アオゲイトウの根を葉と一緒につぶし、エイラの髪の毛に泡を塗りこんだ。最後にエイラを水につけたあと、水遊びをさせた。その間に、イーザは自分の髪と体も洗った。

一緒に土手に座って体を乾かしながら、イーザは歯で小枝の皮をはぎ、それを使って二人の髪のもつれをほどいた。イーザは、エイラのほとんど白に近い髪が細くて絹のように柔らかいことに驚いた。確かに普通ではないが、すてきだといっていい。この子のいちばん素晴らしい特徴だ。イーザはエイラをそれとなく見た。日に焼けているのに、この子はわたしよりもまだ白い。薄い色の目をした、このやせた青白い少女は、驚くほど魅力がない。おかしな顔をした種族なのだ——人間であることは確かだが、ひどく醜い。かわいそうな子だ。この子につれあいなど見つかるだろうか？

もしつれあいをもてなかったら、身分を得られない。地震で死んだあの老婆のようになってしまう、とイーザは思った。もしエイラが実の娘なら、身分をもてるだろうが。治療の技を教えてやれるものだろうか？　そうすれば、エイラにもいくらか値打ちがでる。もし女の子が生まれたら、両方の子を訓練してもいい。男の子なら、わたしの家系を引きつぐ女がいなくなってしまう。一族には、いつか新しい薬師《くすし》が必要になる。もしエイラが秘伝を知っていれば、一族の者はエイラを受けいれてくれるかもしれない——つれあいになってもいいという男も出てくるかもしれない。エイラは一族に加わってもいいことになっている。わたしの娘にしたっていいではないか。イーザはエイラをすでに自分の娘と考えていたが、もの思いにふけっているうちに、ある考えが芽生えた。

イーザが見上げてみると、太陽はもうだいぶ高く昇っていた。遅れてしまっている。エイラのお守りを仕上げて、根から飲みものをつくらなくては、とイーザは、急に責任を思いだして自分に言いきかせた。

「エイラ」イーザは、また小さな川にぶらぶら近づいていた少女に呼びかけた。エイラは走ってきた。脚を見ると、かさぶたが水でふやけていたが、だいぶよくなっているようだった。急いで外衣をまとったイーザは、掘り棒と、さっきつくった小袋をひろい上げ、エイラをつれて尾根に向かった。尾根のすぐ向こう側に、赤土の溝があった。エイラが洞穴を見つける前に、一族の者が休憩をとった場所の近くだ。一緒にそこまで行くと、掘り棒で赤土を突つき、小さな塊をいくつか削りとった。そして、それを少し手にとると、エイラに差しだした。エイラは、どうしたらいいのかわからないまま、赤土を見てから、恐るおそる触れてみた。イーザは、小さな塊をつかんで小袋に入れると、小袋を外衣のひだの中に押しこんだ。戻る前に、イーザはあたりを見わたした。小さな人影がいくつか、眼下の平原を横切っていた。狩人たちがその朝早く出発したのだ。

ブルンと彼の率いる五人の狩人よりもはるかに大昔の人間は、四つ足の肉食獣の方法を見てまねることによって、獲物を仕留めることを学んだ。たとえば、オオカミが、自分よりも大きくて強い獲物を仲間と力を合わせて倒すのを見た。人間は、つめときばの代わりに道具と武器を使って協力し合うことによって、同じ環境に住む大きな獣を仕留められることを長い年月をかけて知った。そういうことが刺激となって人間は進化の過程をたどったのだ。

狙っている獲物に用心させないように、音を立てない必要があるので、狩猟用の合図が生まれた。これが、もっと複雑な身ぶり手ぶりに発展し、要求やねがいを伝え合うのに使われるようになったのだ。警告の叫び声は、よりたくさんの情報内容を含められるように高さや調子が変えられた。この一族の者へとつながった人類の系統は、音声による言語を十分発達させるほど優れた発声器官をもっていなかったが、それによって狩りの能力が損なわれることはなかった。

六人の男は、夜明けとともに出発した。尾根のそばの見晴らしのきく場所から、太陽が斥候のように前方に光を放ち、おずおずと地の果てに現れてから、一日を思いのままにしてやろうと光り輝きだすのが見えた。北東のほうに、黄土の土煙がもうもうと上がり、曲がった黒い角をもった茶色の毛むくじゃらの群れがうねるように移動するのを包み隠していた。草木のまったくない、幅広い踏み跡が一筋、黄金色に染まった緑の平原をゆっくりと移動するバイソンの群れのあとにできた。もはや女子どものためにペースを落とさずともよかったので、狩人たちはすぐに草原までたどりついた。

山のふもとの丘陵地帯をあとにした狩人たちは、姿勢を低くしながら、小走りに走りだし、バイソンの群れに風下から近づいていった。近づくと、丈の高い草の中に低く身をかがめ、巨大な獣を見守った。わき腹に向かって細くなっていく大きく盛り上がった肩が、巨大な黒い角の生えた大きな頭を支えていた。大人の獣では、二本の角の先端の間が一メートルほどもあった。密集した群れの汗臭いにおいが、狩人たちの鼻をつき、大地は何千ものひづめの動きで震えていた。

ブルンは、片手を目にかざして光を遮りながら、通り過ぎる一頭一頭をよく見て、適正な状況で適正な獲物を狙おうと待ちかまえた。その様子を見ても、この族長が耐えがたいほどの緊張を何とか抑えていることはわからなかった。ぎゅっと締められた口とこめかみがピクピク動いていることだけが、不安で心臓が激しく鼓動を打っていることと、神経がたかぶっていることを示していた。これは、ブルンの人生でもっとも重要な狩りなのだ。ブルンを成人の地位に引き上げた最初の狩りでさえ、この狩りに比べたらどうということはなかった。新しい洞穴を最終的にすみかと決めるかどうかは、この狩りにかかっていたからだ。狩りがうまくいけば、洞穴の儀式の一部である祝宴用の肉が手に入るだけでなく、一族のトーテムが新しいすみかを気にいっていることが明らかになる。もし狩人たちが最初の狩りから手ぶらで帰ったら、一族は、守護霊たちに受けいれてもらえる洞穴を探しなおさなくてはならない。トーテムは、新しい洞穴が不吉だと警告しているからだ。ブルンはバイソンの大群を見たとき、元気づけられた。バイソンはブルンのトーテムの化身だからだ。

ブルンは、自分の合図を今かいまかと待っている狩人たちに目をやった。待つことは、いつももっとも難しい仕事だが、早まっては悲惨な結果を招く。それに、もし人間の力で可能なら、ブルンは、この狩りでは何一つ失敗しないようにしたかった。ブラウドの顔に不安の色が浮かんでいるのに気づいたブルンは、一瞬、つれあいの息子に獲物を仕留めさせることに決めたことを後悔しそうになった。が、すぐに、成人になるための狩りに出かける準備をしろと告げたとき、息子のきらめく目が誇りで満ちたことを思いだした。あの子が神経質になっているのも無理はない、とブルンは思った。あの子の成人になるための狩りであるばかりでなく、一族が新しいすみかに移れるかどうかがあの子の強い右腕にかかっているのだ。

ブラウドはブルンの視線に気づき、心の動揺を明かしていた表情を慌てて隠した。実物のバイソンがどんなに大きいか——背筋を伸ばして立つと、重々しく動くその獣の肩のこぶは、ブラウドの頭より三十センチ以上も上にある——バイソンの群れがどれだけ迫力があるか、知らなかったのだ。この狩りに貢献したと思われるために、少なくとも最初の有効な傷を負わせなくてはならない。失敗したら？　うまく突き刺せず、逃げられてしまったら？　ブラウドの心は乱れていた。

あがめるように見つめるオガの前で、これ見よがしにやりで突く練習をしてみせたときに若者が覚えた優越感は、消えてなくなっていた。ブラウドは、オガを見て見ぬふりをしていた。まだ子ども、しかも女の子だ。でも、間もなく、一人前の女になる。大人になったら、オガはつれあいとして悪くないかもしれない、とブラウドは思った。母親も母親のつれあいも死んでしまった今、オガには彼女を守ってやる強い狩人が必要だ。一緒に暮らすようになって以来、オガはブラウドにしっかり仕えようと気を配り、ブラウドがまだ成人していないのに、あらゆる望みを満たそうと懸命に走り回っていた。ブラウドはそれがうれしかった。でも、自分が獲物を仕留められなかったら、どう思うだろう？　洞穴の儀式のときに成人になれなかったら？　ブルンはどう思うだろう？　一族のみんなはどう思うだろう？　すでにウルススに祝福されたあの素晴らしい洞穴を去らなくてはならなくなったら？　ブラウドは片手でやりをぎゅっとつかみ、もう一方の手をお守りに伸ばし、勇気と力を与えてくれるようにトーテムの毛犀《さい》にねがった。

もしブルンが手をかせば、獲物が逃げるチャンスはほとんどあるまい。ブルンは、一族の新しい洞穴の運命がブラウドの手にかかっていると思わせたのだ。もし息子がいつの日か族長になるつもりなら、今こそその地位の責任の重さを知ったほうがいい。ブルンは、ブラウドにチャンスを与えたが、そばにいて、必要とあらば自分で獲物を仕留めるつもりでいた。そんなことにならずにすめばいいのだが。あの息子は誇り高い。ブルンが手をだしたら、大きな屈辱を覚えるだろう。しかし、ブルンは族長として、ブラウドの誇りのために洞穴を犠牲にするつもりはなかった。

ブルンはバイソンの群れに目を戻した。間もなく、若い雄《おす》が一頭、群れからはぐれているのが見つかった。そのバイソンはほとんど大人になっていたが、まだ若く、経験が浅かった。ブルンが待っているうちに、そのバイソンは群れからさらに離れ、やがて、群れという安全圏からでてしまった単独の動物になった。そのとき、ブルンは合図を送った。

男たちは、ブラウドを先頭に、すぐさま扇形に広がった。ブルンが見守る中、狩人たちは、さまよう若いバイソンから慎重に目をはなさないようにしながら、一定の間隔を開けていった。ブルンはふたたび合図した。男たちはわめいたり、叫んだり、腕を振り回したりしながら、バイソンの群れに向かって走りだした。群れの端のほうにいたバイソンたちは、びっくりして、群れの中心めがけて駆けだし、たちまちすき間が埋まり、押し合いへし合いの状態になった。ブルンは、群れと若いバイソンとの間に突進し、そのバイソンの向きをそらした。

群れの周辺にいたおびえた獣たちが、混乱して動き回る群れの中に突っこんでいく間に、ブルンは若いバイソンの追跡に全精力を注ぎこみ、太くたくましい脚をできる限り速く動かして追いつめていった。端にいたバイソンたちの動きが群れ中に影響を及ぼすにつれ、草原の乾いた土が何頭ものバイソンの硬いひづめによってかき回され、あたりは細かい土ぼこりで満たされた。その土ぼこりが鼻の穴を詰まらせ、息を詰まらせ、目をくらませた。ブルンは、目を細くして、せきこんだ。疲れきって、あえいでいると、グラドが追跡を引きつぐのが見えた。

グラドが全力で走ってきたので、若いバイソンはまた進行方向を変えた。男たちは大きな輪を描きながら移動し、バイソンをブルンのほうに戻した。ブルンはまだあえぎながら、走って輪をふさごうとした。バイソンの大群はどっと逃げだし、草原を突進していた――そうした動きによって、狂気じみた恐怖は倍加した。若い雄のバイソンだけがとり残され、うろたえながら逃げていた――彼に比べればほんのわずかの力しかないが、それを埋め合わせてあまりある知恵と決意をもっている生きものから。グラドは、激しく鼓動を打つ心臓が今にも破裂しそうだったが、屈することなく追跡を続けた。体をおおっている土ぼこりの上を汗が流れ落ち、あごひげを灰褐色にした。グラドはついによろめいて立ち止まり、ドルーグがあとを引きついだ。

狩人たちの持久力は素晴らしかったが、強くて若いバイソンは、疲れを知らずに突き進んだ。ドルーグは一族の中でいちばん背が高く、脚もいくらか長かった。ドルーグは、バイソンを追いたてながら、一気にスピードを速めて接近した。バイソンが、離れていく群れのあとを追おうとしたとき、ドルーグはその前に立ちはだかった。クルグが、疲れたドルーグと交代したころには、若いバイソンは明らかに息切れしていた。クルグは元気がよかった。クルグが鋭いやりの先でバイソンのわき腹を一突きすると、弱っていたバイソンは新たに力を奮い起こした。

グーブがこのリレーを引きついだときには、大きな毛むくじゃらの生きものの速力は落ちていた。若いバイソンは、グーブにぴたりとあとを追われながら、やみくもに忍耐強く走った。グーブは、その若い獣に残っている最後の力を尽きさせようとたえず突き刺していた。ブラウドは、叫び声を上げながら、あとを引きついで巨大な獣を追いかけ始めたとき、ブルンが近づいてくるのに気づいた。バイソンの疾走は、長くは続かなかった。もう限界に達していた。遅くなり、やがてぴたりと止まり、それ以上動こうとしなかった。汗びっしょりになり、うなだれ、口から泡をふいていた。若者は、やりをかまえながら、疲れきったバイソンに近づいていった。

経験で身につけた判断力で、ブルンは素早く状況を把握した。ブラウドは初めて獲物を仕留めるにあたって、いつになく緊張してはいまいか、心配しすぎていないか？　この獣は力尽きているだろうか？　したたかなバイソンは、疲れきる前に立ち止まり、土壇場の突撃で、狩人を殺すか、重傷を負わすことがある——とりわけ、経験の乏しい狩人を。投げ縄でバイソンの足をすくって転ばせようか？　バイソンの頭は地面にくっつきそうで、わき腹は波打っている。消耗していることは間違いない。もし投げ縄を使えば、ブラウドの初めての狩りの価値は減じてしまう。ブルンはブラウドに全面的に名誉を与えることに決めた。

バイソンが正常な呼吸をとり戻さないうちに、ブラウドはその巨大で毛むくじゃらの動物に急いで近づき、やりを振り上げた。最後の瞬間に自分のトーテムのことを思いながら、ブラウドはやりを引き、そして突いた。長く重いやりが、若いバイソンのわき腹に深くくいこんだ。焼いて硬くしたやりの先が、バイソンの強じんな皮を貫き、あっという間にろっ骨を砕いて致命傷を負わせた。バイソンは苦痛のあまりうなり、相手を角で突き刺そうと向きなおったが、そのとき脚ががくりと折れた。ブルンはその動きを見ると、さっと若者のわきに行き、たくましい筋肉に全力をこめて、バイソンの大きな頭にこん棒を振り下ろした。この一撃を受けたバイソンは、こらえきれずに横向きに倒れた。断末魔の苦しみに鋭いひづめで宙をかいてから、じっと動かなくなった。

ブラウドは、初めはぼう然として、圧倒されそうになっていた。それから、いきなり鋭い叫び声が宙を引き裂いた。若者が勝利の声を上げたのだ。やったぞ！　初めて獲物を仕留めたんだ！　これで一人前の男だ！

ブラウドは大得意だった。バイソンのわき腹に深くくいこんだやりに手を伸ばした。やりをぐいと引きぬくと、生温かい血が顔にかかり、しょっぱい味がした。ブルンは誇らしそうな目をして、ブラウドの肩をたたいた。

「よくやったぞ」と、その身ぶりは雄弁に語っていた。ブルンは、強い狩人が新たに仲間に加わったことがうれしかった――ブルンの誇りであり喜びであり、つれあいの息子であり、ブルンの心の息子である強い狩人が。

洞穴は自分たちのものだ。儀式で正式に決まるが、ブラウドが獲物を仕留めたことで確実になった。トーテムたちは満足している。ブラウドが血のついたやりの先を差し上げると、ほかの狩人たちは走りよってきた。倒された獣を見た狩人たちの動きには、喜びがあふれていた。ブルンがナイフを出した。バイソンを洞穴にもち帰る前に、腹を裂いてはらわたを抜くためだ。ブルンは肝臓をとりだすと、薄く切って、各狩人に一切れずつ分けた。それは男だけが口にできる最高級の部分で、狩りに必要な力を筋肉と目に与える。ブルンは、大きな毛むくじゃらの生きものの心臓も切りとり、その生きもののそばの地面に埋めた。自分のトーテムに約束した贈りものだ。

ブラウドは生温かな肝臓をかじった。一人前の男が食べるものを初めて味わい、喜びで胸がいっぱいになった。新しい洞穴を清める儀式で、自分は一人前の男になり、狩りの踊りの先頭に立ち、小さい洞穴で行われる秘密の儀式にも参加できるだろう。ブルンの顔に浮かんだあの誇らしげな表情を見るためだけでも、喜んで命を捧げただろう。これはブラウドにとってまさに至高のときだった。ブラウドは、洞穴の儀式と一緒に行われる成人式のあとにはいっせいに自分に注目が向けられることだろうと思った。一族中の称賛と尊敬を浴びるはずだ。自分とこの素晴らしい狩りの武勇伝の話でもちきりになるだろう。自分の夜になる。オガは、無言のまま献身と崇拝をこめて目を輝かせるだろう。

男たちは、バイソンの脚をひざ関節のかなり上のところで縛り合わせた。グラドとドルーグがそれぞれのやりをたばねて結ぶと、クルグとグーブも同じことをし、四本のやりで二本の頑丈な棒がつくられた。一本は巨大な獣の前脚の間に通され、もう一本は後ろ脚の間に通された。ブルンとブラウドは左右に分かれて毛むくじゃらの頭の両側に行き、角をつかんだ。片手は空けておいてやりをもった。グラドとドルーグが、それぞれ前脚の棒の端をつかむ間に、クルグが後ろ脚の左に行き、グーブが右に行った。族長の合図で、六人の男は同時に巨大な動物をもち上げると、半ば引きずるように草原を進んでいった。洞穴に戻るこの旅は、出かける旅よりもずっと時間がかかった。男たちは、みんな力もちだったが、バイソンの重さに必死に耐えながら、草原を横切り、山のふもとの丘を登っていった。

男たちを待ち続けていたオガは、眼下の草原のはるかかなたに、戻ってくる狩人たちの姿があるのに気づいた。一族の者は、尾根に近づいた狩人たちを出迎え、洞穴に戻る最後の道のりを、無言で称賛しながら一緒に歩いた。勝ち誇った男たちの前にブラウドがいることが、彼が獲物を仕留めたことを告げていた。何が起こっているのかを理解できないエイラでさえ、あたりにはっきりと漂っている興奮につりこまれた。

6

「あんたのつれあいの息子はよくやったな、ブルン。見事な狩りだ」狩人たちが大きな獣を洞穴の前にそっと下ろしたとき、ザウグが言った。「誇りにできる新しい狩人が誕生したな」

「こいつは勇気と力を示したよ」ブルンは身ぶりでそう言うと、誇らしげに目を輝かせながら、若者の肩に手を置いた。ブラウドは、温かな称賛に浴した。

ザウグとドーブは感嘆しながら、たくましくて若い雄《おす》のバイソンを調べた。大きな獣の狩りをするつらい冒険に伴う危険と失望を忘れて、追跡の興奮と成功の快感を懐かしんでいた。二人の老人は、もはや若い男たちと一緒に大がかりな狩りをすることはできなかったが、隠居扱いされたくなかったので、朝になると、木の茂った丘の斜面を小さな獲物を求めて歩いていたのだった。

「あんたとドーブは、投石器を十分に利用したようだね。丘を登る途中から、肉を焼くにおいがした」ブルンは話を続けた。

「新しい洞穴に落ちついたら、練習する場所を見つけなければならない。狩人がみんな、あんたたちぐらいうまく投石器を使えたら、一族全体のためになるだろう、ザウグ。それに、間もなく、ボーンも訓練する必要がある」

族長は、老人たちが一族の暮らしにまだ貢献していることを知っていたので、そのことを彼にわかってもらいたかったのだ。狩りがいつもうまくいくとは限らない。この老人たちの努力のおかげで肉にありつけたことも、一度ならずある。冬の豪雪の期間は、ときおりの新鮮な肉は投石器によってもたらされることもよくある。保存された乾燥肉ばかりを食べる冬に、それはうれしい変化を与えてくれる。とりわけ、晩秋の狩りで手に入れた冷凍の食料が尽きてしまう冬の終わりには。

「その若いバイソンとは比べようもないがな、わしらもウサギを数匹と、太ったビーバーを一匹手にいれた。食べものを用意して、あんたらを待っていたんだ」ザウグは身ぶりで伝えた。「ここから遠くないところに、平らな空き地がある。そこなら、いい練習場になるかもしれん」

つれあいが死んで以来グラドと暮らしているザウグは、狩人としての地位から引退したあと、投石器の腕前を上げることに努めてきた。投石器と投げ縄は、この一族の男たちにとってもっともマスターするのが難しい武器だった。彼らの筋肉質で骨太の、少し曲がった腕は、ものすごく力が強かったが、石を槌で割るというような、繊細で正確さを要する仕事もできた。腕の関節の発達――とりわけ、筋肉と腱《けん》が骨にくっついている具合――が、信じがたいほどの力とともに、正確な手作業ができる器用さを腕に与えていた。けれども、弱点もあった。関節のそういう発達のせいで、腕の動きが限られたのだ。腕は大きな弧を描くことができず、ものを投げる能力に限界があった。力のために払った代償として得たのは、細かな動きではなく、弾みをつけることだった。

この一族のやりは、離れたところから投げるやりではなく、近くから大きな力をこめて突きだすやりだった。突きだすやりやこん棒を使うには、たくましい筋肉をつくればいいだけだが、投石器や投げ縄を使えるようになるには、何年にもわたって集中して練習する必要がある。投石器――しなやかな細長い皮の両端を合わせてつかみ、真ん中の膨《ふく》らみに挟んだ丸い石を、頭上でぐるぐる回して弾みをつけてから放つ――を使うには、たいへんな努力がいる。ザウグは、石を正確に飛ばす力をもっていることを誇りにしていた。若い狩人にその武器の使い方を教えるようにブルンから頼まれたことも、誇らしく思っていた。

ザウグとドーブが投石器をもって丘の斜面を歩き回って狩りをしている間に、女たちは同じ地域で食べものを集めていた。おいしそうな料理のにおいが、狩人たちの食欲をそそった。狩りが腹のすく仕事であることを、狩人たちはあらためて悟った。狩人たちはすぐに食事にありついた。

食事のあと、男たちは満足してくつろぎ、自分自身の楽しみと、ザウグとドーブのために、わくわくするような狩りのさまざまな出来事を話した。ブラウドは、自分の新しい身分や新しい同輩の心からのお祝いで鼻を高くしていたが、ボーンがすっかり感嘆して自分を見ていることに気づいた。その日の朝まで、ブラウドとボーンは対等だった。グーブが成人して以来、ブラウドにとってボーンは、一族の子どもの中でただ一人の男友達だったのだ。

ブラウドは、今、ボーンがしているように、狩りから戻ったばかりの狩人たちの周りを自分もうろうろしていたことを思いだした。男たちに無視されて隅っこのほうに立ちながら、男たちが話すのを熱心に見ている必要はもうない。あれこれ雑用を手伝えと言う母親やほかの女の命令に従う必要もない。おれはもう狩人で、大人の男だ。成人の地位を得るのに欠けているのは、最後の儀式だけだ。それは洞穴の儀式の一部になるから、とりわけ忘れられない、縁起のいいものになるだろう。

成人すれば、ブラウドは最下位の男ということになるが、そんなことはほとんど問題でなかった。それは長くは続かない、ブラウドの立場はあらかじめ決まっているのだから。ブラウドは族長のつれあいの息子だ。いつか、族長の地位はブラウドのものになる。ボーンはときどきうるさくつきまとうことがあるが、今はブラウドは寛大になれそうだった。ブラウドはその四歳の男の子のところまで歩いていった。新しい狩人が近づいてくるのを見て、ボーンは期待でわくわくしながら目を輝かせた。

「ボーン、おまえはもう大きい」ブラウドは、大人の男らしくしようと少しもったいぶった身ぶりで伝えた。

「おれがやりをつくってやる。おまえもそろそろ狩人になる訓練を始めたほうがいい」

ボーンは喜びのあまり身をよじった。誰もが欲しい狩人の地位を得たばかりの若者を見上げる目は、まじりけのない称賛できらめいていた。

「うん」ボーンは勢いよくうなずいた。「ぼく、もう大きいよ、ブラウド」少年ははにかみながら身ぶりで伝えた。

そして、先端に黒ずんだ血のついた頑丈なやりを指差した。「触ってもいい?」

ブラウドは、少年の前の地面にやりの先端を下ろした。ボーンはこわごわ指を一本だし、今は洞穴の前に置かれている巨大なバイソンの乾いた血に触れ、「怖かった、ブラウド?」と聞いた。

「どんな狩人でも最初の狩りのときは緊張する、とブルンは言ってる」ブラウドは恐怖感を味わったことを認めたくなくて、そう答えた。

「ボーン! そこだったのね! そんなことだと思ったわ。オガが薪《たきぎ》を集めるのを手伝っているはずでしょ」アガが、女子どものところからこっそり離れていた息子を見て言った。ボーンは、新しい偶像を肩越しに振りかえって見ながら、母親のあとをついていった。ブルンはうなずきながら、つれあいの息子を見ていた。まだ子どもだからといってその男の子を無視しないのは、いいリーダーになれるしるしだ。いつか、ボーンも狩人になる。ブラウドが族長になったとき、ボーンは、子どものころに示された優しさを思いだすだろう。

ブラウドは、ボーンが足を引きずりながら母親のあとをついていくのを見守った。つい昨日、エブラがおれを呼びに来て雑用を手伝うよう言いつけたっけ、とブラウドは思いだした。穴を掘っている女たちのほうをちらっと見て、母親に見つからないようにこっそり立ち去りたいという気持ちに駆られた。けれども、すぐに、オガが自分のほうを見ていることに気づいた。かあさんはもう、おれに何をしろと言えないはずだ。おれはもう子どもじゃない、一人前の男なんだ。これからはかあさんがおれに従わなきゃならないんだ、とブラウドは少し胸を反らしながら思った。かあさんが従うんだ、違うか――？　それに、オガが見ている――。

「エブラ！　水を一杯くれ！」

ブラウドは肩をいからせて女たちのほうに歩きながら、横柄に命じた。薪《たきぎ》を集めてこいと、逆に命じられるのではないかとちらっと思った。成人式が終わるまでは、厳密にはブラウドは一人前の男ではないのだ。

エブラがブラウドを見上げた。その目には誇りが満ちていた。わたしのかわいい坊やが、うまく使命を果たしたのだ。わたしの息子が、気高い成人男子の地位についたのだ。エブラは飛び上がって、洞穴のそばの池まで行って水をくむと、急いで戻った。「わたしの息子を見て！　立派な男でしょ。勇敢な狩人でしょ」とでもいうように、得意気にほかの女たちを見ながら。

母親がすぐに応じたことと、その目が誇らしげだったことが、ブラウドの身がまえた姿勢を和らげさせ、感謝のうなり声を上げさせた。エブラの反応はブラウドを満足させた。立ち去ろうとまわれ右をしたブラウドに、オガがつつしみ深くおじぎし、崇拝するように見たことも、同じくらいブラウドを喜ばせた。

母親のつれあいが死に、そのすぐあとに母親も死んでしまったので、オガは悲しみに打ちひしがれていたのだ。オガは一人っ子だったので、女の子だったが、母親からもそのつれあいからも深く愛されていた。ブルンのつれあいは、族長の家族と一緒に暮らし始めたオガに優しかった。食事のときは一緒に座り、洞穴を探している間は、エブラの後ろを歩いていた。けれども、オガはブルンが怖かった。ブルンは、オガの母親のつれあいよりも厳しかった――責任が肩に重くのしかかっていたからだ。エブラの主な関心はブルンに向けられていたし、旅の間は、両親をなくした少女をかまってやれる時間のある者などいなかった。

しかし、ブラウドはある晩、一人でしょんぼり座ってたき火を見つめているオガに気づいた。これまでオガに目もくれなかった、大人になりかけている誇り高い若者が、静かに泣き悲しんでいるオガのわきに座って肩に手をかけてくれたとき、オガは感謝の気持ちでいっぱいになった。そのときから、オガは一つの望みを抱いて生きていた。大人の女になったら、ブラウドのつれあいとして与えられるようにねがっていたのだ。

じっと動かない空気の中で、遅い午後の日差しが暖かかった。風はそよとも吹かず、木の葉一枚動かなかった。期待にあふれた静けさを乱すのは、食べ残しにありつこうとするハエがブーンと飛ぶ音と、肉を焼く穴を掘っている女たちの立てる音だけだった。エイラは、カワウソのきんちゃく袋の中を探って赤い小袋を出そうとしている薬師《くすし》のイーザのわきに座っていた。エイラは一日中、イーザのあとをついて回っていたが、イーザには今、翌日に間違いなく行われる洞穴の儀式で果たさなくてはならない重要な役割に向けて、モグールと一緒にやらねばならない儀式があった。イーザは、淡黄色の髪をした少女を、洞穴の入口のそばに深い穴を掘っている女たちのグループのほうに連れていった。この穴の周りに石を並べ、中には大きな火を起こして一晩中燃やすことになっている。朝になったら、皮をはいで四つ裂きにしたバイソンを木の葉に包み、この穴の中に置き、さらに木の葉と土をその上にかけ、午後遅くまで、蒸し焼きにするのだ。

この穴掘りは、時間のかかる単調な仕事だ。穴の中に置いた皮のマントの上に一つかみの土を手でえぐりだし、先のとがった掘り棒を使ってその土を崩す。土がたまると、穴からマントを引っぱり上げて、土を捨てる。しかし、いったん穴を掘れば、何度も使えるし、ときどき掃除するだけですむ。女たちが掘っている間、オガとボーンは、ウカの娘でまだつれあいのないオブラに監視されながら、薪《たきぎ》を集めたり、川から石を運び上げたりしていた。

イーザがエイラの手を握りながら近づいていくと、女たちは作業を中断した。「モグールに会わなきゃいけないの」イーザは身ぶりをまじえて言った。それから、女たちのほうにエイラを少し押した。イーザが行きかけると、エイラはあとを追おうとしたが、イーザは首を振って、またエイラを女たちのほうに押してから、急いで立ち去った。

イーザとクレブ以外の者と接するのは、エイラにとって初めてだった。イーザがそばにいてくれないと、恥ずかしくてどうしたらいいかわからなかった。エイラは、その場に立ち尽くし、そわそわと足もとを見つめ、ときどき、おずおずと目を上げた。奇妙に平べったい顔面に突きだした額をした、脚の長いやせた少女を、全員がじろじろと無遠慮に見つめた。みんな、その少女に興味をもっていたが、近くで見るのは初めてだった。

族長のつれあい、エブラがようやく呪縛を解いた。「この子は薪を集められるわ」エブラはオブラに身ぶりで伝えてから、また穴を掘り始めた。若いオブラは、幹が何本か転がっている木立のほうに歩いていった。オガとボーンは、その場から逃げだす間がなかった。オブラはじれったそうに二人の子どもを差し招いてから、エイラにも合図した。エイラは、その仕草の意味はだいたいわかったが、どうしたものか、迷ってしまった。オブラがもう一度合図してから、木立に向かった。エイラの年にいちばん近い二人の一族の子どもは、しぶしぶオブラのあとを追った。エイラは、彼らが行くのを見てから、ためらいながら足を踏みだした。

木立まで行くと、エイラはしばらく突っ立ったまま、オガとボーンが枯れ枝を集めるのを見つめていた。オブラは石の握斧《あくふ》で、かなりの大きさの倒れた幹をたたき切っていた。オガは、一束の薪を穴の近くに置いて戻ってくると、オブラの切った幹を薪の山のほうに引きずっていき始めた。エイラは、オガが苦労しているのを見ると、手をかそうと歩みよった。身をかがめて幹の反対端をもった。一緒に体を起こすと、エイラはオガの黒い目をのぞきこんだ。二人は立ったまま、しばらく互いを見つめ合っていた。

二人の少女はかなり違っていたが、不思議なほど似てもいた。彼らの共通の先祖は大昔に同じ種から生まれ、その子孫は別のルートをたどったが、どちらも、異なってはいるものの、豊かな知性を身につけた。どちらも賢く、どちらも一時は支配的な地位を占め、両者のへだたりは大きくなかった。しかし、微妙な相違が、大きく違う運命を生みだしたのだった。

それぞれ幹の両端をもちながら、エイラとオガはそれを薪の山のところまで運んだ。二人が並んで戻ってくると、女たちはまた作業を中断した。女たちが見守る中、二人は木立へと向かった。二人の少女は、同じくらいの背丈だった――少し背の高いほうは、もう一人の二倍ほどの年齢だったが。一人は、すらりとして手足が真っすぐで、金髪。もう一人はずんぐりしていて、がにまたで、色が浅黒い。女たちは二人を比べたが、二人の少女は、どこにでもいる子どもと同じように、互いの違いをすぐに忘れてしまった。力を合わせると、仕事が楽になった。その日が終わらないうちに、二人は、意思を伝え合い、仕事に遊びの要素を加える方法を見つけた。

その日の夕方、二人は互いを求め合い、一緒に座って食事をとり、体格の近い仲間と楽しいひとときを過ごした。イーザは、オガがエイラを受けいれてくれているのがうれしくて、暗くなるまで待ってから、エイラにもう寝るように言いに行った。二人の少女は、別れるとき、互いを見つめ合った。それから、オガは背を向け、エブラのわきの毛皮まで歩いていった。女と男はまだ別々に寝ていた。洞穴に移り住むまでは、モグールの禁止が解けないのだ。

夜明けのかすかな光とともに、イーザは目を開けた。じっと横たわったまま、新しい一日を迎えてピーチク、パーチクと美しくさえずる鳥の鳴き声を聞いていた。間もなく、目を開けるとそこには石の壁があるようになる。天気さえよければ、外で寝るのはいっこうに構わないが、壁に囲まれた安全な生活が待ち遠しかった。そんなことを考えているうちに、その日しなければならないあらゆることを思いだした。しだいに興奮して洞穴の儀式のことを考えながら、イーザは静かに起き上がった。

クレブはすでに目を覚ましていた。この人は寝ていないんじゃないかしら、とイーザは思った。クレブは、前夜別れた場所にそのままじっと座り、火を見つめながら瞑想《めいそう》にふけっていたからだ。イーザは、湯をわかし始めた。イーザが、ミントとアルファルファとイラクサの葉を混ぜた朝の茶をクレブにもっていったころには、エイラは起きていて、その体の不自由な男のそばに座っていた。イーザはエイラに、前日の夕食の食べ残しをだしてやった。大人たちはその日、男女とも儀式の祝宴まで何も食べないことになっていた。

　午後遅くには、おいしそうなにおいが、料理中のいくつもの火から漂って、洞穴の近くに広がっていた。以前の洞穴から回収され、女たちによって運ばれてきた料理用の道具類が、すでに荷をほどかれていた。ちょっとした工夫で生まれる繊細な手ざわりとデザインの、手際よくきっちり編まれた耐水の鉢は、池の水をくむのに使われたり、料理なべや容器として用いられたりする。木の椀も同じふうに使われる。ろっ骨は撹拌《かくはん》棒、大きくて平たい骨盤は、薄く切った幹と同様に、大皿や取り皿にされる。あごと頭の骨は、ひしゃく、カップ、鉢など。バルサムの樹脂で接着されたカバノキの樹皮は、腱《けん》で何カ所かうまく補強され、さまざまな形に折りたたまれて多くの用途に使われる。

　皮ひもで結ばれた枠から火の上につるされた獣の皮の中で、いいにおいのする肉汁が煮えたっていた。その液体が煮つまらないように、注意深い監視が続けられていた。煮えたっている肉汁の高さが、炎の達する高さよりも上にある限り、皮のなべの温度は低く保たれ、燃えることはない。野生のタマネギやカントウやそのほかの薬草と一緒に煮られているバイソンの首の骨つき肉をウカがかき混ぜる様子を、エイラは見守っていた。ウカはそれを味見してから、皮をむいたアザミの茎、キノコ、ユリの芽と根、ミズガラシ、トウワタの芽、小さな未成熟のヤマノイモ、以前の洞穴からもってきたツルコケモモ、とろみをつけるために前日咲いたカンゾウのしおれた花などを加えた。

ガマの固くて繊維質の古い根がつぶされ、繊維は取りのぞかれていた。その結果残ったでんぷん質のものが、鉢の中の冷水の底にいれられ、さらに、もってきた干しブルーベリーと、粒にひいた穀物が加えられた。平たくて黒っぽいパンが、火のそばの熱い石の上で焼かれていた。アカザの葉や、シロザ、若いクローバー、タンポポの葉などをカントウで味つけしたものが、別のなべで煮えていた。別の火のそばでは、酸っぱい干しリンゴに野バラの花びらと幸運にも見つかったハチミツを混ぜたソースが湯気を立てていた。

ザウグが草原への旅からライチョウのひなをもって帰ってきたのを見て、イーザはとりわけ喜んだ。投石器の名人の放つ石で簡単に倒される、この重たくて高く飛べない鳥は、クレブの好物だ。風味のいいこの鳥の肉は、卵を包んだ青菜や薬草を詰めたうえで、野ブドウの葉でくるみ、石の並んだ小さな穴の中で焼かれていた。皮をはがれて串刺しにされた野ウサギや巨大なハムスターも、熱い炭の上であぶられていた。新鮮な小粒の野イチゴの山が、日差しを受けて赤くきらめいていた。

それだけのことをするに値する祝宴なのだ。

エイラは、待ちきれそうもなかった。一日中、調理場の周辺をあてもなく歩き回っていた。イーザもクレブも、ほとんどの時間どこかに出かけていた。イーザはいるときがあっても、忙しそうだった。オガも、女たちと一緒に忙しく祝宴の準備をしていて、誰もエイラにかまっている時間もなければ、その気もなかった。イライラした女たちから荒々しい言葉を浴びせられたり、乱暴に突かれたあと、エイラはもう邪魔しないようにした。

午後遅く、洞穴の前の赤土に長い影が落ちるにつれ、期待にあふれた静けさが一族の上におりてきた。全員が、バイソンの臀部が焼かれている大きな穴の周りに集まった。エブラとウカが、温まった土を肉の上からとりのぞき始めた。ぐにゃっとしたこげた葉をどかすと、よだれのでそうな湯気の中に、生けにえの獣が現れた。骨から落ちそうなほど柔らかかったので、肉はそっともち上げられた。族長のつれあいであるエブラが、肉を切って分ける役を務めた。最初の一切れを愛する息子に与えたエブラは、いかにも誇らしげだった。

自分のとり分を受けとるために前に進みでたブラウドは、わざわざ謙遜してみせたりはしなかった。男たち全員にいきわたると、女たちが分け前をもらい、次に、子どもたちが受けとった。エイラは最後だったが、全員に十二分の分け前があり、まだ残るほどだった。それに続いた静けさは、飢えた一族が肉をむさぼり食っているためだった。

ゆったりとした祝宴だった。一人また一人と、バイソンの肉をもう少しとりに行ったり、好物の料理のお代わりをよそったりした。女たちは一生懸命働いたが、その報酬は満足した一族の者からの言葉だけではなかった。これから数日間、もう料理をつくらないですむのだ。食事のあと、長い夜に備えて全員休んだ。

夕方が近づき、長く伸びた影が鈍い灰色の薄明かりの中に溶けこんだころ、くつろいだ午後のムードが微妙に変わり、あたりは期待であふれた。ブルンが目くばせすると、女たちは急いで祝宴の残りものを片づけ、洞穴の入口の火のついていない炉に集まった。一見でたらめに並んだように見えるが、それぞれ所定の位置についていた。身分に従って並んでいたのだ。向かい側に集まった男たちも、一族の中の上下関係に従って並んでいたが、モグールの姿はなかった。

洞穴の正面にいちばん近い位置にいるブルンが、グラドに合図を送った。グラドは、ゆっくりと威厳のある態度で前に進みでると、オーロックスの角から、真っ赤に燃えている炭をとりだした。この炭は、もとをたどれば、崩壊した以前の洞穴で起こされた火で燃やされた炭だが、もっとも重要なものだった。その火を絶やさないことが、一族の命が続くことを表す。洞穴の入口でこの火を起こせば、洞穴が一族のものとされ、すみかとして認められる。

火を自在に操るのは人間の生みだした知恵で、寒冷な気候の中で生きるのには欠かせないことだった。煙でさえ、有益な特性をもっていた。煙それだけでも、安心感やくつろいだ気持ちをもたらしてくれる。洞穴の火の煙は、高い丸天井へとゆっくり昇って、裂け目からもれていくか、洞穴の出入口から風に乗って出ていく。それと一緒に、一族に害を及ぼす見えない力を運び去り、洞穴を清め、人間の精をいきわたらせる。

火を起こすことは、それだけで清めの儀式になり、洞穴を自分たちのものだと宣言できる。しかし、それと一緒に、ほかの儀式が行われることがしばしばあり、それも洞穴の儀式の一部と考えられている。一つは、一族の者を保護してくれるトーテムの霊を新しいすみかに慣れさせる儀式で、たいがいは男だけを集めてモグールによってひそかに行われる――女たちは自分たちだけでお祝いをすることを許されている。そんなわけで、イーザは、男たちのために特別な飲みものをつくったのだった。

狩りの成功は、彼らのトーテムたちがこの場所を認めたことをすでに示していた。祝宴は、一族が長期間にわたって出かけることはあっても、ここを永遠のすみかにするという意志の確認だった。トーテムの霊も旅をするが、一族の者がお守りをもっている限り、トーテムは、一族の者が洞穴からどこに行ったかを知っているので、必要とあらば駆けつけてくれる。

いずれにせよ、霊たちは洞穴の儀式には同席するので、やろうと思えばほかの行事もやれるし、実際、しばしば行われる。そういう儀式は、新しいすみかが確定するとともに高められ、一族の地域とのつながりも深める。儀式には決して変わらない伝統的な形式があるが、どう処理するかによって異なる性質を帯びる。

モグールは、いつもブルンと相談のうえ、さまざまな行事を組み合わせて全体の儀式をつくり上げるが、基本となるのは、みんながどう感じるかだ。今回の儀式には、ブラウドの成人式と、赤ん坊のトーテムを決定する儀式が含まれる。どうしても必要だし、それで霊を喜ばせたいからだ。時間は重要な要素ではない——いくら時間をかけてもいい——しかし、さんざん苦しんだり、危険な目に遭ってきたのだから、火を起こすだけでも、洞穴は自分たちのものになったように思えるだろう。

グラドは、その仕事の重要さにふさわしい厳粛な顔つきをしながら、ひざをつき、赤らむ炭火を乾いた火口《ほくち》の上に載せ、吹き始めた。心配そうに身を乗りだしていた一族の者たちは、炎の舌が乾いた木の枝を味わうようになめ始めると、いっせいにほっとため息をついた。火がしっかりつくと、突然、ぞっとするような人影がどこからともなく現れ、たき火のすぐそばに立った。ゴーゴーという炎が、その男をすっぽり包みこむかのように見えた。男の真っ赤な顔の上には、不気味な白い頭蓋骨が載っていた。この頭蓋骨は、チラチラゆらめく炎の巻きひげにこがされることなく火の中にぶら下がっているように見えた。

エイラは初め、この火の幽霊の正体に気づかず、それを見たとき、はっと息をのんだ。イーザが安心させようとして手を握りしめてくれた。エイラは、やりのこじりが地面を鈍くドンドンとたたく震動を感じた。ドーブが、伏せて丸太に当てた大きな鉢形の木製の楽器をそのリズムに合わせてトントンたたき始めると同時に、新しく狩人になったばかりのブラウドが火の前に飛びだした。エイラは思わず飛びのいた。ほかのブラウドは、存在しない太陽の光を目に手をかざして遮りながら、身をかがめて遠くを見やった。ほかの狩人たちもさっと立ち上がって、バイソン狩りを一緒に再現するためにブラウドのそばに集まった。何世代にもわたって磨きをかけられてきた、身ぶり手ぶりで伝える彼らのパントマイムの技術は、迫真的だったので、狩りの興奮がそのまま再現された。五歳のよそ者のエイラでさえ、この衝撃的なドラマに心を奪われた。

一族の女たちは、微妙なニュアンスまで感じとり、ほこりっぽくて暑い平原へと運ばれていた。轟音を立てながら移動するバイソンの足が大地を揺らすのを感じ、息が詰まるような砂ぼこりを吸いこみ、獲物を仕留める喜びを分かち合った。女たちが狩人のこの上なく神聖な生活をこんなふうに見ることを許されるのは、めったにないことだった。

ブラウドが、初めから、この踊りをリードしていた。バイソンを仕留めたのはブラウドだし、これはブラウドのための夜だった。ブラウドは、みんなが感情移入しているのを感じ、女たちが恐怖におののいているのがわかると、それにこたえ、いっそう情熱をこめてドラマチックに演じた。ブラウドは優れた役者で、注目の的になっているときには、まさに水を得た魚のようだ。観衆の気持ちを自在に操った。ブラウドが最後の一突きを再演したとき、女たちはうっとりと身を震わせたが、女たちのその動作は官能的ですらあった。火の後ろから見ているモグールも、同様に心を動かされた。モグールは、男たちが狩りの話をするのを見ることはしばしばあるが、狩りの興奮をほとんどそのまま分かち合えるのは、こういうめったにない儀式のときだけだ。この若者はよくやった、とまじない師は思いながら、火の前に回っていった。トーテムのしるしを受けるに値する。少し尊大に振る舞ってもやむを得まい。

若者は、最後の一突きとともに、力のあるまじない師の真ん前に出た。それと同時に、鈍いドンドンという音とそれに合わせた胸の高鳴るようなトントンというビートが、ぴたっと止まった。老まじない師と若い狩人は、向かい合って立った。モグールも、どう自分の役割を演じたらいいかをよく心得ていた。タイミングを見きわめる名人であるモグールがじっと待つうちに、狩りの踊りの興奮は静まり、期待が高まってきた。ずっしりしたクマの皮におおわれた、大きくていびつな体が、赤々と燃え上がる火を背に黒く浮かび上がっていた。赤土を塗った顔は影でおおわれ、超自然的な悪魔のような非対称の不気味な目のついた顔の造作は、ぼやけてよくわからなかった。

夜の静けさを破るのは、パチパチという火の音と、木々の間をヒューヒューと渡る風の音と、遠くでやかましく叫ぶハイエナの声だけだった。ブラウドはあえぎ、目を光らせていた。踊りで激しく動いたためでもあったし、興奮と誇りのためでもあったが、しだいに増してくる不安がいちばんの理由だった。

ブラウドは、次に何があるかを知っていた。時間がたつにつれ、ぶるぶる震えそうになるのを必死で抑えた。そろそろモグールがブラウドの体にトーテムのしるしを刻むときだ。ブラウドはそのことを考えまいとしていたが、今そのときが来てみると、トーテムを刻む肉体的苦痛への不安よりも恐怖を覚えた。まじない師はオーラを発していて、それが若者をいっそう大きな恐怖で満たした。

ブラウドは、霊界——巨大なバイソンよりもはるかに恐ろしい存在のいる場所——の入口に立っていた。バイソンは確かに大きくて強いが、少なくとも、実体のある現実世界の生きもの、人間が取っ組み合える生きものだ。しかし、大地を震わせる、目には見えないがはるかに強力なものは、まったく別の問題だ。最近経験した地震のことをふと思いだして、身震いしそうになるのを抑えたのは、ブラウド一人だけではなかった。聖者であるモグールたちだけが、その実体のないものに恐れずに面と向かえる。迷信深い若者は、この最高のモグールが急いで片づけてくれるようにねがった。

ブラウドの無言の訴えに応じたかのように、まじない師は腕を上げ、三日月を見上げた。それから、滑らかに流れるように動きながら、熱烈に訴え始めた。しかし、まじない師の観衆は、うっとりと見てはいなかった。まじない師の雄弁は、この世と同じようにリアルでありながら触知できない霊の世界に向けられていた——そして、その動きは、表現が巧みだった。姿勢の微妙な変化、身ぶりのわずかな違いを使いながら、片腕の男は、体の障害を克服して自分自身の言葉にまで高めていた。その片腕による表現は、ほとんどの人間が両腕で表現することよりも豊かだった。まじない師の訴えが終わったときには、一族の者は、彼らを守ってくれるトーテムの精とほかの未知の霊の群れに取り囲まれていることがわかっていた。ブラウドはぞっと身震いした。

それから、何人かが息をのむほどいきなり、まじない師は外衣のひだの中から鋭い石のナイフをとりだし、頭上高くに掲げた。その鋭い道具をさっと下ろすと、ブラウドの胸めがけて突きだした。モグールは、完全に制御された動きで、ナイフが胸を刺しつらぬく前に手を止めた。そして、若者の体に素早く二本の線を刻みつけた。二本とも同じ方向に刻まれ、一点で合わさり、サイの曲がった大きな角のような形をしていた。

ナイフが肌に刺さったとき、ブラウドは目を閉じたが、ひるみはしなかった。血がほとばしりでて、胸を赤く流れ落ちた。グーブが、軟膏の入った鉢をもってまじない師のわきに現れた。その軟膏は、バイソンの溶かした脂肪と、殺菌作用のあるトネリコの木の灰を混ぜたものだ。モグールは、その黒い獣脂を傷口に塗りこみ、流れる血を止め、黒い傷あとができるようにした。そのしるしは、ブラウドを見るすべての者に、ブラウドが一人前の男であることを告げる——何をしでかすか予測できない、恐るべき毛犀《さい》の霊の保護を永久に受ける男であることを。

最悪のときが終わったので、若者は自分に向けられている注目を強く意識し、それをとことん楽しみながら、自分の場所に戻った。自分の勇敢さと狩りの腕前、踊りのときの真に迫った演技、トーテムのしるしをひるむことなく受けたこと——こうしたことは、一族の男女を問わずいつまでも生きいきと語りつがれていくことだろう。ブラウドは、これが伝説になると思った。一族を洞穴に閉じこめる長くて寒い冬の間、何度も繰りかえされ、氏族会でも語られるだろう。もしおれがいなかったら、この洞穴は一族のものにならなかっただろう、とブラウドは思った。おれがバイソンを殺さなかったら、儀式をやれなかったし、また洞穴を探すはめになっただろう。ブラウドは、新しい洞穴と、この重大な行事すべてが、自分のおかげであるように感じ始めていた。

エイラは、恐怖を覚えながらも夢中になって、この儀式を見守っていた。ぞっとするような、不格好な男がブラウドを刺して血を流させたときには、身震いを抑えられなかった。イーザがエイラを、その恐ろしい、クマのマントを着たまじない師のほうに連れていったとき、エイラは何をされるのだろうと思って、しりごみした。オーナを腕に抱いたアガと、ボルグを抱えたイーカも、モグールに近づいていった。エイラは、二人の女がイーザと自分の前に並んだとき、ほっとした。

グーブは今度は、きっちりと編まれたかごをもっていた。このかごは、聖なる赤土——すりつぶして細かい粉末状にし、獣脂と一緒に熱して、濃厚な色の練り粉にしたもの——を入れるのに何度も使われたために赤く染まっていた。モグールは、前に立っている女たちの頭越しに頭上の銀色の月を見た。無言で正式な身ぶりをし、霊たちにそばに集まるように求め、守護トーテムが明らかになろうとしている子どもたちをよく見てくれと頼んだ。それから、赤い練り粉の中に指を突っこみ、男の子の腰にイノシシのしっぽのようならせん形を描いた。一族の者は、そのトーテムが適切だと語るしぐさをしながら、低くしゃがれたつぶやき声をもらした。

「イノシシの霊よ、この男の子ボルグをあなたの守護にゆだねます」

まじない師は、手ぶりでそう宣言しながら、皮ひものついた小袋を赤ん坊の頭にかけた。イーカが黙って頭を下げた。そのしぐさは、イーカが満足していることを意味していた。イノシシは、強くて尊敬に値する霊だ。イーカは、自分の息子にそのトーテムがぴったりだと感じた。それから、わきにどいた。

まじない師はふたたび霊に呼びかけ、グーブのもっている赤いかごに手を入れると、その練り粉でオーナの腕に円を描いた。

「フクロウの霊よ」

モグールは身ぶりで宣言した。

「この女の子オーナをあなたの守護にゆだねます」

それから、母親のつくったお守りを幼児の首にかけた。一族の者はまたもや低いつぶやきをもらしながら、その女の子を守る強いトーテムについて手ぶりで語った。アガは喜んだ。娘はしっかりと守られるし、娘のつれあいとなるのは、弱いトーテムをもっている男ではないということだ。アガはただ、そのために子どもをもつのが難しくならないようにねがうだけだった。

アガがわきに退き、イーザがエイラを抱き上げようと手を伸ばしたとき、一族の者は興味深げに身を乗りだした。エイラはもうおびえていなかった。近づいてみると、顔を赤く塗ったいかめしい人間は、クレブ以外の何者でもなかった。エイラを見るクレブの目には、温かな光が宿っていた。

一族の者の驚いたことに、この儀式に参加するよう霊たちに呼びかけたまじない師の身ぶりは、それまでと違っていた。生後七日目に新生児に名前をつけるときに使う身ぶりだったのだ。このよそ者の少女は、トーテムが明らかにされるだけでなく、一族に迎えいれられるのだ！　モグールは、練り粉に指をつけると、少女の額の真ん中――この一族の者の顔でいえば、目の上に張りだしている骨ばった部分がつながっている場所――から小さな鼻の先まで、一本の線を引いた。

「この子の名前はエイラ」

モグールは、一族の者にも霊たちにもわかるようにゆっくりと慎重にその名前を告げた。

イーザは、見ている者たちのほうを向いた。エイラが一族に受けいれられたことは、ほかの者にとってと同様、イーザにとっても驚きだった。少女は、イーザの心臓がドキドキしているのがわかった。つまり、エイラはわたしの娘、わたしの最初の子どもになった、ということよ、とイーザは思った。赤ん坊が名づけられ、一族の一員として認められるときにその赤ん坊を抱くのは、母親だけだ。エイラを見つけてから、七日もたったのか？　はっきりわからないから、クレブに聞いてみなくちゃならないけれど、そうなんだろう。エイラはわたしの娘に決まっている。今さら、彼女の母親になれる者なんていない。

一族の一人ひとりが、五歳の少女を赤ん坊のように抱いているイーザの前を列をなして通りすぎた。どの者も、正確さはまちまちだったが、エイラの名前を繰りかえした。それから、イーザはまたまじない師のほうを向いた。モグールは顔を上げると、もう一度集まってくれるよう霊たちに呼びかけた。一族の者は期待しながら待った。モグールは、みんなの強い注目を感じ、それをうまく利用した。わざとゆっくりとした動きで、時間を引き延ばして緊張感を持続させながら、赤くて脂っこい練り粉をすくいとり、エイラの脚の治療中のかぎづめのあとの一つの上に一本の線を引いた。

どういう意味なのか？　あれは何のトーテムなのか？　見守る一族の者は、不可解に思った。聖者は、ふたたび赤いかごに指を突っこみ、次の傷あとに二本目の線を引いた。エイラは、イーザが震え始めるのがわかった。ほかの者は誰も動かず、息の音さえ聞こえなかった。三本目の線が引かれたとき、ブルンが怒りのこもった怖い顔をして、モグールの目をとらえようとしたが、まじない師はその視線を避けた。四本目の線が引かれたとき、一族の者はどういうことかわかったが、信じたくなかった。あのけがをしたほうの脚だ。モグールは、首を回してブルンを真っすぐに見ながら、最後の身ぶりをした。

「ケーブ・ライオンの霊よ、この女の子エイラをあなたの守護にゆだねます」

型どおりのしぐさが、最後に残っていたわずかの疑いを消し去った。モグールがエイラの首にお守りをかけたとき、一族の者はショックを受けて手を上げた。こんなことがあり得るのか？　女の子のトーテムが、男のトーテムの中でも最強のものだなんて。ケーブ・ライオンだって？

弟の怒った目を見かえすクレブのまなざしは、揺るぎなく断固としていた。しばしの間、二人は四つに組んで無言の意思の戦いを行った。しかし、女がそんなに強い霊の守護を受けるのがいかに不合理に思えようが、この女の子のトーテムはケーブ・ライオンであるという論理が揺るぎないものだ、とモグールにはわかっていた。モグールは、ケーブ・ライオン自身がしたことを重要視しただけだ。ブルンは、体の不自由な兄のお告げをこれまで疑ったことがなかったが、今はどうもこのまじない師にかつがれたような気がした。もっとも、気にいらなかったが、トーテムがこれほどはっきり表に現れているのは初めてだった。ブルンは先に目をそらしたが、愉快な気分ではなかった。

よそ者の子どもを一族に受けいれるだけでも難しかったのに、トーテムがケーブ・ライオンとは度がすぎる。異例で、慣習に反することだ。秩序だった一族に例外的なことが起こるのは好ましくない。ブルンは、決意を固めてぎゅっと口を締めた。これ以上脱線はさせまい。もしこの少女が一族の一員になるのなら、ケーブ・ライオンだろうと何だろうと、慣習に従ってもらう。

イーザはぼう然としていた。エイラを抱いたまま、受けいれて頭を垂れた。もしモグールが決めたのなら、そうに違いない。エイラのトーテムが強いとはわかっていたけれど、ケーブ・ライオンですって? そう考えると、イーザは心配になった。あの最強のネコ科の動物を女がトーテムにもつですって? この女の子は一生つれあいをもてないだろう。ぜひとも治療の秘法を教えてやって、地位を得られるようにしてやらなくては。この薬師《くすし》がエイラを抱いている間に、クレブはエイラの名を呼び、受けいれ、トーテムを明らかにしたのだ。それでこの子がわたしの子にならないわけがない。順調にことが運べば、間もなく、自分が赤ん坊を抱いてまたまじない師の前に立つことになることをイーザはふと思いだした。長らく子どものいなかったわたしが、遠からず二人の子どもをもつことになるのだ。

一族の者は、身ぶりでも声でも驚きをあらわにしてどよめいた。イーザは、男からも女からも驚きの視線を浴びて気まずい思いをしながら、自分の場所に戻った。みんな、イーザとエイラをじろじろ見ないようにしていた——じろじろ見るのは、無作法だからだ——けれども、一人だけはにらみつけていた。

小さな女の子をにらみつけるブラウドの目に浮かんだ憎悪の色は、イーザをおびえさせた。イーザは、ブラウドとエイラの間に自分を置いて、高慢な若者の悪意に満ちたまなざしからエイラを遮ろうとした。ブラウドは、自分がもう注目の的でないことがわかった。もはや誰もブラウドのことを話していなかった。この洞穴がすみかとして受けいれられることを保証したブラウドの大きな功績は、忘れられてしまっていた。素晴らしい踊りを披露したことも、モグールによって胸にトーテムのしるしが刻まれたときに平然と勇気を示したことも、忘れられていた。殺菌効果のある収れん性の軟膏を塗られた傷は、なおさら激しく痛んだ——まだズキズキしていた——なのに、おれがどれだけ立派に苦痛に耐えているか、誰か気づいているだろうか?

誰もブラウドに気をとめている者はいなかった。少年が大人の男になる通過の儀式は、一定の期間ごとに行われる珍しくもないもので、将来族長になることになっている者の場合でも、さして特別視されないのだ。モグールがよそ者の少女について前代未聞のお告げをしたときの驚嘆と意外さには比べようがなかった。少女がまず洞穴《ケーブ》に導かれたことを、一族の者は思いだしている――ブラウドにはそれがわかった。あの醜い少女が一族の新しいすみかを見つけた、とみんな言っている！　あの少女のトーテムがケーブ・ライオンだからってどうだと言うんだ、とブラウドはいらいらしながら思った。あの少女がバイソンを殺したのか？　今夜はおれの夜になるはずだったんだ、おれが注目の的になるはずだったんだ、一族の称賛と畏敬《いけい》の対象になるはずだったんだ。なのに、エイラがおれを出しぬいたんだ。

ブラウドはよそ者の少女をにらみつけたが、イーザが川のそばの野営地のほうに走っていくのに気づくと、モグールに注意を戻した。間もなく、ほんの少ししたら、おれは大人の男たちの秘儀に参加することを許される。何があるのかはわからない。記憶がどういうものか、初めて知ることになるはずだ、と教えられているだけだった。これこそが、ブラウドが大人になる第一段階なのだった。

川のそばの炉で、イーザは急いで外衣を脱ぐと、用意してあった乾燥根入りの赤い袋と木の椀を手にとった。まず、椀に水を満たすと、グラドの追加した薪《たきぎ》で赤々と燃え上がっている大きなたき火のところまで戻った。

日中早いうちイーザは長いこと姿を見せなかったが、イーザの外衣がその理由の一つを隠していたのだ。薬師《くすし》イーザがふたたびまじない師の前に立ったとき、彼女はお守り以外のものは何も身につけておらず、体には赤い線が何本か引かれていた。腹には、膨《ふく》らみを強調するように大きな円が描かれていた。両方の乳房にも円が描かれていたが、この二つの円から引きだされた線は肩を通り、背中のくぼみでV字形に合わさっていた。両方の尻も、赤い円で囲まれていた。モグールにだけ意味のわかるこのなぞの模様は、男たちのみならずイーザを守るためのものだった。女を宗教的な儀式にかかわらせるのは危険だが、この儀式にはイーザが必要なのだ。

イーザはモグールの近くに立っていた。厚ぼったいクマの毛皮を着て熱い火の前に立っている、モグールの顔に浮かんだ汗の玉が見えるほど近くだった。モグールからのかすかな合図で、イーザは椀をもち上げ、一族の者のほうを向いた。これは古い椀で、こうした特別な機会だけに使われるために何世代にもわたって伝えられてきたのだ。誰か先祖の薬師が、木の幹を切断した部分の真ん中を長い時間をかけて慎重に彫りぬき、その外側を成形し、さらに時間をかけて、ザラザラした砂と丸い石で丹念に椀をこすって滑らかにしたものだ。トクサの固い茎で最後の仕上げをしたので、絹のような光沢がある。儀式の飲みもの用の容器として繰りかえし使われてきたので、椀の内側は白っぽくなっていた。

イーザは乾燥根を口にいれると、ゆっくりかみ、つばをのみこまないように注意しながら、大きな歯と強いあごで固い繊維をくだき始めた。最後に、かみくだいてどろどろになった根を水の入った椀の中に吐きだすと、乳白色になるまでその液体をかき混ぜた。イーザの家系の薬師だけが、特別な効力のあるこの根の秘密を知っている。この植物は、人に知られてはいる存在だが、かなり珍しい。新しい根は、麻薬の性質をほとんど表さない。根は、少なくとも二年間、乾かされ寝かされる。乾かすときには、根を下にしてつるされる——ほとんどの薬草は根を上にするものだが。この飲みものをつくることを許されているのは薬師だけだが、長年の伝統により、のむのを許されるのは男だけだ。

この植物の有効な成分を根に集中させるための秘伝とともに、母から娘へと伝えられてきた古い伝説がある——遠い昔には、女だけがこの強力な麻薬を用いたというのだ。この麻薬の使用と結びついた儀式や行事が男に盗まれ、女はこれを用いることを禁じられたが、男は調合の秘密までは盗めなかった。それを知っている薬師は、自分の子孫以外に秘密を教えなかったので、はるか昔から途絶えることなく続いてきた直系の女だけに伝えられてきた。この飲みものは今でも、それ相応の価値あるものを男から交換に受けとるのでなければ、与えられない。

飲みものが用意できると、イーザはうなずいた。すると、グーブがダチュラ茶の入った椀を手に進みでた。いつもは男のために用意するが、今回は女のために用意した飲みものだ。儀式ばって椀が交換されると、モグールを先頭に、男たちは洞穴の小さな部屋に退いた。

男たちが行ってしまうと、イーザはダチュラ茶を女たちに回した。薬師《くすし》はしばしば、この麻薬を麻酔剤や鎮痛剤、催眠剤として用いる。イーザは、ダチュラからつくった別の調合薬を子ども用の鎮静剤として用意していた。女たちがすっかりくつろげるのは、子どもがかまってもらおうとせず、しかも一族が安全だとわかっているときだけだ。女たちがごくたまに、儀式に参加するぜいたくを味わえるときには、イーザは、子どもたちがぐっすり眠るようにする。

ほどなく女たちは、うとうとしている子どもを床につかせて火のそばに戻ってきだした。エイラを毛皮の中に押しこんだあと、イーザは、狩りの踊りのときにドーブが使った逆さの鉢形の楽器のところまで行くと、ゆっくりとした一定のリズムでたたき始めた――棒で上をたたいたり、縁近くをたたいたりして音色を変えながら。

初めのうち、女たちは動かないで座っていた。男の前では行動をつつしむことに慣れているからだ。けれども、しだいに麻薬が効き始め、また、男たちが見えないところにいることがわかっていたので、何人かの女たちがおごそかなリズムに合わせて体を動かし始めた。最初にさっと立ち上がったのは、エブラだった。エブラは、複雑なステップで踊りながら、イーザの周りを回ったが、薬師がテンポを上げるにつれそれがほかの女たちの感覚を刺激した。間もなく、全員、族長のつれあいの踊りに加わった。

リズムがしだいに速く複雑になるにつれ、普段はおとなしい女たちが外衣を脱ぎすて、のびのびと官能的な動きで踊った。イーザが楽器をたたくのをやめて踊りに加わったのも、女たちは気づかなかった――体内のリズムに合わせて踊るのに夢中になっていたからだ。毎日の生活で抑えつけられていた女たちの感情が、自由に体を動かすうちに解き放たれ、緊張がとり除かれた。こうしたカタルシスがあるからこそ、制約の多い生活を受けいれることができるのだ。ぐるぐる回ったり、飛びはねたり、足を踏み鳴らしたりして、女たちは乱舞し続けた。やがて、夜明け近くに、疲れきって倒れ、そのまま眠ってしまった。

新しい一日の夜明けとともに、男たちは洞穴からでた。横たわっている女たちの体をまたぎ越え、自分の寝場所を見つけ、ほどなく、夢を見ない眠りに落ちた。男たちのカタルシスは、狩りのときの張りつめた気持ちから生まれる。男たちの儀式は別の次元のものだ――もっと抑制された、内に向かったもので、ずっと古いが、それでも同じくらい興奮させられる。

太陽が東の尾根の上に現れたとき、クレブは足を引きずりながら洞穴から出て、あちこちに体が転がっている光景を見回した。クレブは一度、好奇心から女たちの儀式を見たことがある。心の奥深くで、賢い老まじない師には、女たちがそんなふうに解放されたいと望む気持ちがわかっていた。女たちが何をしてそれほど疲れ果てるのか、と男たちはいつも不思議に思っていたが、モグールは決して教えなかった。いつもは自制的な男たちが見えない霊たちに必死に懇願している姿を見たら、女たちがショックを受けるように、男たちは、女たちの自由奔放な姿を見たらショックを受けるだろう。

女たちの心を人類の起源まで戻すことはできるだろうか、とモグールはときおり思うことがある。女たちの記憶は男たちのとは違っているが、大昔の知識を思いだす能力は同じようにもっている。女たちには種としての記憶があるのか？　男たちと一緒に儀式に参加できるのか？　モグールはよくそんなことを考えたが、その答えを得ようとして霊たちの怒りを買うつもりはなかった。もし女たちがそのような神聖な儀式に参加したら、一族は滅ぼされてしまうだろう。

クレブは足を引きずりながら野営地まで行くと、自分の寝床の毛皮の上にゆったりと腰を下ろした。イーザの毛皮の上に、細くて金色の髪が乱れて載っているのが見えた。クレブは、以前の洞穴が崩れる前にかろうじて外に出て以来起こった出来事を考え始めた。あのよそ者の少女がどうしてこんなに早くわしの心をつかんでしまったのか？　ブルンがエイラにひそかに反感をもっていることが、クレブは気になっていた。ブラウドがエイラのほうを敵意のこもった目つきで見たことも、見逃していなかった。固く団結した一族の中に意見の相違が生じたために、儀式に傷がつき、クレブは少し不安を覚えていた。

ブラウドはこのまま引っこんではいまい、とクレブは思った。毛犀《さい》は、この一族の未来の族長にふさわしいトーテムだ。ブラウドは勇敢かもしれないが、自分勝手で、うぬぼれが強すぎる。冷静で理性的で、優しく親切であるかと思えば、次の瞬間には、どうでもいいような理由から、われを忘れて怒って猛攻撃を加える。ブラウドがエイラを攻撃しないといいのだが。

ばかなことを考えるな、とクレブは自分を叱った。ブルンのつれあいの息子が、小さな女の子一人のことでカッカしたりしまい。いずれはリーダーになるのだ。それに、ブルンが承知しないだろう。ブラウドはもう大人だ。癇癪《かんしゃく》を抑えられるようになるだろう。

体の不自由な老人は横たわると、たいへんな疲労を覚えた。地震以来、緊張から解放されることがなかったが、ようやくくつろげるのだ。洞穴は自分たちのものになり、トーテムは新しいすみかに落ちついた。目を覚ませば、一族は移り住むことができる。疲れきったまじない師は、あくびをして手足を伸ばすと、目を閉じた。

7

新しいすみかに初めて入ったとき、一族の者は、大聖堂のように広い洞穴に息をのみ、畏怖《いふ》に打たれたが、すぐに慣れてしまった。以前の洞穴や不安に満ちた探索の記憶は、たちまちのうちに消えていき、新しいすみかの環境を知れば知るほど満足した。一族の者は、短くて暑い夏のお決まりの仕事についた――狩猟や採集をし、過去の経験からいずれやってくるとわかっている長い厳寒期を切りぬけるために食料を蓄えた。食べものは、どれを選んでいいかわからないほど豊富だった。

銀色のマスが、白いしぶきを上げる急流の中を素早く泳いでいた。この警戒心のない魚が、張りだした根や岩の下で休んでいるときは、気長にチャンスを待てば手づかみすることができた。新鮮な黒い腹子や鮮やかなピンクの卵のおまけがしばしばついてくる、大きなチョウザメとサケも、河口の近くに現れ、一方、内海の底には、巨大なナマズや黒いタラがいた。動物の長い毛を手でより合わせたひもでつくられた引き網が、群がる鳥から逃げ去って、行き手をはばむ網へと飛びこむ大きな魚を捕らえた。一族の者は、

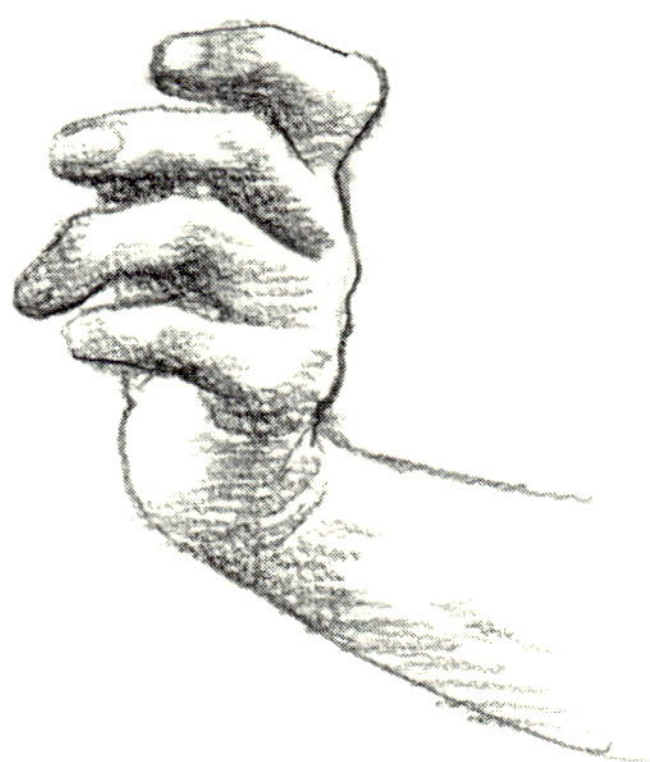

しばしば十五キロほども歩いて海岸まで行き、すぐに、塩を利かせた魚をくすぶる火にあぶって乾かし、蓄えた。淡水の貝類や甲殻類は、おいしい食料としてばかりでなく、ひしゃくやスプーン、大小の碗などとするために集められた。ごつごつした断崖をよじ登って、海に面した岩壁に巣をつくる多数の海鳥の卵を集めたりもした。狙いすました石の一撃が、カツオドリやカモメ、ウミスズメなどのごちそうをもたらしてくれることもあった。

夏が盛りを迎えるにつれ、根、太い茎、葉、カボチャ、豆、ベリー、果物、ナッツ、穀類が、それぞれ頃合を見はからって採集された。葉と花と薬草は、茶や香料として用いるために乾燥された。北の大氷河が水分を奪って海岸線を後退させたあとに残った、砂っぽい塩の塊は、冬の食べものの調味料として洞穴にもち帰られた。

狩人たちは、しばしば出かけた。草や薬草が豊かに茂り、成長の止まった小さな木がところどころに立っているだけの近くの草原には、数多くの草食動物が群れをなしていた。てのひら状の角が大きなものでは三メートルあまりに広がっている巨大なシカが、草の茂った平原を歩き回っていた。同じくらいの大きさの角をもつ特大のバイソンも一緒にいた。草原馬がこんなに南までやってくることはめったになかったが、ロバとオナガー——馬とロバの中間の動物——が、半島の広々とした平原をうろついていた。洞穴のもっと近くには、オナガーの大きくてたくましいいとこ、森馬が、単独か、小さな家族単位で暮らしていた。草原には、低地にすむヤギの親戚、サイガの小さな群れもところどころにいた。

草原と丘陵の間の、まばらに樹林のある草地は、こげ茶か黒い野牛、オーロックス——これよりもおとなしい家畜の牛の先祖にあたる——のすみかだった。森犀《さい》——熱帯の茂みに暮らす後世のサイと同族だが、冷帯林に適応していた——のテリトリーが、この樹林草原の草を好むほかのサイのテリトリーとほんのわずか重なっていた。どちらのサイも、短めの直立した角が鼻の上に生え、水平の頭をもっていたが、毛犀《さい》とは違っていた。毛犀は、毛におおわれたマンモスと同様、季節によってやってくるだけだ。毛犀の前方に傾斜した長い前角や下向きの頭は、冬、草地に積もった雪をかくのに役に立つ。皮下脂肪が厚く、深紅色の上毛は長く、下毛は柔らかくてふさふさしているので、寒冷地に適応している。本来の生息地は、北の凍結乾燥した黄土の草原だ。

　黄土の草原が現れるのは、陸地に氷河が広がるときだけだ。広大な氷原には絶え間なく低気圧が居座っているので、空気中から湿気が奪われ、氷河周辺にはほとんど雪が降らない。しかし、いつも風が吹いている。細かい石灰質の土は、氷河のへりの岩が砕けて吹き上げられ、何百キロにもわたって堆積したものだ。短い春がわずかな雪と永久凍土層の上層を溶かすと、草や薬草がすぐに根をはって芽を出す。草はどんどん育ち、乾いてそのまま干し草になり、この何千平方キロにもわたる干し草の地が、凍えるほど寒い陸地に適応した何百万もの動物の胃袋を満たす。

　半島の大陸草原が毛でおおわれた獣を招くのは、晩秋だけだ。夏は暑すぎるし、冬は雪に深く埋もれてしまう。ほかの多くの動物は、冬には、もっと寒いが乾いた北の黄土地帯のそばまで移動する。そして、そのほとんどが、夏に戻ってくる。低木や樹皮やコケを食べられる森林の動物は、樹木の茂った丘陵地帯にとどまった。そこなら、ほかの場所と遮断され、大形の獣の群れが寄りつかない。

　森馬と森犀のほかに、イノシシと数種類のシカが、木の生い茂った場所にすんでいた。アカシカ——のちにほかの土地でエルクと言われるようになる——の小さな群れ。一頭でいたり、数頭で固まっている、三つまたの枝角のある臆病なノロジカ。いくらか大きな、淡黄褐色と白のぶちのダマジカ。アカシカをエルクと呼ぶ人々にムースと称されたエルクが少し。すべて、この森林地帯をすみかとするシカだ。

山の高いほうには、大きな角のあるヒツジ、ムフロンが、ごつごつした岩場を伝って進みながら、高山の草を食べていた。さらに高いところには、野生のヤギのアイベックスとシャモアが、がけからがけへとはね回っていた。速く飛ぶ鳥は、食料とされることはあまりなく、森に彩りとさえずりを添えていた。一族の食料とされるのは、草原にいる高く飛ばない太ったライチョウや沼ライチョウで、素早く放たれる石によって落とされる。秋に渡ってくるガンやケワタガモは、湿地の多い山の沼に降りたつと、網によって捕らえられた。猛禽類や、腐肉をあさる鳥は、暖かい上昇気流に乗ってもの憂げに飛びながら、眼下の豊かな平原と森林地帯をチェックしていた。

洞穴の近くの山や草原は、小動物の群れでいっぱいで、食料や毛皮にされた。狩りをする側は——ミンク、カワウソ、クズリ、オコジョ、テン、キツネ、クロテン、アライグマ、アナグマ、のちにネズミを捕る家ネコとなる小さなヤマネコ。狩られる側は——リス、ヤマアラシ、野ウサギ、アナウサギ、モグラ、ジャコウネズミ、ヌートリア、ビーバー、スカンク、ハツカネズミ、ハタネズミ、レミング、ジリス、大トビネズミ、ジャイアントハムスター、ナキウサギ、名もつけられることなく絶滅してしまったいくつかの動物。

大きめの肉食動物は、あり余るほどいる小動物を間引くのに欠かせなかった。オオカミ、そのもっと獰《どう》猛《もう》な親類、犬に似たアカオオカミ。ネコ科の動物——オオヤマネコ、チーター、トラ、ヒョウ、山にすむユキヒョウ、これらの動物の二倍の大きさがあるケーブ・ライオン。雑食性のヒグマは洞穴の近くで狩りをするが、その大きないとこ、草食性のケーブ・ベアは今はいない。神出鬼没のケーブ・ハイエナが、その穴を埋めていた。

土地は信じがたいほど肥沃で、人間は、その寒くて古い楽園で生きて死ぬさまざまな生命のほんの一部でしかなかった。人間は生まれつきあまりに無防備で、これといって優れた特徴はなく――特大の脳は別にして――ハンターの中ではもっとも弱かった。しかし、きばもかぎづめもなく、足も遅く、跳躍力もなく、弱そうに見えるにもかかわらず、この二本足の狩人は四つ足の競争者たちの尊敬を得ていた。人間のにおいがするだけで、人間よりはるかに強い生きものが、自分の選んだ進路を変えた――長い間近くにすんでいるような場合には必ず。一族の有能な狩人は、防御ばかりでなく攻撃もうまかった。一族の安全がおびやかされるときや、温かな冬の外套が欲しい場合には、疑いをもたない獲物にそっと忍びよった。

さんさんと日の照る一日で、夏の盛りをむかえて暖かかった。木々には葉がついていたが、まだ色合いは薄かった。動きののろいハエが、散らばった食べ残しの骨の周りをブンブンと飛んでいた。さわやかな海風が海中の生命の気配を運び、揺れる葉が洞穴の前の、日の当たる斜面にゆらゆらと影を落としていた。

新しいすみかを見つけるという大仕事が片づいたので、モグールの義務は軽くなっていた。今クレブに要求されるのは、ときおりの狩りの儀式、悪霊を追いはらう儀式、あるいは、もし誰かがけがをしたり病気になった場合に、イーザの治療の技を助けるために慈悲深い霊の援助を求めることだけだった。狩人たちは出かけていて、女たちも何人か一緒に行っていた。何日も戻らないだろう。女たちが同行したのは、仕留めた獲物の肉を保存するためだ――肉は、冬の貯蔵用に干してもち帰るほうが楽だった。草原の暖かな日差しと絶え間ない風が、細く切った肉をすぐに乾燥させてくれる。枯れ草やふんをいぶして煙を出すのは、新鮮な肉に卵を生みつけて腐らせるクロバエを寄せつけないためだった。女たちは、帰りに荷物のほとんどを運びもする。

洞穴に移って以来、クレブはほとんど毎日エイラと過ごし、一族の言葉を教えようとしていた。エイラは、基本の言葉は簡単に覚えてしまったが――この一族の子どもには普通容易でないのだ――身ぶりや合図で行う複雑なやりとりは理解できなかった。クレブは、身ぶりの意味をエイラに理解させようとしたが、どちらの側にも、相手の伝達方法を理解するよりどころがなかったし、通訳したり説明してくれる者もいなかった。老人は頭を絞って考えたが、意味を伝える方法を思いつかなかった。エイラも同じく歯がゆい思いをしていた。

エイラには、自分が見落としていることがあるのがわかっていた。覚えたわずかの言葉以外のもので、何とか意思を通じ合いたかった。この一族の人々が、彼らの使う言葉以上のものを理解しているのは明らかだったが、どうやっているのかはわからなかった。問題は、エイラには一族の者の手ぶりが見えていないことだった。エイラにとっては、それはでたらめの動きで、目的をもった動作ではなかった。動作で話すというようなことがあることすら、わかっていなかったのだ。そんなことが可能だとは、思いもよらなかった。それはエイラの経験の枠をまったく超えていた。

クレブは、にわかには信じがたかったが、エイラの抱えている問題がわかってきた。動作が意味をもつことがこの子にはわかっていないようだ。「エイラ!」クレブは手招きしながら少女を呼んだ。そこがまさに問題なのだ、とクレブは思いながら、きらめく川に沿った小道を一緒に歩いていった。それか、さもなければ、言葉を理解するだけの頭がないのだ。クレブの見たところ、エイラはほかの者と違ってはいるが、頭が足りないわけではない。単純な身ぶりなら、理解するのだ。理解できる身ぶりを増やしていけばすむ、と思っていたのだが。

それぞれの方向に狩りや採集や釣りに出かけた多くの者の足が、すでに草や低木を踏みつけ、もっとも邪魔なものが少ない進路に小道ができていた。二人は、クレブの気にいっている場所まで行った。葉の茂った大きなカシの木のそばの空き地で、むきだしになった根が一段高い木陰の腰かけになってくれたので、老人には、かがみこむよりも楽だったのだ。クレブはさっそく授業を始め、つえで木を指し示した。

「カシ」エイラはすぐに答えた。クレブはよしとうなずいてから、つえを川に向けた。

「水」エイラは言った。

老人はまたうなずいたが、手ぶりを交えながら「水」と繰りかえした。「流れる水、川」と、手ぶりと言葉を組み合わせて言っていたのだ。

「水」エイラは口ごもりながら言った。クレブが、その言葉が正しいと身ぶりで示したのに、また言い直したので、戸惑ってしまったのだ。胃の奥深くが不安でうずいた。これまでと同じだ。クレブは、もっと何かを求めている。でも、それが何なのかわからなかった。

クレブは、違うと首を振った。これまで何回も、この子を相手に同じような訓練を繰りかえしてきたのだ。クレブはもう一度やってみようとエイラの足を指差した。

「足」エイラは言った。

「そうだ」まじない師はうなずいた。この子には聞くことばかりでなく、見ることもさせねばならん。立ち上がると、エイラの手をとり、つえを残したまま、一緒に数歩歩いた。そして、動作を交えながら、「足」と言った。クレブが伝えようとしているのは、「動く足、歩く」ということだった。エイラはじっと耳をすまし、聞きのがした音がないか確かめようとした。

「足?」エイラは、びくびくしながら言った。クレブの求めている答えがそれでないとわかっていたからだ。

「違う、違う、違う！　歩く！　足、動く！」クレブは、エイラを真っすぐに見て、動作を強調しながらもう一度言った。それから、理解するようにならないのではないかと絶望しながらも、エイラの足を指差しながら、もう一度前に進ませた。

エイラは目に涙が浮かぶのがわかった。足よ！　足でしょ！　それで正しいはず。どうしてクレブは首を横に振るの？　わたしの顔の前でそんなふうに手を振り回すのは止めて。どこが間違っているんだろう？

老人はまたエイラを前に歩かせ、エイラの足を指差し、手を動かし、言葉を言った。エイラは立ち止まり、クレブを見つめた。クレブはまた同じ動作をし――誇張しすぎなので、ほかのことを意味しているようにさえ思えた――同じ言葉を言った。クレブは身をかがめ、エイラの顔を真正面から見て、エイラの目の真ん前で同じ動作をした。動作、言葉。動作、言葉。

クレブは何を望んでいるのかしら？　わたしはどうすればいいの？　エイラは、何とか理解したかった。クレブが何かを伝えようとしていることは確かだった。どうして手を動かし続けているんだろう？

そのとき、かすかに考えがひらめいた。手だわ！　クレブは手を動かし続けてる。エイラはためらいながら手を上げた。

「そう、そうだ！　そのとおりだ！」クレブは激しくうなずいたが、まるで叫んでいるようだった。「身ぶりをしろ！　動く！　動く足！」

ようやくわかってきたエイラは、クレブの動きをじっと見つめてから、まねしようとした。クレブは、そうだと言ってる！　これこそが、クレブの求めてることだ。体の動き！　体を動かすように求めているんだ。

エイラは、言葉を言いながらまた手まねをした。どういう意味かはわからなかったが、言葉を発しながらそういう手まねをするように求められていることだけはわかったからだ。クレブはエイラの向きを変えさせると、重そうに足を引きずりながら、カシの木のほうに戻った。

ふいに、頭の中で爆発でも起こったように、エイラは関係に気づいた。足で動く！　歩く！　クレブはそう言っているんだ。ただの足じゃない。「足」という言葉と一緒に手を動かすのは、歩く、という意味なんだ！　頭の中をさまざまなことがよぎった。この一族の人たちがいつも手を動かしているのを思いだしたのだ。イーザとクレブが立ったまま、見つめ合いながら、手を動かしている姿が目に浮かんだ。ほとんど言葉は言わず、手を動かしている姿が。話をしてたのかしら？　あんなふうに話すのかしら？　だから、あまり言葉を使わないのか？　手で話すのか？

クレブは腰を下ろした。エイラは興奮を抑えようとしながら、クレブの前に立った。

「足」エイラは自分の足を指差しながら言った。

「そうだ」クレブは、何だろうと思いながら言った。

エイラは背を向けて歩いていった。またクレブに近づいてくると、手まねをしながら「足」と言った。

「そう、そうだ！　そのとおりだ！　それでいいんだ！」クレブは言った。この子はわかってくれた！　ちゃんとわかっている！

少女はしばらく休んでから、背を向けて走っていった。小さな空き地を駆け戻ってくると、期待するようにクレブの前にまた立ち、少し息を切らしながら待った。

「走る」クレブは手まねをした。エイラは注意深く見つめた。それまでとは違うしぐさだった。似てはいるけど、違う。

「走る」エイラは、ためらいながらそのしぐさをまねた。

わかったのだ！

クレブは興奮した。エイラのしぐさはつたなく、一族の幼い子どもよりも下手くそだったが、とにかくわかったのだ。クレブは力強くうなずいた。エイラが飛びついてきたので、クレブは腰かけから落ちそうになってしまった。エイラは、わかったのがうれしくて、クレブに抱きついた。

老まじない師はあたりを見回した。本能的な行動といってよかった。愛情表現は、それぞれの炉辺に限られるのだ。しかし、そこには二人しかいなかった。体の不自由な男は、優しくエイラを抱きとめた。それまで感じたことのないぬくもりと満足感を覚えた。


エイラにとって、まったく新しい知識の世界が開けたのだ。エイラには、生まれついての芝居の才能があり、ものまねもうまかった。この力を使って、クレブのしぐさを真剣そのものにまねた。けれども、クレブの片手のしぐさは、普通の両手の手ぶりをやむを得ずアレンジしたものだったので、微妙な表現はイーザが教えた。エイラは、赤ん坊と同じように、単純な要求の表現から覚えていったが、ずっと早く覚えた。これまで、みんなと意思を通じ合おうという試みにあまりに長いこと失敗してきた。だから、できる限り早く埋め合わせをすることに決めたのだ。

だんだんしぐさを理解するにつれ、一族の生活がはっきりとわかってきた。周りの人たちが意思を伝え合うのを夢中になって見つめ、何を言っているのかを知ろうとした。初めのうち一族の者は、エイラがぶしつけに見るのを、赤ん坊扱いして大目に見ていた。けれども、時がたつにつれ、エイラのほうに非難めいた視線が投げかけられ、そのような不作法がそう長く許されないことがわかってきた。じっと見ることは、盗み聞きと同じことで、不作法とされるのだ。ほかの人が個人的な話をしているときには、目をそらすのが習いだ。この問題は、真夏のある夜、表面化した。

夕食後、一族の者は洞穴の中にいて、それぞれの家族の炉辺に集まっていた。太陽はすでに地平線の下に沈み、かすかな残光が、穏やかな夜風にさらさらと鳴る木の葉の黒い影を浮き上がらせていた。悪霊や、好奇心の強い肉食動物、湿った夜気を近づけないためにたかれた洞穴の入口の火が、いく筋もの煙とゆらめく熱の波をたちのぼらせ、向こうの黒い木々をちらちらまたたく炎の静かなリズムに合わせてうねらせていた。洞穴のでこぼこした岩壁の上で、光が影とともに踊っていた。

エイラは、クレブの炉辺を囲む石の内側に座って、ブルンの一家のほうをじっと見ていた。ブラウドがかっかしながら、大人の男の特権を行使して母親とオガに八つ当たりしていた。その日、ブラウドは出しからつまずいたのだが、どんどんひどい一日になっていた。長い時間獲物のあとをつけて忍びよったが、ブラウドが的を外したせいで、水の泡となってしまった。オガに偉そうに毛皮をもって帰ると約束したそのアカギツネは、素早く放たれた石によって警告され、生い茂ったやぶの中に姿を消してしまった。オガが「許してあげるわ」というような表情をしてみせたことが、ブラウドの傷ついたプライドをいっそう痛めつけた。ブラウドがオガの力不足を許すことはあっても、その逆であってはならないのだ。

忙しい一日のあとで疲れている女たちは、最後の家事を片づけようとしているところだった。ブラウドがたて続けに作業を中断させるのに腹を立てたエブラは、ブルンにかすかな合図を送った。族長は、若者の横柄で自己本位の態度にとうに気づいていた。これはブラウドの権利だが、女たちにもっと気を使ってやるべきだ。忙しくて疲れている女たちをこき使うことはない。

「ブラウド、女たちの邪魔をするな。やることは山ほどあるんだから」ブラウドは無言の叱責《しっせき》のしぐさをした。この叱責《しっせき》はきつかった、とりわけオガの前で、ブルンからなのだから。ブラウドは、ブルンの炉辺の向こう端に並んだ境界線の石の近くまでドシンドシンと移動すると、ふくれっ面をした。そのとき、エイラが真っすぐに自分を見ているのに気づいた。エイラが、隣の家庭の中のちょっとした波風にわずかばかり気づいてしまったのが問題なのではない。ブラウドにとっては、自分が子どものように叱られるのを、そのでしゃばりの醜いチビに見られてしまったということが気にいらなかった。それはブラウドのもろい自尊心にとって決定的な打撃だった。あのチビめ、目をそらそうとさえしない、とブラウドは思った。おまえだけはちょっとした不作法を許されるなんて思うなよ。その日一日中のいらだちがあふれでてきた。ブラウドはわざとしきたりを無視して、境界の向こうの憎い少女に、悪意に満ちた目を向けた。

クレブは、洞穴の中のすべての人間の視線を意識すると同時に、ブルンの炉辺のちょっとしたいさかいにも気づいた。だいたいの場合、そうしたことは雑音のようにクレブの意識から除去されるのだが、エイラに関することは、クレブの注意をうながした。ブラウドが生まれてからずっと身につけてきたことに反して、よそのうちの炉辺を真っすぐに見つめるのは、ブラウドにとってことさらな努力が必要だし、このうえなく悪意に満ちた意図があるはずだ。ブラウドはあの子に対して過剰なほどの敵意を抱いている、とクレブは思った。そろそろエイラに礼儀作法を教えてやったほうがいいな。

「エイラ!」クレブは鋭い口調で命令した。クレブの口調を聞いて、エイラは跳び上がった。「ほかの人間を見てはいけない!」クレブは身ぶりで伝えた。エイラは戸惑った。

「どうして見ちゃいけないの?」エイラは聞いた。

「見てはいけない、見つめてはいけない。みんな、嫌がる」クレブは説明しようとした。ブラウドが横目で見ていることに気づいた。エイラがモグールに厳しくとがめられているのを見てほくそえんでいるのを隠そうともしていなかった。だいたい、あいつはまじない師に甘やかされすぎている、とブラウドは思った。ここで暮らすのなら、女がどう振る舞えばいいのか、そのうち教えこんでやる。

「話し方を覚えたいの」エイラは身ぶりで伝えた。まだ戸惑っていて、少し傷ついてもいた。

エイラがどうして見つめていたのか、クレブにはよくわかっていた。それでも、ちゃんと行儀は覚えなきゃならない。エイラがブラウドたちをじっと見ていたことで叱られているのがわかれば、エイラに対するブラウドの憎しみも小さくなるだろう。

「エイラ、じっと見てはいけない」クレブは険しい顔つきで伝えた。「悪いこと。エイラ、男が何か言うとき、言いかえしてはいけない。悪いこと。よその炉辺の人を見てはいけない。悪いこと。悪いこと。わかったか？」

クレブは厳しかった。ちゃんとわかってもらいたかったのだ。見ると、ブラウドはブルンに呼ばれて立ち上がり、自分の炉辺に戻っていくところだった。どうやら機嫌を直したようだ。

エイラは打ちひしがれた。クレブが彼女にそんなに厳しい態度をとったのは初めてだった。自分が一族の言葉を覚えているのをクレブが喜んでくれてる、と思っていたのに。ここに来て、人を見てもっと覚えようとするのが悪いことだなんて。戸惑い、傷つき、涙がこみ上げてきて、目にあふれ、ほおを伝い落ちた。

「イーザ！」クレブは心配して叫んだ。「こっちに来てくれ！　エイラの目がちょっとおかしいんだ」一族の者が涙を流すのは、目に何か入ったときか、風邪をひいたときか、眼病にかかったときに限られる。悲しくて目に涙があふれるのを見たのは初めてだった。イーザが走ってきた。

「それを見ろ！　涙が出ている。火の粉が入ったのかもしれん。見てやってくれ」クレブは言った。

イーザも心配だった。エイラのまぶたを上げ、その目をじっとのぞきこんだ。「目が痛いの?」イーザは聞いた。薬師《くすし》の見たところ、炎症などなかった。目にはおかしいところはないようで、ただ涙が出ているだけだった。

「ううん、痛くはない」エイラは鼻をすすった。二人がどうして目のことを心配しているのかはわからなかった。でも、悪い子だとクレブが言ったにしても、二人が自分のことを気づかってくれていることはわかった。「クレブはどうして怒ったの、イーザ?」エイラはすすり泣きながら言った。

「覚えなきゃいけないの、エイラ」イーザは少女を真剣に見ながら、説明した。「じっと見るのは礼儀に反するの。よその炉辺を見るのも、よその炉辺の人が何を言っているのか知ろうとするのもいけないの。エイラは覚えなきゃいけないわ。男が話すときは、女は下を向いてるのよ、こんなふうに」イーザはやってみせた。「男が話すときは、女は下を向く。質問してはだめ。じっと見つめるのは、小さい子だけ。赤ん坊。エイラは、大きいわ。みんなを怒らせてしまう」

「クレブも怒ってるの? わたしを好きじゃないの?」エイラはあらたに涙をあふれさせながら、聞いた。

イーザは、エイラの目に涙が出ていることをまだ不思議に思っていたが、その子が戸惑っているのはわかった。「クレブはエイラが好きよ。イーザも。クレブはエイラに教えてるの。話すことだけじゃなくて、ほかにも覚えなきゃならないことがあるの。この一族のしきたりを覚えなきゃならないわ」イーザは少女を抱きしめながら言った。心が痛んで泣いているエイラをそっと抱いてから、泣きはらしている目を柔らかな皮でふいてやり、もう一度目をのぞきこんで、異常がないことを確かめた。

「その子の目はどうしたんだ?」クレブは聞いた。「病気なのか?」

「あなたに好かれてないと思ったのよ。怒られてると思ったの。それで何か病気になってしまったんでしょう。この子みたいな薄い色の目は弱いのかもしれないけれど、悪いところはないし、この子も痛くないと言ってるわ。悲しくて涙が出たんじゃないかと思うわ、クレブ」イーザは説明した。

「悲しくて？　わしに好かれてないと思って、そんなに悲しかったのかね、それだけで病気になってしまったと？　そんなことで涙が出てしまったのか？」

驚いた男は、ほとんど信じられなかった。それはクレブをいくつもの感情で満たした。この子は病弱なのか？　健康そうに見えるが。わしに好かれていないと思って病気になった人間などいない。イーザを除いて、そんなふうにわしのことを思ってくれた者はいない。みんな、わしを恐れ、一目置き、尊敬しているが、涙を流すほどわしに好かれたがった者などいない。イーザの言うとおりなのかもしれない。おそらく、この子の目は弱いのだろう。しかし、視力はいい。行儀正しく振る舞えるようになることが自分のためだということを、何とかわからせなくてはならない。一族のしきたりを覚えないと、ブルンに追いだされてしまう。ブルンにはそうするだけの力があるのだ。しかし、わしはこの子を好いていないわけではない。わしはこの子が好きだ、とクレブは自分に認めた。奇妙な子だが、大好きだ。

エイラは、不安そうに足もとを見下ろしながら、体の不自由な老人のほうにのろのろと近づいていった。クレブの前に立つと、まだぬれたままの悲しそうな丸い目で見上げた。

「わたし、もう見つめない」エイラは身ぶりで伝えた。「クレブ、怒ってない？」

「ああ」クレブは身ぶりで答えた。「怒ってないよ、エイラ。だが、おまえは今はこの一族の人間だ、わしらのものだ。言葉を覚えなくてはならないが、一族のしきたりも覚えなくてはならん。わかったか？」

「わたし、クレブのもの？　クレブ、わたしを好き？」エイラは聞いた。

「ああ、好きだとも、エイラ」

少女は顔をほころばせ、手を伸ばすと、クレブに抱きついた。それから、不格好で醜い男のひざにのり、ぴったりと身をすりよせた。

クレブはいつも子どもたちに興味をもっていた。モグールとしての役目で、子どものトーテムを明かすときには、それでふさわしいと母親にすぐに受けいれられるものを選べた。一族の者は、モグールのこの技を魔法の力だと考えていたが、本当に優れているのは、その鋭い観察力だった。クレブは、子どもが生まれた日からずっと観察するが、そのとき女も男も同様に子どもを抱いてかわいがるのをよく見た。しかし、体の不自由な老人は、自分の腕に子どもを抱く喜びを知らなかった。

感情の激発で疲れきった少女は、すでに眠りに落ちていた。見るも恐ろしいまじない師に抱かれて、安心しきっていた。クレブは、エイラがもはや無意識の片隅でしか覚えていない男にとって代わっていたのだ。ひざの上のよそ者の少女の、人を信じきった安らかな顔を見ているうちに、クレブは、その子に対して深い愛情が心に花開くのがわかった。自分の子どもだったとしても、これ以上は愛せないだろう。

「イーザ」クレブは小声で呼んだ。イーザは、眠っているエイラをクレブから受けとったが、その前にクレブは一瞬エイラを抱きよせた。

「この子は病気で疲れてる」イーザがエイラを下ろすと、クレブは言った。「明日は休ませるんだぞ。朝になったら、もう一度目を診てやってくれ」

「ええ、クレブ」イーザはうなずいた。イーザは、この体の不自由な兄が大好きだった。いかめしい外見の下に優しい心が隠れていることを、ほかの誰よりも知っていた。クレブが愛する者を見つけたことがうれしかった。クレブを愛してくれる者が見つかったことも。そのおかげで、エイラに対するイーザの思いもいっそう強くなった。

イーザ自身も、少女時代以来、これほど幸せな気持ちになったことは記憶になかった。この喜びを弱めるものは、身ごもっている子が男だったら、というつきまとって離れない不安だけだった。男の子が生まれたら、狩人によって育てられなければならない。イーザはブルンの妹だ。彼らの母親は、ブルンの前の族長のつれあいだった。もしブラウドの身に何か起これば、あるいは、ブラウドのつれあいが男の子を生まなかったら、一族の族長の地位はイーザの息子のものになる――もし男の子を産んだら。ブルンは、イーザと赤ん坊を狩人の一人に与えるか、自分で引きとらざるを得ないだろう。生まれてくる赤ん坊が女の子であるように、イーザは毎日自分のトーテムにねがっていたが、不安をぬぐい去ることはできなかった。


夏が進むにつれ、クレブの優しい忍耐とエイラの熱心なやる気のために、エイラは自分を受けいれてくれた一族の言葉だけでなく慣習も理解してきた。この一族で唯一許されたプライバシーをおかさないように目をそらすことを覚えるのは、多くの難しいレッスンの手始めにすぎなかった。それよりもずっと難しいのは、生まれつきの好奇心と激しい情熱を抑えて、女の慣習的な従順さを受けいれることだった。

クレブとイーザも学んでいた。エイラが唇をきゅっと引いて歯をむきだしにし――奇妙な呼吸音を伴うことがよくある――しかめっ面をするときは、敵意を示しているのではなく、うれしいのだということもわかった。悲しいときに涙が出る目の奇妙な弱さには、不安を禁じ得なかった。イーザは、この弱さは薄い色の目に特有の現象なのだと結論をくだした。この特性はよそ者には普通のことなのか、それとも、エイラの目だけが涙を出すのか？　念のために、イーザは、暗い森の奥に生えた青白い植物からとった透明の液体でエイラの目を洗った。この死骸のような植物は、葉緑素を欠いていて、朽ちかけた木や草から栄養分を得ている。触ると、蠟のような表面が黒くなる。イーザは、その折れた茎から染みでるひんやりした液体ほど、目の痛みや充血に効く治療薬を知らない。エイラが泣くときは、いつもこの治療をすることにした。

エイラはしょっちゅう泣くわけではなかった。涙を流すとすぐに気づかってもらえたが、必死に抑えようとした。エイラが愛する二人を困らせるばかりでなく、一族のほかの者にとって、エイラが違うというしるしになってしまうからだ。エイラは適応し、受けいれられたかった。一族の者はエイラを受けいれようとしてはいたが、彼女の特異性にまだ警戒し、疑っていた。

エイラも一族のことがしだいにわかり、順応してきていた。男たちはエイラに好奇心を抱いてはいたが、いかに変わっていようとも少女などにそんなに興味を示したりするのは、男の威信にかかわることだった。男たちがエイラを無視するように、エイラも男たちを無視した。ブルンはほかの者よりは興味を示したが、エイラをおびえさせた。ブルンは厳格で、クレブと違って近寄りがたかった。一族のほかの者にとっては、モグールのほうがブルンよりもずっと超然としていて近づきがたい存在であることは、エイラにはわからなかった。畏怖《いふ》の念を抱かせるモグールとよそ者の少女が親密になっていくのに、一族の者は驚いていた。エイラがとりわけ嫌いなのは、ブルンの炉辺に住んでいる若者だった。ブラウドはエイラを見るとき、いつも意地の悪い顔つきをした。

エイラが最初に親しくなったのは女たちだ。エイラは女たちと多くの時間を過ごした。クレブの炉辺の境界内にいるときや、薬師《くすし》が独自に使う植物を集めに行くのに連れていってくれるときを除いては、エイラとイーザはたいがい一族の女たちと一緒にいた。初めのうち、エイラはイーザのあとについて回り、女たちのやること——動物の皮をはいだり、その皮を処理したり、一枚の皮からいらせん状に切りとったひもを伸ばしたり、かごやむしろや網を編んだり、丸太をくりぬいて椀をつくったり、野生の食物を集めたり、食事の用意をしたり、冬に備えて肉や食用植物を保存したり、男たちの求めに応じてあれこれ雑用をこなしたり——を見ているだけだった。けれども、エイラがいろいろ覚える気があることを知ると、女たちは言葉を教えるばかりでなく、役に立つ技術を教えてくれるようになった。

エイラは、一族の女や子どもほど筋骨たくましくなかった——体つきが細いので、骨太の一族の者のように強力な筋肉はつきようがなかったのだ——けれども、驚くほど手先が器用で、体の動きはしなやかだった。重労働にはてこずったが、子どもにしては、かごを編んだり、ひもを一定の幅に切ったりするのが上手だった。イーカとはすぐに温かな関係を築いた。イーカは気さくなので、エイラはすぐに好きになった。エイラが赤ん坊のボルグに興味をもっているとわかると、イーカはエイラにボルグを抱いて歩かせてくれた。オブラは無口だったが、ウカと一緒に、エイラにとりわけ親切にしてくれた。地震による落盤で若い肉親——オブラの兄であり、ウカの息子である——を失った自分たち自身の悲しみが、家族を失った少女の気持ちを思いやらせたのだ。けれども、エイラには遊び友達がいなかった。

オガとの間に芽生えた友情は、あの儀式のあと、冷えこんでしまった。オガはエイラとブラウドの板挟みになっていた。新しく仲間になったエイラは、オガより年下だったが、女の子らしい考えを話し合うことのできそうな相手だった。オガは、同じ悲運を共有している幼い孤児に同情していたが、ブラウドがエイラをどう思っているかは明らかだった。いつかつれあいになりたいと思っている男のために、オガは仕方なくエイラを避けることを選んだ。一緒に働くときを除いて、二人はめったにつきあうことはなかった。友情を結ぼうという試みが数回はねつけられたとき、エイラは引きさがり、それ以上親しくなろうとはしなかった。

エイラはボーンと遊ぶのは好きでなかった。エイラより一つ年下だったが、ボーンは遊ぶとき、大人の男が大人の女にとる態度を意識的にまねて、何かというとエイラに命令した。エイラにはまだそれが受けいれがたかった。エイラが反抗すると、男も女も怒った。とりわけ、ボーンの母親であるアガは。アガは、息子が〝一人前の男のように〟振る舞い始めていることが誇らしかったし、ブラウドがエイラに立腹していることを、ほかの者と同様に気づいていた。いつかブラウドは族長になる。もし息子がブラウドのお気にいりのままでいれば、副族長に選んでもらえるかもしれない。アガはあらゆる機会を使って息子がよく思われるようにしていた。ブラウドがそばにいるときには、エイラをいびりさえした。エイラとボーンが一緒にいるときにブラウドが近づいてくると、急いで息子を引きはなした。

エイラが意思を伝える力は、女たちの助けもあったので、どんどん向上した。しかし、ある特別な手ぶりを知ったのは、エイラ自身の観察によってだった。エイラはまだ一族の人たちを観察していた——周りの人たちに心を閉ざすことはできなかったのだ——あまり目だたないようにだけれど。

ある日の午後エイラは、イーカがボルグと遊んでいるのを見ていた。イーカは、息子にあるしぐさをしてみせ、それを数回繰りかえした。赤ん坊の手の動きがそのしぐさをまねたように思えたとき、イーカはほかの女たちの注意を引き、息子を褒めた。あとで、ボーンがアガに走りより、同じしぐさであいさつするのをエイラは見た。オブラでさえ、ウカと話し始めるとき、そのしぐさをした。

その夜エイラは、おずおずとイーザに近づいた。イーザが顔を上げると、エイラはその手ぶりをしてみせた。イーザはぱっと目を見開いた。

「クレブ」イーザは言った。「この子にわたしをおかあさんと呼ぶように、いつ教えたの？」

「それは教えなかったよ、イーザ」クレブは答えた。「自分で覚えたに違いない」

イーザは少女のほうに向きなおり、「自分で覚えたの?」と聞いた。

「ええ、おかあさん」エイラは、また同じしぐさをした。この手ぶりがどういう意味なのか、正確には知らなかったが、察しはついた。自分の世話をしてくれる女に対して、子どもが使う手ぶりだ。エイラは、頭では自分の母親の記憶を封じこめていたが、心では忘れていなかった。イーザが、エイラが愛し、そして失った女にとって代わっていた。

長い間子どものいなかったイーザは、感きわまった。「わたしの娘」イーザにしては珍しく思わず抱きしめてしまった。「わたしの子。この子がわたしの娘だって、最初からわかっていたのよ、クレブ。言わなかった? わたしに与えられたのよ。霊たちが、この子がわたしのものだと決めたのよ、間違いないわ」

クレブはイーザに反論しなかった。たぶん、イーザの言うとおりだろう。

その夜以後、エイラは前ほど悪夢を見ることがなくなった——まだときおり見ることはあったが。二つの夢が、もっとも頻繁に繰りかえされた。一つは、狭い洞穴に隠れて、大きな鋭いかぎづめから逃れようとしている夢。もう一つは、もっと漠然とした、もっと心をかき乱す夢だ。大地が動く感じ、ゴロゴロと低くとどろく音、限りなく悲痛な喪失感。エイラは、だんだん使わなくなってきている奇妙な言葉で叫びながら、目を覚まし、イーザにしがみつく。この一族に出会ったころは、無意識のうちにときどきその言葉を使ったが、一族のやり方で意思を伝え合えるようになるにつれ、夢の中でしか使わなくなってきた。しばらくすると、夢の中でも口にしなくなったが、大地が崩れる悪夢から目覚めたときには、必ず悲しみに襲われた。

短くて暑い夏がすぎて、秋の朝の薄霜が身を刺すような寒気をもたらし、草木におおわれた森は、ところどころ鮮やかな深紅や琥珀色に染まった。何回か降った早めの雪は、季節の大雨に洗い流されたが、そのたびに、枝をおおった色鮮やかな葉ははぎとられ、寒気の到来を暗示した。やがて、わずかばかり残った葉が大小さまざまの木の枝にまだしがみついているころ、いっとき、さんさんと日が照り、夏の暑さを最後に思いださせた。このあとは、激しい風と厳しい寒さが、外でのほとんどの活動を打ち切らせてしまうのだ。

一族の者は外に出て、日差しを味わった。洞穴の前の広々とした日なたで、女たちは、下の草原で採取した穀物をより分けていた。強い風が枯葉を巻き上げ、あたりに夏の盛りのような活気を与えていた。女たちは強風を利用して、平べったいかごの穀物を投げ上げては、もみ殻を風に運び去らせ、それより重い種子は手でつかんだ。

イーザはエイラの後ろから身を乗りだし、かごをもっている少女の手に自分の手を添え、もみ殻とわらと一緒に風に運ばれないようにしつつ穀物だけをつかむ方法を教えていた。

エイラは、イーザの突きだした固い腹が背中に当たっているのに気づいていたが、その腹が強く引きつり、イーザは急に手を止めた。そのあとすぐに、イーザは女たちの一団からはなれ、洞穴の中に入っていき、エブラとウカもあとに続いた。エイラは、男たちの群れのほうを不安そうに見やった。男たちは話を止め、女たちを目で追っていた。三人の女がやりかけの仕事を残して行ってしまったので、男たちから厳しく叱られるだろう、とエイラは思った。けれども、どういうわけか、男たちは許した。エイラは男たちの機嫌を損ねてもいいと覚悟を決めて、女たちのあとを追った。

洞穴の中で、イーザは睡眠用の毛皮の上に横たわり、エブラとウカが両側に控えていた。どうしてイーザは真っ昼間から寝たりしているのかしら、とエイラは思った。病気なの？　少女の心配そうな顔つきを見たイーザは、何でもない、という身ぶりをしたが、エイラの不安は和らげられなかった。また腹が引きつって、養母が張りつめた顔をしたとき、不安は大きくなった。

エブラとウカは、ありふれたこと――蓄えられた食べもの、天候の変化など――をイーザと話していた。けれども、エイラはその表情と態度から、女たちが心配していることがわかった。何かおかしい。エイラは、それが何かわかるまで、絶対にイーザのそばからはなれまいと心に決め、イーザの足もとに腰を下ろして待った。

夕方近く、イーカがボルグを腰にくくりつけてやってきた。それから、アガが娘のオーナを連れてきた。どちらの女も、赤ん坊に乳を飲ませながら、座って話をし、イーザの心の支えとなった。イーザの寝床のそばに集まったオブラとオガは、ひどく心配そうでもあったが、好奇心にかられているようでもあった。ウカの娘にはまだつれあいがいなかったが、すでに一人前の女だった。オブラは、自分ももう子を産めることがわかっていた。オガは間もなく一人前の女になる。二人とも、イーザがこれから経験することに強い興味をもっていた。

ボーンは、祖母のアバがやってきて娘のそばに座るのを見ると、どうして女たちがみんなモグールの炉辺に集まっているのか知りたくなった。ボーンはふらふらと歩いて、妹のいるアガのひざの上まで行き、何ごとか確かめようとしたが、オーナがまだ乳を飲んでいたので、祖母が少年をつかみ、自分のひざの上にのせた。ボーンに見えたのは、横になっている薬師《くすし》だけで、これといって面白いものはなかったので、ふらふらと歩き去った。

そのあと間もなく、女たちは夕食の支度を始めるために去っていった。ウカはイーザのそばにとどまった。もっとも、エブラとオガは料理をつくりながら、それとなく見ていた。エブラは、ブルンばかりでなくクレブにも食事を用意してから、ウカとイーザとエイラの食事も運んだ。オブラは母親のつれあいのために料理をつくったが、グラドがブルンの炉辺に行って族長とクレブのそばに座ると、オガと一緒に急いでイーザのところに戻った。何一つ見逃したくなかった二人は、エイラのそばに腰を下ろした。エイラは自分の場所から一歩も動いていなかった。

イーザはお茶を少しのんだだけだった。エイラもあまりおなかが減っていなかった。エイラは食べものにちょっと手をつけたが、胃がきゅっと締めつけられて食べられなかった。イーザはどうしてしまったの？　どうして起きてクレブの夕食をつくらないんだろう？　どうしてクレブは、イーザを元気にしてくれと霊たちに頼まないの？　どうしてほかの男たちと一緒にブルンの炉辺にいるの？

イーザは、さらに苦しそうにいきんでいた。わずかの時間ごとに、数回速く呼吸してから、二人の女の手をつかみながら懸命にいきんだ。夜が続く間、一族の全員が寝ないでいた。族長の炉辺に集まった男たちは、何か重大事でも話し合っているように見えた。しかし、ときおりこそこそとイーザのほうを見ていたので、彼らが本当は何に関心があるのかは明らかだった。女たちは、一定の間隔を置いてイーザの様子をチェックしに行き、ときおりしばらくその場にとどまった。一族の薬師《くすし》が産みの苦しみを味わっている間、全員が激励と期待で一つになり、待っていた。

日が暮れてからかなりたったころだった。突然、慌ただしい動きが起こった。エブラが獣の皮を広げ、ウカがイーザを助け起こしてしゃがませた。イーザは荒い呼吸をし、苦痛で叫びながら、いきんでいた。エイラは、イーザに合わせてうめきながらいきんでいるオブラとオガの間に座り、震えていた。イーザが深呼吸をした。そして、歯を食いしばって、筋肉を緊張させながら、長いこといきんでいるうちに、赤ん坊の丸い頭のてっぺんがほとばしりでる羊水とともに現れた。さらにもう一踏ん張りすると、赤ん坊の顔がゆっくり出てきた。そのあとはもっと楽で、イーザは、ぐっしょりぬれてもがいている小さな赤ん坊を出産した。

最後に一踏ん張りすると、血だらけの組織の塊が出てきた。分娩で疲れきったイーザがまた横たわると、エブラが赤ん坊をとり上げ、口についた粘液を指でぬぐってから、イーザの腹の上に置いた。赤ん坊の足をたたくと、赤ん坊は口を開けた。大きな泣き声が、イーザの最初の子が生まれて初めての息をしたことを告げた。エブラは、赤く染めた腱《けん》をへその緒に縛りつけ、胎盤にくっついたままの部分をかみきってから、赤ん坊を抱き上げてイーザに見せた。それから、立ち上がると、薬師の出産の成功と赤ん坊の性別をつれあいに報告するために自分の炉辺に戻った。エブラはブルンの前に座り、頭を下げた。肩をたたかれると、顔を上げた。

8

「残念ながら、報告します」エブラは、昔から伝わる悲しみの身ぶりをしながら言った。「イーザの赤ん坊は女の子でした」

しかし、この知らせは悲しいものとしては受け止められなかった。ほかの者の前では決して認めようとはしなかったが、ブルンはほっとしていた。まじない師が妹を養うというとり決めは、エイラを一族に加えたことともに、うまくいっている。族長はそれを変える気にはなれなかった。モグールは、ブルンが予想していたよりもずっとうまく、新来者をしっかりしつけている。エイラは、意思を伝える方法を覚え、一族のしきたりに従って行動するようになってきている。クレブはほっとしているばかりでなく、大喜びしていた。老年になって初めて、温かで愛情に満ちた家族の喜びを知ったのだ。イーザに女の子が生まれたのなら、このまま一緒にいられるということだ。

新しい洞穴に移ってから初めて、イーザは安堵のため息をつくことができた。自分のような年のいった

女の出産がうまくいったことがうれしかった。イーザは、自分のよりもずっと難しい出産にこれまで何度も立ち合ってきた。数人は死にかかり、何人かは死に、少なからぬ赤ん坊が死んだ。赤ん坊の頭が産道に対して大きすぎるようだった。けれども、分娩に関する不安は、子どもの性別についての心配ほど大きくはなかった。未来がそのように不確かであるのは、一族の人間にとってほとんど耐えがたいことだった。

イーザは自分の毛皮の上にゆったりと横たわっていた。ウカは柔らかなウサギの毛の産着に赤ん坊をくるむと、母親の腕に抱かせた。エイラは動かなかった。強い好奇心をたたえた目で、イーザを見ていた。イーザはエイラを見て、手招きした。

「こっちにおいで、エイラ。赤ん坊を見たいかい?」

エイラはおずおずと近づき、「ええ」とうなずいた。赤ん坊が見えるように、イーザは産着をめくった。イーザに生き写しの小さな人間の頭には、ふんわりした綿毛のような茶色の産毛が生え、後頭部の骨のでっぱりがかなり目だった——いずれ毛が生えそろえば、目だたなくなるだろうけれど。赤ん坊の頭は、大人に比べればいくらか丸かったが、それでも長かった。額は、十分に発達していない眉弓《びきゅう》のあたりから後ろに急傾斜していた。エイラは手を伸ばし、赤ん坊の柔らかなほおに触れた。赤ん坊は本能的にそのほうを向き、何かを吸うような小さな音を立てた。

「かわいいわね」エイラは身ぶりで伝えた。奇跡をまのあたりにして、その目には驚嘆の色が浮かんでいた。「この子、話そうとしているの、イーザ?」赤ん坊が小さな握りこぶしを振るので、エイラは聞いた。

「まだよ。でも、そのうち話すわ。この子に教えるのを手伝ってね」イーザは答えた。

「ええ。この子に話し方を教えてあげる。イーザとクレブが教えてくれたみたいに」

「頼むわね、エイラ」新米の母親はまた産着で赤ん坊をくるみながら、言った。

イーザが寝ている間、エイラは守るようにそばにとどまっていた。エブラは、出産の直前に敷かれた毛皮に胎盤を包み、目だたない隅に隠していた。そのうち、イーザが外にもっていき、自分だけが知っている場所に埋めるはずだ。もし死産だったら、赤ん坊は一緒に埋められ、誰も出産のことは口にしないことになる。母親も表立っては悲しみをあらわにしないが、さりげない親切や同情が示される。

もし赤ん坊が生まれても障害があったり、一族のリーダーが何らかの理由で赤ん坊を受けいれられないと判断したりした場合、母親の仕事はいっそう厄介になる。そのときには、母親は赤ん坊を連れ去って埋めるか、風雨にさらして肉食動物のえじきにするしかない。障害をもった子が生きるのを許されることはめったにない。もし女だったら、ほとんどあり得ない。男だったら——とりわけ長子である場合——もし母親のつれあいがその子を欲しがれば、族長の裁量で、生存能力を試すために生後七日の間母親のもとにとどまることを許される。七日たっても生きていた子は、法律と同じ力のある一族の伝統に従って命名され、一族に受けいれられる。

クレブの人生の最初の数日は、まさにそんな生きるか死ぬかの瀬戸際にあったのだった。母親は、クレブを産んでかろうじて生きていたような状態だった。赤ん坊の不格好な頭と動かない手足は、難産がいかに大きなダメージを母体に負わせたかを示していたが、母親は衰弱し、大量の血を失い、死のふちをさまよっていた。母親のつれあいは族長でもあったので、この男の赤ん坊が生きるのを許されるかどうかは、彼しだいだった。しかし、彼が決めたのは、赤ん坊のためというよりも母親のためだった。彼女のつれあいは、その子を捨ててこいと命ずるわけにはいかなかった。衰弱しきっていて、とてもそんなことはできない状態だったのだ。もし母親にそれができないなら、あるいは母親が死んだら、その仕事は薬師《くすし》に任されるが、クレブの母親は一族の薬師だった。そんなわけで、誰もクレブが生き延びるとは思わなかったが、クレブは母親のもとにそのまま置かれた。

クレブの母親の乳は、初めはよく出なかった。クレブがあらゆる予想をくつがえして生き延びると、別の授乳中の女がかわいそうな赤ん坊に同情し、赤ん坊の生命を支えるのに必要な栄養をクレブに与えてくれた。そのような危うい状況で、この一族の中でもっとも熟練した強力なまじない師、最高の聖人であるモグールの人生は始まったのだ。

今、その体の不自由な男と彼の弟が、イーザと赤ん坊に近づいた。ブルンの有無を言わせぬ合図で、エイラは急いで立ち上がってその場をはなれたが、遠くから横目で様子をうかがった。イーザは体を起こすと、赤ん坊を裸にし、どちらの男も見ないように気をつけながら、ブルンに掲げてみせた。ブルンもクレブも、赤ん坊を調べた。温かな母親の傍らから離され、洞穴の冷気にさらされた赤ん坊は、大声で泣きわめいていた。二人の男も、イーザを見ないように気をつけていた。

「この子は正常だ」ブルンは身ぶりでいかめしく告げた。「母親のもとにとどめてもいい。命名の日まで生き延びれば、受けいれられるだろう」

イーザは、ブルンが彼女の子どもをはねつけるのではないかと本気で心配していたわけではないが、族長から正式の宣言を聞くとほっとした。最後に一つだけ、かすかな不安が残った。この子の母親につれあいがいないからといって、この子が不幸にならないといいのだけれど。妊娠していることが明らかになったときには、つれあいはまだ生きていたのだし、クレブはつれあいのようなもので、少なくとも、わたしたちを養ってくれる。イーザは雑念を払った。

これから七日の間、イーザは、用をたすときと胎盤を埋めに行くときを除いて、クレブの炉辺の境から出てはいけないことになっていた。イーザが同じ炉辺で暮らす者としか接触できない間は、一族の誰も、イーザの赤ん坊の存在を正式には認めてくれないのだ。しかし、ほかの女たちは、イーザが休めるように食べものをもってきてくれた。わずかの間訪れるだけだったが、そのたびに、生まれたばかりの赤ん坊を盗み見していった。この七日がすぎても血が止まるまでは、イーザは、女ののろいのもとにあるとされる月経の間と同じように、女としか接触してはいけない。

イーザは、赤ん坊に乳をやり、世話をすることに明け暮れた。体が休まると、石の並べられたクレブの炉辺の境界の内側の食料置場や調理場や寝床や薬の貯蔵場所を整理した。洞穴内のクレブ専用だった場所は、今度三人の女が同居することになるのだ。

一族における独特な地位のために、モグールの暮らす炉辺はたいへんいい場所にあった。洞穴の入口の近くなので、日中は明るく、夏の日差しを味わうこともできたが、冬の最悪の風にさらされるほど入口に近くはなかった。クレブの炉辺にはもう一つ特徴があった。イーザはとりわけクレブのためにそれをありがたく思った。わきの壁から岩が突きでているおかげで、さらに風が防げたのだ。風よけがあり、洞穴の入口の近くでは絶え間なく火がたかれているとはいえ、少しでもむきだしの場所には冷たい風がしばしば吹きつける。老人のリウマチと関節炎は、冬になると、洞穴の冷たい湿気のせいでいつもいっそう悪化する。クレブが風をまともにくらわないように、イーザはクレブの睡眠用の毛皮を、ワラと草をふんわりと敷いた隅っこの浅い溝の中に置いていた。

狩りのほかに男たちに求められた仕事の一つは、風よけをつくる――つまり、洞穴の入口の地面に柱を立て、獣の皮を張る――ことだった。もう一つは、川からとってきた滑らかな石を洞穴の入口の周りに敷きつめ、雨や解けた雪で入口がぬかるみにならないようにすることだった。それぞれの炉辺の床はむきだしの土で、編んだむしろが、座ったり食事をとったりするためにあちこちに置かれていた。

クレブの寝床の近くにはほかに二つの浅い溝があり、どちらにもワラがぎっしり詰められ、毛皮を敷いてあった。どの毛皮も、そこで眠る者によって温かなマントとしても使われる。クレブのクマの毛皮のそばには、イーザのサイガの毛皮があった。ユキヒョウの新しい白い毛皮もあった。この動物は、山の高地に生息しているのだが、はるか下におりてきて洞穴のそばに潜んでいたのだ。グーブが仕留め、毛皮をクレブにあげた。

一族の多くの者は、自分を守ってくれるトーテムを象徴する動物の毛皮を着たり、角や歯をもっている。クレブは、ユキヒョウの毛皮がエイラにふさわしいように思った。ユキヒョウはエイラのトーテムではないが、よく似た生きものだ。それに、狩人たちはケーブ・ライオンを求めて歩き回ったりしない。あの巨大なネコ科の動物が草原から遠出することはめったにないし、樹木の茂った斜面の洞穴に住む一族にはほとんど脅威を与えない。しかるべき理由がなければ、一族の者はあの大きな肉食獣を狩ろうなどと思わない。イーザは、産気づく前に、ユキヒョウの皮を処理し、エイラのために新しい履きものをつくり終えていた。エイラはすごく喜んで、その履きものをはけるように、何かと理由を見つけては外に出ていた。

イーザは、乳の出をよくするためと、もとの形に戻ろうとする子宮の引きつりの痛みを和らげるために、セメンシナの茶を煎じていた。子どもの誕生を見越して、その長くて細い葉と小さくて緑色がかった花を早めに集めて乾燥させておいたのだ。イーザは、洞穴の入口のほうを見てエイラを探した。月経の間つける吸収性のある革帯を、出産のときからずっとつけていたのだが、それを新しいのに替えたので、近くの森に行って汚れた帯を埋めてきたかった。だから、エイラを見つけて、自分が出かけている間、眠っている赤ん坊を見ていてもらいたかった。

けれども、エイラは洞穴の近くにはいなかった。川沿いで、小さな丸い石を探していた。小川が氷でおおわれる前に、料理用の石をもっと欲しいとイーザが言っていたので、エイラは、自分が集めたらイーザに喜んでもらえると思ったのだ。エイラは、石の転がっている川岸にひざをつき、ちょうどいい大きさの石を探していた。ちらっと見上げると、低木の茂みの下に白い毛皮の小さな塊があった。落葉した低木をどけると、まだ大人になっていないウサギが横たわっていた。一本の脚が折れ、乾いた血がこびりついていた。

傷ついたウサギは、のどが渇いてあえいでいて、動くことができなかった。エイラが手を伸ばし、温かくて柔らかな毛に触れると、ウサギは不安そうな目でエイラを見た。狩りの技術を覚えたてのオオカミの子につかまったのだが、ウサギは何とか振りほどいたのだ。若い肉食動物がえじきに向かってもう一度突進する前に、母親が鋭く叫んで呼んだ。それほど空腹でなかったオオカミの子は、いきなりの呼びかけに応じ、脚を踏みださずにまわれ右をした。ウサギは茂みに飛びこみ、見つからないようにねがいながら、じっとしていたのだ。逃げても大丈夫な状況になっても、ウサギは動けず、のどの渇きで死にそうになりながら、流れる水のそばに横たわっていた。その命は尽きかけていた。

エイラは、温かな柔毛におおわれた動物をもち上げ、腕に抱いた。生まれたばかりのイーザの赤ん坊を、柔らかなウサギの毛皮にくるんで抱いたことがあるが、この子ウサギはエイラにとって赤ん坊のように感じられた。エイラは地面に座ってウサギを揺すっているうちに、血と、奇妙な角度に曲がった脚に気づいた。かわいそうに、脚を痛めているのね。イーザが治してくれるかもしれないわ。わたしの脚を治してくれたことがあるし。エイラは、料理用の石を見つけるつもりだったのを忘れ、立ち上がると、傷ついた動物を洞穴に連れて帰った。

エイラが洞穴に入ったとき、イーザは昼寝をしていたが、エイラの足音に目を覚ました。エイラは薬師《くすし》にウサギを差しだしながら、ウサギの傷を見せた。イーザは、小さな動物に同情を示して応急手当てをしてやることはあるが、洞穴に連れて帰ったことはない。

「エイラ、動物は洞穴の中に入れてはいけないの」イーザは身ぶりで告げた。

エイラの期待は砕け散った。エイラはウサギを抱きしめ、悲しそうに頭を垂れ、目に涙をためながら立ち去ろうとした。

イーザは、少女の失望に気づいた。「そうだね、まあ、連れてきたんだから、見てみよう」イーザは言った。エイラは顔を輝かせ、傷ついた動物をイーザに渡した。

「この動物はのどが渇いているわ、水をもってきておやり」イーザは身ぶりで告げた。エイラは、急いで大きな水袋からカップにあふれんばかりにきれいな水を注ぎ、もってきた。イーザは、副木をつくろうと木片を細長く割っていた。切ったばかりの皮ひもが、副木を結びつけるために地面に置かれていた。

「水袋をもっていって、もっと水をくんでおいで、エイラ、もうほとんどないからね。そしたら、火を起こそう。傷口をきれいにしなくちゃならない」イーザはそう指示しながら、火をかき起こし、石をいくつか入れた。エイラは袋を引っつかむと、池に走っていった。小さな生きものは、すでに水をのんで意識を回復していた。エイラが戻ったときには、ウサギは、イーザからもらった種子や穀物をかじっていた。

あとで戻ってきたクレブは、びっくりした――イーザが赤ん坊に乳をやっているそばで、エイラがウサギを抱いてかわいがっていたからだ。クレブがウサギの脚の副木に気づくと、イーザが「ほかにどうすることができて?」という表情を見せた。エイラが生きた人形に夢中になっているそばで、イーザとクレブは無言の身ぶり手ぶりで話した。

「どうしてこの子はウサギを洞穴に連れてきたりしたんだ?」クレブは聞いた。

「けがをしていたの。だから、治してくれとわたしのところに連れてきたわけ。わたしたち一族が動物をうちに連れこんだりしないことを知らないのよ。でも、この子の気持ちはいけなくはないわ、クレブ、生まれつき薬師《くすし》に向いているんじゃないかしら。クレブ――」イーザはためらった。「――この子のことであなたと話したかったの。この子が見ばえのいい子じゃないことはわかっているわね」

クレブはエイラのほうをちらっと見た。「この子には人の心を引きつけるところがあるが、おまえの言うとおり、見ばえはよくない」クレブは認めた。「だが、それとウサギに何の関係がある?」

「この子がつれあいをもてる見こみがある? この子に釣り合うような強いトーテムをもつ男は、この子を欲しがったりしないわ。どんな女でも選べるでしょうから。大人になったら、この子はどうなってしまうのかしら? もしつれあいをもてないなら、何の身分も得られないし」

「わしもそのことは考えているが、どうしたらいいと言うんだ?」

「もし薬師になったら、自分の身分を得られるわ」イーザは提案した。「わたしにとって、娘のようなものだし」

「しかし、この子はおまえの家系ではない、イーザ。おまえが産んだわけじゃない。おまえの実の娘が、跡を継ぐことになる」

「わかってる、わたしには今、実の娘がいるわ。でも、エイラも訓練してはいけない? あなたは、わたしの腕に抱かれたこの子に命名しなかったかしら? あのとき、この子のトーテムを告げなかったかしら? ということは、この子もわたしの娘なんじゃない? この子は受けいれられ、今はもう一族の者なのよ、違う？」イーザは熱くなってきていたが、クレブが否定すると困るので、そのまま急いで続けた。「この子には生まれつき薬師の才能があると思うわ、クレブ。そういう興味を示しているし。わたしが治療の技を行うときは、いつもいろいろ質問するのよ」

「確かに、この子は、わしがこれまで出会った誰よりもたくさん質問をする」クレブは言葉を挟んだ。「どんなことについても。あまりにたくさん質問するのは礼儀に反することを学ばねばならん」クレブはつけ加えた。

「でも、この子を見て、クレブ。傷ついた動物を見ると、治してやりたいと思う子なのよ。それこそが、薬師のしるしだわ」

クレブは無言で考えた。「この一族に受けいれられたからといって、この子が誰か、変わるわけじゃない。この子はよそ者の子だ、おまえが知っていることを何もかも身につけられるわけがないだろ？　だいたい、この子には先祖の記憶がないんだし」

「でも、のみこみが早いわ。あなたにもわかってるでしょ。どれだけ早く話し方を覚えたか、見たでしょ。これまでにどれだけたくさんのことを覚えたか、驚くほどよ。それに、この子は薬師向きの手をしてるわ、そっと触るし。わたしが副木をつける間、この子にウサギを抱いててもらったの。ウサギはこの子を信頼しているみたいだったわ」イーザは前に身を乗りだした。「わたしたちはもうどちらも若くないわ、クレブ。わたしたちが霊の世界に行ったあと、この子はどうなってしまうの？　炉辺から炉辺へとたらい回しにされて、いつもお荷物扱いされ、最低の身分の女のままでいてもいいって言うの？」

クレブも同じことを心配していたが、うまい解決策が見つからないので、うっちゃっておいたのだ。

「この子を訓練できると本当に思うのか、イーザ？」クレブはまだ疑いながら聞いた。

「あのウサギから始めてもいいわ。この子に世話をさせて、方法を教えてやるの。先祖の記憶がなくても、この子なら覚えられるはずよ、クレブ。わたしがしっかり教えるわ。病気もけがも、そんなにたくさんの種類があるわけじゃないし、この子はまだ若いから、覚えられるでしょう。先祖の記憶をもっている必要はないわ」

「よく考えさせてくれ、イーザ」クレブは言った。

エイラはウサギを揺すりながら、あやすように歌いかけていた。イーザとクレブが話す姿を見ると、クレブがイーザの医術を助けるためにしばしば霊たちに呼びかけることがあるのを思いだした。エイラは小さな柔毛の動物をまじない師のところに連れていった。

「クレブ、このウサギを元気にしてくれるよう霊たちに頼んでくれる?」ウサギをクレブの足もとに置いてから、エイラは身ぶりで告げた。

モグールはエイラの熱心な表情をじっと見つめた。動物を治療するために霊の助けを求めたことはなかった。少しばかばかしく思えたが、断わる気にはなれなかった。あたりを見回してから、いくつかさっとしぐさをした。

「これでもうよくなるわ」エイラは決然とした身ぶりをした。それから、イーザが乳をのませ終わったのを見て、エイラは聞いた。「赤ちゃんを抱いてもいい、かあさん?」ウサギは温かくてかわいい代用品にすぎず、本物の赤ん坊を抱けるなら、そのほうがいい。

「いいわよ」イーザは言った。「気をつけてね、わたしが教えたようにやるのよ」

エイラは、ウサギにしたように、小さな赤ん坊を揺すりながら歌いかけた。「どんな名前にするの、クレブ?」エイラは聞いた。

イーザも知りたいとは思っていたが、決して聞いたりしないだろう。イーザもエイラもクレブの炉辺で暮らし、クレブに養われているし、自分の炉辺で生まれたこの子どもに名前をつけるのはクレブの権利だ。

「まだ決めていない。そんなにいろいろ質問してはいけないことを知らなくてはならんよ、エイラ」クレブはたしなめたが、エイラが自分のまじないを信じてくれていることはうれしかった――たとえ、ウサギが相手だろうと。クレブはイーザのほうを向いて、つけ加えた。「脚が治るまで、この動物をここに置いても構わんと思う。害のない生きものだからな」

イーザは黙従の身ぶりをしながら、喜びで胸が熱くなるのがわかった。もしエイラの訓練を始めても、クレブは反対しないだろう――はっきり許可しなくても。イーザとしては、クレブが止めないということさえわかれば十分だった。

「この子、どうやってあんな声を出すのかしら?」イーザは話題を変えようと、エイラの鼻歌を聞きながら聞いた。「不快ではないけれど、変わった音だわ」

「あれもまた一族とよそ者の違いだ」クレブは、感服している生徒に偉大な英知を授けるような身ぶりをした。「先祖の記憶をもっていないことや、以前だしていた奇妙な声のようにな。正しい話し方を覚えて以来、あまりああいう声はださなくなっているが」

オブラが、クレブの炉辺に夕食をもってきた。オブラもクレブ同様、ウサギを見て驚いた。イーザがオブラに赤ん坊を抱かせると、エイラもウサギを抱え上げて赤ん坊のように揺すり始めたので、その驚きはさらに増した。オブラは、クレブの反応を確かめようと横目で見たが、クレブは気にもとめていないようだった。オブラは早く母親に話したかった。動物をあやすなんて、信じられない。たぶん、この子は頭がおかしいんだ。この動物を人間だと思っているのかしら？

それから間もなく、ブルンがやってきて、クレブに話があると合図した。クレブはそうなるとわかっていた。二人は、それぞれの炉辺から離れ、入口の火のほうに一緒に歩いていった。

「モグール」族長はためらいがちに切りだした。

「何だね」

「ずっと考えていたんだがな、モグール。契りの儀式をそろそろ行ってもいいころだ。オブラをグーブに与えることに決めた。ドルーグは、アガと彼女の子どもたちを引きとることに同意し、アバも一緒に引きとってもいいと言ってくれている」クレブの炉辺のウサギの問題をどうやってもちだしたらいいのかわからぬまま、ブルンは言った。

「あんたがいつ彼らをつれあいにしようと決めるのか、ずっと気になっていたんだ」クレブは、ブルンが話したがっている問題に触れようとしなかった。

「待ちたかったんだ。狩りがうまくいってるうちは、二人の狩人の行動が制限されるのは困るからな。いつがいちばんいいと思う？」ブルンは、石を並べたクレブの境界線の内側を必死に見ないようにしていた。クレブは族長のこの当惑ぶりをむしろ楽しんでいた。

「近いうちに、イーザの子どもに名をつけるつもりだ。そのとき、契りの儀式を一緒にやってもいい」クレブは提案した。

「なら、そう話しておこう」ブルンは片脚で立ち、それからもう一方の脚で立ち、高い丸天井を見上げ、地面を見下ろし、洞穴の奥のほうを見て、続いて外を見たが、ウサギを抱いているエイラだけは真っすぐに見ないようにしていた。礼儀として、ほかの男の炉辺をのぞいてはいけないことになっているが、ウサギのことを知るためには、どうしても見ないわけにはいかなかった。ブルンは、その話を切りだす無難な方法を見つけようとしていた。クレブは待った。

「どうしてあんたの炉辺にウサギがいるのかな?」ブルンは素早く身ぶりで示した。自分が不利な立場にあることは承知していた。クレブは、わざと振りかえって自分の炉辺の中を見た。イーザは、何が起こっているのかよくわかっていた。自分まで引きずりこまれないようにねがいながら、せっせと赤ん坊の世話をしていた。この問題の原因であるエイラは、この事態にまったく気づいていなかった。

「害のない動物だよ、ブルン」クレブは質問をはぐらかした。

「だが、どうして洞穴の中に動物がいるんだ?」族長は言いかえした。

「エイラが連れてきたんだ。脚が折れているんで、イーザに治してもらおうと思ったのさ」クレブは、あたりまえのことであるかのように言った。

「これまで洞穴に動物を連れこんだ者はいない」それ以上強い反論が思い浮かばないことにいらだちながら、ブルンは言った。

「だが、何の害があるというんだ? 長いこと置くわけじゃない、脚が治るまでだ」クレブは、落ちついて理性的に言いかえした。

クレブがウサギを置いておくつもりである限り、追いだしてしまえというわけにはいかなかった。ブルンは、うまい理由を思いつかなかった。クレブの炉辺のことだ。それに、洞穴の中に動物を置くことを禁じる慣習もない。ただ、これまでそういうことがなかっただけだ。もっとも、ブルンを悩ましているのは、本当はそんなことではなかった。ブルンは、本当の問題がエイラであることを知っていた。イーザがエイラを拾って以来、エイラに関連して異例のことがあまりにたくさん起こっていた。エイラに関することはすべて前例のないことで、しかも、エイラはまだ子どもだ。彼女が大きくなったら、自分はどんな問題に直面することになるのか？　ブルンにはエイラのような少女を扱った経験はなかったし、どうやって対処したらいいかという規則もなかった。しかも、自分の不安をクレブに伝える方法もわからなかった。クレブは弟の不安を感じとり、ウサギを自分の炉辺に置く別の理由を挙げようとした。

「ブルン、氏族会の主人役を務める一族は、洞穴の中でケーブ・ベアの子を飼うぞ」まじない師はブルンに思いださせた。

「だが、あれは違う、あれはウルススだ。クマ祭りのためだ。ケーブ・ベアは人間より前から洞穴にすんでいるが、ウサギは洞穴にはすんでない」

「だが、ケーブ・ベアの子だって、洞穴に連れこまれたんだ」

ブルンは何も言えなかった。クレブの挙げた理由はもっともではあるようだったが、そもそもこの少女はどうして洞穴にウサギを連れこむ必要があったのか？　この子がいなかったら、こんな問題は起こりはしなかっただろう。ブルンは、反論の根拠が流砂のように沈んでいくのを感じ、この問題をうっちゃっておくことにした。

命名式の前日は寒かったが、日が照っていた。ここのところ何回かにわか雪が降り、クレブの骨は痛んでいた。どうやら嵐が来そうだった。クレブは、雪が激しく降り始める前の数日の晴天を楽しもうと、川沿いの小道を歩いていた。エイラが一緒にいて、新しいはきもののはき心地を試していた。イーザが、オーロックスの皮を円形に切りぬいてつくってくれたのだ――このオーロックスの皮は、柔らかな下毛を残し、防水のために脂でこすったものだった。イーザは、オーロックスの皮のふちにきんちゃくのように穴をあけ、防寒のために毛のほうを内側にしてくるぶしの周りでとめるようにしたのだ。

このはきものが気にいったエイラは、足を高く上げながら、クレブのわきを歩いていた。このウサギの皮は耳をおおい、以前はその動物の脚の皮だったものを使ってあごの下で結ばれていた。ユキヒョウの毛皮が内衣をおおい、毛を内側にした柔らかなウサギの皮が頭にかけられていた。エイラはさっと走っていってから、駆け戻り、彼女の元気いっぱいのペースを落として老人のすり足に合わせ、並んで歩いた。しばらく、気持ちよく沈黙しながら、それぞれの思いにふけっていた。

イーザの赤ん坊にはどんな名前をつけたらいいものか、とクレブは考えていた。妹が大好きだし、彼女の気にいる名前を選んでやりたかった。イーザのつれあいにちなんだ名前はやめておこう。イーザのつれあいだった男のことを思いだすと、不快になった。イーザのつれあいが彼女に加えた残忍な罰はクレブを怒らせたが、クレブの気持ちはさらに遠い過去にさかのぼった。自分が子どものころ、その男にあざけられたことを思いだした――狩りができないから、女だと言ったのだ。のちにそのあざけりをやめたのは、モグールの力を恐れてのことにすぎない。イーザが女の子を産んでよかった、とクレブは思った。男の子だったら、イーザのつれあいに法外な名誉を与えることになってしまっただろう。

苦労の種だった男がもはやいないので、クレブは、これまで考えられなかったような炉辺の喜びを味わうことができた。自分の小さな家族の家長であること、家族を責任を負って養っていること。それを考えると、今まで経験したことのない、自分が一人前の男だという気持ちがわき上がってきた。ほかの男たちが、これまでと違う尊敬の念を自分に抱いていることがクレブにはわかった。それに、クレブは以前よりも狩りに関心をもっていた――狩りの分け前を家族のぶんももらうようになったからだ。以前は、狩りの儀式のほうに関心があったが、今は、食べさせなくてはならない口があった。

イーザも以前より幸せなはずだ、とクレブは心の中で思った。自分のことをこれだけ気づかい、これだけ愛情をそそぎ、料理をつくり、面倒をみて、要求を察して満たしてくれている。一つのことを除くあらゆる点で、イーザはクレブのつれあいと言ってよかった。エイラは不変の喜びだ。生まれつきの相違点がいろいろ発見されるので、興味は尽きなかった。エイラを訓練することは、生まれながらの教師が聡明で意欲的だが風変わりな生徒に感じるような挑戦だった。生まれたばかりの赤ん坊も、クレブの興味をそそった。クレブは、イーザが彼のひざの上に赤ん坊をのせるとき、最初の数回こそ緊張したものの、すぐに慣れた。赤ん坊のしきりに動く手や、焦点の定まらない目をうっとりと見つめながら、こんなに小さくて未発達なものがいつか大人の女になるなんて不思議なことだと思ったりした。

あの赤ん坊のおかげで、イーザの家系は絶えずにすむ、とクレブは思った。その地位に恥じない素晴らしい家系だ。イーザやクレブの母親は、一族のもっとも名高い薬師《くすし》の一人だった。ほかの一族の者が、病人を連れてきたこともあるし、それが不可能なら薬をもらって帰った。イーザ自身も、同じだけの名声を得ている。その娘も、いつの日か同じ地位を獲得することだろう。あの赤ん坊には、大昔から続く名高い家系にふさわしい名前をつけるべきだ。

クレブはイーザの家系のことを考えているうちに、彼らの母親の母親だった女のことを思いだした。この祖母はいつもクレブに優しくて、ブルンが生まれてからは、母親以上にクレブの世話をしてくれたのだった。彼女もまた治療の技で名高く、イーザがエイラを治したように、よそ者の男を治したことすらあった。イーザが彼女を知らないのは残念なことだ、とクレブはつくづく思った。そのとき、立ち止まった。

そうだ！　赤ん坊に彼女の名前を与えよう。自分の思いつきに満足しながら、クレブは思った。

赤ん坊の名前が決まると、クレブは契りの儀式のことに心を向けた。あの献身的な侍祭である若者のことを考えた。クレブは、もの静かでまじめなグーブが好きだった。グーブのオーロックスのトーテムは、オブラのビーバーのトーテムに対して十分な強さをもっている。オブラはよく働くし、めったに叱られることがない。グーブにとって、いいつれあいになるだろう。グーブのために何人も子どもを産むはずだ。グーブはいい狩人だし、オブラをしっかり養うだろう。グーブがモグールになったら、自分の務めのために狩りには出られないが、ちゃんと分け前は保証される。

グーブは、力のあるモグールになれるだろうか？　クレブは首を振った。その侍祭が好きだったが、自分がもっているような技を決して身につけられないだろうとわかっていた。クレブは体に障害があるために、狩りやつれあいをもつといった普通の営みはできなかったが、そのぶん、素晴らしい精神的資質を彼の名高いパワーを高めることに傾注させることができた。だからこそ、クレブは大モグールになれたのだ。クレブは、神聖な儀式の中でももっとも神聖な儀式である氏族会において、ほかのすべてのモグールの精神を導く役目をになっている。自分の一族の男とも精神の共有を得ることはあるが、ほかのまじない師の訓練された精神と接して魂を溶け合わすこととは比べものにならない。クレブは、何年も先だったが、次の氏族会のことを考えた。氏族会は、七年に一度催される。この前は、洞穴の崩壊の前の夏だった。わしが次の氏族会まで生きていたら、きっと最後の氏族会になるだろう、とクレブはふと思った。

クレブはふたたび契りの儀式に心を向けた。ドルーグとアガも連れそわすのだ。ドルーグは経験豊かな狩人で、その腕前はとうの昔に証明されていた。道具づくりの腕は、さらにいい。死んだつれあいの息子と同じようにもの静かでまじめだ。ドルーグとグーブは、同じトーテムをもっている。この二人はほかの点でもよく似ている。グーブをつくりだしたのはドルーグのトーテムの霊だ、とクレブは確信していた。ドルーグのつれあいが来世に召されたのは残念だ。あの二人の間には、アガが相手では決して築けない愛情が通っていた。だが、ドルーグにもアガにも新しいつれあいが必要だし、アガはすでに、ドルーグの最初のつれあいよりも多産であることを証明していた。理にかなった縁組みだ。

一匹のウサギが小道をさっと横切ったので、クレブとエイラはびっくりして現実に引き戻された。それをきっかけにエイラは洞穴のウサギのことを思いだし、いつも気になっているイーザの赤ん坊のことに考えを戻した。

「クレブ、赤ん坊はどうやってイーザの中に入ったの？」エイラは聞いた。

「女は男のトーテムの霊をのみこむ」クレブは考えにふけりながら、さりげなく身ぶりで答えた。「男のトーテムの霊が女のトーテムの霊と戦う。男のトーテムの霊が女のに勝てば、男のは自分の精の一部を残し、新しい生命が始まる」

霊はどこにでもいるのかしらと思いながら、エイラはあたりを見回した。何も見えなかったが、もしクレブがいると言うなら、確かにいるのだろう。

「どんな男のトーテムの霊でも、女の中に入れるの？」エイラは次に聞いた。

「そうとも。だが、強い霊だけが女の霊を負かすことができる。男の霊がほかの霊に助けを求めることもある。そのときは、ほかの霊が自分の精を残すことを許される。たいていの場合は、いちばん努力するのは女のつれあいの霊だ。もっとも身近な存在だからだが、でもほかの霊の助けを必要とすることもあるのだ。もし生まれた男の子が母親のつれあいと同じトーテムをもてば、その子が幸運に恵まれることを意味する」クレブは丁寧に説明した。

「赤ん坊をもてるのは女だけ？」エイラはこの話題に夢中になって聞いた。

「そうだ」クレブはうなずいた。

「女が赤ん坊をもつには、つれあいがいなきゃいけないの?」

「いいや、つれあいをもつ前に霊をのみこむこともある。だが、赤ん坊が生まれるまでに、つれあいをもたなければ、赤ん坊は不幸せになる」

「わたしも赤ん坊がもてるかしら?」エイラは期待して聞いた。

クレブはエイラの強力なトーテムのことを考えた。あの霊の生命力は強すぎる。ほかの霊の助けがあったとしても、男の霊が打ち負かすことはできなさそうだ。しかし、いずれこの子は自分で気づくだろう。

「おまえはまだそんな年ではない」クレブは質問をはぐらかした。

「いつになったら?」

「女になったらだ」

「いつ女になるの?」

クレブは、この子の質問が尽きることはないように思い始めた。「おまえのトーテムの霊が初めてほかの霊と戦うとき、おまえは血を流す。おまえの霊が傷ついたしるしだ。おまえの霊と戦った霊の精がいくらか残り、おまえの体の準備が整う。おまえの胸は膨《ふく》らみ、ほかにも変化が起きる。そのあと、おまえのトーテムの霊は、定期的にほかの霊と戦う。血を流すときになっても血を見なければ、おまえののみこんだ霊がおまえの霊を負かし、新しい命が生まれたということだ」

「でも、わたしはいつ女になるの?」

「たぶん、季節のめぐりを八回か九回重ねたときだ。たいがいの女の子はそれぐらいで女になる。もっと早く、七回で女になる者もいるがな」クレブは答えた。

「じゃあ、あとどれくらい?」エイラは食いさがった。

忍耐強い老まじない師は、ため息をついた。「こっちに来い。うまく説明できるかどうかわからんが、やってみよう」クレブは一本の木の枝を手にとると、小袋から石のナイフを出した。エイラには理解できないだろうと思ったが、それで質問をやめるだろう。

数は、この一族の者にとって理解しがたい抽象概念だった。ほとんどの者は、三つ——相手、自分、もう一人、というふうに——以上の数を考えられなかった。それは知能の問題ではなかった。たとえば、ブルンは、一族の二十二人の構成員が一人でも欠けていれば、すぐにわかる。ブルンにとっては一人ひとりの構成員を認識するだけでよく、意識することなく即座にそうできた。しかし、一族を構成する個人を〝一人〟という概念に移すのは、努力を要することで、ほとんどの者はマスターできなかった。「この人間が〝一人〟だと思ったら、別のときはあの人間が〝一人〟だなんて、考えられん——二人は違う人間だろ?」というのが、いつも最初に聞かれる質問だった。

この一族がものごとを総合して抽象化する能力を欠いていることは、生活のほかの面にも影響を及ぼしていた。彼らはあらゆるものに名前をつけていた。カシ、ヤナギ、マツは知っていた。しかし、それらすべてのものを表す総称的な概念はなかった。つまり、木という言葉はなかったのだ。あらゆる土、あらゆる石、さまざまな雪にさえ名前があった。この一族は、豊かな記憶と、その記憶にあらたにつけ加えていく能力に頼っていたのだ——その能力によって、ほとんど何も忘れることがなかった。彼らの言葉には、色や説明はいっぱいあったが、抽象概念はほとんどまったくなかった。そういう概念は、彼らの性質、習慣、彼らの発達の道と相いれなかった。数えなければならないこともいくつかあったが、それはモグールに任されていた——次の氏族会までの時間、一族の構成員の年齢、契りの儀式のあとに二人だけで過ごす期間、子どもが生まれてから七日の間。そういうことができるのは、モグールのもっとも不思議な力の一つとされている。

クレブは腰を下ろすと、足と石の間に木の枝を挟んでしっかり固定した。「イーザの話では、おまえはボーンよりも少し年上らしい」クレブは話しだした。「ボーンは、誕生の年、歩きだした年、乳で育ち続ける年、乳ばなれの年を生きてきた」クレブはそう説明しながら、一年ごとに枝に刻み目をいれた。「おまえには、もう一つしるしをいれる。だから、これが今のおまえの年だ。もしわしが手をそれぞれのしるしに当てると、片手ですっかり隠れる、わかるな?」

エイラは、片手の指を差しだしながら、刻み目を一心に見つめた。それから、パッと顔を輝かせた。「わたしはこれと同じ年なのね!」エイラは、指を広げた手をクレブに見せた。「でも、どれくらいになったら、赤ん坊をもてるの?」エイラは聞いた。計算よりも生殖のほうにずっと興味があったのだ。

クレブは驚愕していた。この子はどうやってこんなに早く数の概念を理解することができたのか? 刻み目と指にはどういう関係があるのか、それぞれが年月とどういう関係があるのか、聞こうともしなかったのに。グーブが理解するまでには、何度も繰りかえし説明しなければならなかった。クレブはさらに三つ刻み目をつけ、その上に三本の指を置いた。片手しかないので、クレブは数を学ぶのにたいへん苦労したのだ。エイラは自分のもう一方の手を見て、すぐに親指と人さし指を折り、ほかの三本の指を立てた。

「これだけになったとき?」エイラは八本の指を差しだしながら、聞いた。クレブはそうだとうなずいた。エイラの次の行動は、クレブをまったく驚かせた。クレブ自身マスターするのに何年もかかった概念だったのだ。エイラは最初の手を置くと、三本の指だけを立てた。

「これだけの年がたったら、赤ん坊をもてるようになるのね?」自分の推論が間違いないと思ったエイラは、自信たっぷりな身ぶりで告げた。老まじない師は、仰天していた。子どもが、しかも女の子が、こんなに簡単にそんな結論を出せるなんて、考えられないことだ。あまりに困惑したので、その予測を修正するのを忘れてしまったほどだ。

「早くてそれくらいということだ。これくらいかかるかもしれないし、これくらいかもしれない」クレブは枝にさらに二つの刻み目をつけた。「いや、もっとかも。確かなことを知るすべはない」

エイラはかすかに眉をひそめ、人さし指を立て、それから親指を立てた。「それ以上の年は、どうやったらわかるの?」

クレブはけげんそうにエイラを見た。二人は、クレブさえてこずるような領域に入りこんでいた。クレブは、こんな話を始めたことを後悔し始めていた。この女の子がこのような強いまじない——モグールだけがもつまじない——を行えると知ったら、ブルンはいい気持ちはしないはずだ。しかし、クレブは好奇心もそそられていた。この子はそんな進んだ知識を理解できるのだろうか?

「両手を使って、全部のしるしをおおってみるんだ」クレブは指示した。エイラがすべての刻み目の上に慎重に指を重ねると、クレブはさらに一つ刻み目をつけ、その上に自分の小指を当てた。「次のしるしは、わしの小さな指でおおわれている。そのあとは、ほかの人間の最初の指、それからほかの人間の次の指というふうに考えねばならん。わかったか?」クレブはエイラをじっと見つめながら、身ぶりで伝えた。

エイラはほとんどまばたきもしなかった。自分の両手を見てから、クレブの片手を見て、しかめっ面をした。このしかめっ面がエイラのうれしさの表現だ、とクレブにはもうわかっていた。エイラは、わかったということを示すために力強くうなずいた。それから、クレブの理解力を超える大きな飛躍をした。

「そのあとは、別の人の両手。それから、また別の人の手。そうじゃない?」エイラは聞いた。

この衝撃は大きすぎた。クレブの頭はくらくらした。クレブは、どうにか二十まで数えることができた。二十を超える数は、〝たくさん〟と呼ばれる、ぼんやりとした無限の数になる。瞑想《めいそう》にふけったあと、ごくまれに、エイラがいとも簡単に理解した概念を垣間見ることがある。クレブは、とってつけたようにうなずいた。この少女の頭と自分自身の頭の間に大きな隔たりがあることにふと気づいて、ショックを受けたが、クレブはどうにか落ちつきをとり戻した。

「答えてくれ、これの名前は何かな?」しるしをつけるのに使っていた木の枝を差し上げながら、クレブは話題を変えるために聞いた。エイラはじっと見つめ、思いだそうとした。

「ヤナギ、だと思う」エイラは言った。

「そのとおりだ」クレブは応じた。そして、エイラの肩に手をかけ、その目を真っすぐに見つめた。「エイラ、このことは誰にも話さないほうがいい」クレブは木の枝のしるしに手を触れながら、言った。

「ええ、クレブ」それがクレブにとってすごく重要であることを感じながら、エイラは言った。エイラは、クレブの身ぶりと表情を誰のよりも――イーザのを除いて――理解することができた。

「そろそろ戻ろう」クレブは言った。一人になって考えたかった。

「戻らなきゃいけない?」エイラは懇願するように言った。「外はまだいい天気よ」

「ああ、戻るんだ」クレブは、つえの助けをかりながら立ち上がった。「男が決めたら、あれこれ言うのはよくないぞ、エイラ」クレブは静かにたしなめた。

「ええ、クレブ」エイラは、学んだとおりにおとなしく従って顔をふせた。クレブと並んで黙って歩きながら、洞穴に戻っていったが、間もなく、エイラのはちきれんばかりの若さが優勢になった。エイラはまた走りだした。そして、木の枝や岩を差しだしながら駆け戻ってきては、クレブに名前を言うか、思いだせない場合は聞いた。クレブは、心ここにあらずで答えた。心の乱れのために、注意を払うのがたいへんだったのだ。

夜明けの光が洞穴を包むやみを散らし、さわやかでひんやりした空気には、やってくる雪のにおいがした。イーザは寝床に横たわったまま、洞穴の天井の見慣れた輪郭がしだいに増してくる光の中にくっきりと浮かび上がってくるのを見つめていた。その日は、イーザの娘が命名されて一族の一員として正式に受けいれられる日、生きる力を備えた人間として認められる日だった。イーザは、強制的な監禁状態が緩められるのを待ちわびていたのだ。一族のほかの者とのつきあいは、出血が止まるまでは、まだ女だけに限られるが。

初潮を迎えた少女は、最初の月経の間、一族から離れて過ごす決まりになっている。もし冬だったら、洞穴の奥に設けられた場所で一人で過ごすが、その場合でも春になったら、一回の月経の期間は、一族から離れて過ごさなければならない。一人で過ごすのは、いつも一族の中にいて保護されてきた若くて無防備な娘にとって恐ろしくもあり、危険でもあった。これは少女が一人前の女になるための通過儀礼で、男が狩りで最初の獲物を仕留めなければならないことに似ているが、女が帰っても儀式は行われない。若い娘は肉食獣から身を守るために火をたくが、戻らない娘がいないわけではない――その遺骨は、たいがい狩りや採集の一行によって発見される。娘の母親は、一日に一度、食べものをもっていって元気づけることを許されている。しかし、娘が失踪したり殺されたりしても、最低限の日数がすぎるまでは、母親はそれを話すのを禁じられている。

何とか生命を生みだそうと女の体内で霊たちによって行われる戦いは、男たちにとって深遠ななぞだった。女が出血している間は、女のトーテムの霊が強力なのだ。女のトーテムの霊が優勢で、男のトーテムを打ち負かし、受胎させようとする男の精を追い払っている。もし女がその期間に男を見ると、男の霊が負け戦をすることになるかもしれない。女のトーテムが男のトーテムよりも強くあってはいけないのはそのためだ。弱いトーテムでも、本来女に備わっている生命力から力を得るからだ。女は生命力を引きだす。新しい生命を生みだすのは女なのだから。

現実の世界では、男のほうが女より大きく、強く、はるかにパワフルだ。しかし、目に見えない神秘的な霊界では、女は潜在的に男より大きな力を与えられている。男の支配を許す女の小さくて弱い肉体は、そんな潜在能力とバランスをとるためにそうなっているのであり、いかなる女も潜在能力をそのまま使うことは許されない、さもないと、バランスが崩れてしまうからだ——男たちはそう信じていた。一族の霊的な儀式に女が必要以上に参加できないのは、生命力が女に与える強さに気づかせないためだった。

若い男は成人式のとき、女が男の秘儀をちらっとでも見た場合にもたらされる恐ろしい結果について警告される。女がまじないを行ってさまざまなことを霊界にとりなしていた時代の伝説についても語られる。男は女からまじないを奪ったが、潜在能力までは奪わなかった。多くの若い男は、こうした潜在能力を知ると、新たな見方で女を見るようになる。男の責任をとても真剣に考えるようになる。女は、守られ、養われ、完全に支配されなくてはならない。さもないと、現実の力と霊的な力の微妙なバランスが崩れ、連綿と続いてきた一族が滅びてしまう。

女の霊的な力は月経の間とりわけ強いから、女は隔離される。その間、女はほかの女たちと一緒にいて、男が食べるような食べものに手を触れることは許されず、薪《たきぎ》を集めたり、女しか着られない毛皮の処理をしたりといった重要でない作業をして過ごす。男たちはその女の存在を認めず、まったく無視して、叱りさえしない。男の目が偶然その女のほうを向いても、何も見えないように振る舞う。その女の体の向こうを見るのだ。

これは残酷な刑罰のように思われる。この女へののろいは、死ののろいに似ている。死ののろいとは、重い罪を犯した一族の構成員に科せられる最高の罰で、族長だけがモグールに悪霊を呼びだすように命じることができ、死ののろいをかけさせられる。それがモグールと一族にとって危険だとしても、モグールは拒むことはできない。いったんのろいをかけられたら、その罪人は一族の誰からも話しかけられず、見られもしない。無視され、仲間はずれにされる。まるで死んだように、もはや存在していないのだ。つれあいと家族は彼の死を悲しみ、食べものは分けられない。一族から去って、二度と姿を現さない者も少しいる。ほとんどの者は食べるのを止め、飲むのを止め、自分も信じているのろいに従う。

ときおり、死ののろいが一定期間だけ科せられることがあるが、その場合にもしばしば死ぬ者がいた。罪人はのろいの期間、生きることを止めるからだ。しかし、死ののろいの期間を生きぬけば、ふたたび一族の一員として認められ、以前の身分さえもとり戻せる。罪は償われ、犯罪は忘れられる。もっとも、犯罪はまれで、そのような罰が科されることはめったにない。女へののろいは一時的にいくらか女を追放するが、ほとんどの女は、男のひっきりなしの要求や監視の目から定期的に逃れられることを歓迎している。

イーザは、命名式が終わってもっと多くの人と触れ合えるのを心待ちにしていた。クレブの炉辺の石の境界線の内側にとどまっているのは退屈で、冬の雪が降りだす前の最後の数日の間、洞穴の入口から差しこんでくる明るい日差しをしきりに見つめていた。もう準備が整った、一族の者が全員集まった、とクレブが合図するのを、イーザは今かいまかと待っていた。命名式はしばしば、朝食の前に――太陽が昇った直後、夜の間一族を守っていたトーテムがまだ近くにいるうちに――行われる。クレブが手招きすると、イーザは急いでみんなのところに行き、モグールの前に立ち、地面を見ながら赤ん坊を裸にした。イーザが赤ん坊を差し上げると、まじない師はその頭の向こうを見ながら、霊たちに儀式に参加してくれるように呼びかける仕草をした。それから、手を振り回しながら、始めた。

グーブのもっている椀の中に手を突っこむと、クレブは赤土の練り粉で線を引いた――赤ん坊の両方の眉の隆起部がつながる部分から鼻先まで。

「ウバだ、この子の名前はウバ」モグールは言った。洞穴の日あたりのいい入口の前をさっと吹きすぎた冷たい風を感じた裸の赤ん坊は、一族の者の賛成のつぶやきをかき消すような健康的な泣き声を上げた。

「ウバ」イーザは繰りかえしながら、震えている赤ん坊を抱きしめた。申しぶんのない名前だ、とイーザは思った。自分の娘の名前の由来となった〝ウバおばあさん〟を知っていたらいいのに。一族の者は列をつくって通りすぎながら、一人ひとりその名前を繰りかえし、新しく増えた一員を自分と自分のトーテムに覚えさせた。イーザは、彼女の娘を承認しようとやってくる男たちをうっかり見ないように、慎重に頭を下げたままでいた。そのあと、赤ん坊を温かなウサギの毛皮でくるみ、外衣の下のむきだしの胸に押し当てた。乳をやり始めると、赤ん坊の泣き声はぴたりとやんだ。イーザは、契りの儀式のために場所を空けようと、女たちの中に戻った。

この儀式に関しては、いやこの儀式だけは、神聖な練り粉に黄土が使われる。グーブが、黄色い練りものの入った椀をモグールに渡した。モグールは、短い片腕と腰の間にそれをしっかり挟んだ。グーブは、自分の契りの儀式なので、侍祭を務めることはできないのだ。聖者の前の自分の位置についたグーブは、グラドがつれあいの娘を連れてくるのを待った。ウカは複雑な思いで見ていた――娘が良縁を得たのは満足だったが、自分の炉辺を離れるのは悲しかった。新しい外衣を身にまとったオブラは、足もとを見つめながら、グラドのすぐ後ろを歩いていったが、つつしみ深くふせたその顔は輝きを放っていた。オブラが、自分のためになされた選択を不満に思っていないのは明らかだった。オブラは目をふせたまま、グーブの前に足を組んで座った。

モグールは無言のまま、型どおりのしぐさとともに、ふたたび霊たちに呼びかけてから、黄褐色の練り粉の入った椀に中指を突っこみ、グーブの体のトーテムのしるしの上にオブラのトーテムのしるしを描いた。二人の霊の結合の象徴だ。クレブはもう一度練り粉の中に指を突っこむと、オブラのトーテムの傷あと上にグーブのしるしを描き、もとの傷あとの輪郭を指でなぞってオブラのしるしをぼかし、グーブの支配をはっきりと表した。

「オーロックスの霊、グーブのトーテムよ、あなたのしるしはビーバーの霊、オブラのトーテムに勝ちました」モグールは身ぶりで告げた。「いつもそうであることをウルススが許してくださいますように。グーブ、この女を受けいれるか?」

グーブは、オブラの肩をたたくことによって答えた。そして、洞穴内の小さな丸石で新たに囲まれたばかりの場所までついてくるようにオブラに合図した。そこがグーブの炉辺だ。オブラはパッと立ち上がって、新しいつれあいのあとを追った。オブラには選択の余地はないし、グーブを受けいれるかどうか聞かれもしない。二人は十四日間、隔離され、その炉辺から出ることを許されない。その間、別々に寝る。隔離が終わると、儀式用の小さな部屋で、男たちによって固めの儀式が行われる。

一族では、二人の人間が契りを結ぶことは、まったく霊的なことであり、一族全体に宣言することから始まるが、男だけが参加する秘儀で完了する。この原始社会では、性は寝ることや食べることと同じように自然で抑圧されないことだった。子どもたちは、ほかの技術や習慣を学ぶように、大人を観察してそれを知る。そして、ほかの行動をまねるように、小さいころから交わりごっこをする。思春期に入ったが、まだ最初の獲物を仕留めていなくて、子どもと大人の間にある男の子が、初潮を迎えていない女の子と交わることすらある。若くして処女膜が破られ、血が流れると、男の子は少し怖がるが、すぐに女の子を無視する。

どんな男も、そうしたくなったら、どんな女でも自由にできる――長い伝統により、自分の姉妹を除いて。普通は、いったん一組の男女ができれば、ほかの男のものを尊重するためにそのつれあいには手を出さない。しかし、男が我慢するのは、手近な女をものにするよりも悪く見られる。女は、相手が魅力的な男だったら、誘いとわかる巧妙でなまめかしい身ぶりをして男の接近をうながすのをいとわない。一族にとって、新しい生命は、いたるところに存在するトーテムの精によってつくられる。性的行為と出産との間の関係は、想像もつかなかった。

二つ目の儀式が行われ、ドルーグとアガを結びつけた。この二人は一族から隔離されるものの、炉辺のほかの構成員は別だ。ドルーグと炉辺をともにする者は、自由に行き来してもいい。この二つ目のペアが洞穴に入ったあと、女たちはイーザと赤ん坊の周りに集まった。

「イーザ、この子は申しぶんないわ」エブラがまくしたてた。「あなたがとうとう身ごもったと知ったときは、正直なところ、ちょっと心配したんだけれど」

「霊たちが見守ってくれていたのよ」イーザは身ぶりで伝えた。「強いトーテムは、いったん負けると、健康的な子どもをつくるのを手伝ってくれるの」

「あの女の子のトーテムが悪い影響を及ぼさないかと心配だったんだよ。あの子の外見はまるで違うし、トーテムが強すぎるから、赤ん坊をおかしくするんじゃないかってね」アバが言った。

「エイラは運のいい子で、わたしに幸運をもたらしてくれたわ」イーザは、エイラが気づかなかったか確かめようとそっちを見ながら、すぐに言いかえした。エイラは、赤ん坊を抱いているオガを見つめていた。そこから離れず、ウバが自分の子であるかのように誇らしげに顔を輝かせていた。エイラはアバの言葉に気づいていなかったが、イーザは、そうした考えがおおっぴらに語られるのを好まなかった。「あの子はわたしたちみんなに幸運をもたらしてくれなかった？」

「だけど、あんたは男の子をもつほど幸運じゃなかったよ」アバはしつこく言った。

「わたしは女の子を望んでいたのよ、アバ」イーザは言った。

「イーザ！　あんた、何を言ってるの！」女たちはショックを受けた。女の子のほうがいいと認めるような女はめったにいない。

「わたしはイーザを責めないわ」ウカがイーザの弁護に回った。「息子が生まれ、世話をして、乳をやり、育てても、大きくなったかと思うと、死んでしまったりする。狩りで死なないとしても、ほかのことで死んでしまう。男の半分は、まだ若いうちに死ぬわ。少なくとも、オブラはあと数年は生きるでしょうに」

女たちはみんな、洞穴の崩壊で息子を失った母親に同情した。ウカがどれだけ悲しんだか、知っているからだ。エブラが気を利かせて話題を変えた。

「この新しい洞穴は、冬はどうかしらね？」

「狩りはうまくいってるし、わたしたちもたくさん植物を採集して蓄えたから、食べるものはたっぷりあるわ。狩人たちは今日出かけるけれど、たぶん最後の狩りになるでしょう。獲物を全部凍らせられる余地が貯蔵所に残っているといいんだけど」イーカが言った。「男たちは何だかいらいらしているみたいよ。食べものをつくりに行ったほうがいいわ」

女たちは、しぶしぶイーザと赤ん坊から離れ、朝食の支度に行った。エイラがイーザのそばに腰を下ろすと、イーザは赤ん坊を片手で抱いたまま、もう一方の手をエイラの体に回した。イーザは気分がよかった――このさわやかで冷たい、日の照った初冬の日に外にいられるのがうれしかった。生まれた子どもが健康で、しかも女の子であることがうれしかった。洞穴がうれしかった。クレブが自分を養うことに決めてくれたのがうれしかった。やせた、金髪の奇妙な女の子がそばにいることがうれしかった。イーザはウバを見てから、エイラを見た。わたしの娘たちよ。二人とも、わたしの娘だわ。ウバが薬師《くすし》になることはみんな知っているが、エイラもなるだろう。それは間違いない。もしかしたら、いつの日か、エイラは偉大な薬師になるかもしれない。

9

「吹雪の霊が霧雪の霊をめとった。しばらくすると、霧雪の霊ははるか北の地で氷の山を生んだ。太陽の霊は、地上に横たわるきらめくその子どもを憎んだ。この子どもは成長するにつれ、暖かさを遠ざけ、いかなる草も生えないようにしたからだ。太陽霊は氷の山を殺すことに決めたが、霧雪霊の兄である嵐雲の霊が、太陽霊が霧雪霊の子どもを殺したがっていることを知った。太陽霊がもっとも強い夏、嵐雲の霊は氷の山の命を救うために太陽霊と戦った」

エイラはウバをひざにのせて座ったまま、ドーブがよく知られている言い伝えを語る姿を見つめていた。エイラはその話をそらで覚えていたが、聞きほれた。それはエイラのお気にいりで、飽きることがなかった。けれども、エイラの腕の中の、少しもじっとしていない一歳半の幼児は、エイラの長い金髪のほうにはるかに興味を示し、丸っこい手でつかんでいた。エイラは、火のそばに立っている老人から目をはなさずに、ウバの手をひらいて髪を放させた。一族の者が熱心に見守る中、ドーブは劇的な身ぶりを交えながら昔話を語っていた。

「太陽が戦いに勝ち、固くて冷たい氷を打ちのめして水に変え、氷の山の命を少しだけ奪う日もあった。だが、多くの日は、嵐雲が勝ち、太陽の前をおおい、太陽の熱が氷の山をあまり解かさないようにした。氷の山は、夏には飢えて小さくなったが、冬になると、つれあいの与えてくれる栄養をとった母親が息子に乳をやってまた元気にしてやった。毎年、夏が来るたびに、太陽は氷の山を何とかなきものにしようとしたが、嵐雲が太陽と戦い、氷の山の母親が前の冬に息子に与えたものが全部解かされてしまわないようにした。新しく冬が始まるたびに、氷の山は前の冬よりも少し大きくなった。毎年、大きくなり、さらに広がり、さらに大地をおおった。

氷の山が成長すると、大寒気を送りこんできた。風がうなり、雪がくるくる舞い、氷の山は広がり、一族の者が住む場所に近づいてきた。雪が降りかかるので、わが一族の者は震え、火のそばに群れ集まった」

洞穴の外の裸木の間をヒューヒューと吹きぬける風が、この物語に効果音を加え、エイラの背筋を興奮の震えが走った。

「一族の者は、どうしたらいいのかわからなかった。『われわれのトーテムの霊は、どうしてもうわれわれを守ってくれないのか？　われわれはトーテムの霊を怒らせるようなまねをしたか？』モグールは、霊たちを見つけて話すことに決め、一人で出ていった。モグールは長いこと行ったきりだった。多くの人は、モグールの帰りを待ちわびてじりじりしていた、とりわけ若者は。

しかし、ダルクは誰よりもいらいらしていた。『モグールは戻ってこないさ』ダルクは言った。『おれたちのトーテムは寒さが嫌いだから、行ってしまったんだ。おれたちもここを出たほうがいい』

『すみかを捨てるわけにはいかん』族長は言った。『この一族は昔からずっとここに住んできたのだ。われわれの先祖のすみか、われわれのトーテムの霊のすみかだ。トーテムの霊はどこにも行っていない。われわれに満足はしていないが、よく知っているすみかから離れたら、もっと悲しくなるだろう。われわれはここを出られんし、トーテムの霊を連れていくわけにはいかん。どこに行こうというのだ?』

『おれたちのトーテムはもう行ってしまったのさ』ダルクは言いかえした。『もしもっといいすみかを見つけたら、トーテムは戻ってくるかもしれない。秋に寒さを逃れていった鳥を追って南に行ってもいいし、東の太陽の地に行ってもいい。氷の山の手が届かない場所に行けばいい。氷の山の動きは遅いが、おれたちは風のように走れる。おれたちには追いつけない。ここにとどまっていたら、凍え死んでしまう』

『いいや。モグールを待たねばならん。戻ってきて、どうすればいいか教えてくれるはずだ』族長はきっぱりと言った。しかし、ダルクは族長のまっとうな忠告に耳を傾けようとしなかった。ダルクがいろいろ訴え、一族の者と論じ合っているうちに、何人かが考えを変えた。彼らはダルクと一緒に出ていくことに決めた。

『とどまれ』ほかの者は言った。『モグールが戻るまで、行くな』

ダルクは耳を貸そうとしなかった。『モグールは霊たちを見つけられない。決して戻ってこない。おれたちはもう行く。おれたちと一緒に、氷の山が住めない新しい場所を見つけよう』

『いいや』ほかの者は言った。『おれたちは待つ』

母親やそのつれあいたちは、出ていった若い男女のことを悲しんだ。死ぬ運命にあると確信していたのだ。彼らはモグールを待ったが、何日たってもモグールは戻らなかったので、彼らは不安になり始めた。ダルクと一緒に出ていくべきだったのではないかと思い始めた。

それから、ある日のこと、一族の者は、火を恐れない奇妙な動物が近づいてくるのに気づいた。人々はおびえ、驚きの目を見張った。そんな動物を見たのは初めてだった。しかし、近づいてくると、それは動物などでないとわかった。モグールだった！　モグールはケーブ・ベアの毛皮におおわれていた。ようやく帰ってきたのだ。モグールは一族の者に、偉大なるケーブ・ベアの霊、ウルススから学んだことを話した。

ウルススは人々に、洞穴に住むように教えた。動物の毛皮を着て、夏に狩猟と採集をし、冬に備えて食料を蓄えろと教えた。一族の者は、ウルススから教わったことを忘れなかった。氷の山がそうしようとしても、人々をそのすみかから追いだすことはできなかった。氷の山がどんなに寒気と雪を送りこんできても、人々は動かず、氷の山に道をあけようとしなかった。

とうとう、氷の山はあきらめた。ふてくされ、もう太陽と戦おうとしなかった。氷の山が戦わないので、嵐雲は腹を立て、もう助けようとしなかった。氷の山はその土地を去り、北のふるさとに戻った。大寒気も彼とともに去った。太陽は勝利に狂喜し、氷の山をはるか北のふるさとまで追っていった。氷の山が激しい暑さから隠れる場所はなかった。氷の山は打ち負かされた。何年もの間、冬はなく、夏の長い日ばかりが続いた。

霧雪は、失った子どものことを悲しみ、そのために衰弱してしまった。吹雪は彼女に別の子どもをもって欲しかったので、嵐雲の霊に助けを求めた。妹に同情した嵐雲は、吹雪が霧雪を回復させるために栄養を与えるのに力を貸した。吹雪が霧雪にのませるために自分の精をまき散らしている間、嵐雲はまた太陽の前をおおった。霧雪は第二の氷の山を生んだが、一族の人々は、ウルススの教えを忘れていなかった。氷の山は、決して一族をすみかから追いたてることはできないだろう。

ダルクと、彼と一緒に出ていった者はどうなったか？　オオカミやライオンに食われたと言う者もいるし、大川で溺れたと言う者もいる。太陽の地に着いたものの、ダルクと仲間がその土地を欲しがったので、太陽が怒ったと言う者もいる。太陽は彼らを焼きつくすために空から火の玉を送った。ダルクたちは姿を消し、二度と姿を見た者はいない」

「わかったね、ボーン」エイラは、アガが息子に言っているのに気づいた。ダルクの伝説が語られたあとには、いつもそうするのだ。「かあさんやドルーグやブルンやモグールの言うことをちゃんと聞かなきゃだめだよ。そむいたり、一族から出ていったりしたら、おまえもゆくえ知れずになってしまうんだからね」

「クレブ」エイラは、わきに座っている男に言った。「ダルクと仲間は新しいすみかを見つけたかもしれないわよね？　姿は消したけれど、死ぬのを見た者はいないし、そうでしょ？　生きてるかもしれないでしょ？」

「ダルクがこの世から消えるのを見た者はいないがな、エイラ、二、三人だけでは狩猟は難しい。たぶん、夏の間は、小さな動物を仕留められただろう。しかし、冬を乗りきるために大きな動物を仕留めて肉を蓄える必要がある。大きな動物を仕留めるのは難しいし、すごく危険だ。太陽の地に着くまでには、何回もの冬を越えなければならなかったはずだ。トーテムはすみかを欲しがる。住む場所もなくさまよっている人間を見捨ててしまうだろう。おまえは自分のトーテムに見捨てられたくないだろう？」

エイラは無意識のうちにお守りに手を伸ばした。「でも、わたしのトーテムはわたしを見捨てなかったわ。わたしが一人きりで、すみかがないときでも」

「それはトーテムがおまえを試していたからだ。トーテムはおまえにすみかを見つけてくれただろ？　ケーブ・ライオンは強いトーテムだ、エイラ。ケーブ・ライオンのトーテムがおまえを選んだ。選んだからには、おまえをいつも守ってやろうと決めているのかもしれん。だが、どんなトーテムも、すみかがあるほうが満足する。もしおまえがトーテムの言うことをちゃんと聞けば、トーテムはおまえを助けてくれる。どうすればいちばんいいかを教えてくれる」

「どうしたらそれがわかるの、クレブ?」エイラは聞いた。「わたしはケーブ・ライオンの霊を見たことないわ。トーテムが何かを伝えようとしているとき、どうしたらそれがわかるの?」

「おまえにケーブ・ライオンの霊が見えないのは、彼がおまえの一部で、おまえの中にいるからだ。それでも、彼はおまえに伝える。ただ、おまえはそれを理解できるようにならねばならん。おまえが何かを決断するときには、彼はおまえを助けてくれる。おまえの選択が正しいなら、しるしを与えてくれる」

「どんなしるし?」

「はっきりとは言えん。たいがいは、特別なものや、珍しいものだ。見たことのない石や、おまえにとって意味のある特別な形の根。目や耳でなく、心で理解できるようにならねばならん。そうすれば、わかる。おまえのトーテムの考えを理解できるのは、おまえだけだ。どうすればいいかは誰もおまえに教えられん。しかし、そのときが来て、おまえのトーテムが残してくれたしるしを見つけたら、お守りの袋の中に入れておくのだぞ。おまえに幸運をもたらしてくれるはずだ」

「クレブのお守りの中にも、トーテムのしるしが入っているの?」エイラは、まじない師の首にかかっているごつごつした皮の袋を見つめながら、身ぶりで聞いた。そして、もぞもぞしている赤ん坊を立たせ、イーザのところに行かせた。

「ああ」クレブはうなずいた。「一つは、わしが侍祭に選ばれたときに与えられたケーブ・ベアの歯だ。

その歯は、あごの骨にくっついていたものではない。わしの足もとの石の上に転がっていたのだ。座ったときには、見えなかったんだがな。腐っても、すり減ってもいない完璧な歯だ。わしが正しい決断をしたというウルススのしるしだったのだ」

「わたしのトーテムもしるしを与えてくれるの?」

「誰にもわからぬがな。たぶん、おまえが重大な決断をしなくてはならないときには。そのときが来れば、わかる。トーテムがおまえを見つけてくれるように、おまえがお守りをもっている限りはな。お守りをなくさないように気をつけるのだぞ、エイラ。おまえのトーテムが明らかにされたときに、おまえに与えられたものなのだから。お守りの袋の中には、おまえのトーテムがそれとわかるおまえの霊の一部が入っている。それがなければ、おまえのトーテムの霊は、旅に出たらもう戻れない。迷子になり、霊界にすみかを求めるだろう。もしお守りをなくしたら、すぐに見つけないと、おまえは死ぬことになる」

　エイラは身震いし、首に巻かれた丈夫な皮ひもにかけられた小さな袋に手を触れた。そして、自分はいつトーテムからしるしを得るんだろうかと思った。「ダルクが太陽の地を見つけに行こうと決めたときは、ダルクのトーテムがダルクにしるしを与えたのかしら?」

「さあな、エイラ。あの伝説には出てこない」

「ダルクが新しいすみかを見つけようとしたのは勇敢なことだと思うわ」

「勇敢だったかもしれぬが、愚かだった」クレブは言った。「ダルクは一族から離れ、先祖のすみかを捨て、大きな危険を冒した。何のために? 何か違うものを見つけにだ。とどまることに満足できなかったのだ。ダルクが勇敢だったと思う若者もいるが、その者たちも年をとって賢くなると、そうではないと知る」

「わたしがダルクを好きなのは、ダルクがみんなと違っていたからだと思うわ」エイラは言った。「あれはわたしのお気にいりの伝説よ」

エイラは、女たちが夕食の支度をしようと立ち上がるのに気づき、さっと立ち上がってあとを追った。クレブはエイラを見送りながら首を振った。エイラがこの一族のやり方を本気で受けいれて理解しようとしていると思う一方で、エイラはクレブをあきれさせるようなことを言ったりしたりする。間違ったことや悪いことをするのではなく、一族と異なることをするのだ。この伝説は、古いやり方を変えようとするのが間違っていることを示しているはずだが、エイラは、新しいものを求めた若者の向こうみずさに感嘆している。エイラは、一族のしきたりに反するような考えをもたなくなれるのだろうか？　だが、あの子はいろいろなことをどんどん覚えている、とクレブは認めた。

一族の少女は、七歳か八歳になるまでに、大人の女と同じ技術を身につけるよう期待されている。多くの少女は、その年までに成人になり、それから間もなくめとられる。一族に発見されてから――ひとりぼっちで、自分で食べものを見つけられずに飢えかけていたところを――約二年の間に、エイラは食べものの見つけ方ばかりでなく、食事の仕方や食料の保存方法も覚えた。ほかにも重要な技術を身につけた。年上の経験豊かな女たちほどうまくはないとしても、若い女たちの何人かとは同じくらい熟達していた。

エイラは、動物の皮をはいで処置し、外衣やマント、さまざまな使い道のある小袋などをつくることができた。一枚の皮から、長くらせん状に、均一の幅で皮ひもを切ることもできた。動物の長い毛や腱《けん》、繊維質の樹皮や根でつくられるエイラのひもは丈夫で、使い道によって太かったり、細くてしなやかだったりした。丈夫な草や根や樹皮で編まれるエイラのかごやマットや網は、ひときわ優れていた。フリントの小塊から簡単な握斧《あくふ》をつくったり、ナイフや削器として使うために鋭い刃をもった道具を上手につくることができたので、ドルーグでさえ感心していた。丸太をくりぬいて鉢をつくり、滑らかにして見事に仕上げることもできる。とがった木の棒を両の手のひらの間に挟んで別の木片に当て、くすぶる熱い炭がその乾いた火口《ほくち》に火種をつくるまでくるくる回し、火を起こすこともできる――とがった木の棒に一定の圧力をかけながら動かし続ける、退屈で難しいこの仕事を二人の人間が交替ですると、もっと楽にできる。けれども、もっと驚きなのは、エイラはイーザの医療の知識を、生まれながらの本能らしきものでどんどん覚えてしまうことだ。イーザの言うとおりだ、エイラは記憶がなくても身につけられる、とクレブは思った。

エイラは、料理用の火の上で煮えたっている皮のなべに入れようと、ヤマノイモを薄く切っているところだった。腐ったところを切りとると、あまり残らなかった。食料が蓄えられている洞穴の奥は、冷たくて乾いているが、冬の終わりになると、野菜は軟らかくなって腐りだす。二、三日前、氷に閉ざされた川に水がちょろちょろ流れているのに気づいたとき――氷が間もなく解けるという最初のしるしの一つだ――エイラは、次の季節について空想にふけり始めたのだ。新緑、新しいつぼみ、樹皮につけた刻み目からにじみだす甘いカエデの樹液――そんな春が待ちきれなかった。カエデの樹液は集められ、大きな皮のなべで長い間煮られるが、やがて、粘り気のある濃厚なシロップにされるか、氷砂糖にされ、カバの樹皮の容器に蓄えられる。カバも甘い樹液をもつが、カエデほど甘くなかった。

エイラだけが、長い冬と洞穴の中の生活に退屈して落ちつかなくなっていたわけではない。その日早く、風が数時間南風に変わり、海から暖かな空気を運んできた。氷が解けて、洞穴の三角形の入口のてっぺんにぶら下がっている長いつららを伝い落ちた。風向きが変わり、ふたたび東から冷たい突風が吹いて、気温が下がると、冬中しだいに大きくなっていた、きらめくとがった矢がふたたび凍り、長く太くなった。けれども、このひとときの暖かい空気は、誰もに冬の終わりを思わせた。

女たちは、盛んに話しながら働き、食事の支度をする間も、素早い身ぶりで会話しながらてきぱきと手を動かしていた。冬の終わりごろ、食料が残り少なくなると、女たちは共同で料理をつくった。ただし、特別な場合を除いて、食べるのは別々だった。冬には祭りごとが多い――これが、引きこもった生活の単調さをうち破ってくれたのだ――冬が終わりに近づくにつれ、祭りの食べものは粗末になったが。しかし、食料が足りなくなることはなかった。狩人が吹雪の合間をぬって小さな獲物や年老いたシカの新鮮な肉をもって帰ると、みんなに喜ばれたが、それは不可欠なことではなかった。乾燥食品の蓄えがまだ十分にあったからだ。女たちは盛んに物語を語り合った。アバがある女の話をしていた。

「……だが、その子には障害があった。族長に命じられたとおり、母親はその男の子を外に連れだしたが、置きざりにして死なせるのに耐えられなかった。母親は木に高く登り、ネコ科の動物でさえつかめないてっぺんの枝にその子をくくりつけた。母親が行ってしまうと、男の子は泣き叫んだ。夜になると、おなかが減ったので、オオカミのように遠ぼえした。誰も眠れなかった。男の子は昼も夜も泣いた。族長は母親に腹を立てたが、男の子が泣いたりほえている限り、母親はその子がまだ生きていることがわかった。

命名式の日、母親は朝早くまた木に登った。息子はまだ生きていたばかりでなく、障害がなくなっていた！　正常で、健康だった。族長は彼女の息子を一族にいれたくなかったが、その赤ん坊がまだ生きている以上、命名して受けいれざるを得なかった。男の子は、大きくなると族長となり、何も危害を加えられない場所に自分を置いてくれた母親にいつも感謝していた。つれあいを得たのちも、彼はどんな狩りの獲し終えた。

物も必ず母親に分けてやった。母親を決して殴らず、決して叱らず、いつも礼をもって遇した」アバは話

「生まれて最初の何日か、乳ももらわずに生きながらえる赤ん坊なんているかしら?」オガは、寝いったばかりの健康な息子ブラクを見ながら聞いた。「母親が族長のつれあいか、いつか族長になる男のつれあいでなかったのに、どうしてその息子は族長になれたの?」

オガは、生まれて間もない息子が誇らしかった。ブラウドは、契りのあとすぐにつれあいが男の子を産んだのを、さらに誇らしく思っていた。ブルンでさえ、赤ん坊のそばではいつもの厳格さを緩めた。いつか一族のリーダーになるはずの赤ん坊を抱くときは、目が穏やかになった。

「もしあんたがブラクを産んでなかったら、次の族長は誰になるのかしらね、オガ?」オブラが聞いた。

「息子ができなくて、娘だけだったら? その母親は副族長のつれあいで、族長に何かが起こったのかもしれないわ」オブラは自分より若いオガを少しうらやんでいた。オガとブラウドが縁組みする前に、オブラは一人前の女になってグーブと結ばれたのに、オブラにはまだ子どもがいなかった。

「とにかく、障害をもって生まれた赤ん坊が急に正常で健康になるなんて、あり得るかしら?」オガは言いかえした。

「障害のある息子をもった女が、この子が正常だったらいいのにとねがってつくった話じゃないかしら?」イーザが言った。

「でも、大昔から伝わってきた話だよ、イーザ。何代にもわたって語り継がれてきたんだ。もしかしたら、大昔には、今では思いもよらないことが起こったのかもしれない。確かなことは誰にもわからないさ」アバが自分の話を弁護して言った。

「大昔には、違うこともあったでしょうね、アバ。でも、オガの言うとおりじゃないかしら。障害をもって生まれた赤ん坊が、急に正常になることはないし、乳をもらわずに命名式の日まで生き延びることもあり得そうもないわ。でも、古い話だし。もしかしたら、本当のこともまじっているかもね」イーザは認めた。

食べものができ上がると、イーザはクレブの炉辺にもち帰った。エイラはよちよち歩きの大がらな幼児を抱え上げ、あとに従った。イーザは以前よりもやせ、かつてのように丈夫でなかったので、ほとんどの場合エイラがウバを抱いていた。二人の間には、特別の愛情が通っていた。ウバはどこにでもエイラについていき、エイラはその赤ん坊に飽きることがないようだった。

食後、ウバは母親に乳をもらいに行ったが、すぐにむずかり始めた。イーザはせきこみだし、赤ん坊はさらに落ちつかなくなった。イーザはとうとう、むずかって泣く赤ん坊をエイラのほうに押しやった。

「この子を連れていって。オガかアガが乳をくれないか、確かめておくれ」イーザはいらだちながら身ぶりで告げ、激しい空せきをした。

「大丈夫、イーザ?」エイラは心配して身ぶりで聞いた。

「ただ年をとりすぎてるだけだよ。こんな赤ん坊をもつには年をとりすぎているのさ。わたしの乳はもう枯れてきているんだ。ウバはおなかをすかしている。さっきはアガが乳をやってくれたけど、もうオーナにやったあとで、あまり乳が残っていなかったのかもしれない。オガが、乳なら余るほど出るから、今夜この子を連れてこいと言ってくれてる」イーザは、クレブがじっと自分を見ているのに気づき、目をそむけた。エイラは赤ん坊をオガのところに連れていった。

エイラは歩き方に気をつけ、ブラウドの炉辺に近づく間、行儀よく頭を下げ続けた。ちょっとした違反でも、あの若者の怒りを招くとわかっていたからだ。ブラウドがエイラを叱ったり殴ったりする理由を探しているのは間違いなかった。何か間違いを犯して、ウバを連れて帰れと言われては困る。オガは喜んでイーザの娘に乳をやるつもりだったが、ブラウドが見ているので、何も話さなかった。ウバがたらふく乳を飲むと、エイラはウバを連れて帰り、座って体を揺すりながら、小声で優しく歌ってやった。こうすると、この赤ん坊はいつも落ちつく。やがて、ウバは眠りに落ちた。エイラは、初めて来たとき使っていた言葉をとっくに忘れてしまっていたが、赤ん坊を抱くときはまだ小声で歌った。

「わたしは年をとって、どうも怒りっぽくなってしまったよ、エイラ」エイラがウバを寝かせると、イーザは言った。「赤ん坊を産んだときに、年をとりすぎていたのさ。もう乳が枯れてきているけど、ウバにまだ乳離れさせるわけにはいかないし。歩けるようにもなっていないんだからね。でも、こうなったら仕方ない。明日、赤ん坊の特別食のつくり方をあんたに教えるわ。できることなら、ウバをほかの女の人に渡したくないから」

「ウバをほかの女の人に渡すなんて！　ウバはうちの子なのに、ほかの人にあげちゃうなんて！」

「エイラ、わたしだってウバを手ばなしたくないわ。だけど、ちゃんと栄養をとらなきゃならないし、わたしからはとれないの。乳が足りないときに、いつまでもほかの女の人に乳をもらいに行くわけにもいかないでしょ。オガの赤ん坊はまだ小さいから、オガの乳は余ってるわ。だけど、ブラクが大きくなったら、あの子の必要なぶんしか出なくなるわ。たえず別の赤ん坊にも乳をやっていないと、余分な乳は出なくなるのよ、アガみたいにね」イーザは説明した。

「わたしが乳をやればいいのに！」

「エイラ、あんたは背は大人と同じくらいかもしれないけれど、まだ一人前の女じゃないのよ。近いうちにそうなる兆しもないし。一人前の女だけが母親になれ、母親だけが乳を出せるの。ウバに乳以外の食事をやって、様子を見てみましょう。でも、あんたにはしっかりわかっていて欲しかったの。赤ん坊の食べものは、特別なやり方でつくらなきゃならないのよ。何もかも軟らかくなきゃいけないの。乳歯はよくかめないから。穀物は調理前に細かくひくの。乾燥肉はくしゃくしゃにつぶし、水をちょっと加えてペースト状になるまで煮るの。新しい肉は硬い筋からはがし、野菜はつぶすの。ドングリは残っている?」

「この前見たときは山ほどあったけど、ネズミやリスが盗んでいるし、腐っているのも多いわ」エイラは言った。

「できる限りたくさん見つけて。漉《こ》して苦味をとり、ひき砕いて肉に加えましょう。ヤマノイモもウバにいいわ。小さな貝がどこにあるか、知っている? あの貝なら、小さいからウバの口に合うはずよ。あれで食べることを覚えなくてはね。冬がもうすぐ終わるのはよかったわ。春はいろいろなものをもたらしてくれるわ――わたしたちみんなに」

イーザは、エイラの真剣な顔に浮かんだ不安の色に気づいた。イーザは一度ならず、とりわけこの冬は、エイラが自分から進んで手伝ってくれるのをありがたく思った。エイラは、わたしがこんなに年とってから産むことになった赤ん坊の第二の母親になるために、わたしの妊娠中に与えられたのだろうか。イーザが衰弱しているのは、老齢のせいばかりでなかった。健康が優れないのではないかと言われると、イーザはすぐさま否定し、胸の痛みや、激しいせきの発作のあとにときどき吐血することを決して口にしなかった。しかし、クレブは、イーザが口外しているよりもはるかに重病であることを察しているようだった。クレブもだいぶ年をとってきている、とイーザは思った。この冬はクレブにもきついようだった。洞穴の小さな部屋に、たいまつ以外暖をとるものなしに座っていすぎる。

老まじない師のもじゃもじゃの髪には、白いものがまじっていた。不自由な脚が関節炎を起こしているために、歩くのには苦しみが伴った。失った片腕の代わりに何年ものをつかむのに使ってきたためにすり減った歯は、痛くなり始めていた。しかし、クレブは、苦痛と共存する方法をとうの昔に覚えていた。クレブの頭はこれまでと変わりなく強力で鋭く、だからこそイーザのことが心配だった。クレブは、赤ん坊の食べもののつくり方を話しているイーザとエイラを見つめているうちに、がっしりしていたイーザの体が縮んでいることに気づいた。顔はやつれ、目は落ちくぼみ、突きだした眉弓《びきゅう》がなおさら目だった。腕は細く、髪は白髪まじりになっていたが、クレブが何より気になったのは絶え間のないせきだった。この冬が早く終われば助かるんだが、とクレブは思った。イーザには暖かさと太陽が必要だ。

冬はようやく、大地をつかんだその氷の手を放し、春の暖かな日が豪雨をもたらした。山のはるか上からやってきた浮氷が、水かさの増した川を流れていた——雪と氷が洞穴の高さで消えたあともずっと。氷雪が解けて、洞穴の前の地面は、ぐしょぐしょの軟泥になっていた。ただ、入口に石が敷かれているために、地下水は地中に染みこみ、洞穴はかなり乾いていた。

ぬかるみがあろうと、一族の者は洞穴の中に閉じこもってはいなかった。冬の間長く閉じこめられていたので、最初の暖かな日差しと穏やかな海風を出迎えようとどっと出ていった。雪がすっかり解けないうちに、冷たい軟泥の上をはだしでパシャパシャと歩いたり、脂をたっぷり塗りこんでも水の染みこんでくるはきもので歩いたりした。凍りつくように寒かった冬よりも、暖かな春になってからのほうが、イーザは風邪ひきの治療に忙しかった。

季節が進み、太陽が水分を吸い上げるにつれ、一族の生活のペースは速くなった。物語を語ったり、うわさ話をしたり、道具や武器をつくったり、そのほか座ってするような活動で時間をつぶす、ゆっくりとした静かな冬は終わり、慌ただしく活動する春がとって代わった。女たちは若い茎や芽を摘みに出かけ、男たちは新しい季節の最初の大きな狩りに備えて運動と訓練をしていた。

ウバは、新しい食事を食べて育ち、乳を求めるのは習慣からか、温かさや安心感のためだけだった。イーザのせきは減ったが、体は弱り、あまり遠くまで出かける力はなかった。クレブはふたたび、よろよろしながらもエイラと一緒に川沿いの散歩を始めた。エイラはどの季節よりも春が好きだった。

イーザがほとんど洞穴から離れられなかったので、エイラがイーザの薬草を補うために植物を探して丘の中腹を歩き回るようになった。イーザは、エイラが一人で出かけるのが心配だったが、ほかの女たちは食料を探すのに忙しかったし、薬草は必ずしも食用植物と同じ場所に生えているわけではなかった。イーザはときどきエイラと一緒に行き、新しい植物を教えたり、よく知っている植物の若い状態を確認させてあとで見つけられるようにした。エイラがウバを抱いていったが、イーザは数回出かけただけで疲れてしまった。イーザはしぶしぶエイラに一人で行くことを許すようになっていった。

エイラは、一人でそのあたりを歩き回るのが楽しかった。たえず監視しているような一族の者の目から逃れて、解放感を覚えた。女たちが採集するときに同行することもよくあった。しかし、できるときはいつでも、自分に割りあてられた仕事をさっさとすませ、森を一人で探索する時間がもてるようにした。自分が知っている植物ばかりでなく、よく知らないものももち帰って、イーザに教えてもらった。

ブルンは、表立って反対はしなかった。イーザが医術を行うためには、誰かが植物を見つけてやる必要がある、とわかっていたからだ。ブルンは、イーザの病気にも気づいていた。しかし、エイラがしきりに一人で出かけたがるのが、気にかかっていた。一族の女は、一人でいるのを好まない。イーザも一人で特別な材料を探しに行くときはいつも、ためらいながら少し不安そうに出かけ、できる限り早く戻った。エイラは、自分の務めを怠けたことはなく、いつも行儀よく振る舞い、ブルンが悪いと判断するようなことは何もしない。ブルンがエイラのことでいらだっているのは、彼女の態度や、物事へのとりくみ方や、考え方が間違っているのではないが異なっている、という漠然とした感じだった。エイラは出かけるたびに、外衣のひだや採集かごをいっぱいにして戻ってきた。エイラのもってくるものが必要なものである限り、ブルンは反対するわけにはいかなかった。

ときどき、エイラは植物以外のものをもち帰った。エイラの奇行は、一族の者をひどく驚かせたが、そのうち珍しいことではなくなってしまった。一族の者はそれに慣れたものの、エイラが傷ついた動物や病気の動物を看病して元気にするために連れて帰ると、いまだに少し驚いた。エイラがウバの誕生後間もなく見つけたウサギは、ほんの手始めだった。エイラは動物の扱い方を心得ていた。動物には、エイラが自分を助けてくれようとしているのだとわかるようだった。いったん先例がつくられた以上、ブルンはそれを変える気は起こさなかった。エイラが許されなかったのは、オオカミの子をもちこんだときだけだった。この境界線は、狩人たちのライバルとなる肉食動物かどうかだった。追跡していた手負いの動物が、もう少しで手が届くところで、動きの速い肉食動物にかっさらわれたことが一度ならずあったのだ。ブルンとしては、いつの日か一族の獲物を盗むかもしれない動物を助けることを許すわけにはいかなかった。

一度、エイラがひざをついて根を掘り起こしていたとき、片方の後ろ脚が少し曲がったウサギが茂みから飛びだしてきて、エイラの足のにおいをくんくんかいだ。エイラは急に動かないようにしながら、ゆっくり手を差しのべてウサギをなでてやった。あんた、わたしのウバ・ウサギなの？　ずいぶん大きくて元気そうな雄《おす》ウサギになったわね。危うく死ぬところだったのに、もっと用心深くなろうって思わなかったの？　人間にも気をつけなきゃだめよ。さもないと、火で焼かれることになってしまうわよ。エイラはウサギの柔らかな毛をなでながら、ぶつぶつとつぶやき続けた。ウサギが何かに驚き、さっと飛びのき、一つの方向目がけてまっしぐらに走りだしたが、いきなりまわれ右をし、来た方向に戻り始めた。

「ずいぶん速いのね、これならもう誰にもつかまらないわ。どうしたらそんなふうに向きを変えられるの？」エイラは、急いで去っていくウサギに手を振りながら、笑った。ふと、もう長いこと大声で笑ったことがないのに気づいた。一族の人たちのそばにいるときは、めったに笑わない。笑うと、いつも非難がましい顔つきをされるからだ。でも、その日は、面白いことがたくさんあった。

「エイラ、このサクラの木の皮は古いわ。もう役に立たないわ」ある日の朝早く、イーザが身ぶりで伝えた。「今日外に行ったときに、新しいのを少し採ってきてね。川向こうの西の空き地のそばに、サクラの木立があるわ。どこのことか、わかるわね？　内側の皮を採ってきて、今年のは最高よ」

「はい、かあさん、どこかはわかるわ」エイラは答えた。

素晴らしい春の朝だった。最後のクロッカスが、最初の鮮やかなキズイセンのしなやかで丈の高い茎のそばで白や紫の花を咲かせていた。湿った土から小さな葉を出したばかりの若草が、空き地と塚のこげ茶の土にところどころ水彩絵の具のような薄い緑色を塗っていた。大小の木々の裸の枝には、生を始めようとしている緑の新芽がぽつりぽつりとついていた。ネコヤナギの枝には、人工毛のような白い毛がかぶさるようについていた。恵み深い太陽の光は、地球の新しい始まりを励ましていた。

エイラは、一族の者から見えないところまで行くと、慎重に抑えた歩き方とつつましい姿勢をやめ、のびのびと歩き始めた。緩やかな斜面を軽やかに下り、反対側を駆け登った。自由に思うがままに動けるので、無意識のうちに笑みが浮かんだ。エイラは、さりげなく草木を見ながら進んでいった。さりげなく見ているようだったが、本当はしっかりと頭を働かせ、後日のために、育ちつつある植物を分類整理していた。

　新しいヤマゴボウが芽を出しているわ。エイラはそう思いながら、湿地のくぼみ——前年の秋に、紫色の実を集めた場所だ——を通りすぎた。帰りに、いくらか根を掘り起こそう。イーザが、クレブのリウマチにも効くと言っている。新鮮なサクラの木の皮がイーザのせきに役立ってくれるといいのだけど。イーザはだんだんよくなってきているけど、ひどくやせてしまっている。ウバは大きくて重くなってきているから、イーザはもうウバをもち上げないほうがいい。できることなら、今度はウバを連れてこよう。ウバをオガにあげなくてすんでよかった。ウバはもう話し始めている。もう少し大きくなって、一緒に外に行けるようになったら、面白いのに。まあ、あのネコヤナギを見て。芽があんなに小さいときは、本物の毛みたいな手ざわりで面白いけれど、大きくなると緑色になってしまうのだ。今日の空は、とっても青い。風に海のにおいがする。いつになったら魚を捕りに行くんだろう。もうじき、水も、泳げるくらい温かくなるはずだ。ほかの人はどうして泳ぐのが好きじゃないんだろう？　海は、川と違って、塩辛いけど、海に入ると体が軽く感じられる。ああ、魚を捕りに行くのを待ちきれないわ。わたしは何よりも海の魚が大好きだけど、卵も好き。がけを登って卵を採りにいくのも好き。がけの上に登ると、風がとっても気持ちいいし。あ、リスだわ！　あの木を駆け登っていくわ！　わたしも木を駆け登れたらいいのに。

　エイラは、昼の少し前になるまで、木の茂った斜面をさまよい歩いた。それから、もう遅いことにはっと気づき、イーザの欲しがっているサクラの木の皮を採るために真っすぐ空き地に向かった。近づくと、人の気配がして、ときおり声が聞こえ、空き地の中に男たちの姿がちらっと見えた。エイラは立ち去りかけたが、サクラの木のことを思いだし、しばらく決心がつかずに立ったままでいた。男たちはわたしがここにいるのを見たら、よく思わないだろう。ブルンは怒って、わたしが一人で出かけるのを禁じてしまうかもしれない。でも、イーザにはサクラの木の皮が必要だ。たぶん、男たちは長くはいないだろう。とにかく、いったい何をしているんだろう？　エイラはゆっくりと近づき、大きな木の後ろに隠れ、もつれた低木の間からそっと見てみた。

男たちは、狩りに備えて武器の練習をしていたのだ。エイラは、男たちが新しいやりをつくるのを見たことを思いだした。男たちは、細くてしなやかで真っすぐな若木を切り、枝をはぎ、片端を火であぶって、焼けた部分を硬いフリント石の削器でこすってとがらせた。熱によってその先端が硬くなったので、簡単に割れたりほつれたりしない。エイラは、こういう木のやりの一つに触れることによって自分が引き起こした騒動を思いだし、身がすくんだ。

女は武器に触れるものではない、武器をつくるのに使われる道具にも、とエイラは言われた。けれども、投石器をつくる皮を切るナイフと、マントをつくる皮を切るナイフとの違いがエイラにはわからなかった。新しくつくられたばかりのやりが、エイラが触ったせいで傷ものになり、焼かれてしまい、それをつくった狩人を立腹させた。クレブもイーザも、長いこと身ぶりを交えてエイラにお説教し、エイラの行為の忌まわしさを教えこんだ。女たちは、エイラがそんなことを考えるなんてとあきれかえった。ブルンの渋い顔から、ブルンがどう思っているかは明らかだった。しかし、エイラがとりわけ嫌だったのは、エイラに非難の雨が降りそそいでいる間、ブラウドが浮かべていた悪意に満ちた喜びの表情だった。ブラウドはほくそ笑んでいた。

エイラは、低木の茂みの陰に身をひそめながら、練習場の男たちを不安とともに見つめた。男たちは、やりのほかにも武器をもっていた。向こう端でドーブとグラドとクルグがやり対こん棒の長所短所を論じているほかは、ほとんどの男は投石器と投げ縄の練習をしていた。ボーンが一緒にいた。ブルンが、そろそろ投石器の基本を教え始めてもいいのではないか、と判断したからだ。ザウグがその男の子に説明しているところだった。

ボーンが五歳になって以来、男たちはときおり練習場に連れてきていたが、ほとんどの場合、ボーンは小さなやりの練習をするだけで、軟らかな土や腐った切り株にそれを突き刺し、こつを覚えようとしていた。ボーンは、仲間に入れてもらうのがうれしかったが、この日は初めて、投石器を使う難しい技を教わっていた。一本の柱が地面に立てられ、そこからほど遠からぬところに、来る途中川で拾った滑らかで丸い石の山があった。

ザウグがボーンに、投石器の皮の両端を同時につかむもち方と、すりきれた投石器の真ん中の少し幅の広くなった部分に小石を挟む方法を教えていた。それは古い投石器で、ザウグはもう捨てるつもりでいたのだ。が、ブルンにボーンの訓練を始めてくれと頼まれたとき、その子の小さな体に合わせて短くすれば、まだ役に立つのではないか、とその年とった男は思いついたのだ。

エイラは、いつの間にかその手ほどきを夢中で見ていた。ザウグの説明と実演を、ボーンと同じくらい熱心に聞いたり見たりした。ボーンが初めてやってみると、投石器はもつれて石は落ちてしまった。石を飛ばすのに必要な遠心力を得るためにその武器を振り回すこつをつかむのは、ボーンにとっては難しかった。投石器の皮の幅の広い部分から小石が落ちないだけのスピードがつく前に、小石は決まって落ちてしまった。

ブラウドがわきからこの様子を見守っていた。ボーンはブラウドの子分で、ブラウドはつねにボーンの賛嘆の的だった。ボーンがどこにでも――寝床にさえ――もっていく小さなやりをつくってやったのはブラウドだし、やりの構え方をボーンに教えてやったのもその若き狩人だ。対等の立場であるかのようにバランスや突き方を話し合ったりもしたのだ。それが今、ボーンは老狩人に賛嘆のまなざしを向けていた。ブラウドはないがしろにされたような気がした。ブラウドは、自分がボーンに何もかも教えてやりたいと思っていたので、ブルンがザウグに投石器の使い方をボーンに教えてやってくれと言ったとき、腹を立てた。ボーンがさらに数回失敗したとき、ブラウドは練習を遮った。

「おい、おれがやり方を教えてやる、ボーン」ブラウドは年とった男を押しのけながら、身ぶりで告げた。

ザウグは後ろに下がり、傲慢な若者に鋭いまなざしを向けた。誰もが体の動きを止め、じっと見つめた。ブルンはにらみつけていた。一族で最高の投石の名人に対するブラウドの尊大な振る舞いが気にいらなかった。ブルンはブラウドではなく、ザウグに男の子の訓練をしてくれと言ったのだ。ボーンに関心を示すのは悪くないが、これは度を超している、とブルンは思った。ボーンは最高の名人から習うべきだし、ブラウドは投石器が自分の得意な武器でないことを知っているはずだ。ブラウドは、いいリーダーはすべての者の技術を活用しなければならないことを学ぶ必要がある。ザウグはいちばん腕がいいし、ほかの者が狩りをしているときにボーンに教えてやる時間がある。ブラウドは横柄になっている。思い上がっている。もっと優れた判断をしないと、今以上の高い位を与えるわけにはいかない。いつか族長になるはずのつれあいの息子だからといって、それだけの理由で偉いわけではないことを学ぶ必要がある。

ブラウドはボーンから投石器をとると、石を拾い上げた。投石器の広い部分に石を差し挟むと、柱に向かって飛ばした。石は柱の手前に落ちた。これこそが、一族の男が投石器に関して抱えている共通の問題だった。大きな弧を描くことを妨げる腕の関節の限界を補う方法を見つけなくてはならないのだ。ブラウドは、ミスをしたことでかっとなったし、少し格好悪く感じた。別の石をつかむと、いいところを見せようと、急いで飛ばした。自分が全員に見られているのがわかった。その投石器は、ブラウドが普段使っているものよりも短く、石は今度も柱の手前、はるか左に行った。

「おまえはボーンに教えようとしているのか、それとも、自分が少し練習したいのか?」ザウグがあざけるような身ぶりで言った。「柱をもっと近づけてやってもいいぞ」

ブラウドは癇癪《かんしゃく》を抑えようとした。ザウグのあざけりの対象になるのは嫌だったし、あんな大きな口をきいたあとでミスを繰りかえしたことが腹立たしかった。ブラウドはまた石を飛ばした。今度は、勢いがつきすぎ、柱のはるか向こうまで行ってしまった。

「ボーンの練習が終わるまで待っていれば、おまえにも喜んで教えてやるぞ」ザウグは皮肉たっぷりに身ぶりで告げた。「おまえにも練習が必要なようだからな」誇り高い老人は、胸がすっとしていた。

「こんな古くてひどい投石器じゃ、ボーンは覚えようがない」ブラウドはむきになって告げながら、苦々しげに皮の帯を投げ捨てた。「そんなすりきれた古いやつじゃ、誰も石を飛ばせっこない。ボーン、おれが新しい投石器をつくってやる。じいさんの使い古しの投石器じゃ、覚えられっこない。ザウグはもう狩りもできないんだしな」

ザウグは腹を立てていた。現役の狩人の地位から退くのは、男のプライドに打撃を与える。ザウグはいくらかのプライドをもち続けようと、懸命に努力して難しい武器に熟達したのだ。ザウグはつれあいの息子と同様、かつては副族長を務めていたし、そのプライドはたいへん傷つきやすかった。

「自分を一人前の大人だと思っているガキよりは、じいさんのほうがましだ」ザウグはそう言いかえしながら、ブラウドの足もとの投石器に手を伸ばした。

ブラウドは、まだ子どもだと非難されたのには耐えられなかった。もはや怒りを抑えきれず、老人をぐいと押してしまった。ザウグは不意をつかれて、バランスを崩し、どさりと倒れてしまった。その場に脚を投げだして座りこみ、驚いて目を見開きながら顔を上げた。まったく予期していなかったのだ。

一族の狩人は、決して互いに暴力を振るうことはない。そのような罰は、女が微妙な叱責《しっせき》を理解できないときに使うものだ。力の余っている若い男は、誰かの立ち合いのもとで格闘したり、投げやりの競争をしたり、投石器や投げ縄の競技をしたりするが、これらは狩りの技を磨くのにも役立つ。自分たちの生存が協力にかかっている一族において、狩りの腕前と自制力こそが、成人の基準だ。ブラウドは自分の無分別な行動に、ザウグと同じくらい驚いていた。自分がやったことを知るやいなや、きまり悪くて顔を赤くした。

「ブラウド！」族長の口から、抑えたうなり声が発せられた。ブラウドは顔を上げ、身をすくめた。ブルンがそんなに怒ったのは初めてだった。族長は一歩一歩足を踏みしめながら、ブラウドに近づいてきた。身ぶりはきびきびとし、落ちついていた。

「子どもみたいに癇癪を起こすなんて、もってのほかだ！　もしおまえが最下位の狩人でなかったら、最下位に落としてやるところだ。そもそも、誰がボーンの練習に口を出せと言った？　おれが誰にボーンを訓練しろと言った？　おまえか、ザウグか？」族長の目には怒りの火花が散っていた。「それでも狩人か？　男とも言えん！　ボーンのほうがまだおまえよりも自分を抑えられる。女だって、もう少しは自制力がある。おまえはいつか族長になる男なんだぞ。こんなふうに一族を率いるつもりか？　自分を抑えられなくて、一族を抑えられると思うか？　おまえの将来が決まっていると思ってはいかんぞ、ブラウド。

ザヴグの言うとおりだ。おまえは、自分が一人前だと思ってる子どもだ」

ブラウドは屈辱を覚えていた。こんなに恥ずかしい思いをしたのは初めてだった、しかも狩人たちの前で、ボーンの前で。ブラウドはその場から逃げて身を隠したかった。絶対に名誉を挽回できないだろう。ブルンの怒りに触れるくらいなら、突進してくるケーブ・ライオンに立ち向かうほうがましだ――ブルンは、めったに怒りをあらわにしないし、その必要もない。冷静な威厳をもって命令し、統率力があり、揺るぎない自制力をもつこの族長に鋭い目で見られると、一族の男も女もすぐさま従う。ブラウドは従順に頭を垂れた。

ブルンは太陽のほうをちらっと見てから、帰ろうという合図をした。ブルンの容赦のない叱責《しっせき》を気まずい思いで見ていたほかの狩人たちはほっとした。狩人たちは、速足で洞穴に引きかえし始めた族長のあとに従った。ブラウドは顔を赤くしたまま、しんがりを務めた。

エイラはその場に釘づけになって、息もつかずにじっとしゃがみこんでいた。見つかったらどうしようという恐怖で、体がかちかちになっていた。女が見ることを許されない場面を見てしまったのは確かだ。ブラウドは、女の前だったら、あんなに叱られることはなかっただろう。男たちは、何があろうと、女のそばでは結束を維持する。しかし、今の出来事は、これまで知らなかった男たちの一面にエイラの目を開かせた。男たちは、これまでエイラが考えていたような、何をやっても罰を受けることなく君臨する、全能で自由な人間ではなかったのだ。男たちも命令に従わなければならないし、叱責されることもある。ブルンだけが、絶対の権力をもつただ一人の全能者であるようだった。エイラにはわかっていなかった――ブルンが、一族の伝統と慣習、自然の力を支配する不可解で予測不能な霊たち、ブルン自身の責任感などから、ほかの誰よりも厳しい束縛を受けていることを。

男たちが練習場から帰ったあとも、エイラは長いこと隠れていた。戻ってくるのではないかと心配だったのだ。ようやく木の陰から出たときも、まだ不安だった。エイラは、一族の男たちの現実に関するこの新しい洞察の意味を十分には理解していなかったが、一つはわかっていた。エイラは、ブラウドが女のように服従するのを見て、うれしかった。エイラが悪いと知らなくてやったささいな違反行為でも叱りつけ、無慈悲にいじめるあの傲慢な若者を憎むようになっていたのだ。ブラウドの癇癪《かんしゃく》のせいで、あざができることもしばしばだった。エイラがどんなに一生懸命やっても、ブラウドを満足させることはできないようだった。

エイラは、さっきの出来事について考えながら、空き地を横切った。柱に近づいてみると、ブラウドが怒って投げ捨てたあの投石器がまだ地面に落ちていた。誰も拾って帰らなかったのだ。エイラはそれに触るのが怖くて、じっと見つめた。それは武器だ。何かをしたりしたら、ブルンはブラウドに怒ったように、自分のことを怒るはずだ。そう考えると、エイラは恐怖で震えた。エイラは、さっき目撃した一連の出来事を思いだした。その投石器のしなやかな皮を見ているうちに、ザウグがボーンにしていた説明と、ボーンが苦労していたことを思いだした。ほんとにそんなに難しいのかしら？　もしザウグが教えてくれたら、わたしにもできるかしら？

エイラは、自分の無謀な考えに驚きながらも、あたりを見回して、自分しかいないことを確かめた。誰かに見られただけで、考えていることが知られてしまうのではないかと恐れたのだ。ブラウドもできなかったわ。エイラは思いだした。ブラウドが柱に当てようとしたこと、ザウグがブラウドの失敗をけなす身ぶりをしたこと。エイラの顔をかすかなほほえみがよぎった。

ブラウドができないことをわたしがやってのけたら、ブラウドはさぞかし怒るでしょうね。何であれ、ブラウドをしのいでやれると思うと、うれしくなった。エイラは、もう一度あたりを見回すと、投石器をおずおずと見下ろし、それから身をかがめて拾い上げた。その使い古しの武器のしなやかな皮に手を触れながら、投石器なんかをもっているところを人に見られたら、どんな罰を受けるだろうかとふと考えた。男たちが行ったほうを空き地越しにちらっと見て、エイラはもう少しで投石器を落としそうになってしまった。エイラの目は石の小さな山にとまった。

わたしにできるかしら？　ああ、ブルンはすごく怒るはずだわ、ブルンがどうするかわかったものじゃない。クレブは、わたしが悪い子だと言うだろう。この投石器に手を触れてしまったのだから、もう悪い子だ。でも、こんな皮に触るのが、どうしていけないの？　石を飛ばすのに使われるというだけで。ブルンはわたしをたたくかしら？　ブラウドはたたくだろう。わたしが投石器に触れたら、ブラウドは喜ぶはずだ、わたしをたたく口実ができるんだから。わたしが見たことを知ったら、さぞかし怒るだろう。男たちはみんな、怒るだろう。わたしが投石器を使ってみたら、もっと怒るかしら？　悪いことは悪いこと、でしょ？　あの柱に石を当てられないかしら？

　エイラは、投石器を試してみたいという思いと、そんなことは禁じられているという知識の板挟みで悩んだ。いけないことだ。いけないことだというのはわかってる。でも、やってみたい。もう一つ悪いことをしたからって、どうだというの？　どうせ誰にもわからない、ここにはわたししかいないんだから。エイラはもう一度うしろめたそうにあたりを見てから、石に向かって歩いていった。

　エイラは石を一つ拾い上げると、ザウグの説明を思いだそうとした。慎重に投石器の両端を合わせ、しっかり握った。皮の幅の広い部分が、だらんと垂れた。すりきれた膨《ふく》らみにどうやって石をいれたかよくわからず、エイラははがゆい思いをした。数回やったが、エイラが動かし始めたとたん、石は落ちてしまった。エイラは集中し、ザウグの実演を頭に描こうとした。もう一度やってみると、うまくいきかけたが、投石器が途中で止まり、石はまた地面に落ちてしまった。

次にやってみると、何とかいくらか弾みがつき、丸石は数歩先に飛んだ。得意になって、エイラはまた石に手を伸ばした。さらに数回最初で失敗してから、また石は弧を描いて飛んだ。それから数回はうまくいかなかったが、その次の石は飛んで、的から遠く外れはしたが、その柱には近づいた。エイラはこつをつかみ始めていた。

積まれていた石がなくなると、エイラは石を集めなおし、さらにもう一度集めた。四巡目で、ほとんどの石を落とさずに飛ばせるようになった。下を見ると、地面に石が三つ残っていた。エイラは一つ拾い上げ、投石器に挟むと、頭上で振り回し、発射した。ゴッという音がして、石は柱に命中し、跳ねかえった。エイラは、うまくいったことに興奮して跳び上がった。

やった！　柱に当たったわ！　まぐれ当たりだったが、それで喜びが減るわけではなかった。その次の石は、的は外れたが、柱のはるか向こうまで飛んだ。最後の石は、柱の一メートル前の地面に落ちた。でも、とにかく一度は当たったのだ。エイラは、またできると確信した。

エイラはまた石を集め始めたが、太陽が西の地平線に近づいていることに気づいた。ふいに、イーザのためにサクラの木の皮を採ってくるはずだったのを思いだした。どうしてこんなに遅くなってしまったのかしら？　午後になってからずっとここにいたのかしら？　イーザは心配しているだろう。クレブも。エイラは急いで投石器を外衣のひだに押しこむと、サクラの木まで駆けていき、フリントのナイフで外側の樹皮を切りとり、内側の形成層を細長く削りとった。それから、できる限り急いで洞穴目指して走ったが、川に近づくと歩を緩め、女にふさわしいつつましい態度をよそおった。こんなに長く出かけていたことだけでも問題にされそうだ。これ以上誰にも叱る理由を与えたくない。

「エイラ！　どこに行ってたの？　心配でおかしくなりそうだったわ。動物にでも襲われたんじゃないかと思って。探しに行ってくれるようクレブからブルンに頼んでもらおうとしてたところよ」エイラを見るなり、イーザは叱った。

「何が生え始めているのか、見て回っていたの。空き地のそばまで行ったわ」エイラは気がとがめながらも、そう言った。「こんなに遅くなっていたことに気づかなかったの」これは本当だったが、本当にあったこと全部ではなかった。「はい、サクラの木の皮よ。ヤマゴボウが、去年のところに生えていたわ。あの根がクレブのリウマチにも効くって言わなかった？」

「ええ、だけど、根を水につけて、それを洗浄液として使うのよ、痛みを和らげるために。実はお茶にできるわ。実を絞った汁は、はれやこぶにも効くわ」薬師《くすし》はエイラの質問に機械的に答えてから、言葉を切った。「エイラ、あんた、治療のことを質問してわたしの気をそらそうとしているわね。こんなに長いこと出かけていてはだめよ、わたしをこんなに心配させて」イーザは身ぶりで言った。エイラが無事だとわかったので、イーザのいらだちはもう消えていたが、エイラが二度とこんなに長く一人で外出しないようにしたかったのだ。エイラが外出するとき、イーザはいつも心配した。

「これからは黙ってそんなことしないわ、イーザ。知らないうちに遅くなってしまっただけよ」

二人が洞穴に入ると、一日中エイラを探していたウバが、エイラを見つけた。ウバは、ふっくらして湾曲した脚でエイラに走りよってきたが、エイラのところに達すると同時につまずいた。しかし、ウバが倒れる前に、エイラがすくい上げ、ウバの体を振り回した。「いつかウバを連れていってもいい、イーザ？　そんなに長くは行ってないわ。そろそろウバにもいろいろなものを見せてやりたいの」

「まだ幼すぎて理解できないわ。話せるようになったばかりよ」イーザはそう言ったが、その二人が一緒にいるといかにもうれしそうだったので、こうつけ加えた。「たまには連れていってもいいと思うわ。そんなに遠くに行かないのなら」

「ああ、よかった！」エイラはそう言うと、赤ん坊を抱いたままイーザにしがみついた。そして、小さな女の子を高く差し上げると、大声で笑った。ウバは、あがめるようなきらめく目でエイラを見つめた。「面白そうでしょ、ウバ？」エイラは、ウバを下ろすと言った。「おかあさんがあんたを連れていってもいいって」

この子はどうしてしまったんだろう？　イーザは思った。こんなに興奮しているのは、ずいぶん久しぶりだ。今日は、空気中に奇妙な霊がいるのに違いない。まず、男たちが早く帰ってきた。彼らはいつもみたいに座って話さない。めいめい自分の炉辺に行って、女たちにはほとんど注意を払わない。男の誰かが女を叱る姿も見ていない。ブラウドでさえ、わたしに優しいと言っていいくらいだ。それから、エイラが一日中出かけていて、元気いっぱいで帰ってきて、みんなに抱きつく。わたしには理解できない。

10

「何だ？ 何の用だね？」ザウグはいらだったような身ぶりで聞いた。夏の初めにしては、ひどく暑かった。ザウグはのどが渇いていたし、気分も悪かった。暑い日差しの中で汗をかきかき、乾きつつある大きなシカ皮を刃を落としたスクレイパーでなめしているところだった。作業を中断させられていい気分ではなかった――とりわけ、平べったい顔をした醜い女の子に。その少女は、ザウグのすぐそばに頭を下げて座り、ザウグが気づいてくれるのを待っていたのだ。

「ザウグは水を一杯いかがですか？」エイラは、肩をたたかれると控えめに見上げながら、身ぶりで伝えた。「この娘は泉に行き、狩人が暑い日差しの中で働いているのを見ました。それで狩人ののどが渇いていると思ったのです、邪魔をする気はありませんでした」エイラは、狩人に話しかけるときの正しい形式にのっとって言った。そして、カバの樹皮の椀を渡し、シロイワヤギの胃袋でつくった水の滴る冷たい水袋を差しだした。

ザウグは、椀に冷たい水をついでくれるエイラの思いやりに対する驚きを隠しながら、「よし」と言うようにうなった。女の視線をとらえて飲みものが欲しいと伝えたかったのだが、それができずにいて、だからといって、自分で立って行きたくもなかったのだ。シカ皮はもう少しで乾いてしまいそうだった。思いどおりしなやかで柔らかく仕上げるには、途中で手を休めるわけにはいかなかった。ザウグはエイラのほうにちらっと目をやった。エイラは、近くの日陰に水袋を置くと、切れにくい草の束と水の染みこんだ木の根をもちだし、かごを編む準備をした。

ザウグがつれあいの息子と同居するようになって以来、ウカはいつもザウグに敬意を表し、ためらうことなく要求に応じてきたが、ザウグ自身のつれあいが生前やっていたように、必要なことを先回りしてやろうとすることはめったになかった。ウカの主な注意はグラドに向けられていたし、ザウグは、献身的だったつれあいのちょっとした気配りが懐かしかった。ザウグは、ときおり、そばに座っているエイラに目をやった。エイラはもくもくと作業をしていた。モグールはこの子をよくしつけている、とザウグは思った。湿った皮を引っぱったり、伸ばしたり、こすったりしているザウグをエイラが横目で見ていることには、ザウグは気づいていなかった。

その日の夕方遅く、ザウグは洞穴の前に一人で座り、遠くを見つめていた。狩人たちは出かけていた。ウカとほかの二人の女が同行したので、ザウグはグーブの炉辺でオブラと一緒に食事をとった。今やすっかり大人になってつれあいをもっているその若い女が、さほど遠からぬ前、ウカの腕に抱かれた赤ん坊にすぎなかったことを思いだして、ザウグは、男たちと一緒に狩りをする力を自分から奪った時の流れをひしひしと感じた。ザウグは、夕食後すぐにその炉辺から出たのだ。そして、そんなふうにもの思いにふけっているとき、エイラが両手に枝編みの鉢をもって近づいてきたのだった。

「この娘は、自分たちで食べきれないほどのラズベリーを摘みました」ザウグが自分を認めると、エイラは言った。「無駄にならないように狩人に食べていただけますか?」

ザウグは、喜びを隠しきれずに、差しだされた鉢を受けとった。ザウグがその甘くてみずみずしい実を味わっている間、エイラは礼儀正しく距離を置いて座っていた。ザウグが食べ終えて鉢をかえすと、エイラはすぐに立ち去った。ブラウドはあの子が礼儀知らずだというが、どうしてかわからん。エイラの姿を見送りながら、ザウグは思った。あの子にはどこも悪いところなど見当たらん。ただ、ひどく醜いというだけだ。

次の日、ザウグが仕事をしているとき、エイラはまた冷たい泉から水を運び、つくりかけの採集用のかごの材料をそばに置いた。あとで、ザウグが柔らかなシカ皮に脂をすりこんで仕上げをしていたとき、モグールが足を引きずりながらやってきた。

「日なたで皮の処理をするとは、たいへんだね」モグールは身ぶりで言った。

「男たちのために新しい投石器をつくっているのさ。ボーンにも新しいのをつくってやると約束したしな。投石器用の皮は、とりわけしなやかでなくてはならない。乾きかけの間に処理し、脂がすっかり染みこむようにしなきゃならん。日なたでやるのがいちばんなんだ」

「狩人たちはさぞかし喜ぶだろう」モグールは言った。「投石器に関しちゃ、あんたが名人だということはよく知られている。あんたがボーンと一緒にいるのを見た。ボーンは、あんたに教えられて幸運だ。投石器をマスターするのは難しい。つくるのだって、腕がいるのに違いない」

ザウグはまじない師に称賛されて顔を輝かせた。「明日、切るつもりだ。大人の分の大きさはわかっているが、ボーンのはあいつの大きさに合わせなきゃならん。正確に強く石を飛ばすためには、投石器は腕の長さに合ってなきゃいけないんだ」

「イーザとエイラが、あんたがこの間モグールのとり分としてもってきてくれたライチョウを料理しているんだ。イーザが、わしの好みどおりに料理をつくる方法をエイラに教えていてね。今夜、モグールの炉辺に食事をとりに来ないか？　エイラが聞いてみてくれと言うんだ。わしとしても、あんたが来てくれたらうれしい。男はほかの男と話したいときもあるし、わしの炉辺には女しかいないものでな」

「ザウグはモグールと食べる」老人は、見るからにうれしそうに答えた。

一族全体の祝宴はよく催されるし、二つの家族が食事をともにすることは――とりわけ親類同士であるような場合――しばしばあるが、モグールがほかの者を炉辺に招くことはめったになかった。モグールは自分自身の場所をもってからさほど日がたっていなかったし、女たちと一緒にくつろぐのは楽しかった。しかし、ザウグのことは子どものころから知っていたし、昔から好きで尊敬していた。あの老人の顔に浮かんだ喜びの表情を見たモグールは、もっと早く招待すればよかったと思った。エイラが言いだしてよかった。だいたい、ライチョウをくれたのはザウグなのだから。

イーザは接待に慣れていなかったが、あれこれ悩みながら、最善の努力をした。薬草に関するイーザの知識は、薬だけでなく調味料にまで及んでいる。食べものの風味を増す微妙な味つけやとり合わせを知っている。できた食事はおいしく、エイラは慎み深く気を配ったので、モグールはイーザにもエイラにも満足した。男たちがたらふく食べたあと、エイラは、イーザが消化を助けるというカモミールとハッカの風味豊かな薬草茶を出した。二人の女が先回りして望みをかなえてくれるうえ、まるまる太った赤ん坊がひざに這《は》い登って楽しそうにひげを引っぱったりするので、二人の老人は若がえったように感じて、すっかりくつろぎ、昔話をした。ザウグは感謝すると同時に、老まじない師がもっている幸せな炉辺をほんの少しうらやましく思った。モグールは、これ以上素晴らしい人生はないと感じた。

次の日エイラは、ザウグがボーンに合わせて皮の長さを決めるのを見た。そして、どうして先のほうをそんなふうに細くしなければいけないのか、どうして長すぎても短すぎてもいけないのか、ザウグが説明するのを注意深く聞いた。水につけておいた丸い石を皮の真ん中に挟んで伸ばして、たわませて膨《ふく》らみをつくるのも見た。ザウグがさらにいくつか投石器の皮を切りとったあと、くずを集めていたとき、エイラが水を一杯もっていった。

「ザウグは残った皮のくずを何かに使いますか？　その皮はとても柔らかそうですね」エイラは身ぶりで言った。

ザウグは、彼に気を配り、慕ってくれるその少女に心を許すようになっていた。「くずには使いみちはない。欲しいのか？」

「この娘は感謝します。残った皮のくずのいくつかは大きいので使えます」エイラは頭を下げたまま、身ぶりで言った。

翌日ザウグは、彼のそばで作業をして水をもってきてくれるエイラがいないのをさびしく思った。しかし、ザウグの仕事は終わり、投石器はでき上がっていた。ザウグは、エイラが新しい採集かごを背中に縛りつけて掘り棒をもって森に向かうのに気づいた。イーザのために植物を集めに行くのに違いない、とザウグは思った。わしにはブラウドの気持ちがさっぱりわからん。ザウグはその若者があまり好きでなかった。季節の初めに暴力をふるわれたことも忘れていなかった。どうしてブラウドはいつもエイラを叱ってばかりいるのか？　エイラはよく働くし、モグールのしつけのおかげで、礼儀正しい。モグールは、エイラとイーザと暮らせて幸運だ。ザウグは、あの偉大なまじない師と過ごした夜のことを思いだしていた。

そういえば、モグールにザウグを招待して食事をともにしたいと言ったのはエイラだ、ということも思いだした。ザウグは、真っすぐな脚をした背の高い少女が歩き去っていく姿を見送った。あんなに醜いのは残念だ。そうでなければ、いつかいいつれあいをもてるだろうに。

とうとう使えなくなってしまった古い投石器の代わりにザウグの皮の切れ端から新しい投石器をつくると、エイラは、洞穴から離れた場所に練習場を探すことに決めた。誰かに見つかってしまわないか、といつもびくびくしていたのだ。エイラは、洞穴の近くを流れる川沿いに上流に向かい、それから、支流の小川にそって山を登り始め、密生した下生えを押しわけて進んでいった。

エイラは、険しい岩壁に行く手をはばまれた。その上から、小川が滝のように流れ落ち、しぶきを上げていた。青々としたコケの厚いクッションにぎざぎざがおおわれた、突きでた岩がいくつかあり、跳ねながら落ちる水を分け、長く細い流れにしていた。この流れは跳ね上がって、霧のベールをつくり、ふたたび落ちた。水は、滝の底の泡立つ浅い滝つぼにたまってから、下り続け、大きな川に合流していた。岩壁は、川と平行して通過を妨げていたが、エイラが底にそって洞穴のほうに戻ると、斜面は険しいが登れるほどの角度になった。てっぺんまで登ると、地面は水平になった。そのまま進み続けると、小川の上流に出たので、エイラはふたたびそれをたどって上流へと向かった。

湿った灰緑色のコケが、高所にそびえたつマツやトウヒをおおっていた。リスが高い木を駆け登ったり、まだらのコケにおおわれた地面を横切ったりしていた。コケは、淡黄色から濃緑色にいたるさまざまな色彩で、土も石も転がった丸太も一面におおっていた。前のほうに、常緑樹の森に明るい日が差しているのが見えた。小川をたどっていくと、木はまばらになり、低木といってもいいほど小さな落葉樹が混じってきて、それから、ひらけた場所になった。エイラは、森から小さな野原に出た。野原の遠い端には、灰色がかった茶色の岩山があった。岩山の高いところには、しがみつくようにまばらに草木が生えていた。

草地の片側をくねくねと流れている小川の水源は、岩山にくっつくように茂った大きなハシバミの木立の近くの岩壁のわきから湧きでている大きな泉だった。氷のように冷たい水が、岩山にハチの巣状に走る地下の裂け目や水路でこされ、きらめく澄んだ湧き水としてふたたび現れるのだ。

エイラは高山の草地を横切り、冷たい水をごくごくと飲んでから、鈴なりになった、緑色のいがにおおわれた熟していない実を調べた。一固まり採って、いがをむき、軟らかな殻を歯で割ると、成長しきっていない白く輝く実がむきだしになった。エイラは、地面に落ちている熟しきった実よりも、まだ若いハシバミの実が好きだった。一口食べると、食欲が湧いたので、何房か採り、かごにいれ始めた。手を伸ばしているとき、密生している葉の後ろに暗い空間があるのに気づいた。

エイラは用心深く枝をかきわけ、生い茂ったハシバミで隠れた小さな洞穴を見た。茂みを押しわけ、そっとのぞいてから、中に入った。枝はもとに戻った。日差しが、一方の壁に光と影のまだら模様を描き、洞穴の中をほのかに照らした。この小さな洞穴は奥行三メートル半、幅はその半分くらい。高さは、エイラが手を伸ばせば、入口のてっぺんに触れるほどだった。天井は徐々に低くなっていき、半分ほど入ったところから奥の乾いた地面に向かっては、急に傾斜していた。

山壁にあいた小さな穴にすぎなかったが、一人の少女が楽に動き回れるくらいの広さはあった。腐った木の実が隠してあり、入口の近くにはリスのふんが転がっていたので、この洞穴がそれ以上大きな動物に使われていなかったことは明らかだった。エイラは、見つけたものに大喜びし、ぐるぐる回りながら踊った。この洞穴はまるで彼女のためにつくられたようだった。

エイラは外に出ると、ひらけた場所を見渡してから、むきだしの岩を少し登り、くねくねと続く狭い岩棚の上を少しずつ進んだ。はるか前方の二つの丘の間に、内海のきらめきが見えた。眼下の、銀色の細い帯のような川の近くに、小さな人影が見えた。エイラは、一族の洞穴のほとんどすぐ上にいたのだ。エイラは岩から下りると、ひらけた場所の周りを歩いてみた。

まったく文句なしだわ。この野原で練習できるし、近くに飲み水もある。もし雨が降ったら、洞穴に入ればいい。洞穴に投石器を隠すこともできる。そうすれば、クレブやイーザに見つけられてしまう心配もない。ハシバミの実まであるし、冬のためにいくつかもち帰ってもいい。男たちが狩りのためにこんなに高いところまで来ることはまずない。ここなら、わたしだけの場所にできる。エイラは、ひらけた場所を走りぬけて小川まで行くと、新しい投石器を試してみようと滑らかで丸い石を探し始めた。

エイラは、機会を見つけては秘密の場所に行って練習した。ちょっと険しいが、小さな山の草地への近道を探し、草をはんでいる野生のヒツジやシャモアや内気なシカをしばしば驚かした。しかし、高原によくいる動物たちは、ほどなくエイラに慣れ、エイラが来ても、ひらけた草地の向こう端まで移動するだけになった。

投石器の腕が上がり、柱に石を当てるのが何でもなくなると、エイラはもっと難しい標的を考えだした。ザウグがボーンに教えるのを見ては、自分が一人で練習するときに、そのアドバイスとテクニックを利用した。エイラにとってはそれはゲームで、お楽しみだった。興味を増すために、エイラは自分の進歩をボーンのと比較した。投石器はボーンの好きな武器ではなく、年寄りくさいと言っていた。ボーンは、原始時代の狩人の武器であるやりのほうに興味があり、ゆっくり動く生きもの――ヘビやヤマアラシ――

を何匹かすでに仕留めていた。エイラほど投石器の練習に精を出さなかったし、ボーンには難しかった。自分がボーンよりもうまいとわかると、誇りと達成感を覚えた。そして、態度に微妙な変化が起きた。ブラウドはこれを見逃さなかった。

女は、おとなしくて従順で、つつしみ深く謙虚なものとされていた。横暴なブラウドは、自分が近づいてもエイラが少しも恐れいらないのを個人的な侮辱と受けとめた。それは男のこけんにかかわることだった。ブラウドはエイラをじっと観察し、どこが違うのかを確かめようとした。エイラの目に恐怖の色がちらっと浮かぶのを見たり、エイラをたじろがせたいばかりに、すぐに平手打ちをくらわした。

エイラは礼儀正しく振る舞おうとし、ブラウドの命じるどんなことでも、できる限り早くやった。エイラは、自分の歩調に、森や野原を歩き回ることで身についた無意識ののびやかさがあるのを知らなかった。その身のこなしには、難しい技を身につけ、しかも、ほかの者よりうまくやれることからくる誇りが感じられた。態度には自信が増していた。エイラは、どうしてブラウドがほかの者より彼女に厳しくあたるのかわからなかった。ブラウド自身も、どうしてエイラがそんなに気に障るのかわからなかった。それは漠然とした理由からだった。エイラには、目の色が変えられないのと同様、変えようがなかった。

一つには、エイラがブラウドの成人式で彼から注目を奪ったためだったが、本当の問題はエイラが一族の者でないということだった。エイラは、果てしないほどの世代にわたって従属を教えこまれてきた女ではなかった。よそ者の一人だった——新しく若い種族で、活力に満ち、生きいきとし、ほとんど記憶に根ざしている偏狭な伝統の支配を受けていなかった。エイラの頭脳は、異なる道をたどり、将来を見通せる前頭葉が収まっている広くて高い額のおかげで、違う見方ができる。エイラは新しいものを受けいれ、意のままの形にし、一族の者には思いもよらないアイデアを創出できる。自然の法則によって、エイラの種族は、死にゆく古い種族にとってかわる運命にあったのだ。

無意識の深い部分では、ブラウドは二人の相対する運命に気づいていた。エイラはブラウドの男らしさに対する脅威であるばかりか、ブラウドの存在そのものにとって脅威だった。エイラに対するブラウドの憎悪は、新しいものに対する古いものの憎悪、革新に対する伝統の憎悪、生きる者に対する死にゆく者の憎悪だった。ブラウドの種族はあまりに活気がなく、変化がなかった。すでに発達の頂点に達していて、これ以上成長の余地がなかった。エイラは自然の新しい実験の一つだった。一族の女をまねしようとしたが、それは表面的なことにすぎなかった。生きるために、一族の文化をうわべだけとりいれているだけだった。エイラはすでに、表現の手段を求める深い欲求に応じて、抜け道を探していたのだ。横暴なブラウドを満足させるためにできる限りのことをしていたが、内心では反逆し始めていた。

とりわけつらいある朝、エイラは池に水を飲みに行った。男たちは洞穴の入口の反対側に集まり、次の狩りの計画を立てていた。それはブラウドがしばらくいなくなるということなので、エイラはうれしかった。エイラは静かな水面のそばに椀を手に座り、もの思いにふけっていた。どうしてブラウドはいつもわたしにつらくあたるのかしら？　どうしてわたしをいつもいじめるのかしら？　わたしはほかのみんなと同じくらい、一生懸命働いているのに。何でも言うとおりにしているのに。こんなに一生懸命やっても何の役にも立たない。ほかの男は誰も、ブラウドみたいにわたしを叱ったりしない。ブラウドがわたしをほっといてくれたらいいのに。

「痛い！」いきなりブラウドの強打を浴びて、エイラは思わず叫んでしまった。

みんな手を止めてエイラを見てから、急いで目をそらした。一人前の女に近づいている少女が、男に殴られたくらいで、そんなふうに叫んではいけないのだ。エイラは、恥ずかしさで顔を赤くしながら、乱暴な男のほうを見た。
「おまえはぼんやりして何もしないで座ってるだけだった、この怠け者め！」ブラウドは身ぶりで言った。「おれが茶をもってこいと言ったのに、おまえは無視した。どうして何度も言わなきゃいけないんだ？」

怒りがこみ上げてきて、エイラのほおはますます赤らんだ。エイラは、大声を出したことで恥ずかしい思いをし、一族全員の前で辱めを受け、その原因であるブラウドに怒りを覚えた。立ち上がったが、いつものようにブラウドの命令に従うために素早く動きはしなかった。ゆっくりと、ふそんな態度で立ち上がると、冷たい憎悪のまなざしをブラウドに向けてから、茶をとりに行った。見守っている一族の者のあえぎ声が聞こえた。どうしてそんな恥知らずな態度をとれるのか？

ブラウドは怒りを爆発させた。後ろからエイラに飛びかかり、くるりと体を回転させると、こぶしで顔面を殴った。エイラはブラウドの足もとに倒れた。ブラウドはもう一発猛烈な一撃を加えた。ブラウドがさらに何度も何度も殴る間、エイラは腕で身を守ろうとしながら、縮こまっていた。そんなふうに乱暴されて声を出さないのは不自然なことだったが、エイラは必死に声を上げまいとした。ブラウドは、暴力をふるうにつれてますます怒りくるった。エイラが泣き叫ぶのを聞きたくて、怒りで自分を抑えきれなくなり、次から次へとすさまじいパンチの雨を降らせた。エイラは歯をくいしばり、ブラウドを満足させてなるものかと必死に苦痛をこらえた。しばらくすると、泣き叫びたくてもできなくなってしまった。

エイラは、もうもうとした赤いかすみ越しにぼんやりと、殴打が終わったことに気づいた。イーザが助け起こしてくれた。エイラはイーザにぐったりと寄りかかると、ほとんど無意識のうちに、よろめきながら洞穴の中に入った。苦痛の波が寄せてはかえし、意識を失ったり、とり戻したりした。ひんやりした湿布と、イーザが頭を支えて苦い調合液をのまそうとしているのに気づいた。それから、薬が効いて、エイラは眠りに落ちた。

目を覚ましたとき、夜明け前のかすかな光が、炉の消えかかった炭火の鈍い光の助けを借りて、洞穴の中の見慣れたものの輪郭をかろうじて浮かび上がらせていた。エイラは起き上がろうとしたが、体中の筋肉と骨がその動きに反乱を起こした。口からうめき声がもれた。すぐにイーザが傍らにやってきてくれた。イーザの目は、雄弁に語っていた――その目は、少女に対する心配と苦痛に満ちていた。誰であれ、こんなに容赦なく殴られたのは初めてだ。イーザのつれあいだって、どんなにひどくてもこれほど激しくイーザを殴ったことはない。誰にも止められなかったら、ブラウドはエイラを殺していただろう。イーザは、そんな光景を見るとは思っていなかったし、二度と見たくなかった。

その出来事の記憶がよみがえると、エイラの胸は恐怖と憎悪でいっぱいになった。あんなふそんな態度はとるべきでなかったが、あれほど激しい反応を引き起こすとは予期していなかった。ブラウドがあんなに怒りを爆発させたのはどうしてなのか?

ブルンは怒っていた。その静かで冷たい怒りは、一族の者を全員静かに歩かせ、できる限りブルンを避けさせた。ブルンはエイラの生意気な態度をよくないと思ったが、ブラウドの反応には衝撃を受けた。あの少女を罰するのは正しいが、ブラウドはやりすぎた。やめろという族長の命令を聞こうともしなかった。ブルンはブラウドを引きはなさなくてはならなかった。さらに悪いことに、女に対して自制心を失ったのだ。たかが女の子にかっかして、大人げなくも人前で怒りをさらしてしまった。

ブラウドが練習場で癇癪《かんしゃく》を起こしたあと、ブルンは、この若者が二度と自制心を失わないと確信していた。しかし今、むかっ腹を立ててしまい、しかも子どもじみたというだけではすまされないひどい状態だった。ブラウドはもう一人前の大人のたくましい体をもっているので、なおさらまずかった。ブルンは、ブラウドが次の族長になることが賢明か、真剣に疑問に思い始めた。これはストイックなブルンを、耐えられないほど悲しませた。ブラウドはブルンのつれあいの子ども以上のもの、ブルンの心の息子以上のものだった。ブルンは、ブラウドをつくったのが自分自身の霊だと確信し、命以上にブラウドを愛していた。ブルンは、その若者の失敗を自分の罪のように感じた。自分が悪かったのに違いない。どこかで失敗し、ブラウドをちゃんと育てず、適切に訓練せず、ひいきしすぎてしまったのだ。

ブルンはブラウドと話す前に、数日待つことにした。じっくりとすべてを考える時間が欲しかったからだ。ブラウドはその間、ほとんど自分の炉辺を離れず、そわそわと落ちつきなく過ごしていた。ブルンにようやく呼ばれたときは、ほっと安堵したくらいだ。もっとも、ブルンのあとについていく間、胸は不安でどきどきしていた。ブラウドがブルンの怒りほど恐れているものはなかったが、ブルンが表向き怒っていないことで、かえって怒りを痛感させられていたのだ。

単純な身ぶりと静かな口調で、ブルンはブラウドに、自分の考えていたことを正確に伝えた。そして、ブラウドの失敗を自分の責任とした。ブラウドは、生まれてからそんなに恥ずかしく思ったことはなかった。ブルンの愛情、苦悩を、それまで知らなかった形で理解させられた。ここにいるのは、ブラウドがいつも尊敬し恐れてきた誇り高き族長ではなく、ブラウドを愛し、ブラウドにひどく失望している男だった。ブラウドの胸は後悔でいっぱいになった。

それからブラウドは、ブルンの目に険しい決意の色が浮かんでいるのに気づいた。ブルンの胸ははり裂けそうだったが、一族の利益を優先させなくてはならないのだ。

「もう一度怒りを爆発させたらな、ブラウド。ほんの少しでもあんなふうに人前で怒ったら、おまえはもうおれのつれあいの息子ではない。おまえは、おれのあとを継いで族長になる立場にあるが、自分を抑えられん男に一族をゆだねるわけにはいかない。それくらいなら、おまえを勘当し、死ののろいをかける」話し続ける族長の顔には、何の感情も浮かんでいなかった。「おまえが一人前の男だというあかしを見せるまでは、おまえが一族を率いられる望みはない。おれはおまえをよく観察するつもりだが、ほかの狩人たちも観察する。おまえが人前で癇癪《かんしゃく》を起こさないばかりでなく、一人前の男であることを知りたいんだ、ブラウド。もしほかの者を族長に選ばねばならんとしたら、おまえは永久に最下位に置かれることになる。わかったな？」

ブラウドは信じられなかった。勘当する？　死ののろい？　ほかの者を族長に選ぶ？　永久に最下位の男に？　まさか本気じゃないだろう。でも、ブルンは口をきっと結び、険しい決意の表情を浮かべていたので、疑いの余地はなかった。

「はい、ブルン」ブラウドはうなずいた。顔は蒼白だった。

「このことは、ほかの者には何も話さないでおこう。そんな変更は受けいれがたいだろうし、不要な心配をさせたくない。しかし、おれは、言うとおりのことを必ずするぞ。族長はいつも一族の利益を自分の利益よりも優先させなければならんのだ。これはおまえが最初に学ばねばならないことだ。だからこそ、族長には自制が不可欠なんだ。一族の生存は、族長の責任だからな。族長には女よりも自由がないのだ、ブラウド。したくないことも、いろいろしなくてはいけない。必要なら、つれあいの息子を勘当しなくてはならない。わかるな？」

「わかります、ブルン」ブラウドは答えた。実際は、必ずしもよくわからなかった。どうして族長には女よりも自由がないんだ？　族長は何でもできるし、誰にも命令できる、女にも男にも。

「では、行け、ブラウド。おれは一人になりたい」

エイラが起きられるようになるには数日かかった。体をおおっていた紫色がかったあざが淡黄色になり、ようやく消えるのにはさらに長くかかった。エイラは初め、不安なのでブラウドのそばに行けず、ブラウドの姿を見ると飛び上がった。しかし、痛みがすっかり消えたころには、ブラウドの変化に気づき始めた。ブラウドはもうエイラをいじめず、悩まさず、明らかに避けていた。痛みを忘れてしまうと、ああやって殴られてよかったくらいだと感じ始めた。あのとき以来、ブラウドはエイラにまったく手を出さなくなっていた。

ブラウドに絶え間なくいじめられることがなくなったので、エイラの生活は楽になった。エイラは、自分にかかっていた重圧を、それがなくなって初めて知った。エイラの生活は、ほかの女と同様まだ制限があったものの、エイラはかなり自由に感じるようになった。顔をしっかりと上げ、腕を自由に振り、大声で笑いさえしながら、生きいきと歩き、ときには興奮してわっと走りだしたり、楽しげにスキップしたりした。自由な気持ちが、体の動きに表れていた。イーザは、エイラが幸せなのだとわかったが、エイラの行動は一族にとっては普通ではなく、非難めいたまなざしも浴びせられていた。エイラはあまりに活発すぎる。それは行儀の悪いことだ。

ブラウドがエイラを避けていることは、一族の者にもはっきりそうわかり、いろいろ憶測したり、不思議がったりしていた。身ぶり手ぶりによる会話をさりげなく見ていた結果、エイラはどういうことかわかってきた――もしブラウドがまたエイラを殴ったら、恐ろしい結果を招くと、ブルンがブラウドを脅したのだ。ブラウドを刺激しても、その若者が無視するので、エイラはそう確信した。エイラは初め、少し羽を伸ばして、生まれつきの性質をいくらか自由に出すというだけにしていたが、やがて、わざとそれとなくふそんに振る舞い始めた。殴られる原因になったあからさまな無礼な態度をとるのではなく、ブラウドをいらだたせるような小さなこと、ちょっとしたたくらみをしたのだ。エイラはブラウドを憎んでいて、仕返ししたかったし、ブルンに守られていると感じていた。

小さな一族なので、ブラウドがいくらエイラを避けようとしても、一族の普段の交流のうちに、エイラに何かを言いつけなければならないこともあった。エイラはわざとゆっくり応じた。もし誰も見ていないとわかれば、目を上げ、エイラだけができる特別のしかめっ面をしてブラウドを見つめ、ブラウドが必死に自制しようとする様子を見守った。ほかの者が——とりわけブルンが——そばにいるときは、気をつけた。族長の怒りに触れたいとは思わなかったが、ブラウドの立腹ぶりをさげすみ、夏が進むにつれ、ますますあからさまに歯向かった。

エイラは、悪意に満ちた憎悪のまなざしにふと気づくとき、自分のやっていることが賢明かどうか疑問に思った。ブラウドの敵意にあふれた表情は、すさまじいほど邪悪で、パンチを浴びせられたような気がした。ブラウドは、自分の地位が不安定になったのはエイラのせいだと思っていた。もしエイラがあんなに無礼な態度をとらなかったら、あれほど怒ったりしなかったはずだ。エイラさえいなかったら、死ののろいをかけられるのではないかとおびえることもない。エイラがさも楽しげに振る舞っているのを見ると、どんなに気持ちを抑えようとしても、ブラウドはいらだってしまった。エイラの振る舞いがあきれはてるほど不作法なのは、誰の目にも明らかだ。どうしてほかの男たちは気づかないんだ？　どうして見逃してるんだ？　ブラウドは以前よりもいっそうエイラを憎むようになったが、ブルンがそばにいるときは、憎しみをあらわにしないように気をつけた。

二人の戦いは、表面下で行われていたが、よりいっそう激しさを増していた。エイラは、自分で思っているほど、周りに気持ちを隠していなかった。一族の者全員が、ブラウドとエイラの間の緊張に気づき、どうしてブルンが許しているのだろうと思っていた。男たちは、族長を見習って干渉を避け、普通なら考えられないほどエイラに自由を許していたが、一族の男も女も不安を覚えていた。

ブルンはエイラの振る舞いをよくないと思っていた。エイラはそれとなくやっているつもりだったが、ブルンは見逃していなかった。ブラウドがとがめもできずにいることも気にいらなかった。無礼な態度や反抗は、誰であれ――とりわけ女であれば――認められない。エイラが男に対抗しようとするのを見て、ブルンはあきれていた。一族の女は、そんなことを考えもしないものだ。自分の境遇に満足している。女の地位は、うわべだけの修養で獲得するものではなく、生まれついてのものだ。女は、一族の存在に自分が重要であることを、本能で理解していた。男が女の技を習得できないのと同様、女は狩りの技を学べない。それに関する記憶がないからだ。どうして女が、生まれながらにもっているものを変えようとやっきになったりするのか――食べるのを止めたり、息をするのを止めたりするのと同じではないか？　ブルンは、エイラが女だとはっきりわかっていなかったら、その行動からエイラが男だと思っただろう。それでも、エイラは女の技を身につけ、イーザのまじないに才能を示してさえいる。

ブルンは、困惑したものの、干渉するのは避けた。ブラウドが必死に自制しようとしていたからだ。エイラが反抗の態度をとっているおかげで、ブラウドは癇癪《かんしゃく》を抑えられるようになってきている。将来のリーダーに不可欠の資質だ。ブルンは、新しい後継者を見つけようと真剣に考えたものの、つれあいの息子となれば、どうしてもひいき目に考えてしまった。ブラウドは恐れを知らぬ狩人だし、ブルンはブラウドの勇気を誇りにしている。この明らかな欠点さえ抑えられるようになれば、ブラウドはいい族長になれるだろう。

エイラは、自分の周りの緊張に十分気づいていなかった。その夏は、それまでになく幸せだった。増えた自由を利用して、前よりもたくさん一人でさまよい歩き、薬草を集め、投石器の練習をした。自分に要求される仕事をさぼりはしなかった——そんなことは許されなかったから——しかし、仕事の一つが、必要な植物をイーザにもって帰ることだったおかげで、炉辺から離れる口実ができた。暖かな夏が来るとともに、イーザのせきは収まったが、体力は完全には戻らなかった。クレブもイーザも、エイラのことを心配していた。このままではすまないと確信していたイーザは、エイラと採集に出かけ、話しておこうと決めていた。

「ウバ、こっちにおいで、かあさんはもう用意ができたわ」幼児を抱え上げ、マントでしっかり腰にくくりつけながら、エイラは言った。エイラとイーザは斜面を下り、川を渡って西側に行くと、森の獣道を歩き続けた。この獣道は、一族の者がときおり使っているので、少し幅が広くなっていた。ひらけた草地まで来ると、イーザは立ち止まって、あたりを見回してから、アスターに似た、丈の高い、目の覚めるように美しい黄色い花のほうに向かった。

「これはオオグルマだよ、エイラ」イーザは言った。「たいがい、野原やひらけた場所に生えるの。葉は大きなだ円形で、先がとがってる。表は濃い緑色で、裏には毛が生えている、わかった?」イーザは一枚の葉をもちながら、ひざをついた。「真ん中の葉脈が太くて、厚いの」イーザは葉を折ってエイラに見せた。

「ええ、おかあさん、わかったわ」

「使うのは根よ。この植物は毎年同じ根から生えるのだけど、二年目に採るのがいちばんいいの、夏の終わりか秋に。そのころには、根が滑らかで硬くなっているから。小さく切り、てのひら分くらいとって、小さな骨のカップで半分くらいになるまで煮つめるの。のむのは、冷ましてからよ。一日に二カップほど。たんが切れるし、とくに、血を吐くような肺の病気に効くわ。汗や尿を出すのにも役に立つわ」イーザは掘り棒を使って根をむきだしにし、地面に腰を下ろして、盛んに手を動かしながら説明した。「この根は、乾かして粉にひいてもいいのよ」イーザは何本か根を掘りだし、かごに入れた。

小さな塚を越えてから、イーザはまた足を止めた。ウバは、マントに気持ちよくくるまってぐっすり眠っていた。「真ん中が紫色の、じょうご形の黄色っぽい花のついたあの小さな植物が見える?」イーザは別の植物を指差した。

エイラは高さ三十センチほどの植物に手を触れた。「これ?」

「そう。ヒヨスよ。薬師《くすし》にはとても役に立つけれど、絶対に食べてはだめ。食べものにすると、有毒で危険なの」

「どの部分が使えるの? 根?」

「いろいろな部分が使えるわ。根、葉、種。葉は花より大きく、茎の両側に交互につくの。よく見なさい、エイラ。葉はくすんだ緑色で、縁がとがっていて、真ん中に長い毛が生えてるでしょ?」イーザが細い毛に触ると、エイラはじっと見た。それから、薬師は一枚の葉を摘み、傷をつけた。「においをかいでごらん」イーザは指示した。エイラはかいだ。眠けを催すような強いにおいがした。

「このにおいは、乾かすと消えるの。あとしばらくしたら、小さな茶色の種がたくさん採れるわ」イーザは地面を掘りさげ、ヤマノイモのような形をした、皮の茶色い、太くてひだのついた根を引っぱりだした。折れた場所から、内側の白い部分が見えた。「いろいろな部分が、いろいろなことに使えるけれど、どの部分も痛みに効くの。お茶にしてのむこともできるわ――すごく強いから、のみすぎてはいけないけれど――水薬にして、皮膚に塗ってもいいわ。筋肉の痙攣《けいれん》を止め、気持ちを鎮めてリラックスさせ、眠りをもたらすの」

イーザはいくつかの植物を集めてから、近くの鮮やかなホリホックの茂みまで行って、その丈の高い飾りけのない茎から、ピンク、紫、白、黄色の花を摘んだ。「ホリホックは炎症を抑え、のどの痛みを和らげ、すり傷やかき傷にも効くわ。花からは、痛みを和らげる飲みものがつくれるけれど、眠くなってしまうわ。根は傷に効くの。あなたの脚にもホリホックの根を使ったことがあるわ、エイラ」

少女は手を伸ばし、ももに平行に走る四本の傷あとに触れた。イーザがいなかったら、自分は今ごろどこにいたのだろう、とふと思った。

イーザとエイラは、暖かな日差しとお互いの優しさを無言で味わいながら、しばらく歩いていった。イーザの目は、絶えずあたりを探っていた。ひらけた原っぱの胸の高さの植物は黄金色になり、実を結んでいた。イーザはその穀物畑を見わたした。その穀物のてっぺんは、成長しきった種子の重さで曲がり、暖かなそよ風を受けて静かに波打っていた。そのときイーザは、何かに気づき、丈の高い茎をわけて進み、種子が黒ずんだ紫色に変わっているライ麦のところで止まった。

「エイラ」イーザは茎の一本を指差しながら言った。「これはライ麦の正常な育ち方じゃないわ、種子が病気なのよ。でも、見つけてよかったわ。麦角病と言うの。においをかいでごらん」

「ひどいにおいね、腐った魚みたい！」

「でも、こういう病気の種子は、不思議なことに、とりわけ妊婦には役に立つのよ。お産が長くかかっているときに、赤ん坊を早く出すのに役立つの。産道を収縮させるから、産気づかせることもできるの。流産させることもできるけど、これも重要よ。とりわけ、以前難産だった場合や、まだ赤ん坊に乳をやっているようなときは。あまり間を置かずに赤ん坊を育てるべきじゃないの、体にこたえるし。もし乳が出なくなったら、誰が赤ん坊に乳をやってくれる？　生まれてすぐや、最初の年に、それこそたくさんの赤ん坊が死んでしまうわ。母親は、もう生まれて育ち始めている子どもの世話をちゃんとしなきゃいけないの。必要なら流産させるのに役立つ植物はほかにもあって、麦角はその一つにすぎないわ。産後にもいいのよ。古い血を出して、器官を収縮させてもとどおりにする効果があるの。ひどい味だけれど、においほどひどくないわ。賢く使えば、役に立つの。たくさん使いすぎると、ひどい痙攣《けいれん》が起きたり、吐いたり、死ぬことだってあるわ」

「ヒヨスと同じね。害にもなるし、役にも立つのね」エイラは言った。

「そういうことはよくあるの。いちばん毒性の強い植物が、いちばんよく効く強い薬になることは多いわ——もし使い方を知っているなら」

川に戻る途中、エイラは足を止め、高さ三十センチほどの、青みがかった紫色の花のついた薬草を指差した。「ヤナギハッカがあるわ。ヤナギハッカのお茶は、風邪をひいたときにせき止めになるのよね？」

「ええ。それに、どんなお茶に混ぜても、芳しい香りがするようになるわ。少し摘んだら？」

エイラは根こそぎ数本引きぬき、歩きながら、長く細い葉をむしりとった。「エイラ」とイーザが言った。「その根があれば、毎年、新しい植物が生えるのよ。根を引っこぬいたら、次の夏には、ここにはもう生えないわ。根が必要ないなら、葉を摘むだけにするのがいいわ」

「そこまで考えなかったわ」エイラは後悔しているように言った。「二度としない」

「根を使うとしても、一カ所に生えているものを全部掘り起こさないほうがいいわ。また生えてくるように、必ずいくらか残しておくようにするのよ」

イーザとエイラは川のほうに戻っていった。湿地まで来たとき、イーザは別の植物を指差した。「これはショウブよ。アイリスに似ているけど、同じではないの。根を煮て水薬にすれば、やけどに効くわ。根をかんでいると、歯痛にも効くけど、妊婦に与えるときは、気をつけなくてはいけないわ。この汁をのんで流産した女もいるから。ある女にその目的で使ったときには、あまりうまくいかなかったけれど。おなかの調子が悪いときにも役立つわ、とくに、便秘のときは。ここに生えているのを見れば、違いがわかるわ」イーザは指差した。「これは球茎というの。それに、においが強いの」

二人は、川のそばのカエデの木陰で休んだ。エイラは葉を一枚摘み、円すい形に丸め、下の部分をたたみ、親指で押さえ、川から冷たい水をくんだ。そして、イーザのところにもっていった。

「エイラ」水をのみ終えると、イーザはいった。「ブラウドの言うとおりにしたほうがいいよ。ブラウドは男だから、あんたに命令をくだす権利があるのさ」

「わたしは、何でも言うとおりにしているわ」エイラは弁解するように言った。

イーザは首を振った。「でも、ちゃんとやってないわ。ブラウドに反抗したり、挑発したり。いつか後悔することになるよ、エイラ。ブラウドはいずれ族長になるんだよ。とにかく、男の言うことは聞かなくちゃいけないのさ、どんな男の言うことも。あんたは女なんだから、ほかにどうしようもないんだよ」

「どうして男には女に命令する権利があるの？　どうして男のほうが上なの？　赤ん坊も産めないくせに！」エイラは反抗的になって激しい身ぶりで言った。

「そういうことになってるのよ。一族では昔からそうなっているの。あなたはもう一族の人間なのよ、エイラ。わたしの娘なのよ。一族の女の子にふさわしい行動をとらなくてはいけないわ」

エイラは気がとがめてうなだれた。イーザの言うとおりだ。確かにわたしはブラウドを挑発している。イーザが見つけてくれなかったら、わたしはどうなっていたか？　ブルンがわたしを置いてくれなかったら？　クレブがわたしを一族の者にしてくれなかったら？　エイラはイーザに、自分の思いだせるただ一人の母親を見た。イーザは年をとった。やせて、やつれている。かつてはたくましかった腕の肉はすっかりたるみ、茶色だった髪はほとんど白髪になっている。クレブはエイラには最初から年寄りに見えたが、あまり変わっていない。今では、イーザはクレブよりも年寄りに見える。エイラはイーザのことが心配だったが、何か言うたびに、イーザははぐらかした。

「そのとおりだわ、イーザ」エイラは言った。「わたし、ブラウドに対して正しく振る舞っていない。もっとブラウドの気にいるようにするわ」

エイラが抱えている幼児が、もぞもぞ動き始めた。突然目を輝かせて、顔を上げた。「ウバ、おなかすいた」そう身ぶりで言うと、丸っこいこぶしを口に突っこんだ。

イーザは空を見上げた。「もう遅いし、ウバはおなかをすかせてるわ。帰ったほうがいいわ」身ぶりでそう告げた。

イーザが丈夫になってもっと一緒に出かけられるといいのに、とエイラは胸の中でつぶやきながら、急いで洞穴に戻っていった。そうすれば、もっと一緒に過ごせるし、いろいろなことを学べる。

エイラは、ブラウドの気にいるように振る舞おうという決心に従おうとしたが、この決心を保つのは難しかった。エイラは、いつの間にかブラウドに注意を払わなくなっていた。エイラがすぐに応じないと、ブラウドはほかの誰かに言いつけるか、自分でやるとわかっていたからだ。ブラウドの不機嫌な顔を見ても、ブラウドの怒りから守られていると思っていたので、少しも怖くなかった。ブラウドをわざと挑発するのはやめたが、無礼な態度をとるのは習慣化してしまった。あまりに長い間、うなだれるのではなく顔を上げてブラウドを見て、ブラウドの命令に急いで従うのではなく無視してきたために、習慣になってしまったのだ。エイラが無意識にさげすむことは、わざと怒らせようとすることよりもブラウドの神経に障っていた。ブラウドは、エイラが自分にまったく敬意を払っていないと感じた。実際は、エイラがブラウドに対して抱かなくなったのは、敬意ではなく恐怖だった。

冷たい風と豪雪が一族をふたたび洞穴に閉じこめる時が、近づいていた。エイラは、葉の色が変わるのを見るのが嫌だった――秋の鮮やかな風景はいつもエイラの心を奪い、果物と木の実の豊かな収穫で女たちは忙しかったけれど。エイラは、秋の収穫物を貯蔵する最後の作業に追われて秘密の練習場に行く時間がほとんどなかったが、時間はまたたく間にすぎたので、季節の終わり近くまで、そのこともほとんど気にならなかった。

忙しい作業がようやく一段落すると、エイラはある日、ハシバミの実を集めてくると言って背中にかごをくくりつけ、掘り棒をもって、秘密の空地まで登っていった。つくとすぐに、背中からかごを下ろし、投石器をとりに洞穴に入った。エイラは自分のその家に、自家製の用具をいくつかと、古い睡眠用の毛皮を備えつけていた。エイラは、二つの大きな岩に渡した平たい木ぎれの棚から、カバの樹皮製のカップをとった――その棚には、貝殻の皿が何枚かと、石のナイフと、木の実を割るのに使う石なども置いてあった。それからエイラは、ふたのあるかごから投石器を出した。泉の水をのんだあと、小川沿いを小石を探して回った。

エイラは二、三回、練習で石を飛ばした。ボーンはわたしみたいにうまく的に当てられないわ、とエイラは思った。石が狙いどおりのところに当たるとうれしかった。しばらくすると、投石に飽きて、投石器と残りの石をしまい、節くれだった古い低木の茂みの下の地面に散らばった木の実を集め始めた。生きるってなんて素晴らしいんだろう、とエイラは思っていた。ウバは元気に育っているし、イーザの体調もだいぶよくなっているみたいだ。クレブの体のあちこちの痛みは、暖かい夏にはいつも楽になる。エイラは、川辺をクレブと一緒にゆっくり散歩するのが大好きだった。投石はエイラの大好きなゲームで、もうかなり腕が上がっていた。柱や、自分で的に見たてた岩や枝に当てるのは簡単すぎるくらいだったが、禁じられた武器で遊ぶことにはまだわくわくさせられた。何よりいいのは、ブラウドがもはやエイラをまったく悩まさないことだった。エイラは、採集用のかごを木の実でいっぱいにしながら、何も自分のこの幸せを壊せるものはないと思った。

強い風につかまった茶色の枯葉が、木から落ち、その見えざる相手にくるくる回らされ、静かに地面に落ちた。枯葉は、木の下にまだ散らばっている成熟した木の実をおおった。冬の蓄え用に摘まれなかった果物が、葉のない枝に熟したまま重そうにぶら下がっていた。東の草原は穀物の黄金の海さながらで、風に波立っていた――波の泡立つ南の灰色の海をまねたように。ふっくらと大粒で極上のブドウの甘そうな房が、果汁ではちきれそうになりながら、摘んで欲しいと手招きしていた。

男たちは、いつものように集まってこの季節最後の狩りの計画を立てていた。朝早くから旅の案を話し合っていたのだ。ブラウドが、女に飲み水をもってこさせるように言われた。集まりの場所から離れたブラウドは、エイラが洞穴の入口の近くに棒きれと皮ひもを広げて座っているのに気づいた。エイラは、干しブドウになるまでブドウの房をつるすフレームをつくっていたのだ。

「エイラ！　水をもってこい！」ブラウドは合図して、戻ろうとした。

エイラは、つくりかけのフレームを体にもたせかけ、重要な隅を結び合わせているところだった。もしすぐに動いたら、崩れてしまい、最初からやり直さなくてはならない。エイラはためらい、ほかの女がそばにいないか確かめてから、やれやれとため息をつきながら、大きな水袋を探しに行こうとゆっくり立ち上がった。

ブラウドは、エイラが命令に従うのをあからさまにしぶったので、たちまち怒りがこみ上げてきたが、何とか怒りを抑えた。そして、必死に自制しながら、てきぱきと要求に応じそうな別の女を探した。が、急に、気が変わった。立ち上がろうとしているエイラを見て、険しい目つきをした。どうしてこいつにはあんな無礼な態度をとる権利があるんだ？　おれは一人前の男ではないか？　こいつはおれに従う立場にあるんじゃないか？　ブルンは、そんな無礼を許せと言ったわけじゃない。こいつが当然やることになっているることをさせたからって、ブルンはおれに死ののろいをかけたりしない。女が反抗するのを許す族長なんて、どこにいる？　ブラウドの中で、何かがはじけた。こいつはあまりに長いこと無礼な態度をとり続けた！　もう見逃すわけにはいかない。従わせてやる！

ブラウドは、そう考えるやいなや、大またに三歩歩いて二人の距離をつめた。そして、エイラが立ち上がると同時に、いきなり鉄拳をふるい、倒した。エイラの驚きの表情は、たちまち怒りに変わった。エイラはあたりを見回した。ブルンが見ていたが、その無表情な顔から判断して、ブルンの助けは期待できないことがわかった。ブラウドの目に浮かんだ激情は、エイラの怒りを恐れに変えた。エイラの怒りの表情を見て、エイラに対する激しい憎悪が燃え上がったのだ。おれに反抗できるならしてみろ！

エイラは、次のパンチから急いで這《は》って逃れた。そして、水袋を探しに洞穴に向かって走った。ブラウドはこぶしを握りしめたまま、爆発しそうになる怒りを懸命に抑えながら、エイラの姿をじっと見送った。男たちのほうに目をやると、ブルンの無表情な顔が見えた。やれと言っているわけではないが、だめだとも言っていない。ブラウドはエイラのほうを見た。エイラは急いで池まで行って袋に水を満たすと、重い袋を背負った。ブラウドは、さっきもう一度殴ろうとしたとき、エイラが見せた素早い反応も恐怖の表情も見逃していなかった。それがブラウドの怒りをいくらか鎮め、落ちつかせた。おれはあいつに甘すぎた、とブラウドは思った。

エイラが、水の詰まった袋の重さに腰を曲げながら、ブラウドのそばを通ったとき、ブラウドがぐいと押したので、エイラはまた倒れそうになってしまった。怒りがエイラのほおを赤く染めた。エイラは体を伸ばし、憎悪に満ちたまなざしをブラウドに向けてから、歩を緩めた。ブラウドはまたエイラのあとを追った。エイラはひょいとかがみ、パンチを肩で受けとめた。今や一族の者が全員見守っていた。エイラは男たちのほうを見た。ブルンの険しいまなざしが、ブラウドのこぶしよりもエイラを急がせた。エイラは短い距離を走り、ひざをつくと、頭を下げたまま、カップに水を注いだ。ブラウドがブルンの反応を心配しながら、ゆっくりあとを追ってきた。

「クルグが、北に移動する群れを見たと言っていたところだ、ブラウド」ブラウドが戻ると、ブルンはさりげなく身ぶりで伝えた。

大丈夫だったんだ！　ブルンは怒っていない！　あたりまえだ、怒る理由なんかないんだから。おれは正しいことをしたんだ。罰に値する女を罰した男に、あれこれ言うはずがない。ブラウドは、周りに聞こえるほど大きな安堵のため息をついた。

男たちが水をのみ終えると、エイラは洞穴に戻った。一族の多くの者がすでに仕事を再開していたが、クレブは入口に立ったまま、エイラを見ていた。

「クレブ！　ブラウドがまたわたしをたたこうとしたのよ」エイラはクレブに走りよりながら、身ぶりで伝えた。愛する老人を見上げたが、それまで見たことのない表情が浮かんでいたので、エイラの笑みは消えた。

「当然の報いだ」クレブはいかめしく顔をしかめながら、身ぶりで言った。目は険しかった。クレブはエイラに背を向けると、足を引きずりながら炉辺に戻っていった。どうしてクレブはわたしに腹を立ててるの？　と、エイラは思った。

その夜遅く、エイラはおずおずと老まじない師に近づき、その首に腕を回そうと手を伸ばした。そうすれば、これまではいつもクレブの心を和ませることができたのだ。クレブは何の反応もせず、エイラを追い払おうともしなかった。冷ややかによそよそしく、ただ遠くを見つめていた。エイラはたじろいだ。

「わしにかまうな。何か大事な仕事でも見つけに行け。モグールは瞑想《めいそう》中だ。無礼な女にかまっているひまはない」クレブは、つっけんどんでいらだったようなしぐさで言った。

エイラの目には涙があふれた。エイラは傷つき、急に、老まじない師が少し怖くなった。その老まじない師はもはや、エイラの知っている大好きなクレブではなかった。この一族と暮らすようになって以来初めて、エイラは、どうしてほかの者が大モグールと距離を置いて恐れかしこんでいるのかわかった。クレブはエイラから身を引いていた。表情一つとわずかなしぐさで、非難を伝え、のけ者にされた気分を味わわせたのだ。クレブはもうわたしを愛していないんだ。エイラはクレブに抱きつき、愛していると言いたかったが、怖かった。重い足を引きずるようにイーザのところに行った。

「どうしてクレブはわたしのことをあんなに怒ってるの？」エイラは身ぶりで聞いた。

「前にも言ったでしょ、エイラ、あんたはブラウドの言うとおりにすべきなのよ。ブラウドは男で、あんたに命令する権利があるの」イーザは穏やかに言った。

「でも、わたしは、何でもブラウドの言うとおりにしている。命令にそむいたことなんかないわ」

「あんたは反抗しているわ、エイラ。挑戦しているわ。自分が無礼な態度をとっていることはわかっているでしょ。しつけのいい女の子のようには振る舞ってないわ。クレブの――そして、わたしの名折れとなるのよ。クレブは、あなたを正しくしつけなかった、あまりに自由にさせすぎた、と感じているの。好き勝手に振る舞うことを許してきたせいで、誰にでも好き勝手にしていい、とあんたが思っていると、ね。ブルンもあんたのことを快く思っていないし、クレブにはそれがわかっているわ。あんたはいつも走るわ。子どもは走るけれど、大人と同じくらいの大きさの女の子は走らないものなのよ、エイラ。あんたは、のどで音を立てるわ。何かをしろと言われたときに、すぐに動かないわ。みんな、あんたのことをよくないと思っているのよ、エイラ。あんたはクレブに恥をかかせたわ」

「自分がそんなに悪い子だとは知らなかったわ、イーザ」エイラは身ぶりで言った。「悪い子になんかなりたくなかった、ちゃんと考えなかっただけなの」

「ちゃんと考えなきゃいけないわ。子どもみたいに振る舞うにはもう大きすぎるんだから」

「ブラウドがいつもわたしに意地悪するからよ。それに、あのとき、あんなにひどく殴ったし」

「ブラウドが意地悪かどうかなんて、問題じゃないのよ、エイラ。ブラウドは、好きなだけ意地悪できるの。それはブラウドの権利なのよ、男だから。いつでも好きなだけあんたを殴れるの、好きなだけひどく。ブラウドはいつか族長になるわ、エイラ、あんたはブラウドに従わなきゃならないの、言われたとおりにすぐにやらなきゃいけないの。選択の余地はないのよ」イーザは説明した。そして、打ちひしがれた子どもの顔を見た。どうしてエイラにはこんなことが難しいのかしら？　イーザは、人生の現実を受けいれることにそんなに苦労している少女に、憐れみと同情を覚えた。「もう遅いわ、エイラ、寝なさい」

エイラは寝床に行ったが、長いこと寝つけなかった。ようやく眠りに落ちても、寝がえりをうったり、転げ回ったり、浅い眠りだった。エイラは早く目を覚まし、かごと掘り棒をもつと、朝食前に出かけた。一人になって考えたかったのだ。秘密の草原まで登ると、投石器を出したが、あまり練習する気になれなかった。

みんなブラウドが悪いんだ、とエイラは思った。どうしてブラウドはいつもわたしをいじめるのか？わたしが何をしたというの？　あの人は最初からずっとわたしを嫌っていた。一人前の大人になったからといって、いい人間になれるわけじゃないんだ。あの人が将来族長になるからといって気にしないわ、どうせ立派じゃないんだから。投石器だって、ザウグほどうまくない。わたしはそのうちザウグくらいうまくなれるわ。もうボーンよりも上手だし。ボーンは、わたしよりもたくさん的を外す。たぶん、ブラウドも。ボーンに手本を見せようとしたとき、ブラウドは的を外したのだ。

エイラは、腹立ちまぎれに石を飛ばし始めた。一つの石が弾んで茂みに飛びこみ、眠っていたヤマアラシを穴から追いたてた。小さな夜行性の動物は、めったに捕らえられない。ボーンがヤマアラシを仕留めたときには、みんな大騒ぎしたものだ。わたしだって、仕留めようと思えば仕留められる。ヤマアラシは小川の近くの砂山を、針を立てながら、ゆっくり登っていた。エイラは、投石器の皮の幅の広がったところに石をはめると、狙いを定め、石を放った。ゆっくりと動くヤマアラシは、格好の的だった。ばったりと地面に倒れた。

エイラは満足しながら、ヤマアラシのほうに走っていった。けれども、手で触れてみると、ヤマアラシは気絶しているだけで、死んではいなかった。ヤマアラシの心臓の鼓動が感じられた。頭の傷口から血が流れているのを見て、その小さな動物を洞穴につれ帰って治療してやりたいという衝動にかられた――これまで多くの傷ついた生きものにしてきたように。エイラはもううれしくなかった。ひどい気持ちがした。どうして傷つけてしまったんだろう？　傷つけたくなんかなかったのに。洞穴につれ帰ることはできない。イーザは、このヤマアラシが石をぶつけられたことをすぐにわかってしまう。投石器で殺された動物を嫌というくらい見てきているのだから。

エイラは、傷ついた動物をじっと見つめた。わたしには狩りなんかできない。動物を殺したとしても、洞穴にもち帰ることはできないし。こんなふうに投石器を練習したりして、何になるの？　もしクレブが今わたしのことを怒っているなら、クレブに知られたらどうなるだろう？　ブルンはどうするだろう？　武器に触ってもいけないことになっているのだから、使うなんてもってのほかだ。ブルンはわたしを追いだすだろうか？　エイラは罪の意識と恐怖におののいた。どこに行けばいいの？　イーザとクレブとウバからはなれるなんてできない。誰がわたしの世話をしてくれるの？　出ていきたくない。わっと泣きだしながら、エイラは思った。

わたしは悪い子だったんだ。うんと悪いことをしてたんだ。クレブはあんなに怒っているし。わたしはクレブが大好きだ、嫌われたくない。ああ、どうしてクレブはあんなに怒っているの？　悲しむ少女のほおを涙が伝い落ちた。エイラは地面に横たわり、自分のみじめさにすすり泣いた。泣くだけ泣くと、エイラは体を起こし、ときどきこみ上げるすすり泣きで肩を震わせながら、手の甲で鼻をぬぐった。もう悪いことはしない、絶対。いい子になろう。ブラウドが何を求めようが、言うとおりにしよう。投石器には二度と手を触れまい。自分の覚悟を確かなものにするために、エイラは茂みの下に投石器を投げこむと、急いでかごをつかみ、洞穴に戻り始めた。エイラを探していたイーザが、戻ってくるエイラに気づいた。

「どこに行ってたの？　朝中出かけてたのに、かごは空っぽなのね」

「ずっと考えていたの、おかあさん」エイラはイーザを真剣に見つめながら、身ぶりで言った。「おかあさんの言うとおりだった、わたしがいけなかったの。もう悪いことはしない。何でもブラウドの言うとおりにするわ。決まりどおりに振る舞うし、走ったりなんかもしない。もしわたしがうんといい子になったら、クレブはまたわたしを愛してくれるかしら？」

「ええ、もちろんよ、エイラ」イーザはエイラをそっとなでながら答えた。この子はまたあの病気にかかっている――クレブに愛されていないと感じるときに目をぬらす病気に。エイラの涙の筋のついた顔と赤くはれた目を見ながら、イーザは思った。その少女に同情して、イーザの胸は痛んだ。エイラにはつらいことだろう。この子の種族は違うのだから。でも、これからはよくなるだろう。

11

エイラの変わりようは、信じがたいほどだった。別人になったようだった。悔いあらため、すなおになり、ブラウドの命令にすぐさま従うようになった。男たちは、ブラウドが厳しく罰した結果だと確信し、心得顔でうなずいた。エイラは、自分たちが昔から考えてきたことの生きたあかしだ。もし男が甘くしすぎると、女は怠けて無礼になる。女は、力ずくでしっかり教え導く必要がある。弱くてわがままな生きものので、男のように自制することができない。男に命令してもらいたがり、支配下に置かれることを望んでいる。だからこそ、一族の生産的な一員となり、一族の生存に貢献するのだ。

エイラが子どもにすぎないということや、厳密には一族の者でないということは問題でなかった。エイラは、間もなく大人になるのだし、ほとんどの者よりもすでに背が高いし、とにかく女だ。男が自分の考えをしっかり守れば、女は自然とそれに従う。一族の男は、女を甘やかす罪をおかすまいと思った。

しかしブラウドは、復讐によって男の生き方を心にとめようとした。ブラウドは、オガに対して前より

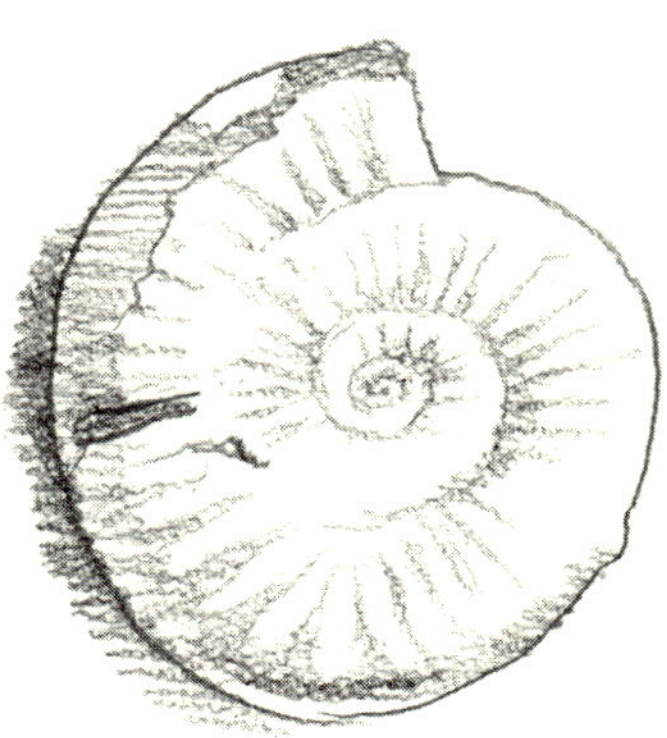

も厳しく接していたが、エイラに対する攻撃に比べたら、それは何でもなかった。エイラには以前からつらく当たっていたが、今やその倍もいびっていた。たえず追いかけ回し、いじめ、苦しめ、とるにたらない用事で探しだしてはあれこれやらせ、ほんの少しでもまずいところがあれば、いや何もなくても、平手打ちをくらわせた——しかも、それを楽しんでいた。エイラは、ブラウドの男としての権威を失墜させようとしたのだから、償いをしてもらわなくてはならないのだった。エイラはこれまで何度も反抗した。何度も挑戦した。ブラウドは、何度も何度も、何とか殴るまいと自分を抑えてきた。今度はブラウドの番だった。ブラウドは力ずくでエイラを従わせた。二度と反抗させる気はなかった。

エイラは、ブラウドを満足させるためにできる限りのことをした。ブラウドの望みを先回りして察しようとさえしたが、これは裏目に出た。ブラウドは、おれの望みがわかるつもりでいるとはとんでもないと叱責《しっせき》した。エイラがクレブの炉辺から出たとたん、ブラウドが待ちかまえていた。エイラは、まじない師の領分を示す石の内側に理由もなくとどまっていることはできなかった。冬の準備に追われる忙しい時期だった。どんどん近づいてくる寒気から一族を守るためにやらなければならないことが、あり余るほどあった。イーザの薬草の蓄えはほぼ十分だったので、エイラが洞穴の周辺からはなれる口実はあまりなかった。ブラウドはエイラを一日中こき使った。夜になると、エイラはくたびれきって寝床に倒れこんだ。

エイラの心の変化がブラウドの思っているほど彼と関係ないことを、イーザは見ぬいていた。ブラウドに対する恐怖よりも、クレブに対する愛のためなのだ。クレブに愛されていないと思ってエイラがまたあの特異な病気にかかっている、とイーザは老人に話した。

「あの子はちょっと図に乗りすぎたからな、イーザ。わしは何かをしなくてはならなかった。もしブラウドがあの子をまた懲らしめ始めなかったら、ブルンがやっていただろう。そうなったら、もっとまずかった。ブラウドはあの子の生活を惨めにできるだけだが、ブルンは追いだせる」クレブは答えた。しかし、愛の力が恐怖の力よりも強いという話を聞いて、まじない師は驚いていた。何日間も、瞑想《めいそう》の際にこのテーマを考えた。クレブはほどなく、エイラに対する態度を和らげた。よそよそしい態度をとり続けることは、もともと難しかったのだ。

初雪がぱらぱらと降ったが、冷たい豪雨に洗い流された。夜になって気温が下がると、雨はみぞれに変わった。朝になると、水たまりには薄くもろい氷が張り、さらに寒くなることを示していた。気まぐれな風が南から吹いて、優柔不断な太陽が権威をふるうことに決めたとき、氷はようやく溶けた。晩秋から初冬にかけてのどっちつかずの季節の変化の間、エイラは揺らぐことなく女らしい従順な態度をとり続けた。ブラウドのどんな気まぐれにも黙って従い、あらゆる要求にさっと応じ、従順に頭を下げ、つつましく歩き、決して声をたてて笑わず、笑みすら見せず、いっさい反抗しなかった——けれども、それは容易なことではなかった。苦闘し、自分が悪いのだと思おうとし、何とかいっそう従順にしてみても、屈従のもとで苦悩し始めていた。

体重は減り、食欲はなくなり、クレブの炉辺の中にいても黙りこくって沈んでいた。ウバでさえも、エイラを笑わせることはできなかった——夜に炉辺に帰ったとたん、ウバを抱え上げたり、抱いて一緒に寝たりはしたが。イーザはエイラのことを心配していた。みぞれが止んだあとに晴れわたったある日、イーザは、冬にすっかり閉じこめられないうちにエイラに少し息抜きをさせることに決めた。

「エイラ」ブラウドがその日最初の要求をしないうちにエイラと一緒に洞穴の外に出ると、イーザは大声で言った。「薬草を調べていたらね、腹痛に効くセッコウボクの茎がないの。見わけるのは簡単よ。葉が落ちたあとにも残っている白い実でおおわれた低木だから」

腹痛用の薬はほかにもいろいろ蓄えてあったが、イーザはそれは言わなかった。エイラが採集用のかごをとりに急いで洞穴に入っていくと、ブラウドは顔をしかめた。しかし、ブラウドにはわかっていた――イーザの治療用の植物を集めることが、水や、茶や、肉や、わざと脚に巻くのを忘れたすね当ての毛皮や、ずきんや、リンゴをもってこさせることや、洞穴の近くにある石が気にいらないからと川から木の実を割るための二つの石をとってこさせることや、そのほかエイラにやらせようと思いつくとるにたらないどんな用事よりも重要であることを。エイラがかごと掘り棒をもって洞穴から出てくると、ブラウドはつかつかと歩み去った。

一人になれる機会をつくってくれたイーザに感謝しながら、エイラは森に駆けこんだ。あたりを見回しながら歩いたが、心はセッコウボクの茂みには向いていなかった。どこに行こうかは考えもしなかったが、足はいつの間にかエイラを小川伝いに進ませ、霧に包まれた、コケむした滝まで行かせた。何も考えず、エイラは険しい斜面を登り、気がつくと、洞穴の上の高山の草地に立っていた。ヤマアラシを傷つけて以来、そこに来たのは初めてだった。

エイラは小川の近くの土手に座り、ぼんやりと川に石を投げていた。寒かった。前日の雨は、この高地では雪だったのだ。厚くて白い毛布のような雪が、ひらけた地面と、雪化粧した木の間をおおっていた。雪は、ほとんど紫に見えるほど青い空にまぶしく輝く太陽を反射して、無数の小さな水晶のような光を発していた。じっと動かない空気は、きらめく雪に見あうだけの明るさで光っていた。けれども、エイラには、その初冬の風景の澄みわたった美しさは見えなかった。それはエイラに、間もなく寒気が一族を洞穴に閉じこめることを思いださせただけだった。そうなったら、春までブラウドから逃れるすべはないのだ。太陽が空高く昇ると、木の枝の雪が急に下の地面に落ちてきた。

来る日も来る日もブラウドにいじめられる長くて寒い冬が、わびしく前途に待ち受けていた。ブラウドを満足させることなんかできない、とエイラは思った。わたしが何をしようと、どんなに一生懸命やろうと関係ない、どうにもならない。ほかに何ができる？　エイラは、草木のない地面の一画にふと目をやった。一部腐った皮と、何本かの針が散らばっているのが見えた。あのヤマアラシの残骸《ざんがい》だ。たぶん、ハイエナが見つけたんだろう――でなければ、クズリだ。罪の意識を覚えながら、エイラはそのヤマアラシに石を当てた日のことを思いだした。投石器の使い方なんて、覚えるべきじゃなかったんだ、いけないことなんだから。クレブは怒るだろう。ブラウドは……ブラウドは怒らない。ブラウドが知ったら、喜ぶはずだ。わたしを殴る口実ができるんだから。すごく知りたいだろう。でも、知らないし、これからも知ることはない。ブラウドがエイラを責める口実になるようなことをしていたのに、ブラウドがそれを知らないと考えると、エイラはうれしくなった。エイラは何かをしたくなった。くじかれた反抗をやりとげるために、投石でもやろう。

エイラは、茂みの下に投石器を投げこんだことを思いだし、探してみた。近くの茂みにあの皮の投石器が見つかり、拾い上げた。湿っていたが、野ざらしになっていたわりに傷んでいなかった。エイラは、滑らかでしなやかなシカ皮を手に挟んで引っぱり、その感触を確かめた。投石器を初めて手にとったときのことを思いだした。ブラウドがザウグを突き倒してブルンに怒られ、たじろいでいた姿を思い浮かべて、エイラの顔には笑みがよぎった。ブラウドをかっとならせたのは、わたしだけじゃないんだ。

でも、わたしが相手だと、ブラウドは何の罰も受けないですむんだ、とエイラは苦々しく思った。わたしが女だというだけで。ブラウドがザウグに一撃をくらわしたとき、ブルンは本気で腹を立てた。でも、わたしが相手なら、ブラウドは好きなときにいつでも殴れる。ブルンは気にとめない。いや、そうでもない、とエイラは自身に言った。イーザの話だと、ブラウドがわたしを殴るのを止めるために、ブルンはブラウドを引きはなしたのだ。それに、ブルンがそばにいるとき、ブラウドはそんなにわたしを殴らない。ときどきほっといてくれるなら、殴られたって構わない。

エイラは小石を拾って、小川に投げこんでいたが、知らないうちに、投石器に石を一つ挟んでしまった。エイラは笑みを浮かべ、小さな枝の先にぶら下がっている最後の枯葉に狙いを定め、放った。石が木から葉をもぎとるのを見ると、エイラは温かな満足感を覚えた。エイラはさらに二、三個の石を拾い、立ち上がると、野原の真ん中まで歩いていき、その石も飛ばした。今でも好きなものに当てられるわ、とエイラは思ってから、顔をしかめた。それが何の役に立つの？　動くものに当ててみたことはないのだから。あのヤマアラシは数に入らない。止まっていたも同然なのだから。動いていたら当てられるかはわからない。でも、実際に狩りができるようになったとしても、それが何の役に立つの？　わたしは何ももって帰れないのだから。せいぜい、オオカミやハイエナやクズリに楽に獲物を手にいれさせてやるだけだ。あいつらは、今でもわたしたちから十分盗んでいるのに。

狩りで仕留められる動物は、一族にとってとても重要で、競争相手の肉食動物に対して警戒を怠ってはならない。大きなネコ科の動物やオオカミの群れやハイエナが、ときどき狩人から獲物をさらうばかりでなく、こそこそと忍び歩くハイエナやずる賢いクズリが、肉が干してあるといつも近くをうろついたり、貯蔵所に押しいろうとしたりする。エイラは、競争相手の生存を助けるようなまねは止めようと思った。

ブルンは、わたしが傷ついたオオカミの子を洞穴に入れるのを許さなかった。それに、狩人たちは、あいう獣の皮が必要でなくても、よく殺す。肉食獣はいつもわたしたちを困らせるからだ。エイラはそのことをしばらく考えていた。そのうちに、ある考えが形をなしてきた。肉食動物なら、投石器で殺せる。

いちばん大きなものを除けば。ザウグがボーンにこう言っていたのを覚えてる。投石器を使うほうがいいときもある、あまり近づく必要がないからと。

エイラは、投石器の達人であるザウグが、その武器の長所を誇らしげに話していた日のことを思いだした。確かに、投石器があれば、狩人は鋭いきばやかぎづめにそんなに近づく必要がない。でも、ザウグは言ってなかった——的を外したら、狩人はほかの武器で身を守ることもできず、オオカミやヤマネコの攻撃を受けてしまうかもしれない。ザウグは、大きな獲物を狙うのは賢いことじゃないと強調していたけれど。

肉食動物だけを狙ったらどうかしら？　わたしたちは肉食動物の肉は食べないから、置いていって、腐肉を食らう動物がたいらげてしまってももったいなくはない。狩人はそうしている。

わたしは何を考えてるのかしら？　エイラは、恥ずべき考えを頭から払いのけようと首を振った。わたしは女よ、狩りなんかしてはいけないの、武器に手を触れてもいけないんだから。でも、投石器の使い方を知ってるわ！　使ってはいけないとしても、とエイラは挑戦するように胸の中で言った。役に立つはずよ。もしわたしがクズリかキツネか何かを殺せば、そいつはもうわたしたちの肉を盗まない。あの醜いハイエナも。いつかどれか一匹仕留めてやったら、どんなにみんなの役に立つことか。エイラは、あのずる賢い肉食動物にそっと忍びよる自分の姿を想像した。

エイラは、夏の間ずっと投石器の練習をしていた。あれは遊びにすぎなかったけれど、どんな武器のこともよく理解し、尊いものだと思っていたので、武器の真の目的が獲物であること——的に当てる練習ではなく、狩りであること——を知っていた。柱の的や岩につけたしるしや枝に当てる興奮は、さらなる目標がなければ、いずれさめてしまう。たとえ可能であっても、競争のための競争にチャレンジするというのは、地球がすっかり文明化されて、もはや生存のための狩りが必要でなくなるまでは根づかない考え方だった。一族の中の競争は、あくまで生存の技術を磨くためのものだった。

エイラにはそれほどはっきり定義できなかったが、彼女が苦痛を覚えるのは、彼女がすでに磨き発展させようとしている技術を捨てなければならないためでもあった。エイラは自分の能力を伸ばし、手と目を協調させる訓練をするのを楽しんできた。独学で身につけたことを誇らしく思っていた。さらに大きな目標に向かう準備ができていた――狩りという目標に。でも、もっともな理由が必要だった。

ただの遊びでやっていた初めのうちから、エイラは、自分が狩りをする姿を思い描いていた。自分が仕留めた肉をもって帰ったときに、一族の者が浮かべる喜びと驚きの混じった表情を思い描いていた。あのヤマアラシは、そんな白昼夢がいかにあり得ないことかをエイラに悟らせた。わたしには、獲物をもち帰って自分の腕前を認めてもらうことなどできるわけがない。わたしは女だし、一族の女は狩りをしない。でも、一族の敵を殺してやれば、誰にも知られないとしても、自分の技術が役に立つことになる、とエイラはぼんやりと感じた。それは狩りをする理由になる。

考えれば考えるほど、たとえ秘密であっても、肉食動物を狩ることが答えだとエイラは確信した――罪の意識を克服することはできなかったものの。

エイラは自分の良心と戦った。女が武器に触ることがいかにいけないことか、クレブからもイーザからも注意されていた。けれども、わたしはもう武器に触る以上のことをしてしまっている。武器を使って狩りをしたら、もっといけないことになるだろうか？　エイラは手の中の投石器を見た。そして、罪の意識を抑えて、不意に決意した。

「やるわ！　やってやる！　狩りのやり方を覚えよう！　でも、肉食動物だけを殺すの」エイラはきっぱりと言って、自分の決意を揺るぎないものにする手ぶりをした。興奮で顔を赤らめながら、エイラは小川に走っていき、さらに石を探した。

適当な大きさの滑らかで丸い石を探しているうちに、目が奇妙なものをとらえた。石のように見えたが、海岸で見かけるような貝殻にも似ていた。エイラはそれを拾い上げ、じっくり調べた。石だ。貝のような形をした石だ。

なんて奇妙な石かしら、とエイラは思った。こんな石、初めて見たわ。そのとき、クレブが言ったことを思いだした。そして、ぱっと頭にひらめいた考えに圧倒され、全身の血がさっと引き、背筋に寒けが走った。ひざががくがくし、体が激しく震え、その場に座りこんでしまった。両手でそのカタツムリの殻の化石をもって、エイラはじっと見つめた。

何かを決めるときには、トーテムが助けてくれる、とクレブは言ったのだ。もしそれが正しい決定なら、トーテムは何かしるしを与えてくれる。クレブの話では、それはすごく珍しいものだ。それがしるしかどうかは、ほかの誰にもわからない。全身全霊を傾けて聞くことができれば、内なるトーテムの霊が語りかけてくれる。

「偉大なるケーブ・ライオンよ、これはあなたのしるしなのですか？」エイラは、トーテムに向けて話すための型どおりの無言の言葉を使った。「わたしが正しい決定をしたと言っているのですか？　わたしが女であっても、狩りをしてもいいと言っているのですか？」

エイラは手の中の貝殻の化石を見つめながら、静かに座ったまま、クレブがするように瞑想《めいそう》にふけろうとした。自分が普通と違うと思われているのは、ケーブ・ライオンのトーテムをもっているからだということはわかっていたが、それについてはこれまであまり考えたことがなかった。エイラは外衣の下に手を伸ばし、脚の四本の平行な傷あとに触れた。そもそも、どうしてケーブ・ライオンはわたしを選んだのか？　ケーブ・ライオンは強いトーテムで、男のトーテムなのに、どうしてわたしを選んだのか？　何か理由があるに違いない。エイラは、投石器と、その使い方を覚えたことを考えた。どうしてわたしは、ブラウドが投げ捨てたあの古い投石器を拾い上げたのか？　女だったら、触ったりしなかったはずなのに。どうしてわたしはあんなことをしたのだろう？　わたしのトーテムがさせたのか？　トーテムはわたしに狩りを覚えさせたいのか？　狩りは男だけがするものだけど、わたしのトーテムは男のトーテムだ。わかった！　そうに違いない！　わたしは強いトーテムをもっている、そのトーテムはわたしが狩りをすることを望んでいる。

「ああ、偉大なるケーブ・ライオンよ、霊たちのやり方は、わたしにはなぞです。どうしてあなたがわたしに狩りをすることを望んでおられるのかわかりませんが、このしるしを与えてくださってうれしく思います」

エイラは手の中でまた石を回してから、首のお守りをとると、その小さな袋を閉じている結び目を緩め、皮袋の中の赤土のわきに石を入れた。袋をきつくしばり、首にかけなおすと、重さの違いがはっきりわかった。その重さは、トーテムがエイラの決意を認めていることを裏づけているようだった。

エイラの罪の意識は消えてなくなった。わたしは狩りをしてもいいんだ。トーテムがそう望んでいるのだから。女だろうと、問題はない。わたしはダルクと同じだわ。みんながいけないと言ったのに、ダルクは一族から去った。わたしが思うに、ダルクは、氷の山の手が届かないもっといい場所を見つけたのだ。思うに、ダルクは新しい一族をつくったのだ。ダルクも強いトーテムをもっていたのに違いない。クレブの話では、強いトーテムと生きていくのは難しい。強いトーテムは、何かを与える前に、その人間がそれに値するか確かめるために試す。イーザに発見される前にわたしが死にかけたのはそのためだ。ダルクのトーテムはダルクを試したのかしら？　わたしのケーブ・ライオンはまたわたしを試すのかしら？

試練は厳しいものになるかもしれない。わたしがそれに値しなかったら、どうなるのだろう？　試されているると、どうしてわかるのかしら？　トーテムはどんなにたいへんなことをわたしにさせるのだろう？

エイラは、自分の生活の中でたいへんなことを考え、はっと思いついた。

「ブラウドだ！　ブラウドがわたしの試練なんだ！」エイラは身ぶりで自分に言った。冬の間ずっと、ブラウドと面と向かって過ごさなくてはならないほどつらいことがある？　でも、もしわたしがトーテムに値するなら、もしわたしがそれをできるなら、トーテムはわたしに狩りをさせてくれるだろう。

洞穴に帰ってきたエイラの歩き方は、それまでとどこか違っていた。イーザは、どこが違うのかはっきりわからなかったが、それに気づいた。行儀が悪くなったというのではなく、ただ前よりもゆったりとし、力がぬけているようだった。ブラウドが近づいてくるのを見たエイラの顔には、受容の表情が浮かんでいた。あきらめではなく、受けいれようという表情だ。しかし、クレブは、エイラのお守りの袋がそれまでより膨《ふく》らんでいることに気づいた。

冬が近づくにつれ、ブラウドのさまざまな要求にもかかわらず、エイラは正常に戻っていったので、イーザもクレブも喜んだ。エイラはよく疲れた様子を見せたが、ウバと遊ぶとき、声をたてて笑わないまでも、また笑みを浮かべるようになった。エイラが何かを決断し、トーテムのしるしを見つけたのだろう、とクレブは思った。エイラが一族の中での立場を前よりも容易に受けいれているので、クレブはほっとした。クレブはエイラの心の中の格闘に気づいていたが、エイラがブラウドの意志に従うばかりでなく、それと戦うのを止める必要があることを知っていた。エイラも自制することを学ばねばならない。

八年目の年が始まったその冬の間に、エイラは大人になった。肉体的にではない。エイラの体にはまだ膨らみがなく、未成熟で、変化の兆しすらなかった。しかし、その長く寒い季節の間に、エイラは子ども時代を終えたのだ。

ときどき、エイラは日々の生活が耐えがたく思え、果たして自分がそれを続けたいのか、わからなくなった。朝、目を開けて、頭上のいつものむきだしのごつごつした岩を見ると、もう一度眠ってそれっきり目が覚めなかったらいいのにと思うことがあった。でも、それ以上我慢できないと思ったときには、お守りを握りしめた。すると、あの石の感触が、もう一日耐える力を与えてくれるのだった。毎日生きぬくごとに、深い雪と冷たい風が緑の草と海風に変わるときに近づく。また、野原や森を自由に歩き回れるのだ。

ブラウドは、彼のトーテムである毛犀《さい》と同様、予想もつかないほど意地悪なところがあるうえ、執念深い。この一族の特質でもあるのだが、一つの行動方針を決めると、いささかの揺るぎもなく固執する。そんなわけで、ブラウドはエイラに規則を守らせることに専念した。エイラが毎日殴られ、ののしられ、絶え間なくいじめられているのは、一族のほかの者の目にも明らかだった。多くの者は、エイラにはある程度のしつけや罰が必要だと感じていたが、ブラウドがそこまでやるのを認めている者は少なかった。

ブラウドのやり方では、エイラがブラウドを挑発するようなまねをしてしまうのではないか、とブルンはまだ心配していた。しかし、ブラウドが怒りを抑えていたので、一定の進歩だと認めた。ブルンは、つれあいの息子が自分でもっと穏やかなやり方を身につけることを期待し、しばらくそのままにしておくことに決めた。冬が進むにつれ、ブルンはそのよそ者の少女に、不本意ながらある種の敬意を抱き始めた。

つれあいの暴力に耐えていたイーザに対して感じた敬意に似た思いだった。

イーザと同様、エイラは女の振る舞いの手本となっていた。女があるべきように、不平を言わず、じっと耐えていた。エイラがちょっとの間お守りをつかむとき、ブルンやほかの多くの者は、エイラが一族にとって恐ろしいほど重要な霊の力に敬意を払っているのだと思った。そのために、エイラはますます女らしいと認められた。

お守りは、エイラにとって信じて頼るべきものとなっていた。エイラは、自分の理解できる範囲で、霊を敬っていたのだ。トーテムが自分を試している。もし自分がトーテムに値することを証明すれば、狩りのやり方を身につけられる。ブラウドにいじめられればいじめられるほど、エイラは、春になったら狩りの訓練を始めようと決意を固めた。ブラウドよりもうまくなろう、いや、ザウグよりもうまく。自分以外誰も知らなくても、一族でいちばんの投石の狩人になろう。エイラはその思いにしがみついていた。炉辺の暖かい空気が立ち登って外の凍えるような寒気とぶつかる、洞穴の入口の上にできる長い先細のつららのように、その思いはエイラの心の中に凝結した。そして、冬の間に、重く半透明な氷のカーテンのように、大きくなった。

意図したわけではなかったが、エイラはすでに自分を訓練し始めていた。男たちが一緒に座って以前の狩りの話をしたり、今後の狩りの作戦を練ったりして過ごしていると、エイラはブラウドに近づくことになるのにもかかわらず、知らずしらずのうちに興味をもってそばに引き寄せられていた。何かと理由をつけては、男たちのそばで仕事をした。ドーブかザウグが投石器を使った狩りの話をするときが、とりわけ好きだった。エイラはザウグに対する関心をよみがえらせ、女らしくザウグのねがいにこたえ、その老狩人に真の愛情を抱くようになった。ザウグはある意味でクレブに似ていた。誇り高く厳格で、よそ者の醜い少女からのものであっても、ちょっとした愛情や思いやりを喜んだ。

ザウグは、今のグラドのように副族長だったころの輝かしい昔話をよくしたが、そんなとき、エイラが関心をもって聞いていることがわかった。エイラは、無言だったが、熱心に耳を傾け、いつもつつましく敬意を払っていた。ザウグは、ボーンを探しだしては追跡のテクニックや狩りの知識を話すようになった。そんなことを始めたのは、ザウグは気づかないふりをしていたが、エイラが可能なら何とかそばに座る口実を見つけるとわかっていたからだ。もし、エイラがわしの話を楽しんでいるなら、何の害があろうか？

もしわしがもっと若くて、まだ家族を養えたなら、エイラが一人前の女になったときにつれあいにしてやれたのに、とザウグは思った。エイラにもいつかつれあいが必要になる。醜いから、つれあいを見つけるのはたいへんだろうが。それでも、エイラは若くて、丈夫だし、礼儀をわきまえている。わしにはほかの一族に親類がいる。もし次の氏族会まで元気でまだ行けたら、口をきいてやろう。ブラウドが族長になったら、エイラはここにいたくないかもしれない――エイラがどう望もうと、相手にされないだろうが。しかし、エイラを責めることはできん。わしだって、その前にあの世に行ってしまいたいのだ。ザウグは、ブラウドに突き倒されたことを忘れていなかったし、あのブルンのつれあいの息子が好きでなかった。将来の族長が常軌を逸するほどエイラに厳しく当たっている、とザウグは思った。ザウグはそのエイラに愛情を抱くようになっていた。確かにエイラにはしつけが必要だが、限度というものがあるし、ブラウドは限度を超えている。エイラはわしには無礼なことをしたことはない。女の扱いは、年とった賢明な男のほうが知っている。よし、エイラのために口をきいてやろう。自分が行けなければ、伝言を頼もう。あの子があんなに醜くなければよかったのだが、とザウグはつくづく思った。

エイラにとっては相変わらず苦しい毎日だったが、悪いことばかりでもなかった。一族の活動のペースはゆっくりになり、雑用は減った。ブラウドでさえ、限られた用事しか言いつけられず、そのあとは何も見つけられなかった。時がすぎるにつれ、ブラウドは少し飽きてきた。もはやエイラはまったく戦おうとしなかったので、ブラウドは前ほどひどくいじめなくなった。エイラにとって冬が耐えられるものになったのには、もう一つ理由がある。

イーザは、エイラがクレブの炉辺の中にとどまれる正当な理由を何とか見つけようとしているうちに、エイラが集めた薬草やほかの植物の調合法と使用法を教え始めた。エイラは、いつの間にか治療の技に魅せられた。エイラが強い関心を示したので、イーザは間もなく系統立てて教えるようになった。こんなことなら、もっと早く始めればよかったとイーザは思った。この養女の頭の働き方がまったく違うことにはっきり気づいたからだ。

もしエイラが実の子だったら、イーザは、エイラの頭の中にすでに蓄えられている知識を思いださせ、その使い方に慣れさせるだけでよかった。しかし、エイラは、ウバが生まれながらにもっている知識を苦労して意識的に記憶しなければならなかった。その意識的な記憶力も、イーザたちより劣っていた。イーザはエイラに教えこみ、同じことを何度も繰りかえし、正しく理解したことを確かめるためにたえずテストしなければならなかった。イーザは自分の体験からばかりでなく、記憶からも情報を引きだした。自分のもっている知識の豊富さに、今さらながら驚いた。これまでそんなことは考えるまでもなかった。必要とするときに、それはそこにあったのだから。イーザは何度か、自分の知識をエイラに伝授することはできない、それどころか、エイラをそれなりの薬師《くすし》にするだけのことも教えきれない、とさじを投げた。しかし、エイラの興味は決して弱まらなかったし、イーザは、この養女が一族のうちに確固たる地位を築けるようにしてやろうと決意した。授業は毎日続けられた。

「やけどには何が効くの、エイラ?」

「ええと。ヤナギハッカの花に、アキノキリンソウの花とハンゴウソウの花を混ぜるの。花はそれぞれ等しい割合で混ぜて、一緒に乾かして粉にするのよ。それをぬらして湿布にして塗ったら、包帯でおおうの。乾いたら、包帯に冷たい水をかけてまた湿らすの」エイラは一気に言ってから、ちょっと考えた。「それから、乾かしたヤグルマハッカの花と葉は、やけどに効くわ。手にとってぬらし、やけどに塗るの。ショウブの根を煮たものは、やけどの洗浄にいいわ」

「いいわ。ほかには?」

エイラは考えをめぐらした。「ジャイアント・ヒソップも。新鮮な葉と茎をかんで湿布剤にするか、乾かした葉をぬらすの。それに……ああ、そうだ、とげの黄色いアザミの花を煮たのも。冷ましてから、洗浄に使うの」

「それは皮膚のただれにも効くのよ、エイラ。トクサの灰を脂と混ぜると、やけど用のいい軟膏になることも忘れないで」

エイラはイーザの指導のもとに、料理もよくつくるようになった。間もなく、クレブの面倒な食事の支度のほとんどを引き受けた。もっとも、エイラにとっては、それは嫌な仕事などではなかった。クレブの悪い歯でもかみやすいように、根気よく穀物を特別に細かくひいてから料理した。木の実も細かく砕いてから、老人に出した。イーザは、クレブのリウマチの苦痛を和らげる鎮痛薬と湿布薬のつくり方も教えた。エイラは、一族の老人たちのその苦痛を和らげる治療薬を専門につくった。その苦痛は、寒い岩の洞穴に閉じこめられていると、いっそうひどくなるのだ。その冬、エイラは初めて薬師の助手を務めた。最初の患者はクレブだった。

　真冬のことだった。雪が洞穴の入口に一メートル余りも積もっていた。降り積もった雪が断熱材となり、大きな洞穴の炉から暖かさが逃げるのを防いでいたが、それでも風が、雪の上の大きなすき間から吹きこんでいた。クレブはいつになく不機嫌で、黙りこんでいたかと思うと、ぶつぶつ文句を言い、はたまた弁解をし、また黙りこんだ。エイラはクレブの振る舞いに戸惑ったが、イーザには理由がわかった。クレブは歯が痛いのだ。とりわけ痛いやつだ。

「クレブ、ちょっと歯を見せてくれない？」イーザは頼むように言った。

「何でもない。ただの歯痛だ。ちょっと痛むだけだ。わしがこれしきの痛みに耐えられないと思うのか？これまでにも痛かったことはあるだろ？　これしきの歯痛が何だっていうんだ？」クレブはぶっきらぼうに言いかえした。

「そうね、クレブ」イーザは頭を下げて言った。クレブはすぐさま後悔した。

「イーザ、おまえが助けてくれようとしているだけだってことはわかっているよ」

「もし見せてくれるなら、何か薬をあげられるかもしれないわ。見せてくれないと、何をあげたらいいかわかりようがないでしょ」

「見たからといってどうなる？」クレブは身ぶりで言った。「虫歯なんて、どれも同じだ。いいから、ヤナギの皮の茶をいれてくれ」クレブはぶつぶつ文句を言ってから、睡眠用の毛皮の上に座ったまま、宙を見つめた。

　イーザは首を振って、茶をいれに行った。

「おい！」クレブはほどなく叫んだ。「ヤナギの茶はどうした？　どうしてこんなに時間がかかる？　これじゃ、瞑想《めいそう》できんじゃないか。集中できん」クレブはいらだった身ぶりをした。

イーザはエイラについてくるように合図しながら、骨のカップを手に急いでクレブのところに行った。

「もってきたけど、ヤナギの皮ではあまり役に立たないと思うわ、クレブ。ちょっとだけ見せて」

「わかった。わかったよ、イーザ。見るがいい」クレブは口を開け、困りものの歯を指差した。

「この黒い穴がどんなに深いか見える、エイラ？　歯ぐきがはれてるわ、腐ってるのよ。ぬかなくてはならないわ、クレブ」

「ぬくだと？　薬をあげるから見るだけだと言ったろうが。ぬくなんて、言わなかったぞ。ほら、何か薬をくれ、早く！」

「ええ、クレブ」イーザは言った。「さあ、ヤナギの皮のお茶をどうぞ」

エイラは二人のやりとりを驚いて見つめていた。

「ヤナギの皮はあまり効かんと言わなかったか？」

「効く薬なんてないわ。ショウブの根をかんでもいいわ、少しは効くかも。でも、どうかしらね」

「それでよく薬師《くすし》が務まるな！　歯痛も治せんとは」クレブは文句を言った。

「痛むところを焼ききってもいいけど」イーザはこともなげに言った。

クレブはたじろぎ、「ショウブの根をもらう」と言った。

翌朝、クレブの顔ははれ上がり、傷あとのある片目の顔がいっそう恐ろしく見えた。寝不足のために、目が赤くなっていた。「イーザ」クレブはうめいた。「この歯痛をどうにかできんか？」

「昨日ぬかせてくれていたら、今ごろ痛みはなくなっていたのに」イーザは身ぶりで言うと、煎ってひいた穀物のなべをかき混ぜに戻り、プカプカと上ってくる泡を見つめた。

「おい！　おまえには同情心がないのか？　わしは一睡もできなかったんだぞ！」

「わかってるわ。おかげでわたしも眠れなかったわ」

「じゃあ、何とかしろ！」クレブは怒りを爆発させた。

「ええ、クレブ」イーザは言った。「でも、はれがひくまでは、ぬけないわ」

「それしか考えられんのか！　ぬくことしか？」

「もう一つ、やれることはあるけれどね、クレブ。その歯を救うことはできないと思うわ」イーザは同情するような身ぶりをした。「エイラ、夏に、雷の落ちた木から黒こげになった木切れを集めたでしょ、あの束をもってきてちょうだい。歯をぬく前に、歯ぐきを切開してはれをひかせないとならないの。まず、痛むところを焼ききれるか、見たほうがいいわね」

クレブは、薬師《くすし》がエイラに与えた指示を聞いて身震いしたが、すぐに肩をすくめた。まあ、何にせよ、この歯痛よりはましだろう。

イーザは木切れの束をかきわけて調べ、二つ引きぬいた。「エイラ、この木切れの先を真っ赤に焼いてちょうだい。炭みたいに見えても、折れないように強くなるのよ。炉の火から炭を一つかきだして、木切れの先を、くすぶるまで炭にくっつけるの。でも、その前に、どうやって歯ぐきを切開するか見ていて。クレブの唇を押さえていて」

エイラは言われたとおりにして、クレブの大きな口の中をのぞき、すり減った大きな歯が二列に並んでいるのを見た。

「硬くてとがった木切れで、歯の下の歯ぐきに穴をあけるのよ。血が出るまでね」イーザは身ぶりで言ってから、やってみせた。

クレブはこぶしを握りしめたが、声は上げなかった。

「さあ、血が出ているうちに、もう一つの木切れを焼いて」エイラは急いで炉まで走っていくと、くすぶっている炭火を黒こげの木切れの先につけて、すぐに戻ってきた。イーザはそれを受けとると、じっくり見てから、うなずき、エイラにまたクレブの唇を押さえているように指示した。そして、熱した先端を虫歯の穴に差しこんだ。ジューという音がして、エイラはクレブがぎくっと動くのがわかった。クレブの歯の大きな穴から、一筋の細い蒸気が立ち上った。

「さあ、終わったわ。痛みを止められるかどうか、しばらく待って確かめましょう。もしだめなら、ぬくしかないわ」ゼラニウムとカンショウの根の粉を指先につけてクレブの歯ぐきの傷に塗ったあと、イーザは言った。

「歯痛によく効くキノコがないのは残念ね。そういったキノコは神経を鈍らせるし、殺すこともあるのよ。あれがあったら、歯をぬかなくてもすむかもしれないの。新鮮なうちに使うのがいちばんだけど、乾燥させたのでも効くわ。夏の終わりに、集めなきゃいけないの。来年見つけたら、教えるわ、エイラ」

「歯はまだ痛む?」イーザは翌日聞いた。

「よくなってるよ、イーザ」クレブはねがいをこめて答えた。

「でも、まだ痛むのね? もし痛みがすっかりなくなっていないなら、またはれてくるわよ、クレブ」イーザははっきり言った。

「まあ……そう、まだ痛みはするよ」クレブは認めた。「だが、前ほどじゃない。ほんとだ、前ほど痛くはない。もう一日かそこら、待ってはどうかね。わしは強力なまじないをかけたんだ。痛みを引き起こしている悪い霊をなきものにしてくれと、ウルススに頼んだのさ」

「その痛みを消してくれと、もう何度もウルススに頼んだんじゃない？　ウルススは、痛みを止める前に、あなたが歯を捧げることをお望みなんじゃないかしら、モグール」

「おまえが偉大なるウルススの何を知っているというんだ、おい？」クレブはいらだって聞いた。

「この女はさしでがましいことを言いました。この女は、霊たちのことは何も知りません」イーザは頭を下げて答えた。それから、兄を見上げた。「でも、薬師《くすし》は歯痛のことは知っています。歯がぬけるまで、その痛みは止まらないでしょう」イーザはきっぱりと身ぶりで告げた。

　クレブは背を向けると、足を引きずりながら歩き去った。そして、目を閉じて、睡眠用の毛皮の上に座った。

「イーザ」しばらくして、クレブは呼んだ。

「何、クレブ？」

「おまえの言うとおりだ。ウルススは、わしがこの歯を献上することをお望みだ。やってくれ。さっさと片づけてくれ」

　イーザはクレブのところまで歩いていった。「さあ、クレブ、これをのんで。痛みが和らぐから。エイラ、木切れの束のそばに、小さな木釘があるの。それと、長い動物の腱《けん》が。ここにもってきてちょうだい」

「どうしてこの飲みものを用意していたんだね？」クレブは聞いた。

「わかっていたのよ、モグール。歯を献上するのはつらいことだけど、もしウルススが求めれば、モグールは差しだすだろうって。これまでもモグールはウルススにいろいろ捧げてきたけれど、この歯はいちばんつらい捧げものというわけじゃないし。強力なトーテムと生きていくのはたいへんなことだけど、あなたがそれに値しなかったら、ウルススはあなたを選ばなかったはずよ」

クレブはうなずき、飲みものをぐっとのんだ。男たちの記憶を助けるためにわしが使うのと同じ植物だな、とクレブは思った。だが、確かイーザはこれを煮ていた。イーザは水に浸すのではなく、煎じて薬をつくるんだな。浸すよりも強力なのだろう。いろいろな使い道がある。ダチュラはウルススからの贈りものに違いない。クレブは、麻酔の効きめを感じ始めていた。

イーザはエイラに、痛む歯の下側に木釘をそっとすえる間、また老まじない師の口を開けて押さえているように言った。イーザは、歯をぐらつかせるために、手にもった石で木釘を鋭く打った。クレブは飛び上がったが、思ったほど痛くはなかった。それからイーザは、ぐらつく歯に腱を結んだ。そして、腱のもう一方の端を、地中にしっかり埋めてある柱の一つ——薬草を干すためにつるしてあるフレームの一部だ——に結ぶようにエイラに言った。

「それじゃ、ひもがピンと張るまで、クレブの頭をのけぞらせて、エイラ」イーザは少女に指示した。そして、ぐいっと腱を引っぱった。「ほうら」イーザはそう言うと、大きな臼歯がぶら下がっているひもを差し上げた。ゼラニウムの根を乾燥させたものを血の出ている穴にふりかけると、バルサムの木の皮と数枚の乾燥葉の消毒液に小さな吸収性のあるウサギの皮を浸し、その湿らせた皮をクレブの口につっこんだ。

「この歯をどうぞ、モグール」イーザはそう言うと、まだぼんやりしているまじない師の手に腐った臼歯をのせた。「終わったわ」

モグールは歯を握りしめたが、横になったときに、落としてしまった。「ウルススに捧げなくては」モグールはぼーっとしたまま、手探りした。

エイラが薬師《くすし》の歯の治療を手伝ったので、一族の者は、クレブがちゃんと回復するか、しっかりと見守っていた。クレブの口が余病を併発することもなく治ると、エイラの存在が霊たちとけんかしなかったことを知って安心した。一族の者は、イーザが彼らの治療をするときにエイラに手伝いをさせるのをすすんで許すようになった。冬が深まるにつれ、エイラは、やけどや、切り傷や、打ち身や、風邪や、のどの痛みや、腹痛や、耳の痛みや、日々の生活でよくある軽いけがや病気の治し方を覚えた。

やがて、一族の者は、ちょっとした病気やけがの治療の場合、イーザのところに行くように気楽にエイラのところに行くようになった。みんな、エイラがイーザのために薬草を集めていたことを知っていたし、薬師がエイラに教えをほどこす姿を目にしていたのだ。イーザが年をとってきて、体の具合があまりよくないことも、ウバが幼すぎることも知っていた。一族の者は、よそ者の少女が自分たちの中にいることに慣れ、彼女がいつか一族の薬師になるという考えを受けいれ始めていた。

冬至のあとで、春の最初の氷解の前、一年のうちでもっとも寒い時期、オブラの陣痛が始まった。

「早すぎるわ」イーザはエイラに言った。「春まで出産するべきじゃないうえ、オブラは最近、胎児の動きを感じていないの。この出産はうまくいかないんじゃないかしら。死産になるような気がするわ」

「オブラはすごく赤ん坊を欲しがっていたわ、イーザ。身ごもってるとわかったときは、すごく喜んでたわ。何とかできないの?」エイラは聞いた。

「できる限りのことはするつもりだけど、どうにもならないこともあるのよ、エイラ」薬師は答えた。

一族中の者が、グーブのつれあいの早産のことを心配していた。女たちは心の支えになろうとし、男たちはそばで心配そうに待っていた。地震で何人かを失ったので、一族の数が増えることをみんな心待ちにしていたのだ。赤ん坊が生まれることは、ブルンの狩人たちにも採集担当の女たちにも、養わねばならない口が増えることを意味していた。しかし、時がたてば、赤ん坊は成長し、年老いた者の面倒をみてくれる。一族の存続は、個人の生存に不可欠なことだ。お互いを必要としている彼らは、オブラが生きた赤ん坊を産めないだろうと聞いて悲しんだ。

グーブは、子どもよりもつれあいのことが心配で、何かしてやれることがあればいいのだがとねがっていた。オブラが苦しむのを見るのはつらかった。とりわけ、不幸以外の結果をほとんど望めないとあっては。オブラは赤ん坊を欲しがっていた。一族の中で子どものいないただ一人の女であることを情けなく思っていたのだ。イーザでさえ、高齢にもかかわらず出産したのだから。ようやく身ごもったときには、大喜びしていた。今グーブは、オブラの悲しみを和らげる方法を思いつけるようねがっていた。

ドルーグには、ほかの誰よりもその若い男の気持ちがわかるようだった。グーブの母親に関して同じような気持ちを抱いたことがあるのだ。ありがたいことに、彼女はグーブを産んでくれたが。ドルーグは、新しい家族の生活にすでに慣れ、楽しんでいると認めざるを得なかった。ボーンが道具づくりに関心をもってくれないものかとねがってさえいた。オーナについては、そこにいるだけでうれしかった。とりわけ、もう乳ばなれし、いかにも幼い女の子といったふうにかわいらしく大人の女のまねを始めていたので。ドルーグは、自分の炉辺に女の子をもつのは初めてだった。アガをつれあいにしたとき、オーナはまだ赤ん坊だったから、まるで自分の炉辺で生まれたように思えた。

イーザが薬を用意する間、エブラとウカはオブラのわきに座って、力づけていた。ウカも娘の出産を心待ちにしていたので、いきむオブラの手を握りしめていた。オガは、ブラウドばかりでなくブルンとグラドのためにも夕食の支度をし、グーブも誘った。イーカが手伝うと申しでたが、グーブが誘いを断わったので、オガは助けはいらないと言った。グーブはあまり食欲が湧かなかったので、ドルーグの炉辺に行ったが、アバに説きふせられていくらか口にした。

オガはあわを食って働きながら、オブラのことも心配していた。イーカの申しでを断わらなければよかったと思い始めていた。どうした具合か、オガは男たちに熱いスープを出していたとき、つまずいてしまった。煮えたったスープが、ブルンの肩と腕にかかった。

「グァーッ！」熱い液体を浴びせられて、ブルンは叫んだ。苦痛に歯を食いしばりながら、跳ね回った。全員が振り向き、息をのんだ。沈黙を破ったのは、ブラウドだった。

「オガ！　このぶきっちょなまぬけ女め！」ブラウドは、自分のつれあいがそんなことをしたことに困惑したが、それを隠そうと慌てて身ぶり手ぶりで言った。

「エイラ、治療に行って。わたしはここからはなれられないから」イーザは身ぶりで言った。

ブラウドは、つれあいを罰しようと、こぶしを握りしめながら近づいた。

「やめろ、ブラウド」ブルンは手を突きだして若い男を止めた。「仕方なかったんだ。殴ったって、どうにもならん」オガは、恥ずかしさと恐れで震えながら、ブルンの足もとにひれふしていた。

エイラは不安だった。一族の族長の治療をするのは初めてだったし、ブルンをすごく恐れていたのだ。エイラはクレブの炉辺に走り、木の鉢をつかむと、急いで洞穴の入口まで行った。雪を一山すくい、族長の炉辺まで行くと、族長の前の地面でさっと身をかがめた。

「イーザがわたしをよこしました、イーザは今オブラからはなれられないのです。族長はこの娘が治療することを許しますか？」ブルンが彼女に気づくと、エイラは聞いた。

ブルンはうなずいた。エイラが一族の薬師《くすし》になることに関しては疑念をもっていたが、この状況では、エイラに治療を許すほかなかった。エイラは緊張しながら、炎症を起こして赤くなったやけどの箇所に冷たい雪を当てた。雪が痛みを和らげ、ブルンの硬い筋肉が緩むのがわかった。エイラは走って戻り、乾燥させたヤグルマハッカを見つけると、その葉に熱湯を注いだ。葉が軟らかくなると、早く冷ますためにその鉢に雪を入れ、患者のところに戻った。片手でこの鎮痛剤を患部に当てると、族長の岩のように硬い筋肉質の体の緊張がさらに緩むのがわかった。ブルンは一安心した。やけどの箇所はまだ痛んだが、はるかに耐えやすくなった。ブルンがよしとうなずくと、エイラの緊張は少し解けた。

エイラはイーザの治療の技をしっかり身につけているようだ、とブルンは思った。それに、態度もよくなって、女らしく振る舞っている。あと必要なのは、いくらか成熟することだけだ。ウバが大きくなる前にイーザの身に何か起こったら、この一族には薬師がいなくなってしまう。どうやら、イーザがエイラを訓練するのは賢明なことのようだ。

それから間もなく、エブラがやってきて、オブラが男の子を死産したとつれあいに告げた。ブルンはうなずくと、首を振りながら、オブラのほうに目をやった。しかも、男の子か、とブルンは思った。オブラは悲嘆に暮れているに違いない。オブラがすごく赤ん坊を欲しがっていたことは、みんな知っている。今度身ごもったら、うまくいくといいが。ビーバーのトーテムがそんなに抵抗するなんて、誰が思おうか？族長はオブラに少なからぬ同情を覚えたが、何も言わなかった。こういう悲劇については誰も口にしないものだからだ。しかし、数日後ブルンがグーブの炉辺にやってきて、〝病気〟から回復するまで好きなだけ休んだほうがいい、とオブラに言ったとき、オブラにはその理由がわかった。男たちはよくブルンの炉辺に集まるが、族長がほかの男の炉辺を訪れることはめったにない。ましてや、女に話しかけることなどほとんどない。オブラはブルンの気づかいに感謝したが、何ものも彼女の苦痛を和らげることはできなかった。

イーザは、エイラにブルンの治療を続けさせた。そのやけどが治ると、一族の者はいっそうエイラを受けいれた。それからは、エイラは族長のそばにいてもあまり緊張しなくなった。結局、ブルンも人間にすぎなかったからだ。

12

長い冬が終わると、一族の生活のテンポは、豊かな大地の中で生命が芽吹くペースに合わせるように速まった。寒い季節には冬眠を強いられるわけではなく、活動の減少によって新陳代謝率の変化がもたらされるだけだ。冬には、一族の者はいつもより怠惰になり、多く眠り、多く食べ、寒気から身を守るために断熱効果のある皮下脂肪を増やす。気温が上がると、方向転換が起き、早く外に出て動き回りたくてうずうずする。

この過程は、イーザの春用の強壮剤によっていっそう速まった。この薬は、早春に集めた小麦族（ライ麦に似た、ザラザラした草だ）の根と、乾燥させたクルマバソウの葉と、鉄分の豊富な黄色いギシギシの根の粉を混ぜ合わせたもので、一族の薬師《くすし》によって老いた者にも若い者にもすべてに与えられた。新たな活力を得た一族の者は、春からの新しい一年を始めようと洞穴から飛びだした。

この洞穴の三度目の冬は、さほど厳しくはなかった。死んだのは、オブラが死産した子どもだけだった

が、この子は命名もされず一族に受けいれられることもなかったから、数に入らない。イーザは、腹をすかした赤ん坊に乳を与えることで精力を使うこともなくなったので、冬をうまく切りぬけた。クレブも、普段以上に病に苦しむことはなかった。アガとイーカはまた身ごもった。二人とも前回うまく出産していたから、一族の者は、頭数が増えるのを楽しみに待っていた。新しい生命を目覚めさせてくれた霊をあがめ、また冬を乗りきらせてくれた一族の守護トーテムの霊に感謝を捧げるための春の宴に備えて、初ものの青菜や草木や新芽が集められ、新鮮な肉を手にいれる最初の狩りの計画が練られた。

エイラは、自分のトーテムに感謝する特別な理由があると感じた。この冬は、苦しいと同時に面白くもあった。ブラウドのことはいっそう激しく憎むようになっていたが、うまく対処できることを知った。ブラウドはひどい仕打ちをしたが、冷静に切りぬけられるようになった。ブラウドでさえ超えられない限度がある。イーザの治療の技をさらに学ぶことも、助けになった。エイラはその技が大好きだった。学べば学ぶほど、もっと学びたくなった。植物の採集を逃避の手段として利用するばかりでなく、薬草をただ欲しいがために熱心に探すようになった――今や、薬草のことがよくわかってきたので。肌を刺す風と冷たい豪雪が続く間、エイラはじっと待っていた。しかし、季節が変わる兆しが見えると、期待で落ちつかなくなった。これまでのどんな春よりもこの春を待ちわびていたのだ。いよいよ、狩りの勉強を始めるのだから。

天候が許してくれるようになったとたん、エイラは森や野原に出かけた。練習用の草地のそばの小さな洞穴に投石器を隠すのはやめた。外衣のひだや、採集かごに入れた葉の下に押しこんで、いつももち歩いた。狩りを独学で身につけるのは、容易でなかった。動物はすばしこくて、さっと逃げてしまうし、動く標的は、静止しているものよりずっと当てにくい。女たちは採集に出かけるとき、潜んでいる動物を追い払うためにいつも音を立てる。この習慣を直すのは難しかった。エイラは、自分が近づいたために動物がさっと身を隠すのを何度も見て、そのたびに自分に腹を立てた。しかし、決意は固かった。エイラは訓練して学んでいった。

試行錯誤を繰りかえすうちに、エイラは追跡のやり方を身につけ、男たちから少しずつ集めた狩りの情報を理解し、適用し始めた。エイラの目は、植物を識別するわずかな違いに気づくようにすでに訓練されていたので、それをちょっと応用するだけで、見てすぐそれとわかる動物のふんや、土の上のかすかな痕跡や、草の葉の傾きや、折れた小枝の意味を明らかにできるようになった。エイラは、さまざまな動物の足跡を見わけられるようになり、動物の習性やすみかについてもいろいろ知った。草食動物も見落としはしなかったが、獲物である肉食動物に注意を集中していた。

エイラは、男たちが狩りに出発するとき、どの方向に行くかをしっかり見ていた。でも、エイラがもっとも心配したのは、ブルンとその部下の狩人たちではなかった。たいがい、彼らは狩りの場として草原を選んだが、エイラは、身を隠せないひらけた草原で狩りをやってみる気などなかった。エイラがいちばん心配したのは、二人の老人だった。以前イーザのために薬草を探していたとき、ときどきザウグとドーブの姿を見かけたことがあるのだ。エイラと同じ場所で狩りをする可能性がもっとも高いのは、この二人だった。エイラは、ザウグとドーブと出くわさないようにたえず用心していなければならなかった。反対方向に出発したとしても、途中でまわれ右して、エイラが投石器を手にしているところを見つけないとも限らない。

でも、音を立てずに移動できるようになるにつれ、エイラはときどき、二人のあとをつけていき、よく観察し学んだ。そういうときは、とりわけ用心した。二人のあとをつけるほうが、二人の追っている獲物のあとをつけるよりも危険だった。しかし、これはいい訓練になった。動物を追跡することばかりでなく、二人のあとをつけることからも、音を立てずに歩く方法を学べた。どちらか一人がエイラのほうを見ても、さっと物陰に隠れられるようになった。

追跡の腕が上がり、足音を忍ばせて歩く方法を身につけ、あたりの風景にとけこんで隠れている動物を見わけられるようになると、小さな動物なら石を当てられると思うときがあった。エイラはその気になっても、肉食動物でないなら、見逃した。肉食動物だけを狩ろうと決めていたし、エイラのトーテムはそれだけを認めているのだ。春のつぼみが花になり、木々が葉を出し、花が散り、実が青く膨《ふく》らみかけてぶら下がったが、エイラはまだ最初の獲物を仕留めていなかった。


「出ていけ！　シーッ！　あっちに行け！」

エイラは、いったい何の騒ぎかと洞穴から飛びだした。何人かの女が腕を振り回しながら、ずんぐりした毛むくじゃらの動物を追いかけていた。クズリは洞穴のほうに向かったが、エイラを見ると、わきによけた。女たちの脚の間をすりぬけ、一切れの肉をくわえたまま逃げた。

「あのずるいクズリめ！　肉を干そうと出したばかりだったのに」オガが腹を立て、悔しそうな身ぶりで言った。「ちょっと背中を向けたとたんよ。あいつは夏中このあたりをうろついていて、日ごとに大胆になってきていたの。ザウグがやっつけてくれるといいんだけど！　あんたが出てきてくれてよかったわ、エイラ。もう少しで洞穴に逃げこむところだったから。洞穴の隅に入りこんでたら、どんなにひどいにおいがしたことでしょう！」

「あいつは雌《めす》だと思うわ、オガ。たぶん、どこか近くに巣があるはずよ。腹ぺこの赤ん坊が何匹かいるんじゃないかしら、この時期にはかなり大きくなっているに違いないわ」

「一匹残らず殺さなくちゃ！　まとめてね」オガは怒りの言葉で身ぶりを強調した。「ザウグとドーブは今朝早く、ボーンを連れて出かけたの。ハムスターやライチョウの代わりに、あのクズリを狩りに行ってくれればいいのに。クズリなんて、何の役にも立たないんだから」

「何かの役には立つのよ、オガ。クズリの毛は、冬に息がかかっても氷がつかないし。あの毛皮は帽子やずきんになるわ」

「あいつが毛皮ならよかったのに！」

エイラは炉辺に戻った。そのときは、これといって仕事もなかったし、イーザが薬草がいくつか乏しくなってきていると言っていた。エイラは、クズリの巣を見つけに行くことに決めた。笑みをもらしながら、足を速め、ほどなくかごをもって洞穴を出て、クズリが行った場所からほど遠からぬ森に向かった。

地面を調べると、長く鋭いつめをもった足跡が土の上に見つかった。さらに少し先に、曲がった茎。エイラはクズリの足跡をたどり始めた。ほどなく、驚くほど洞穴の近くで、ちょこちょこ走る音が聞こえた。エイラが草の葉一枚の音もさせないようにしながら、静かに進んでいくと、あのクズリの姿が見えた。大きくなりかけた子どもが四匹いて、盗んだ肉を奪い合ってうなっていた。エイラは用心深く、外衣のひだから投石器を出すと、皮の幅の広いところに石を挟んだ。

エイラは、一発で仕留められるチャンスをじっと待った。風の向きがちょっと変わり、したたかなクズリに知らないにおいが運ばれた。クズリは危険に対して警戒し、空気のにおいをかぎながら、顔を上げた。エイラが待っていたのはこのときだった。クズリが気づくと同時に、エイラは素早く石をはなった。クズリは地面に崩れ落ちた。四匹の子は、転がる石に驚いて飛びのいた。

エイラは、身を隠していた茂みから出ると、かがみこんでその腐食動物を調べた。クマにも似たこのイタチ科の動物は、鼻先からふさふさしたしっぽの先まで九十センチほどで、黒褐色の長く硬い毛におおわれていた。クズリは、大胆で戦闘的な腐食動物だ。自分の獲物を狙う大きな肉食動物を追い払うくらい獰《どう》猛《もう》で、乾燥肉など、運び去れるものなら何でも盗むほど恐れを知らず、貯蔵所に押し入るほど狡猾《こうかつ》だ。スカンクのようなにおいをあとに残すジャコウ腺をもっているので、一族の者にハイエナよりも厄介がられている。ハイエナも腐食動物だが、自分でも捕食するので、ほかの者の獲物に生存を依存していない。

エイラの投石器から放たれた石は、狙ったとおり、目の上に当たっていた。このクズリは、もうわたしたちから何も盗まない。勝利の喜びとも言っていい満足感を覚えながら、エイラは思った。それが、エイラが初めて仕留めた獲物だった。毛皮はオガにあげよう。クズリの皮をはごうとナイフに手を伸ばしながら、エイラは思った。このクズリがもうわたしたちを困らせないと知って、オガは喜ぶはずだわ。エイラは手を止めた。

わたし、何を考えてるの？　この毛皮をオガにあげられるわけがないわ。誰にもあげられない、自分でもっていることさえできない。わたしは狩りをしてはいけないのだから。わたしがこのクズリを仕留めたことが知られたら、どんな罰を受けることか。エイラはクズリの死骸のわきに座り、長くて硬い毛に指を走らせた。高揚感は消えてなくなっていた。

わたしは、初めて獲物を仕留めた。ずっしりしたとがったやりで大きなバイソンを仕留めたわけではないけれど、ボーンのヤマアラシよりは上だ。でも、わたしを狩人の一員に加えてくれる儀式は行われず、わたしの栄誉をたたえる宴も開かれない。ボーンがあの小さな獲物を誇らしげに見せびらかしたときみたいに、みんなが称賛や祝福の表情を浮かべることもない。もしわたしがこのクズリを洞穴にもち帰っても、みんなはショックを受けた表情を浮かべ、わたしを厳しく罰するだけだろう。わたしが一族の役に立ちたかったと言っても、優秀な狩人になれる見こみがあることを示したとしても、ほとんどどうにもならない。女は狩りをしない、女は動物を殺さない。男がするものだ。

エイラはため息をついた。わかっていたのに、最初からわかっていたのに。狩りを始める前から、あの投石器を拾う前から、そんなことはいけないとわかっていたんだ。若いクズリのうちでいちばん勇敢なやつが、隠れ場所から出てきて、恐るおそる母親の死骸のにおいをかいだ。この若いクズリたちも、母親と同じように厄介の種になるだろう。もうほとんど完全に成長しているから、二匹かそこらは生きながらえるだろう。死骸は片づけたほうがいい。遠くにまで引きずっていけば、子どもはたぶんにおいをかいでついてくるだろう。エイラは立ち上がると、クズリの死骸のしっぽをつかみ、森の奥へと引きずっていった。それから、集めなくてはならない植物を探し始めた。

そのクズリは、エイラの投石器によって倒された小さな肉食動物や腐食動物の最初の一匹にすぎなかった。テン、ミンク、フェレット、カワウソ、イタチ、アナグマ、オコジョ、キツネ、灰色と黒のしまのある小さなヤマネコなどが、エイラの速い石のかっこうの的になった。エイラは気づいていなかったが、肉食動物の狩りをしようという彼女の決意は、一つの重大な結果を生んだ。それはエイラの習得を速めてくれ、おとなしい草食動物の狩りをするよりも腕を磨くことができた。肉食動物は動きが速く、狡猾で頭がよく、危険だ。

エイラは、彼女が選んだ武器の腕前に関しては、すぐにボーンをしのいだ。ボーンは、投石器を年寄りの武器と見なし、習得しようという意欲を欠いていたばかりでなく、投石は彼にとっては難しかったためだ。ボーンは、エイラのように腕を自由に振り回せる体をしておらず、投石には向いていなかった。エイラはもともと能力が高かったうえ、訓練によって手と目が協調して働くようになったため、スピードと力と正確さが身についた。もはやボーンとは比べようがなかった。心の中では、エイラが挑んでいるのはザウグだった。そして、あの老狩人の腕前に急速に迫りつつあった。あまりに急速に。そして、自信過剰になっていた。

夏が終わりに近づき、焼けつくような暑さが続き、稲妻がこげ跡を残す雷雨が何度も襲いかかってきた。その日は暑かった、耐えがたいほど暑かった。風はそよとも吹かず、空気はじっと動かなかった。アーチ形の光が幻想的に山頂を照らし、小石大のひょうが降ってきた前夜の嵐で、一族の者は慌てて洞穴に逃げこんでいた。いつもは木陰が涼しい森も、湿ってむしむしし、息苦しかった。ハエとカが、干上がりつつある小川のどろどろしたよどみのあたりをいつ果てるともなくブーンと飛んでいた。水位が下がったために、小川のあちこちに、濁ったよどみや、藻におおわれた水たまりができていた。

エイラはアカギツネの足跡をたどって、森の小さな空き地の端を静かに歩いていた。暑くて汗をかき、キツネにもさして興味はなく、いいかげん止めて、洞穴に帰って川で泳ごうと考えていた。めったにむきだしになることのない石や岩だらけの川底を横切っているとき、足を止めて水をのんだ。二つの大きな岩の間を水がまだくねくねと流れていて、くるぶしくらいの深さの小さな池ができていたのだ。

エイラは立ち上がった。そして、真っすぐ前方を見たとき、ハッと息をのんだ。エイラは、すぐ前の岩の上にうずくまっているオオヤマネコの、独特の頭とふさふさした耳を恐るおそる見つめた。オオヤマネコは短い尾を振りながら、警戒するようにエイラを見ていた。

たいがいのネコ科の大きな動物よりは小さかったが、体が長くて脚の短いこのヒョウに似たオオヤマネコは、後年北の地に生息するようになったいとこと同じように、四、五メートルほども跳躍することができた。ウサギや、大きなリスや、そのほかのげっ歯類を主に食べていたが、その気になれば小さなシカも仕留められる。そして、八歳の少女は、ゆうゆうオオヤマネコの射程内に入っていた。しかし、暑かったし、人間は彼のいつものえじきではなかった。たぶん、そのまま行かせるつもりだったはずだ。

エイラが最初に覚えた恐怖は、じっと動かずに彼女を見つめているオオヤマネコを見かえしているうちに、ぞくぞくするような興奮に変わった。ザウグはボーンに、オオヤマネコなら投石器で殺せるって言ってなかった？　それ以上大きいやつはだめだが、オオカミやハイエナやオオヤマネコなら、投石器からはなった石で殺せる、と言っていたのだ。確かにオオヤマネコと言ったわ。エイラは、中くらいの大きさの肉食動物を狩ったことはないが、一族一の投石器の名手になりたかった。もしザウグがオオヤマネコを殺せるなら、自分もオオヤマネコを殺せるはずだ。そして今、目の前に、かっこうの標的がある。エイラは衝動的に、もっと大きな獲物を狙うときが来たと結論をくだした。

エイラはオオヤマネコから決して目をはなさないようにしながら、夏用の短い外衣のひだにゆっくり手をいれ、大きめの石を探した。手のひらが汗ばんでいたが、投石器の皮の両端をしっかりつかみ、皮の幅の広い部分に石を挟んだ。それから、おじけづかないうちに急いで、オオヤマネコの眉間《みけん》に狙いを定め、石をはなった。しかし、オオヤマネコは、エイラが片腕を上げる動きに気づいた。エイラが石をはなつと同時に、オオヤマネコは顔をそらした。石はオオヤマネコの頭のわきをかすった。至近距離からはなたれたので、鋭い痛みは感じたものの、それだけだった。

エイラがまた石をとろうと考える間もなく、オオヤマネコが体の下側の筋肉にぐっと力をこめるのがわかった。怒ったオオヤマネコが襲撃者に飛びかかったとき、エイラはまったく反射的に横に身を投げた。エイラは小川のそばの泥の中に倒れ、手が硬い流木の枝にぶつかった。下流への旅で葉や小枝がもぎとられ、水が染みこんで重くなった枝だ。エイラがそれをつかんで、体を回転させたちょうどそのとき、怒ったオオヤマネコがきばをむいてふたたび飛びかかってきた。エイラは、恐怖にかられながら、ありったけの力をこめて枝を激しく振り回し、オオヤマネコの頭に猛烈な一撃を加え、頭を払った。仰天したオオヤマネコは転がり、しばらく頭を振りながらうずくまっていたが、やがて、静かに森の中に入っていった。頭をそれ以上打たれるのはごめんだったのだ。

　エイラは、息を弾ませ震えながら、体を起こした。ひざをがくがくさせながら、投石器をとりに行くと、またへたりこんでしまった。投石器だけでほかの武器をもたず、ほかの狩人のバックアップもない状態で、危険な肉食動物を狩ろうとする者がいるなんて、ザウグは思いもしなかったはずだ。しかし、もはやほとんど的を外すことのなくなっていたエイラは、自分の腕を過信し、失敗したときにどうなるか、考えもしなかったのだ。ショックを受けたまま洞穴に戻り始めたエイラは、キツネを追跡しようと決めたときに隠した採集かごを忘れそうになってしまった。

「エイラ！　いったいどうしたの？　どろんこじゃないの！」エイラの姿を見たイーザが、身ぶりで言った。エイラの顔は蒼白だった。何か恐ろしいことが起こったに違いない。

　エイラは答えなかった。ただ首を振り、洞穴の中に入っていった。イーザは、エイラには話したくないことがあるとわかった。問いつめようかと思ったが、自分から話してくれることを期待して、考えを変えた。イーザは、自分が果たして本当のことを知りたいのか確信がなかった。

　エイラが一人で出かけると、イーザはやきもきしたが、誰かが薬草を集める必要があった。なくてはならないものだからだ。イーザは行けないし、ウバは幼すぎる。ほかの女たちは、何を探せばいいのかわからないし、覚える気もなかった。エイラを行かせるしかなかった。もしエイラが何か恐ろしい出来事のことを話してくれたとしても、なおさら心配になるだけだ。ただ、エイラがそんなに長く外に出たままでいないようにイーザはねがった。

エイラはその夜いつもより沈んでいて、早めに横になったが、眠れなかった。起きたまま、オオヤマネコの一件のことを考えていたが、想像の中で、あの出来事はいっそう恐ろしくなった。早朝になって、ようやくうとうとと眠った。

エイラは、叫びながら目を覚ました！

「エイラ！　エイラ！」イーザが名前を呼ぶ声がエイラの耳に聞こえた。イーザはエイラを現実に引き戻そうとそっと揺さぶっていた。「どうしたの？」

「わたしが小さな洞穴の中にいたら、ケーブ・ライオンが追いかけてきた夢を見たの。もう大丈夫よ、イーザ」

「もう長いこと悪い夢を見ていなかったじゃないの、エイラ。どうして今ごろ見たの？　昨日、何か怖いことでもあったの？」

エイラはうなずき、頭を下げたが、説明しなかった。赤い炭のかすかな光だけに照らされた洞穴のやみが、エイラの罪ありげな顔つきを隠してくれた。

エイラは、トーテムのしるしを見つけたので、狩りに関して罪の意識を感じたことはなかった。でも、今は、あれが本当にしるしだったのか疑問を覚えた。自分でそう思いこんだだけかもしれない。やっぱり、狩りなんかしてはいけないのかもしれない。とりわけ、あんな危険な動物の狩りは。女の子なのにオオヤマネコを狩ろうなんて、どうして考えたのかしら？

「あなたが一人で出かけるのはよくないと前から思っていたのよ、エイラ。いつも長い間帰ってこないし。ときには一人で出かけたいのはわかるけど、心配なのよ。女の子がそんなに一人になりたがるのは、普通じゃないわ。森は危険だし」

「そのとおりだわ、イーザ。森は危険よ」エイラは身ぶりで言った。「この次は、ウバを連れていくわ。でなければ、イーカが行きたがるかもしれないし」


　エイラが忠告を肝に銘じてくれたらしいので、イーザはほっとしていた。エイラは洞穴からはなれないようになった。薬草を採りに出かけても、すぐに戻ってきた。一緒に行ってくれる者がいないときには、不安でならなかった。うずくまっている動物が今にも飛びかかってきそうな気がしてならなかった。どうして一族の女が一人で食べものを集めに行きたがらないのか、自分が一人で行きたがるとどうして女たちがいつも驚くのか、エイラはわかってきた。少し前は、危険に対してあまりに無知だった。でも、たった一度攻撃されただけで——ほとんどの女は、少なくとも一度はそうした恐怖を体験するが——自分の環境を以前よりも敬意を払って見るようになった。肉食動物でなくても、危険な場合もある。鋭いきばをもつイノシシ、硬いひづめをもつ馬、大きな枝角をもつ雄《お》ジカ、死を招く角をもつヤギレイヨウにオオツノヒツジ。怒ったら、どれも人間に重傷を負わせられる。どうして自分は狩りをしようなんて考えたんだろう、とエイラは思った。怖くて二度と行けない。

　エイラがそういうことを話せる相手はいなかった。少し恐怖心をもっているほうが感覚が鋭くなる、とりわけ、危険な獲物を追跡しているときには、と話してくれる者はいなかった。恐怖で何もできなくなる前にまた出かけるように元気づけてくれる者もいなかった。男たちは恐怖を理解していた。それについて話しはしなかったが、男は一人残らず、一人前の男として認められた最初の大きな狩り以来、人生のうちで何度も恐怖を体験していた。小動物は、武器の腕を磨く訓練用だ。一人前の男の身分は、恐怖を知り、克服して初めて与えられるのだ。

女にとって、一族の保護をはなれて一人で過ごす日々は、もっと微妙ではあるが、同様に勇気のテストといえた。何が起ころうと自分だけで解決しなければならないと知りながら、一人で昼も夜も過ごすのは、ある意味で男の狩猟よりも勇気が必要だった。女の子の場合、生まれてからいつも周りにほかの人がいて、守ってくれる。しかし、成人になるためのこの儀式の間、女の子は身を守る武器ももてず、武器を携えた男に守ってもらうこともできない。女も男と同様、恐怖を面と向かって克服するまでは大人になれないのだ。

それから数日、エイラは洞穴から遠くはなれる気が起きなかったが、しばらくすると、落ちつかなくなった。冬の間は、ほかに選択の余地がなく、ほかの者と一緒に洞穴に閉じこもって過ごすしかない。しかし、暖かな時期には、自由に歩き回ることに慣れていた。相反する感情がエイラを苦しめた。一族の保護をはなれて森の中に一人でいるときには、落ちつかず不安だった。でも、一族と一緒に洞穴のそばにいるときは、森のプライバシーと自由が欲しくてならなかった。

エイラは、ある日一人で採集に出かけたとき、あの秘密の場所のそばまで行った。そして、例の高山の草地まで登った。その場所は、エイラの心を慰めてくれた。そこはエイラだけの世界、エイラの洞穴、エイラの草地だった。エイラは、そこでよく草をはんでいるノロジカの小さな群れも自分のもののような気がした。ノロジカはエイラを恐れなかった。手を触れられそうなほど近づくとやっと、踊りはねるように逃げた。

そのひらけた草地は、獣が身を潜めている危険な森には今はない安心感をエイラに与えてくれた。エイラは、この季節になってからそこを訪れたことがなかった。思い出がどっとよみがえってきた。投石器の使い方を独学で覚えたのもここだし、ヤマアラシに石を当てたのもここだし、トーテムのしるしを見つけたのもここだった。

エイラは投石器をもってきていた――洞穴に置きっぱなしにしてイーザに見つかっては困るからだ――しばらくすると、エイラは小石をいくつか拾って、練習で数回石をはなってみた。けれども、こんな練習は今のエイラには単調すぎるので、ほどなく飽きてしまった。エイラは、オオヤマネコとの一件のことを思いだした。

もう一つ石があればよかったのに、とエイラは思った。一発目を外したすぐあとに、もう一つの石をはなって当てることができたら、オオヤマネコが飛びかかってこないうちに倒せたかもしれない。エイラは片手に二つの石をもって、一緒に見た。続けて石をはなつ方法があればいいのだけど。ザウグがボーンにそんな話をしていなかったかしら？　エイラは、思いだそうと頭を絞った。もし話したとしても、わたしがいないときだったのに違いない。エイラはこのアイデアをじっくり考えた。最初に石をはなって振り下ろしたときに、停止することなくすぐさま二発目の石を挟むことができれば、そのまま振り上げながら石をはなてる。うまくできるだろうか？

エイラは、何回かやってみたが、初めて投石器を使ったときのようにうまくいかなくてがっかりした。が、そのうちにリズムをつかみ始めた。最初の石をはなつ。すぐさま二発目の石を用意して、下りてくる投石器の皮をつかむ。そのまま動きを止めないで、皮に石を挟む。二発目をはなつ。石は何度も落ちてしまった。何とか二発続けてはなてるようになったあとも、正確さを欠いていた。けれども、どうにかできそうだとわかって満足した。それからは、毎日またそこに来て練習した。狩りをすることはまだ気がとがめたが、新しい技をものにしようと挑むことで、投石器に対する興味がよみがえった。

季節が移り変わり、樹木の生い茂った丘の斜面が紅葉したころ、エイラは、かつて一つの石をはなてるようになったように二つの石を正確にはなてるようになった。野原の真ん中から、地面に立てた新しい柱に石をはなち、パシッパシッという満足のいく音が両方の石が的に当たったことを教えてくれたとき、エイラは熱い達成感を味わった。投石器から続けざまに二発の石をはなつことなんてできやしない、これまでできたためしがないんだから、と誰もエイラに言わなかった。誰もそう言わなかったからこそ、エイラは独学でやりとげることができたのだ。

狩りをしようと初めて決めたときから一年近くたったころ、晩秋のある暖かな日の朝早く、エイラは、地面に落ちている熟したハシバミの実を集めに高所の草地に登ることにした。頂上に近づいたとき、ハイエナのゼーゼーやらグーグーやらクンクンやらいう声が聞こえた。草地に行ってみると、あの醜い獣の一匹が、老いたノロジカの血だらけのはらわたにうずくまっていた。

エイラは怒った。あのえげつない生きものめ、よくもわたしの草地を汚して、わたしのシカを襲ってくれたわね。エイラは、ハイエナを追い払おうと駆けだしたが、考えなおした。ハイエナも肉食動物で、草食の有蹄《ゆうてい》動物の大きな脚の骨を砕けるほど強いあごをもっている。獲物から簡単に引き下がったりしないだろう。エイラは急いでかごを下ろし、かごの底の投石器をつかんだ。そして、岩壁のそばに突きでた岩に向かってじりじりと進みながら、地面を見て石を探した。老いた雄ジカは半分食われていた。エイラの動きが、あのオオヤマネコと同じくらいの大きさで、ふぞろいの斑点のある動物の注意を引いた。ハイエナは顔を上げ、においに気づき、エイラのほうを向いた。

エイラは用意ができていた。岩陰から出ると、石をはなち、続いてすぐに二発目をはなった。エイラは、二発目が必要でないことがわかっていたが――一発目で、片づいていたのだ――間違いのないようにしたかった。痛い目に遭ったことがあるからだ。必要ならもう一度二連発できるように、エイラはすでに投石器の皮に三発目を挟み、四発目を手に握っていた。ハイエナはその場に倒れ、動かなかった。エイラはあたりを見回し、近くに仲間がいないことを確かめてから、投石器をかまえながら慎重にハイエナに近づいた。途中、赤い肉がまだいくらかくっついていて折れていない脚の骨を拾った。その骨を振り下ろしてハイエナの頭を砕き、間違いなく二度と起き上がれないようにした。

エイラは足もとの死骸を見て、手から骨を落とした。自分が成しとげたことの意味が、しだいにわかってきた。わたしはハイエナを殺したんだわ。ハッと気づいて、エイラは心の中で思った。わたしの投石器でハイエナを殺したんだわ。小さな動物じゃなくて、ハイエナだ、わたしを殺すこともできる動物だ。わたしはもう狩人だということかしら？　本物の狩人になったのか？　エイラが感じているのは歓喜ではなく、初めて獲物を仕留めた興奮でもなく、強い獣に打ち勝ったという満足感でもなかった。もっと深い何か、もっと謙虚なものだった。自分に打ち勝ったという思い。それは霊的啓示、超自然的な力が伝えてきたのだ。深い畏敬《いけい》の念をもって、エイラは太古から一族に伝わる言葉で自分のトーテムの霊に話しかけた。

「わたしはただの女の子です、偉大なるケーブ・ライオンよ。霊たちのやり方は、わたしにはなぞです。でも、今は少しはわかるような気がします。オオヤマネコは、ブラウドよりも大きな試練でした。クレブは、強いトーテムと暮らすのは容易でないといつも言っていましたが、トーテムの最大の贈りものが自分の中にあることは教えてくれませんでした。ようやくわかったときにどんな感じがするかも、話してくれませんでした。試練とは、難しいことをやりとげるというだけではありません。試練は、自分がそれをできると知ることなのです。あなたがわたしを選んでくださったことを感謝します、偉大なるケーブ・ライオンよ。いつもあなたに値する人間でありたいとねがいます」

彩り鮮やかな秋がその輝きを失い、骸骨のような枝が枯葉を落としたころ、エイラはまた森に行くようになった。狩ることに決めた動物を追跡し、習性を研究したが、動物たちを生きものとして、危険な敵として、以前よりも敬意をもって扱った。石をはなとうと忍び寄ったが、我慢して見ているだけのことが何度もあった。一族の存在を脅かすこともなく、毛皮を利用することもできない動物を殺しても無駄だ、と強く感じるようになっていた。それでも、一族でいちばんの投石器の名手になろうという決意は変わっていなかった。

実を言うと、すでにいちばんうまくなっていたのだが、エイラは気づいていなかった。狩りの腕前を上げるためには、狩りをやり続けるしかない。だから、狩りを続けた。

その結果はしだいに気づかれることになり、男たちを不安にさせた。

「またクズリを見つけた。クズリの死骸を。練習場からほど遠からぬ場所だ」クルグが身ぶりで言った。

「毛が散らばっていた。オオカミのものらしきな。尾根の向こうの中腹あたりだ」グーブがつけ加えた。

「いつも肉食獣だ。強い動物で、女のトーテムになるものはいない」ブラウドは言った。「グラドは、モグールに話したほうがいいと言っている」

「肉食獣といっても、小さいのや中くらいのやつで、大きなネコ科の動物はいない。ライオンやオオカミやハイエナは、シカや馬、ヒツジやヤギレイヨウ、イノシシもえじきにするが、小さな肉食獣ばかり狙うやつなんているか？　こんなにたくさんの動物が殺されたのは初めてだ」クルグが言った。

「それこそがおれの知りたいことだ。何が殺してるんだ？　ハイエナやオオカミが減るのはいいが、殺してるのはおれたちじゃない……グラドがモグールに話すのか？　霊の仕業だとでも言うのか？」ブラウドは身震いを抑えた。

「もし霊だとしたら、おれたちを助けるいい霊か、おれたちのトーテムに怒っている悪い霊か？」グーブが聞いた。

「そんな質問を思いつくとはえらいな、グーブ。おまえはモグールの侍祭だ、おまえはどう思う？」クルグが言った。

「その質問に答えるには、深い瞑想《めいそう》をして霊たちと話さなきゃならない」

「おまえはもうモグールみたいに話すな、グーブ。質問に直接答えない」ブラウドがからかった。

「じゃあ、おまえの答えは、ブラウド？」グーブは言いかえした。「もっと具体的に答えられるのか？何が動物を殺しているんだ？」

「おれはモグールじゃないし、モグールになる訓練をしているわけでもない。おれに聞かれても困るよ」

エイラは近くで働いていたが、笑みがこぼれるのを抑えた。なら、わたしは霊というわけね、だけど、わたしがいい霊か悪い霊か、わかるはずないわ。

モグールは、いつの間にかそばにいたが、何も言わずに話し合いを見守っていた。「わしにもまだ答えはわからんよ、ブラウド」まじない師は身ぶりで言った。「瞑想が必要だ。しかし、これだけは言っておこう、普通の霊のやり方ではない」

霊たちは、酷暑にしたり厳寒にしたり、大雨や大雪を降らせたり、動物の群れを移動させたり、病気を引き起こしたり、雷や稲妻や地震をもたらしたりする。モグールはじっくり考えた。しかし、個々の動物に死をもたらすようなことは普通しない。このミステリーには、どうも人間がかかわっているような気がする。

エイラが立ち上がって、洞穴のほうに歩いていった。まじない師はエイラの姿を見送った。あの子はどこか違っている、変わった、とクレブはつくづく思った。クレブは、ブラウドの目もエイラを追っていたことに気づいた。その目には、いらだたしげな悪意がこもっていた。ブラウドもその変化に気づいたのだ。エイラは実際は一族の者でなく、歩き方が違うし、大人になりかかっている、というだけかもしれない。しかし、何かが心に引っかかり、それが答えではないような気もした。

エイラは確かに変わった。狩りの腕が上がるにつれ、一族の女にはない、力強い優雅さと自信をもつようになった。経験豊かな狩人のように静かに歩き、若い体には筋肉がついて引きしまり、反射神経は揺るぎなく、目には遠くを見るような表情が浮かんでいた。ブラウドがエイラをいじめるとき、いつもその目はかすかに曇り、まるで彼を見ていないようだった。エイラは、それまでと変わらずブラウドの命令にすぐに従ったが、ブラウドがどんなに殴っても、その反応は激しい恐怖を欠いていた。

エイラの落ちつきや自信は、初めのころのむきだしに近い反抗に比べて、はるかに漠然としていたが、ブラウドには同じくらいはっきりわかった。ブラウドを見下しながら従っているようだった、ブラウドの知らないことを知っているようだった。ブラウドは、微妙な変化を見きわめようと、エイラを罰するための何かを見つけようと、エイラを見張ったが、それはブラウドの目をかいくぐった。

ブラウドは、どうやってエイラがそうするのかわからなかったが、彼が自分の優位さを誇示しようとするたびに、自分が彼女の下であり、劣っているように感じさせられた。ブラウドはいらだち、怒ったが、しエイラを追い回せば追い回すほど、彼女を支配していないと感じ、そのために彼女を憎んだ。しかし、しだいにエイラをあまりいじめなくなり、彼女から距離を置くようにすらなった。ときおり、ふと思いだして特権を行使するだけだった。秋が終わったころ、ブラウドの憎悪は激しさを増していた。いつかあいつをねじふせてやる、とブラウドは自分に誓った。いつか、あいつがおれの自尊心につけた傷に代償を払わせてやる。ああ、そうとも、いつかあいつは後悔するだろう。

13

冬が来て、それとともに、一族の者は活動を減じた。季節の循環に従う生きものは、すべてそうする。生活はまだ脈打っていたが、ペースが緩んだ。エイラは初めて、寒い季節を楽しみに待っていた。慌ただしく活動的な暖かい季節には、イーザがエイラの訓練を続ける時間がほとんどなかった。初めて雪が降ると、薬師《くすし》は訓練を再開した。一族の生活のパターンは、小さな変化があっただけで繰りかえされた。そして冬はまた終わりに近づいた。

春は遅くやってきて、雨が多かった。高地の雪が豪雨に助けられて溶けると、川は水かさを増した。うねり寄せる激流は土手を越えてあふれでて、猛然と海へと向かいながら、大小の木々を押し流していった。停滞した流木群が流れの進路を変え、一族のつくった道の一部が台無しにされた。わずかの間、暖かな日が続き、果樹の花がためらいがちに開いたが、晩春に激しく降ったひょうが繊細な花を破壊し、約束された収穫の望みを打ち砕いた。それから、まるで自然が気を変えて、保留した果実の提供の埋め合わせをしたがっているかのように、初夏には、青物や根菜類やカボチャや豆類が豊富に収穫できた。

一族の者は、例年のように春に海岸に行ってサケを捕れなかったので、ブルンがチョウザメとタラを捕りに行くと言ったとき、みんな喜んだ。一族の者は、内海まで十五キロ余り歩いていき、断崖に巣をつくっているたくさんの鳥の卵や貝を集めることがよくあったが、大きな魚を捕るのは、男女が共同で行う数少ない作業の一つだった。

ドルーグには、海岸に行きたい自分なりの理由があった。春の激しい雨水の流出で、高地の白亜層からフリント石の小塊が流され、洪水の氾濫原にとり残されてしまったのだ。ドルーグは少し前に海岸を探索し、沖積《ちゅうせき》鉱床をいくつか見つけた。魚を捕りに行けば、上質の石を集めてこられるから、みんなに新しい石でまた道具をつくってやれる。重たい石をそのまま洞穴にもって帰るより、海岸で打ち欠いてしまったほうが楽だ。

ドルーグは、しばらく一族のために道具をつくっていなかった。このままだと一族の者は、好みの道具の石が傷んで割れたら、自分の粗末な道具で間に合わせなくてはならない。みんな、それなりに使える道具をつくることはできるが、ドルーグの道具とは比べようがない。

海岸に行く準備には、休暇を楽しむようなうきうきした気分が伴っていた。一族の者がそろって出かけることなどあまりなかったし、海岸で野営するのはめったにないことで、とりわけ子どもたちはわくわくしていた。ブルンは、一人か二人の男を毎日洞穴に帰らせて、不在の間、何事もないか確かめさせるつもりだった。クレブでさえ、この転地を楽しみに待っていた。クレブはめったに洞穴から遠くに出かけることはなかったのだ。

女たちは網の準備をした。弱くなった縄を補修し、繊維質のつるや、筋の多い樹皮や、丈夫な草や、動物の長い毛で延長した。動物の腱《けん》は強くて丈夫だったが、使われなかった。皮と同様、水にぬれると硬くなり、柔らかくするための脂もよく吸収しなかった。

大きなチョウザメは、しばしば体長三・五メートルを超え、重さは一トン以上もある。初夏になると、一年の大部分を過ごす海から淡水の川に移動し、産卵する。歯のない口の下側にある肉質のひげは、この大昔からいるサメに似た魚に、恐ろしい外観を与えているが、食べているものといえば、海底の無脊椎動物や小魚だ。

それよりも小さいタラは、十一か十二キロ以上のものはほとんどいないが、大きなものは九十キロを超えることもある。周期的に北に移動し、夏にはもっと浅い海に行く。たいがいは深海にすむが、ときには水面近くを泳ぎ、移動したりえさを追ったりするときに淡水の河口に入ることもある。

十四日にわたる夏のチョウザメの産卵期には、河口はチョウザメでいっぱいになる。狭い水路を選んだチョウザメは、大河を上る巨大魚の大きさには達しないが、一族の網にかかるチョウザメを引き上げるのは一苦労だろう。移動の時期が近づくと、ブルンは毎日誰かを海岸に行かせた。最初の大きなバルーガ・チョウザメが川にやってくると、ブルンは命令を下した。明日、出発するぞ。

エイラは興奮しながら目を覚ました。睡眠用の毛皮を縛って丸め、食料と調理具を採集かごに詰め、テントとして使う大きな獣の皮を上にのせてしまってから、朝食をとった。イーザは、薬袋なしで出発するわけにはいかなかった。エイラが洞穴の外に走りでて、一族の者の出発の準備が整ったかどうか確かめたときにも、イーザはまだ荷造りをしていた。

「急いで、イーザ」エイラは洞穴の中に駆け戻って、せかした。「もうすぐ出発よ」

「落ちつきなさい。海はどこにも逃げたりしないわ」イーザは袋のひもをきつく締めながら答えた。

エイラは採集かごを背負うと、ウバを抱き上げた。イーザはあとを追ったが、振りかえり、忘れものがないか、思いだそうとした。イーザは、洞穴を出るとき、いつも何か忘れものをしているような気がする。まあ、大事なものだったら、エイラにとりに戻ってもらえばいいわ、とイーザは思った。一族のほとんどの者は外に出ていた。イーザが、決められた自分の場所に並ぶと、ブルンはすぐに出発の合図をした。出発してほどなく、ウバが下りたいと身をくねらせ始めた。

「ウバ、赤ん坊じゃない！　自分で歩く」ウバは、子どもなりの威厳をもって身ぶりで告げた。三歳半のウバはすでに、大人や年上の子どものまねを始めていて、幼児や赤ん坊のように世話をやかれるのを拒む。どんどん成長していた。あと四年もしたら、一人前の女になりそうだった。四年の短い間にも、たくさんのことを学ぶ。自分がどんどん成長していることを感じとっていたので、ウバは、間もなく自分に科せられる責任に対して準備を始めていたのだ。

「わかったわ、ウバ」エイラはウバを下ろしながら、身ぶりで言った。「でも、わたしの後ろからはなれないでね」

一行は川をたどって山腹を下った。堆積した流木のために川の進路が変わってしまっている場合は、新しくできた道を進んだ。楽な旅だった——帰りは、骨が折れそうだが——昼前には、広い海岸に着いた。一族の者は、押し寄せてくる波から十分はなれた場所に、流木や低木を支柱に使って仮のすみかをつくった。火がたかれ、網がまたチェックされた。魚を捕り始めるのは、翌朝の予定だった。エイラは海のほうにぶらぶら歩いていった。

「海に入ってくるわ、かあさん」エイラは身ぶりで言った。

「どうしてあんたはいつも水に入りたがるの、エイラ？　危険だわ。それに、いつも遠くまで行ってしまうし」

「だっていい気持ちなのよ、イーザ。気をつけるわ」

いつも同じだった。エイラが泳ぎに行くとき、イーザはきまって心配する。一族の中で泳ぎが好きなのはエイラだけだ。泳げるのもエイラだけだ。一族の者の骨は太くて重いため、泳ぐのが難しい。楽に浮かないし、深い水をとても恐れている。魚を捕るために水に入りはするが、腰の高さより深いところには行こうとしない。不安になるからだ。エイラが泳ぐのを好むのも、エイラの風変わりな点の一つと考えられていた。もちろん、変わっているのはそれだけではなかったが。

九歳に達するまでには、エイラはどの女よりも背が高く、何人かの男と同じくらいの背になっていたが、一人前の女に近づく兆しはまだ見せていなかった。イーザは、いつまでこの子の背は伸びるのだろう、と思うことがあった。背の高さと、一人前の女になるのが遅れていることから、強い男のトーテムのせいで、なかなか女として成熟できないのではないかと憶測する者もいた。男でもなく、十分な女でもない、一種の中性的な女として生涯を過ごすのではないか。

クレブが、浜辺に歩いていくエイラを見つめているイーザのところに、足を引きずりながら近づいた。エイラは強じんで細い体や、平べったく筋張った筋肉、子馬のような長い脚のせいで、不格好でおかしく見えるが、しなやかな動きは、そんなぶざまな外見にそぐわない。一族の女の卑屈に這《は》いずるような歩き方をまねしようとしたが、エイラには短くて湾曲した脚がなかった。どんなに小またに歩いても、長い脚のせいで、男のように大またになってしまった。

しかし、エイラを異質に思わせていたのは、長い脚だけではなかった。エイラは、一族のどんな女も感じたことのない自信を発していた。エイラは狩人だ。投石器に関しては、一族のどんな男もエイラにかなわない。今では、エイラにもそれがわかっていた。男性が優位だなんて感じもしないのに、そういう考えに従うふりはできない。エイラには、一族の女の魅力の一つである、男が上だと心から思う気持ちが欠けていた。女らしさのないひょろ長い体と、無意識に現れてしまう自信のありそうな態度のせいで、男の目にはエイラがなおさら魅力に乏しく見えた――エイラは醜いばかりでなく、女らしくない。

「クレブ」イーザが身ぶりで言った。「アバとアガは、エイラが一人前の女になれないと言うのよ。あの子のトーテムが強すぎると言うの」

「もちろん、エイラは一人前の女になれるさ、イーザ。よそ者が子どもを産まないと思うかね？　エイラがこの一族に受けいれられたからというだけで、もともとの性質は変わらない。よその種族の女は、大人になるのが遅いのかもしれん。一族の女の子にだって、十歳をすぎるまで女にならない者もいる。異常だとか言い始める前に、それくらい待ってやってもいいものだろうに。ばかなことを言うものだ！」クレブはいらだたしそうに鼻を鳴らした。

イーザはなだめられたが、養女が一人前の女になる兆しを見せ始めてくれるようにねがった。エイラは腰まで水につかると、足で水をけり、大きく巧みに手をかきながら、沖に向かった。

エイラは、海水の自由さと浮力が大好きだった。どうやって泳げるようになったのかは覚えていなかった。生まれてからずっと知っていたような気がした。さらに一、二メートル泳ぐと、海岸線の水面下の大陸棚は急に下っていた。海の色が濃くなり、水が冷たくなったので、エイラは自分がそこを通過したことがわかった。

エイラはさっと仰向けになると、波の動きに身を任せ、しばらくゆったり漂っていた。顔に海水がかかったので、ぺっと吐きだすと、体を回転させ、浜辺のほうに向きなおった。潮が引いていた。エイラは、引き潮にのって漂っていたのだ。一体となった流れの力のせいで、泳いで戻るのはたいへんだった。エイラは精いっぱい努力し、間もなく、足が水底につくと、浜辺まで歩いていった。川の真水で体を洗っていると、速い流れが脚に押し寄せ、足もとのもろい砂が崩れた。エイラはテントの外のたき火のそばにぺたんと座った。疲れていたが、気分はさわやかだった。

食事のあと、エイラは、この海の向こうには何が横たわっているのだろうと思いながら、ぼんやり遠くを見つめていた。海鳥がガーガー、キーキー鳴きながら、舞い下りたり、旋回したり、砕ける波の上に急降下したりしていた。かつては生きていた木の、風雨にさらされ白く変色した古い骨格が、ねじれた輪郭をむきだしにし、平らな砂浜に変化を与えていた。青灰色の広い海が、沈みかけた太陽の長い光を受けて光っていた。その光景には、うつろで超現実的な別世界のような感じがあった。ねじれた流木はグロテスクな影となってから、月のない夜のやみに溶けていった。

イーザはウバをテントに寝かせてから、星空に煙を立ち上らせている小さなたき火を囲んでいるエイラとクレブのそばに座った。

「あれは何、クレブ?」エイラが上のほうに手を向けながら、静かに言った。

「空の炎だよ。それぞれがあの世の誰かの霊の炉辺なんだ」

「そんなにたくさんの人がいるの?」

「霊の世界に行ったすべての人の火だ。まだ生まれていないすべての人間の火もある。トーテムの霊の火もあるが、ほとんどのトーテムは一つ以上の火をもっている」クレブは指差した。「あれが偉大なるウルススの家だ。あれが見えるか?」クレブは別の方向を指差した。

「あれはおまえのトーテム、ケーブ・ライオンの火だ、エイラ」

「わたし、空に小さな火が見えるところで寝るのが好きよ」エイラは言った。

「でも、風が吹いたり、雪が降ったりするときは、あまりすてきじゃないわよ」イーザが口を挟んだ。

「ウバも小さな火が好き」暗やみからたき火の光の輪の中に出てきたウバが、身ぶりで言った。

「おまえはもう眠っていると思ったが、ウバ」クレブが言った。

「ううん。ウバは、エイラとクレブみたいに小さな火を見るの」

「みんな、そろそろ寝ましょう」イーザが身ぶりで言った。「明日は、忙しくなるわよ」


翌朝早く、一族の者は川に網を張った。以前捕ったチョウザメの浮き袋を丁寧に洗って、風で乾かし、硬くて透きとおったゼラチンの風船のようにしたものが、網用の浮きにされた。網の底に結びつけられた石が、重りだった。ブルンがドルーグと一緒に網の片端を向こう岸にもっていくと、合図した。大人と年長の子どもたちが川に入っていった。ウバがあとについていこうとした。

「だめよ、ウバ」イーザが身ぶりで言った。「あんたは残るのよ、まだ小さいんだからね」

「でも、オーナは手伝ってるわ」ウバは訴えた。

「オーナはあんたより年上だわ、ウバ。あとで手伝って、魚を引っぱり上げたら。あんたには危険すぎるわ。クレブだって岸のそばに残っているでしょ。あんたはここに残りなさい」

「はい、おかあさん」ウバは失望をあらわにしながら、身ぶりで言った。

一族の者は、できるだけ水をかき乱さないようにしながら、ゆっくり広がり、大きな半円を描いてから、彼らの動きによってかき混ぜられた砂がまた沈むまで待った。エイラは、脚の周りでうず巻く強い流れに負けないように踏んばって立ち、ブルンをじっと見ながら合図を待った。エイラがいるのは、どっちの岸からも同じくらいの距離の川の真ん中、海にいちばん近い場所だった。大きな黒い影が一、二メートル先を通りすぎるのが見えた。チョウザメたちが動きだしたのだ。

ブルンが手を上げ、全員息をのんだ。ブルンがさっと手を下げると同時に、一族の者は叫び声を上げながら水をたたき、バシャバシャと水しぶきを上げ始めた。でたらめに音を立て水しぶきを上げているかと思えたが、これは間もなく、目的のある動きだとわかった。

一族の者は、円を狭めながらチョウザメたちを網のほうへと集めていたのだ。ブルンとドルーグが向こう岸から、網をもちながら近づいてきた。一族の者によって引き起こされた混乱状態のせいで、チョウザメたちは海に戻ることができなかった。網は狭まり、もがく銀色のチョウザメの群れは、しだいに小さな空間に押しこまれていった。数匹が、結ばれた網に抵抗し、破って逃げようとした。さらに多くの手が網をつかみ、岸のほうに押すようにした。岸に残った者も、引っぱった。一族の者は、バタバタと動くチョウザメの群れを懸命に引き上げようとした。

エイラが目を上げると、ウバがのたくるチョウザメたちの間にひざまでつかり、網の向こう側からエイラのところにやってこようとしていた。

「ウバ！　戻りなさい！」エイラは身ぶりで伝えた。

「エイラ！　エイラ！」ウバは叫んでから、海のほうを指差した。「オーナが！」

エイラが振り向くと、黒い頭が一度浮かび上がってから、また水の下に消えるのがかろうじて見えた。ウバよりも一歳とすこしだけ年上のオーナが、足をすべらせ、海のほうに流されてしまっていた。チョウザメを引き上げる混乱の中で、見すごされてしまったのだ。年上の遊び友達を岸から感嘆しながら見ていたウバだけが、オーナの窮地に気づき、必死に誰かの注意を引いて知らせようとしていたのだった。

エイラは、わき立つ濁流に飛びこみ、海に向かって水を切って進んだ。かつてないほど速く泳いだ。海に流れでていく水が泳ぎを助けてくれたが、その同じ流れが、等しい力で大陸棚の急斜面のほうへオーナを引っぱっていた。エイラは、オーナの頭がまた浮かび上がるのを見て、さらに懸命に泳いだ。近づいてはいたが、まだ十分ではなかった。もしオーナが、エイラが追いつく前に大陸棚の急斜面まで流されてしまったら、強い引き波によって深みに引っぱりこまれてしまう。

水が塩辛くなってきた。エイラは味でわかった。小さな黒い頭が一、二メートル先にまた浮かび上がってから、沈んで見えなくなった。エイラは必死に泳ぎながら、水温が下がるのを感じ、水中に潜って、消えた頭をつかもうと手を伸ばした。流れるつる状のものに手が触れた。エイラは、オーナの長くてふさふさした髪をぎゅっと握りしめた。

エイラは、肺が破裂するのではないかと思った——水に潜る前に、深く息を吸う暇がなかったのだ。今にも気を失いそうになったとき、かけがえのない子どもを引っぱり上げながら水面に浮かびでた。エイラはオーナの頭を水の上にもち上げたが、オーナは意識を失っていた。ほかの人間を抱えながら泳いだことはなかったが、オーナの頭を水の上に上げたまま、できる限り急いで岸まで連れて帰らなくてはならなかった。エイラは、片腕でうまく水をかき、もう一方の腕でオーナをしっかり抱きながら、泳ぎだした。

エイラの足が水底についたころには、一族の者全員が水の中を歩いてきてエイラを出迎えた。エイラは、オーナのぐったりした体を水からもち上げて、ドルーグに渡した。そのときになって初めて、自分がどんなに疲れているか気づいた。クレブがエイラのわきに立った。エイラが目を上げると、驚いたことに、ブルンがクレブの反対側に来て、一緒に岸まで連れて帰ってくれた。ドルーグは前をどんどん進んでいた。エイラが浜辺にくずおれたころには、イーザがオーナを砂の上に寝かせ、肺を押して水を吐かせようとしていた。

一族の者が溺れかかったのは初めてではなかった。だから、イーザはどうすればいいか心得ていた。これまで何人かが冷たい深みに引きこまれて死んだが、今回は、海は生けにえを奪いとられてしまったのだ。オーナはせきこみ始め、口から水が吐きだされた。まぶたがぴくぴく動いた。

「ああ、わたしのかわいい子！」アガが、倒れこみながら叫んだ。とり乱した母親は、娘を抱え上げ、抱きしめた。「もう死ぬかと思ったわ。だめだと思ったのに。ああ、わたしのかわいい子、たった一人の娘」

ドルーグが母親のひざから娘をもち上げると、しっかり抱きながら、野営地に連れて帰った。習慣には反することだが、アガはドルーグのわきを歩き、失うかと思った娘をなでさすっていた。

一族の者は、通りすぎるエイラをじっと見つめた。いったん波にさらわれたら、これまでは助かった者はない。オーナが助けられたのは奇跡だった。ブルンの一族の者は、エイラが奇妙な振る舞いをしても、もうあざけるような身ぶりをしてエイラを見ないだろう。エイラの幸運のおかげだ。エイラはいつも幸運に恵まれている。洞穴も見つけたではないか。

チョウザメは浜辺の上でまだ発作的に跳ねていた。何が起こったかを知った一族の者が、溺れかかったオーナを連れて戻ってきたエイラを急いで出迎えに行っているうちに、何匹かは何とか川に逃げだしていた。しかし、ほとんどはまだ網にかかっていた。一族の者はチョウザメを引き上げる作業に戻った。引き上げると、男たちがこん棒で打って動かなくし、女たちがそれを洗い始めた。

「雌《めす》よ！」大きなシロチョウザメの腹を切りひらいたエブラが、叫んだ。みんな、その大きな魚に向かって走った。

「見てよ」ボーンが身ぶりで言うと、小さな黒い卵に手を伸ばした。新鮮なキャビアは、誰もが好きなごちそうだ。たいがい、全員が最初の雌のチョウザメの卵を手づかみでむさぼり食う。そのあとのものは、塩漬けにされて保存されるが、捕れたてのキャビアほどおいしくはない。エブラはボーンを止め、エイラに合図した。

「エイラ、あんたがいちばんにとりなさい」エブラは身ぶりで言った。

エイラは注目の的になって戸惑い、あたりを見回した。

「そうだ、エイラがいちばんだ」ほかの者たちも言った。

エイラはブルンを見た。ブルンはうなずいた。エイラはためらいながら前に出て、きらめく黒いキャビアをつかむと、立ち上がって一口食べた。エブラが合図した。全員がすぐさま、うれしそうにチョウザメの周りに群がり、キャビアをつかんだ。悲劇を避けられたのだ。みんな、ほっとしながら、うきうきとお祭り気分を味わっていた。

エイラはゆっくりテントに戻った。自分がたたえられたことはわかった。一口ずつ食べながら、濃厚なキャビアの味を楽しみ、一族の者が受けいれてくれたという温かな喜びをかみしめた。決して忘れられない気持ちだった。

チョウザメを引き上げ、こん棒で打ったあと、男たちは女たちに洗って保存する作業を任せ、いつものように固まってわきに立った。一族には、魚を開いたり切り身にしたりするのに使う鋭いフリントのナイフのほかに、うろこを削り落とす特別の道具もあった。このナイフは、背のところに丸みを帯びさせて手でもちやすいようにしたばかりでなく、とがった先端近くに刻み目がつけられ、力のいれ具合を人さし指で加減し、魚の皮を裂くことなくうろこを削れるようになっていた。

一族の網には、チョウザメ以外のものもかかっていた。タラ、淡水にすむコイ、大きなマス数匹、エビやカニさえいくらか捕れていた。魚に引き寄せられた鳥が、はらわたを食いに集まり、うまく近づけたときには切り身も盗んでいた。干すために棚やくすぶる火の上に魚が並べられたあと、網が魚の上に広げられた。そうすれば、網が乾くし、修繕が必要な場所がわかる。それに、一族が苦労して手にいれた獲物を鳥にさらわれずにすむ。

漁が終わるころには、みんな魚の味やにおいに飽きあきしているだろうが、最初の晩は、うれしいごちそうで、いつも宴をはる。祝宴のためにとっておかれた魚――ほとんどは、風味のある白い身が、とくに捕れたてのときに好まれるタラだったが――が、新鮮な草や大きな緑の葉に包まれ、熱い炭の上にかけられた。何もはっきりとは語られなかったが、エイラはこの宴が自分をたたえていることがわかった。女たちはエイラにさまざまなごちそうをすすめたし、アガは特別丁寧に用意した切り身をそっくり渡した。

太陽が西に沈むと、ほとんどの者は自分のテントに入った。イーザとアバは、大きなたき火の残り火のわきで話し、エイラとアガは黙って座ったまま、オーナとウバが遊んでいるのを見ていた。その年生まれたアガの息子、グルーブが、温かな乳に満足してアガの腕の中ですやすやと眠っていた。

「エイラ」アガが少しためらいながら言った。「あんたに聞いて欲しいことがあるの。わたし、これまでずっとあんたに優しくなかったわね」

「アガ、あなたはいつも親切だったわ」エイラは遮った。

「それは優しいのとは違うわ」アガは言った。「わたし、ドルーグと話したの。オーナはわたしの最初のつれあいの炉辺で生まれたのだけど、ドルーグはあの子が大好きなの。ドルーグの炉辺には女の子がいなかったから。ドルーグは、あんたはこれからずっとオーナの霊の一部を分かちもつと言ってるわ。わたしには霊のやり方はわからないけど、ドルーグは、狩人がほかの狩人の命を救えば、救った男の霊の一部をもつものだと言うの。二人は、血のつながった人間みたいに、きょうだいみたいになるのよ。あんたがオーナの霊を分かちもって、わたしうれしいわ、エイラ。オーナがまだここにいて、あんたと霊を分かち合っていることがうれしいわ。わたしに幸運にももう一人子どもができたら、そして、それが女の子だったら、ドルーグはその子をエイラと名づけると約束してくれたの」

エイラはびっくりした。どう答えていいか、わからなかった。「アガ、あまりにも大きすぎる名誉だわ。エイラは一族の名前でないし」

「今は一族の名前なのよ」アガは言った。

アガは立ち上がり、オーナに合図すると、自分のテントに向かい始めた。一瞬振りかえり、「もう行くわ」と告げた。

これは、一族の者が〃さようなら〃を告げる身ぶりにいちばん近いものだった。ほとんどの場合、そういうあいさつは省略される。ただ行ってしまうのだ。この一族には、〃ありがとう〃に当たる言葉もなかった。感謝の気持ちは理解できたが、それは違う意味をもっていた。たいがいは、恩義を感じることで、普通は、下位の者が抱く気持ちだった。彼らが助け合うのは、それが彼らの暮らし方であり、義務であり、生存に必要だからであり、感謝の気持ちは期待されも受けとられもしなかった。特別な贈りものをすることや、好意を示すことが、受けた恩に値するものをかえして報いる意味をもっていた。こうしたことが暗黙に了解されていたので、感謝の気持ちを表すことは必要なかった。オーナが――彼女が大人になるまでは、母親が――それなりの恩返しをして、エイラの霊の一部を得るような機会があるまでは、オーナは生きている限り、エイラに借りがあることになる。アガの申し出は、恩をかえすというだけでなく、彼女なりに感謝の気持ちを伝えたのだ。

アガが立ち去ると、アバも間もなく立ち上がった。

「イーザは、あんたが運に恵まれているといつも言っていた」アバは、エイラの前を通りすぎながら、身ぶりで言った。「わたしも今はそう思うよ」

アバが立ち去ると、エイラはイーザのわきに歩いていって座った。

「イーザ、アガの話だと、わたしはこれからずっとオーナの霊の一部をもつことになるそうよ。だけど、わたしはオーナを連れて戻っただけで、あの子の息を吹きかえさせたのはあなただわ。わたしだけでなく、あなたもオーナの命を救ったわ。あなたもオーナの霊の一部を分かちもつんじゃない？」エイラは聞いた。「あなたはさぞかしたくさんの霊の一部を分かちもっているんでしょうね、たくさんの命を救ってきたんだから」

「どうして薬師《くすし》が薬師としての身分をもっていると思う、エイラ？　それは、男女を問わず自分の一族の全員の霊の一部を分かちもっているからなの。さらに言えば、自分の一族を通じて、氏族会すべての者の霊を。薬師は一族の者がこの世に生まれでる手伝いをし、生涯にわたって世話をするわ。女は薬師になると、全員から霊の一部を与えられるの。命を救ったことのない人からもよ。いつ救うことになるか、わからないからよ。

人が死んで霊の世界に行くと、薬師は霊の一部を失うの。だからこそ、薬師は一生懸命やるのだと思っている者もいるけど、薬師のほとんどは、どっちにしても、できる限りのことをするわ。すべての女が薬師になれるわけではないのよ。薬師の娘だからといって、なれるわけでもないわ。心から人を助けたいという気持ちがなくてはいけないのよ。あんたにはそれがあるわ、エイラ。だからこそ、教えてきたのよ。

ウバが生まれたあと、あんたがあのウサギを助けたがったときからわかっていたの。あんたは、オーナのあとを追ったとき、自分の危険を顧みなかったわ。ただ彼女の命を救いたいと思っただけで。わたしの家系の薬師は、いちばん高い身分をもっているの。あんたが薬師になるときは、わたしの家系を継ぐことになるのよ、エイラ」

「でも、わたしはあなたの実の娘じゃないわ、イーザ。覚えている母親はあなただけだけれど、あなたから生まれたんじゃない。なのに、どうしてあなたの家系を継げるの？　わたしにはあなたみたいに受け継がれた記憶がないし、記憶がどういうものかもわからないのよ」

「わたしの家系が最高の身分をもっているのは、いつも最高の薬師だったからよ。わたしの母親も、母親の母親も、そのまた母親も、わたしの思いだせる範囲を超えた時代にさかのぼっても、わたしの家系の女はいつも最高の薬師だったわ。一人ひとりの薬師が、自分の知っていること、身につけたことを代々伝えてきたの。

あんたは一族の人間よ、エイラ、わたしの教えを受けたわたしの娘よ。あんたは、わたしが与えられる限りの知識をもつことになるわ。わたしの知っていることすべてではないかもしれないけれど——自分がどれだけ知っているか、わたしにもわかっていないから——でも、ほかのものがあるから、それで十分のはずよ。あんたには才能があるわ、エイラ。きっと、あんたも一族の薬師の家系の娘なんじゃないかしら。いつかとてもいい薬師になるわ。

あんたには先祖からの記憶はないけれど、考える力がある。痛みの原因が何かを理解する力がある。痛みの原因がわかれば、治療できるわ。あんたには、どうやって治療したらいいか知る力があるのよ。オガがブルンの腕をやけどさせたとき、わたしはあんたに雪をかけろと教えなかったわ。わたしも同じことをしたかもしれないけれど、教えなかったわ。あんたの才能、能力は、記憶と同じくらい、いえ記憶よりもっと優れたものかもしれないわ、もしかすると。どうであれ、優れた薬師は優れた薬師よ。それが大事なの。あんたはわたしの家系を継ぐのよ、エイラ、いい薬師になるはずだから。あんたは身分にふさわしい者になるでしょう、最高の薬師の一人になるでしょう」

一族は毎日規則正しく作業を続けた。漁は一日に一度しかしなかったが、女たちは午後遅くまで休む暇もなかった。オーナはもう漁で魚を追いたてる手伝いをしなかったし、それ以上事故は起きなかった。ドルーグが、オーナはまだ小さすぎる、来年からでも遅くない、と判断したのだ。チョウザメの川上りが終わりに近づくと、水揚げは少なくなり、女たちは午後のんびり過ごす余裕ができた。それでちょうどよかった。魚を干すのは数日かかるし、浜辺の棚の列は毎日長くなっていたからだ。

ドルーグは、氾濫後の水の引いた川沿いの平地を探し回り、山から押し流されてきたフリントの塊を見つけ、いくつか野営地にもって帰っていた。午後には、ドルーグが新しい道具をつくる姿が見られた。間もなく一族が海をあとにする日が近いある午後のこと、エイラは、ドルーグがテントから包みをだして、いつも道具をつくっている場所の近くにある流木まで行く姿を見かけた。エイラは、ドルーグがフリントを加工するのを見るのが大好きだったので、あとを追っていくと、頭を下げて前に座った。

「道具のつくり手が拒まないのなら、この娘は作業を見たいのですが」ドルーグがエイラに気づくと、エイラは身ぶりで伝えた。

「ふうむ」ドルーグは同意してうなずいた。エイラは流木の上に静かに座り、見守った。

エイラは前にもドルーグの作業を見たことがあった。ドルーグは、エイラが本気で興味をもっていて作業を邪魔しないことを知っていた。ボーンが同じくらい興味を示してくれたらいいんだが、とドルーグは思った。一族の子どもは、誰も道具づくりの才能を示していない。腕のいい専門家はみんなそうだが、自分の知識を分け与えて伝えたく思っていた。

ひょっとしたらグルーブが興味をもつかもしれない、とドルーグは思った。オーナが乳離れしたすぐあと、新しいつれあいが男の子を産んでくれたことをドルーグは喜んでいた。ドルーグはそんな大人数の炉辺をもつのは初めてだったが、アガと二人の子を引きとることに決めてよかったと思っていた。アバがいても、さほど悪くはなかった——アガが赤ん坊の世話で手が回らないとき、アバはしばしばドルーグの用をたしてくれた。

アガには、グーブの母親のような深くさりげない思いやりはなく、ドルーグは初めのうち、身のほどを知らせるために骨を折らなくてはならなかった。しかし、アガは若く健康で、息子も産んでくれた。ドルーグは、その男の子を仕込んで道具のつくり手にできないものかと大いに期待していた。ドルーグは、自分の母親の母親のつれあいから、石の細工の技術を学んだ。そして今、子どものころ自分がその腕を磨くことに興味をもったときのあの老人の喜びがわかった。

しかし、エイラはこの一族と暮らすようになって以来、ドルーグの作業をしばしば見ていた。ドルーグは、エイラのつくった道具を見たことがある。エイラは手先が器用で、技術をうまくとりいれた。最終的な目的が、武器や、武器をつくる道具でない限り、女は自由に道具をつくっていいことになっている。女の子を仕込んでもたいして意味はない。どうせ本物の名人になれないからだ。しかし、エイラはなかなか腕がよく、とても使いやすい道具をいくつかつくっていた。女の弟子でも、一人もいないよりはましだ。ドルーグは、これまで自分の技術のいくつかをエイラに教えてやっていた。

ドルーグは包みを開き、道具をくるんである獣の皮を広げた。エイラを見て、石について役に立つ知識を教えてやることに決めた。そして、前日捨てた石を拾い上げた。長年の試行錯誤を通じて、ドルーグの先祖は、最高の道具をつくるのに必要なさまざまな特性がフリントにはうまく組み合わさっていることを知ったのだ。

ドルーグが説明する間、エイラは一心に作業を見ていた。第一に、さまざまな動物や野菜を切ったり、削ったり、裂いたりするには、石は十分に硬くなくてはならない。珪素を含む石英系の鉱物の多くは必要な硬さをもっているが、フリントは、石英系の鉱物や、もっと軟らかな鉱物でできた多くの石にはない別の特性をもっている。もろいのだ。圧力や衝撃を加えると、すぐに割れる。ドルーグが傷のある石をもう一つの石と打ち合わせて二つに割ってみせると、エイラは驚いて飛びのいた。きらめく暗灰色のフリントの中心にある、違う性質の物質がむきだしになった。

ドルーグは、第三の性質をどう説明したらいいのか、よくわからなかった——長い年月この石を加工してきたので、感覚的にはよくわかっていたのだが。ドルーグの技を可能にする特性はこの石の割れ方で、フリントの均一性がそれをもたらすのだ。

ほとんどの鉱物は、結晶構造と平行の平面にそって割れる。つまり、ある方向にしか割れないので、フリント石を細工する者は、特定の用途のためには形づくれない。それを知っているドルーグは、ときどき黒曜石を使う——この黒いガラス質の火山岩が、多くの鉱物よりずっと軟らかいとしても。黒曜石は、はっきりした結晶構造がないので、どんな方向にも簡単に均一に割れるのだ。

フリントの結晶構造ははっきりしているが、結晶がひじょうに小さいため、一定の方向にしか割れない。だから、形をつくるのには、それなりの技が必要だ。それがドルーグのもつ特別な才能だった。フリント石は、獣の厚い皮や、強い繊維質の植物を切れるほど硬いうえ、簡単に割れて、へりがガラス片のように鋭くなる。エイラに見せてやるため、ドルーグは傷のある石の一つを拾って、へりを指差した。それがどれだけ鋭いかを知るのに触ってみる必要はなかった。エイラは、同じくらい鋭い刃のナイフを何度も使ったことがあった。

ドルーグは割れた石を落とし、獣の皮をひざの上に広げながら、自分に伝えられた知識に磨きをかけてきた長年の経験を思いだしていた。いい石の道具をつくるには、まず石を選ぶ力が必要だ。白亜質の表面のわずかな色の違いを見わけて、良質のきめの細かいフリントを選ぶには、熟練した目をもたなくてはならない。ある場所の石の塊が、ほかの場所の石よりも上質で、新しく、異物が含まれていないことを感じとれるようになるには、時間がかかる。たぶんいつか、そういう細かい点までわかる本物の弟子をもてるだろう。

ドルーグは道具を並べ、慎重に石を吟味してから、目を閉じてお守りをもちながら静かに座った。エイラは、そんなドルーグが彼女のことを忘れてしまっていると思っていた。ドルーグが無言の身ぶりで話し始めたとき、エイラはびっくりした。

「おれがこれからつくる道具は、とても重要なんだ。ブルンは、マンモス狩りをすることに決めている。秋になって葉の色が変わったあと、はるか北まで行ってマンモスを見つけるんだ。マンモス狩りが成功するには、よほど幸運に恵まれなきゃならん。霊が味方してくれなきゃならん。おれがつくるナイフは、武器として使われる。マンモス狩りの武器をつくるための道具もほかにつくる。モグールが、おれのつくったものに強力なまじないをかけてくれるだろうが、まずはいいものをつくらねばならん。道具づくりがうまくいけば、吉兆だ」

エイラは、ドルーグが彼女に話しているのか、それとも作業を始める前にはっきりと心にとめておくべきことを一人で確認しているだけなのか、わからなかった。ドルーグが作業している間、じっとしたままでいてドルーグを邪魔するようなことはしてはいけないことはよくわかった。ドルーグがつくろうとしている道具の重要さがわかったので、もう行けと言われるのではないかとも思った。

エイラは知らなかったのだが、エイラがブルンに新しい洞穴を見せたときから、ドルーグは、エイラが幸運を携えている、と思っていた。オーナの命を救ったことから、この思いはますます強まった。ドルーグはこのよそ者の娘を、トーテムから受けとった幸運を招くお守りとしてもっている珍しい石や歯と同様に見なしていたのだ。エイラ自身が幸運かどうかはわからないが、エイラは幸運をもたらしてくれる。この特別なときに、エイラが見学させてくれと頼んできたのは吉兆だ。ドルーグは、最初の石の塊を手にとったとき、エイラが彼女のお守りに手を伸ばすのを横目で見た。はっきりとはわからなかったが、エイラが強力なトーテムの幸運を自分の作業に振り向けてくれているような気がした。ドルーグはそれを歓迎した。

ドルーグは、ひざに獣の皮をかけ、左手にフリントの塊をもって、地面に座っていた。だ円形の石を右手でつかむと、重さを計るようにして手になじませた。感触がよくて弾力のある石の槌《つち》を長年探し、ようやくこの石を見つけて何年も大事に使っている。いくつもの傷が、長年使われてきたことを物語っていた。ドルーグは石の槌を使って、白亜質の表面を割って暗灰色のフリントの下層をむきだしにした。それから、手を止め、フリントをじっくり吟味した。きめには問題なく、色もよく、異物は含まれていない。ドルーグは、握斧《あくふ》の基本的な形をつくり始めた。下に落ちる厚い剝片は、鋭いへりをもっていた。多くの剝片は、そのまま切断用具として使えそうだった。石の槌が当たった剝片の先は、いずれも厚みがあり、反対側の薄い断面に向かって次第に細くなっていた。剝片が落ちるごとに、フリントの石核に深い波紋のようなしるしがついた。

ドルーグは石の槌を置き、骨の槌を手にとった。慎重に狙いを定めると、フリントの石核の鋭い波状のへりのすぐ近くを打った。軟らかく弾力のある骨の槌を使うと、長く薄い剝片がとれ、打ったあとは比較的平らで、へりは真っすぐになる。硬い石の槌が当たった場合のように、鋭く薄いへりが砕けてしまうことがない。

しばらくすると、ドルーグは仕上がった握斧を掲げた。長さ十センチ余りで、片方の先端がとがり、刃は真っすぐで、断面は比較的薄く、滑らかな表面には、剝片の欠けた部分に浅い跡がついているだけだった。手で握って斧として木を切ることもできるし、手斧として丸太をくりぬいて木の鉢をつくることもできるし、マンモスのきばを切り落としたり、動物をばらすときに骨を割ったりもできる。鋭く打つ道具が必要などんな用途にも役に立つのだ。

握斧は大昔からある道具だ。ドルーグの先祖は、何千年にもわたって同じような握斧をつくってきた。これより単純な形のものが、これまでに生みだされた最古の道具の一つだが、今でも使われていた。ドルーグは剝片の山をかき回して、刃が真っすぐで広いものをいくつか選びだし、わきに置いた。動物をばらすときや、獣の硬い皮を切るときに、包丁として使えるのだ。

握斧は準備運動にすぎなかった。ドルーグはフリントの別の塊に目を向けた。とくにきめの細かいものを選んでおいたのだ。これにはもっと高等で難しい技を使うつもりだった。

ドルーグはそれまでほど緊張せず、今はリラックスし、次の仕事にとりかかった。台として使うためにマンモスの足の骨を自分の脚の間に挟むと、石の塊をつかみ、その台の上に置き、しっかり押さえつけた。それから、石の槌を手にとった。今度は、白亜質の表面を打ちたたきながら、丁寧に石を形づくり、フリント石の塊が、つぶした卵形になるようにした。それを横向きにすると、骨の槌にもちかえ、上の部分から剝片を落とし、へりから中心に向かって細工していった。これが終わったときには、卵形の石の上部は平らなだ円形になっていた。

それから、ドルーグは手を止め、片手でお守りをつかんで、目を閉じた。次の重要な段階では、技術と同じくらい運が不可欠なのだ。ドルーグは両腕を伸ばし、指をほぐすと、骨の槌をつかんだ。エイラは息を殺した。ドルーグは、打撃の基準になる面をつくりたかったのだ、落としたい剝片に対して垂直な断面をもつくぼみが残るように、だ円形の平らな表面の片端から小片を打ち落としたかったのだ。鋭い刃をもつ剝片がきれいに落ちるには、打撃の基準になる面が必要だった。ドルーグはだ円形の石の表面の両端を調べ、片側に決め、慎重に狙いを定めると、鋭く打った。それから、小さな断片が落ちると、息を吐きだした。台の上に円盤状の石核をしっかり置くと、打つポイントと距離を正確に判断し、自分がつくった小さなくぼみに骨の槌《つち》を振り下ろした。完璧な剝片が、作成ずみの石核から落ちた。長いだ円形で、へりは鋭く、外側はほぼ平らで、球状の内側の表面は滑らかだ。骨の槌の当たったほうの端は少し厚く、反対側の薄い部分に向かって細くなっている。

ドルーグはあらためて石核を見て、ひっくりかえすと、今さっき打撃の基準になる面をつくった片端の反対側から小片を打ち落としてから、二つ目の同形の剝片を落とした。またたく間に、六つの剝片を落とし、残った石核を捨てた。

どの剝片も、長いだ円形で、薄い片端に向かって細くなり、先はとがっていた。ドルーグは剝片をじっくりと吟味してから、一列に並べた。いずれ最後の仕上げをして、自分の求める道具にするのだ。一つの握斧《あくふ》をつくるのに使ったのと同じくらいの大きさの石から、新しい技で六つの切り刃が手に入ったのだ。これをもとにしてさまざまな役に立つ道具がつくれる。

ドルーグは、少し平たくて丸い小さな石で、最初の剝片の片側の鋭いへりをそっと削って、先端をとがらせた。しかし、さらに重要なのは、背部は丸みを帯びさせ、この手もち式のナイフが指を切らずに使えるようにしたことだ。この二次加工は、すでに薄くて鋭いへりをとがらすためでなく、安全に取り扱えるように背部を刃つぶしすることだったのだ。ドルーグはナイフをじっくり見て、さらにもう少し削ってから、満足してそれを置き、次の剝片に手を伸ばした。同じ工程を行い、二つ目のナイフをつくった。

ドルーグが選んだ次の剝片は、卵形の石核の真ん中近くから落とした大きめのものだった。片方のへりは、ほぼ真っすぐだった。台に剝片を置くと、ドルーグは小さな骨で押さえつけ、刃先から小片を一つ剝離し、さらにいくつか剝離し、一連のV字形の切れこみを残した。この鋸歯《きょし》状石器の背部に丸みを帯びさせると、自分がつくったばかりの小さな鋸歯をよく検査し、うなずいてから置いた。

同じ骨を使って、ドルーグは、小さめでやや丸っこい剝片の刃先全体を二次加工し、凸状にし、やや刃の鈍い頑丈な道具をつくった。こうすれば、木材や獣の皮をこすっても簡単に割れず、表面を裂いてしまうこともない。もう一つの剝片の刃には、深いV字形の刻み目を一つ入れた。こうすれば、とくに、木製のやりの先をとがらせるのに役に立つ。最後の剝片――薄いほうの先端はとがっていたが、刃先は小さな波状だった――は、両側のへりに丸みを帯びさせ、先端はそのままにした。この道具は、皮や木や骨に穴をあけるきりとして使える。ドルーグの道具はすべて、手で握るようにつくられていた。

ドルーグは、自分がつくった道具一式をあらためて吟味してから、ほとんど息もつけずにうっとりと見ているエイラを身ぶりで招いた。そして、握斧をつくる過程で落とされた幅の広い鋭い剝片の一つと、削器を渡した。

「これをとっておけ。おまえがマンモス狩りに一緒に行くことになれば、役に立つかもしれん」ドルーグは身ぶりで言った。

エイラの目は輝いていた。エイラは、それ以上ないほど貴重な贈りものであるかのようにその道具をつかんだ。本当に貴重なものだった。わたしがマンモス狩りに狩人たちと一緒に行く女に選ばれることなんてあり得るだろうか？　エイラはまだ一人前の女にもなっていなかったし、たいがいは、一人前の女と、その女が乳をやっている小さな子どもだけが狩人に同行した。しかし、エイラの体はもう一人前の女と変わらなかったし、その夏すでに、短期間の狩猟に何度かついていっていた。もしかすると選ばれるかもしれない。そうなればいいけど、本当にそうなればいいけど。

「この娘は、マンモス狩りのときまでこの道具をしまっておきます。狩人に同行する女に選ばれたら、狩人が仕留めたマンモスに初めて使います」エイラはドルーグに言った。

ドルーグはうなってから、ひざにかけてあった皮を振って、石の小さなかけらを落とすと、マンモスの足でできた台や、石の槌《つち》、骨の槌といった骨や石の道具類を真ん中に置いて包み、ひもでしっかり結んだ。それから、つくったばかりの道具を集め、ほかの家族と炉辺を分かち合っているテントに歩いていった。まだ午後早かったが、その日の仕事は終わりだった。わずかの間に、とても素晴らしい道具をつくれたのだし、調子に乗って無理はしたくなかった。

「イーザ！　イーザ！　見て！　ドルーグがくれたのよ。つくるところを見せてもくれたのよ」エイラはクレブのように片手で告げながら、もう一方の手で慎重に道具をもって薬師《くすし》のほうに走り寄った。「ドルーグの話だと、狩人たちが秋にマンモス狩りに行くそうなの。それでドルーグは、男たちがマンモス狩り用の新しい武器をつくるための道具をつくっているの。わたしが同行したとしたら、これが役に立つそうよ。わたしが一緒に行けると思う？」

「行けるかもしれないけれどね、エイラ。でも、あんたがどうしてそんなに興奮しているのかわからないわ。あれはたいへんな仕事よ。脂をすべて溶かさなくてはならないし、肉のほとんどを乾かさなくてはならないんだから。一頭のマンモスにどれだけの肉と脂があるか、信じられないくらいよ。遠くまで旅して、それを全部もって帰らなきゃならないのよ」

「たいへんな仕事でも構わないわ。わたしはマンモスを見たことがないの、はるか遠くにいるのを尾根から見たことが一度あるきりで。行ってみたいわ。ああ、イーザ、行けたらいいのに」

「マンモスは、こんな南まではあまり来ないのよ。寒いのが好きだし、ここは夏が暑すぎるから。冬は雪が多すぎて、草を食べられないし。わたしは長い間マンモスの肉を食べていないわ。上等で柔らかいマンモスの肉ほどおいしいものはないのよ。いろいろなことに使える脂もたっぷりだしね」

「わたしを連れていってくれると思う、かあさん？」エイラは興奮した身ぶりで聞いた。

「ブルンはわたしに計画のことは話してくれないの、エイラ。行くつもりだってことも知らなかったわ。あんたのほうがわたしより詳しいくらいよ」イーザは言った。「でも、もし可能性がなかったら、ドルーグは何も言わなかったと思うわ。ドルーグは、あんたが溺れかかったオーナを助けてくれたことに感謝しているんでしょう。道具とマンモス狩りの話は、ドルーグなりにあんたに感謝の気持ちを伝えたのよ。ドルーグは素晴らしい人よ、エイラ。ドルーグが、あんたが贈りものに値するとわかってくれたなら、幸運なことよ」

「道具は、マンモス狩りまでしまっておくつもりよ。もし行けたら、そのとき初めて使うって、ドルーグに話したの」

「いい考えだわ、エイラ。とてもいいことを言ったわね」

14

マンモス狩りは、この長い毛でおおわれた巨大な獣が南に移動する初秋に予定されていたが、そのなりゆきはとても予測のつかないものだった。一族の者はみんな興奮していた。強壮な者はみんな、半島が本土とつながる場所に近い、半島の北端への遠征に参加するはずだった。旅をし、肉をばらして保存加工し、脂を溶かし、洞穴に戻るまでの間、ほかのあらゆる狩りは行われない。目的地に着いたとしても、マンモスが見つかる保証はないし、見つかったとしても、狩りが成功するとは限らない。ただ成功すれば、巨大な獣一頭で、一族が何カ月も生命を維持できる肉ばかりでなく、一族の生活に不可欠の脂も大量に手に入る。だからこそ、マンモス狩りは検討に値するものとされていたのだ。

狩人たちは、初夏の季節に例年以上の狩りを行い、来るべき冬を乗りきるだけの肉を蓄えた——用心のために。次の寒い季節に備えてある程度の蓄えをすることなく、マンモス狩りに賭けるような危険は冒せない。次の氏族会は二年後に開かれる予定だ。その年の夏の間は、ほとんど狩りができない。その重要な

らだ。
行事を主催する一族の洞穴まで旅し、大きな祭りに参加し、ふたたび帰るのに、夏中費やされてしまうか

そのような会合に長年参加してきたブルンは、氏族会に続く冬を乗りきるには、かなり早くから食料や品々を蓄え始める必要があるとわかっていた。それこそが、ブルンがマンモス狩りをすることに決めた理由だ。今度の冬に備えて十分な蓄えがあるうえ、マンモス狩りが成功すれば、幸先のいいスタートになる。乾燥肉や、野菜、果物、穀物は、適切に保存すれば、ゆうに二年はもつ。

来る狩りをめぐって、一族は興奮に包まれていたばかりではなかった。何かにつけて迷信がとりざたされた。この狩りの成功は、多分に運に頼っていたので、ごくささいな出来事でも前兆と見られた。誰もがあらゆる行動に気をつけ、わずかでも霊に関係したことにはとくに慎重になった。誰も悪運をもたらす霊の怒りの原因にはなりたくなかった。女たちは、料理するとき、いっそう気をつけた。こげた食べものは凶兆と見なされるからだ。

男たちは、計画の各段階で儀式を行い、周りの見えざる力をなだめようと熱心に祈願した。モグールは、盛んに幸運の呪文を唱え、強力なお守りを、たいがいは洞穴の部屋にあった骨からつくった。どんなことでもうまくいけば、幸先のいい兆しと見られ、どんなにささいなまずいことも、心配の種となった。一族全体が神経質になっていた、ブルンは、マンモス狩りを決めたとき以来、ぐっすり眠っていなかった。ときどき、止めておけばよかったと思うこともあった。

ブルンは、誰が行って誰が残るかを話し合う会議を開くため、男たちを呼んだ。すみかの洞穴を守ることは、重大な問題だった。

「狩人のうち一人を残そうかと思っている」族長は話し始めた。「少なくともゆうに一カ月は出かけるこ

とになるし、二カ月になるかもしれない。そんなに長い間、洞穴を無防備にしておくわけにはいかん」

狩人たちは、ブルンを見ないようにしていた。マンモス狩りから外されるのは、誰も望まないことだった。族長と目が合ったら、居残ることになってしまうのではないかと、どの狩人も心配していた。

「ブルン、あんたには狩人が全員必要だ」ザウグが身ぶりで言った。「わしの脚はマンモス狩りができるほど速くないかもしれんが、腕にはまだやりを振るえる力がある。わしが使える武器は、投石器だけじゃない。ドーブの目は衰えているが、筋肉は弱っていないし、目が見えないわけじゃない。こん棒ややりはまだ使えるし、洞穴を守るくらいはできる。火を絶やさなければ、どんな動物もそんなに近くまでは来ない。洞穴のことは心配いらん。わしらで守れるから。あんたはマンモス狩りのことを心配するだけでいい。むろん、決めるのはわしじゃないが、あんたは狩人をみんな連れていくべきだと思う」

「わしも同感だ、ブルン」ドーブが身を乗りだして少し目をすがめ、つけ加えた。「あんたたちがいない間、洞穴はザウグとわしとで守れる」

ブルンはザウグからドーブに目を移し、またザウグを見た。確かに、狩人は一人も残したくなかった。狩りの成功を危うくするようなことは何もしたくなかった。

「あんたの言うとおりだ、ザウグ」ブルンはようやく身ぶりで言った。「あんたとドーブにマンモス狩りができないからといって、洞穴を守る力がないということにはならない。あんたたち二人がまだ有能なので、一族は幸運だ。前の副族長が、今もおれたちと一緒にいて知恵を授けてくれるとは、おれは幸運だ、ザウグ」老人の力を認めていることを知らせるのは悪いことではない。

ほかの狩人たちはほっとした。誰も洞穴に残されたくなかったのだ。大きな狩りに同行できない老人を気の毒に思ったが、残って洞穴を守るのが老人であるのをありがたく思った。クレブも同行しないことは、了解ずみだった。クレブは狩人ではない。しかしブルンは、この体の悪い老人が身を守るために頑丈なつえを振り回すのを何度か見たことがある。だから、心の中では、まじない師を洞穴の守り手に加えていた。この三人がいれば、狩人一人ぶんくらいのことはできるだろう。

「では、女たちのうちの誰を連れていく?」ブルンは聞いた。「エブラは来る」

「ウカもだ」グラドがつけ加えた。「ウカは強くて、経験も豊富で、小さな子どももいない」

「そうだな、ウカはいい選択だ」ブルンは認めた。「それに、オブラだ」ブルンはグーブのほうを見た。侍祭は同意してうなずいた。

「オガはどうだ?」ブラウドが聞いた。「ブラクはもう歩けるし、もうすぐ乳ばなれの年になる。オガにあまり世話をやかせない」

ブルンは少し考えた。「いけない理由はない。ほかの女がブラクの世話を助けられるしな。オガはいい働き手だ。オガは使える」

ブラウドは満足そうな表情をした。自分のつれあいが族長によく思われていると知ってうれしかった。自分のしつけがよいことへの賛辞ともいえた。

「何人かの女は、子どもたちの面倒をみるために残らなくてはならない」ブルンは身ぶりで言った。「アガとイーカはどうだろう。グルーブとイグラは遠出をするにはまだ小さすぎる」

「アバとイーザが子どもたちの面倒をみられる」クルグが言った。「イグラはイーカにあまり世話をやかせない」ほとんどの男は、長期にわたる狩りに自分のつれあいを同行させたがる。そうすれば、ほかの男のつれあいに世話をしてもらわなくてすむからだ。

「イーカのことはわからないが」ドルーグが言った。「今回は、アガは残るほうがいいと思う。子どものうち三人は、アガのだしな。アガがグループを連れていったとしても、オーナが寂しがるだろう。ボーンは一緒に来たがるだろうが」

「アガもイーカも残るべきだと思う」ブルンは結論を下した。「ボーンもな。ボーンがすることは何もない。狩りができる年ではないし、熱心に女を助けもしないだろう。とりわけ、注意する母親がいないとあってはな。ボーンには、またのマンモス狩りの機会がある」

モグールはそのときまで何も発言していなかったが、そろそろだと感じた。「イーザは弱っていて行けない。残ってウバの世話をする必要もあるしな。だが、エイラが行けない理由はない」

「あいつは一人前の女になってない」ブラウドが口を挟んだ。「それに、よそ者が一緒だと、霊たちが嫌がるかもしれない」

「エイラは一人前の女より大きいし、同じくらい強い」ドルーグが主張した。「よく働くし、手先も器用だし、霊たちは彼女に目をかけている。洞穴のことはどうだ？　オーナのことは？　エイラは幸運をもたらしてくれるはずだ」

「ドルーグの言うとおりだ。エイラは仕事が速いし、一人前の女と同じくらい強い。心配しなければならない子どももいないし、薬師《くすし》として教えを受けている。その教えが役に立つこともあるだろう。もしイーザがもっと元気なら、イーザを連れていくが。エイラは連れていく」ブルンはきっぱりと身ぶりで言った。

エイラは、マンモス狩りに同行できると知って興奮し、じっとしていられなかった。何をもっていけばいいかイーザにしつこく質問し、出発前の数日の間、何度も荷物を詰めなおした。

「あまりたくさんもっていってはだめよ、エイラ。狩りが成功したら、帰りには荷物がずっと重くなるんだから。でも、あんたにぜひもっていってもらいたいものがあるの。今さっきでき上がったところでね」

イーザが出したきんちゃく袋を見て、エイラの目には喜びの涙が浮かんだ。カワウソの皮製で、毛も頭もしっぽも足もそのまま残してつくってあった。イーザはザウグに頼んでカワウソを捕ってもらい、ドルーグの炉辺に隠してもらっていたのだ。アガとアバも、エイラを驚かせるのに一役買っていた。

「イーザ！ わたしの薬袋ね！」エイラは叫び、イーザに抱きついた。そして、すぐに腰を下ろし、小さな袋や包みをみんな出すと、イーザがそうするのを何度も見たように、何列かに並べた。一つひとつ開けて、中身のにおいをかいでから、まったく同じ結び方でもとどおり結んだ。

乾燥した薬草や根をにおいだけで識別するのは難しい――誤用を防ぐために、とくに危険なものには、無毒だがにおいの強い薬草を混ぜてあることがよくある。しかし実際には、小袋を閉めてあるひもや皮の種類と、結び方の複雑な組み合わせによって区別してある。ある種の薬草は、馬の毛でつくったひもで結ばれている。独特の色と手ざわりをもつバイソンその他の動物の毛で結んであるものもある。筋ばった樹皮やつるでつくったひもや、腱《けん》で結んであるものもある。皮ひもで結んであるものも。薬草を使うためには、それをいれてある小袋や包みを閉めるのに使うひもの種類や結び方も覚える必要があった。

エイラは小袋を薬袋に戻してから、薬袋を腰ひもに結びつけると、見ほれた。薬袋を外すと、採集かごのそばに、誰もがもち帰りたいとねがっているマンモスの肉を入れるのに使う大きな袋とならべて置いた。用意はすっかりできていた。エイラが心配しているただ一つの問題は、投石器をどうしたらいいかということだった。投石器を使うことはないだろうが、置いていったら、イーザかクレブに見つかってしまうのではないか。森に隠そうかとも思ったが、動物に掘りだされるか、風雨にさらされて傷んでしまうかもしれない。結局、もっていくことに決めたが、外衣のひだにしっかりと隠すことにした。

狩人たちの出発の日、一族の者はまだ暗いうちに起きた。空が明るみ、さまざまな色に染まった葉がその真の色を見せ始めたころ、一行は出発した。洞穴の東の尾根を越えたころには、光り輝く太陽が地平線上に現れ、枯れ草の残った広い平原を強い黄金の光で照らした。一行は樹木の茂った丘陵を列をなして下り、太陽がまだ低いところにあるうちに、草原に達した。ブルンは速いペースで歩いた。男たちだけで出かけるときとほとんど変わらない速さだった。女たちの荷は軽かったが、速足の旅の厳しさに慣れていなかったので、必死に遅れないようにしなければならなかった。

一行は日の出から日の入りまで歩き、その一日の距離は、一族全員が新しい洞穴を探したときよりもはるかに長かった。茶をいれるために湯をわかすだけで、料理はしなかったので、女たちの仕事はあまりなかった。途中では、狩りをしなかった。みんな、男たちが狩りに出るときにいつも携帯する食料を食べた。乾燥肉を粗びきして、精製した脂と乾燥果実と混ぜ、団子状にしたものだ。この濃厚な旅用の食料は、十二分に栄養を満たしてくれた。

風の強いひらけた草原は寒く、北に進むにつれて、どんどん寒くなってきた。それでも、朝出発すると間もなく、一行は、上に着ているものを脱いだ。歩くと、すぐに体が温まり、少し休むために止まったときだけ、厳しい寒さに気づいた。最初の数日は筋肉が痛んだが――とくに女は――次第に調子がでてきて旅に慣れると、間もなく痛みは消えた。

半島の北部の地形は、起伏が多かった。広い平原がいきなり消えて、険しい峡谷や、行き止まりの切りたった断崖になっていた――昔の激しい地殻変動で、石灰岩の結合が緩んだためだ。狭い峡谷は、ぎざぎざした岩壁で囲まれ、岩壁と岩壁が合わさって行き止まりになっていたり、周りの断崖から割れて落ちた、とがった岩がごろごろ転がっていたりした。一定の季節にだけ水の流れる小川から流れの速い川にいたるまで、ところどころに水路が走っていた。水の流れの近くだけに、風でねじれたマツや、カラマツ、モミが、ほんの低木にしか育っていないカバやヤナギに混じって立ち、草原の単調さを破っていた。めったになかったが、峡谷が川のある平野に通じていた。そこは絶え間なく吹く激しい風をよけることができ、十分に湿気のある場所では、針葉樹も小さな葉の落葉樹も、本来の大きさに近づいていた。

旅は平穏無事だった。十日間一定の速いペースで旅をすると、ブルンは、それから数日はペースを緩め、男たちに周辺の土地を探りに行かせ始めた。半島の幅の広い首の部分に近づいていた。マンモスがいるなら、間もなく姿が見え始めるはずだ。

狩猟隊は、小さな川のそばで足を止めた。ブルンは、午後早くにブラウドとグーブを偵察にやっていたので、ほかの者から少しはなれて、二人が行った方向を見ていた。この川のそばで野営するか、夜になるまでもっと先に進んでおくか、すぐに決めなければならない。遅い午後の影は夕方に向かって長くなり、もし二人の若者がすぐに戻ってこなかったら、ブルンが決定を下すまでもない。ブルンは目を細めながら、肌を刺すような冷たい風に顔を向けた。風が、ブルンの脚にかかった長い毛皮の外衣をはためかせ、もじゃもじゃのあごひげを顔にはりつけた。

はるか遠くに、何かしら動くものが見えた。ブルンが待っていると、二人の男が走っている姿が、次第にはっきり見えてきた。ブルンは急に興奮を覚えた。直観か、二人の体の動き方に自然に心が反応したのだ。ブラウドとグーブは、一人立つブルンの姿を認めると、腕を振りながら、いっそうスピードを出して走った。ブルンは、二人の声を聞くよりずっと先に、どういうことかわかった。

「マンモスだ！　マンモスだ！」二人の男は息を切らして叫びながら、一行のほうに駆けてきた。みんなは、狂喜している二人の周りに集まった。

「東のほうに、大きな群れがいる」ブラウドが興奮した身ぶりで言った。

「どれくらい先だ?」ブルンは聞いた。

グーブが指を真っすぐ上に向けて、短い弧を描きながら腕を下ろした。「数時間」というしぐさだった。

「案内しろ」ブルンは身ぶりで言うと、ほかの者についてくるように合図した。まだ何時間か日の光があるから、マンモスの群れに近づける。

太陽が地平線に近づいたころ、狩猟隊は遠くにぼんやりと黒く動くものを見つけた。大きな群れだ、とブルンは思いながら、停止を命じた。この前休んだときにくんでおいた飲み水でしのがなくてはならないだろう。これから川を探すには暗すぎる。朝になったら、もっといい野営地を見つけよう。重要なのは、マンモスを見つけたということだ。あとは狩人たち次第だ。

一行が、両岸に不ぞろいな低木が生えている曲がりくねった小川のそばの新しい野営地に移動したあと、ブルンは狩人たちを連れて偵察に行った。マンモスは、バイソンのように追いつめられないし、投げ縄で倒せない。この毛むくじゃらの厚皮動物を狩るには、違う作戦を考えなくてはならない。ブルンと狩人たちは、あたりのさまざまな谷を見て回った。特別な地形を探していたのだ。ゆっくりと移動するマンモスの群れから遠くないところで、奥に向かって次第に細くなっている行き止まりの谷——両側に巨岩がならび、突きあたりにも巨岩が積み重なっているような——を。

二日目の朝早く、オガが頭を下げて、緊張した面持ちでブルンの前に座った。オブラとエイラが心配そうに後ろで待ちかまえた。

「何の用だ、オガ？」ブルンはオガの肩をたたきながら、身ぶりで聞いた。

「この女はおねがいがあります」オガはおずおずと切りだした。

「何だ？」

「この女はマンモスを見たことがありません。オブラもエイラもです。族長は、わたしたちがよく見えるように近づくことをお許しになるでしょうか？」

「エブラとウカは？　彼女たちもマンモスを見たがっているのか？」

「エブラとウカは、マンモス狩りが終わるまでにマンモスなど飽きるほど見ることになると言っています。行きたがっていません」オガが答えた。

「賢い女たちだ。マンモスなら前にも見たことがあるからな。ここは風下だ。あまり近づかず、マンモスの群れの周りを回ったりしなければ、マンモスを刺激することもないだろう」

「わたしたちは近づきすぎません」オガが約束した。

「そうとも。マンモスを見たら、近づきたいとは思わんはずだ。よし、行ってもいい」ブルンは決断した。


若い女たちに少しくらい遠出させても問題あるまい、とブルンは思った。どうせ今はやることもないし、あとで忙しくなる――もし霊たちがおれたちに好意を示してくれたら。

三人は自分たちの冒険の計画に興奮していた。三人でいろいろ話し合ったあげく、最終的に、ブルンに頼んでみるようにオガを説得したのはエイラだった。この狩猟の旅は、洞穴にいたときよりも三人の関係を親密にし、お互いをよく知る機会を与えた。オブラは、生来静かでひかえめな女だったが、ずっとエイラを子どもの一人だと考えていて、親しく交わろうとはしなかった。オガも、ブラウドがエイラをどう思っているか知っていたので、進んで交わりはしなかった。この二人の若い女のどちらも、エイラとはあまり共通点がないと思っていた。二人とも、つれあいのある大人の女で、男がもつ炉辺の主婦だった。エイラはまだ子どもで、そんな責任をもっていなかった。

この年の夏、エイラが大人に準ずる身分を得て狩猟の旅に同行することに決まって初めて、二人の女はエイラを子どもより上だと考え始めたのだ。とりわけ、このマンモス狩りの旅の間に。エイラはどの一人前の女より背が高く、外見は大人と変わりなかった。狩人たちからは、ほとんどの場合、一人前の女のように扱われていた。とりわけクルグとドルーグは、エイラにあれこれ頼んだ。彼らのつれあいは洞穴に残っていたし、エイラには世話をするつれあいがいなかったからだ。クルグとドルーグは、どんなにちょっとした用事でも、本来ならほかの男を通じて、あるいはその男の許可を得て要求しなければならないはずだったが、エイラに頼めばその必要はなかった。狩りという共通の関心事があるので、三人の若い女の間には前よりも親しい関係ができた。これまでエイラが親しく交わっていたのは、イーザとクレブとウバだけだった。エイラは、この二人の女と温かな友情を結べてうれしかった。

男たちが朝出かけたすぐあと、オガはブラクをエブラとウカにあずけた。そして、三人の女は出かけた。楽しい徒歩旅行だった。三人は間もなく、盛んに手ぶりを交えながら生きいきとおしゃべりをし始めた。マンモスに近づくにつれ、おしゃべりは減ってきて、間もなくぴたりと止んだ。三人は立ち止まり、巨大な生きものをぼう然と見つめた。

その毛むくじゃらのマンモスは、氷河周辺の厳寒の気候にうまく適応していた。厚い皮は密生した柔毛におおわれ、長さ五十センチものもじゃもじゃの赤褐色の毛がさらにその上をおおっていた。そのうえ、厚さ七、八センチの皮下脂肪が断熱材として働いていた。寒気は体の構造にも変化をもたらしていた。この群れのマンモスは、マンモスにしては小さく、背峰までの体高が平均三メートルほどだった。全高に比べて大きく、鼻の長さの半分以上もの長さがある巨大な頭が、ひさしのある丸屋根のように肩の上に高くそびえていた。耳は小さく、尾は短く、鼻も比較的短かった。鼻の先端に、指状の突起が上下二つならんでいた。横から見ると、高くこぶのようになった背峰の脂肪と半球形の頭の間の、首筋が深くくぼんでいた。背中は骨盤と短めの後ろ脚に向かって急傾斜していた。しかし、もっとも印象的なのは、その湾曲した長いきばだった。

「あのマンモスを見て！」オガが老いた雄《おす》を指差した。その二本のきばは根もとではすぐそばにあり、急角度で下を向いてから、外側、上方、内側へと鋭く曲がり、前で交差していた。長さは五メートルほどもあった。

老いたマンモスは、殻類や薬草、スゲなどを鼻で引きちぎっては、その乾いて固い食べものを口に詰めこみ、やすりのような臼歯で砕いていた。きばがそれほど長くなくまだ使えるもっと若いマンモスが、カラマツを根こぎにし、小枝や樹皮をはぎ始めた。

「なんて大きいの！」オブラが身震いしながら言った。「動物があんなに大きくなるものだとは思わなかったわ。どうやって仕留めるのかしら？　やりでは届きもしないし」

「さあ」オガが同じように心配しながら言った。

「来なければよかったと思うくらいよ」オブラが言った。「危険な狩りだわ。誰かけがをしてしまうかもしれないし。グーブに何か起こったら、どうしましょう？」

「ブルンには考えがあるに違いないわ」エイラは言った。「やれると思わなければ、マンモス狩りをしようなんて言わなかったはずだもの。わたしは見てみたいわ」エイラは思いこがれるようにつけ加えた。

「わたしは嫌」オガが言った。「そばに行くのも嫌よ。早く終わって欲しいだけよ」母親の命を奪った地震の少し前、母親のつれあいが狩りの事故で死んだことをオガは思いだした。どんなに素晴らしい計画を立てたとしても、危険は伴うのだ。

「そろそろ戻りましょうよ」オブラが言った。「ブルンはあまり近づくなと言っていたし。これだけだって、わたしにはもう十分よ」

三人の女は、引きかえし始めた。急いで歩きながら、エイラは何度か後ろを振りかえった。帰りは、三人とも口数が少なかった。それぞれが自分の思いにふけり、あまり話す気分ではなかったのだ。

男たちが戻ると、ブルンは女たちに、翌朝狩人が出発したあと、野営を撤収して移動するように指示した。ころ合いの場所が見つかり、明日はそこで狩りをするつもりだったので、女たちに近くにいて欲しくなかったのだ。その渓谷を見つけたのは、前日の朝早くだった。理想的な場所だったが、そのときはマンモスから遠すぎた。ゆっくりと南西に移動するマンモスの群れが、二日目の終わりまでにその場所に近づき、狩りが可能になったのは、とりわけ吉兆だとブルンは考えた。

狩人たちが温かな毛皮から起きて低いテントから鼻を突きだすと、激しい東風にかきたてられた軽くて乾いた粉雪が彼らを迎えた。暗い灰色の空が、地球を照らすきらめく太陽を隠していたが、狩人たちの強い期待を湿らすことはできなかった。とうとう、今日、マンモス狩りをするのだ。女たちは急いで茶をいれ始めた。試合に備えてきめ細かく体調を整える運動選手のように、狩人たちはほかのものを口にしない。狩人たちはこわばった筋肉をほぐすために、足を踏み鳴らして歩き回り、やりを突きだしながら突進した。狩人たちの放つ緊張が、空気を興奮で満たした。

グラドはたき火から真っ赤な炭をとりだし、腰につけたオーロックスの角の中にいれた。グーブは別のをとった。狩人たちはしっかりと毛皮に身を包んだ。いつもの重い外衣ではなく、動きを制限しない軽い衣類だ。誰も寒さを感じなかった。神経が張りつめていたからだ。ブルンは最後にもう一度、急いで計画を頭の中で反復した。

どの男も目を閉じ、お守りをつかんで、前夜つくった火のついていないたいまつを手にとると、出発した。エイラはついていけたらとねがいながら、狩人たちを見送った。それから、野営を撤収する前に、燃やすための乾燥した草や、動物のふんや、低木、小枝などを集め始めている女たちのところに行った。

男たちはすぐにマンモスの群れのところに到着した。マンモスたちは前夜休んだあと、すでに移動を再開していた。ブルンが通りすぎるマンモスを見定める間、狩人たちは背の高い草の中にうずくまって合図を待った。ブルンは、曲がった巨大な角をもつ老いた雄《おす》に気づいた。あれならすごい獲物だ、と思ったが止めておいた。洞穴まで戻るには、長い距離があるし、大きなきばは不必要な重荷になる。もっと若いマンモスのきばなら、運ぶのが楽であるうえ、肉が柔らかい。肉のほうが、大きなきばを見せびらかすよりも重要だ。

しかし、若い雄は危険だ。短いきばは木を根こぎにするのに役立つばかりでなく、たいへん有効な武器にもなる。ブルンはじっと待った。今、慌てるために、さまざまな準備や長い旅をしたわけではない。ブルンには、自分が求めている状況がわかっていた。一か八かでやるよりも、日が昇ったら出直すほうがいい。ほかの狩人たちも待っていたが、全員がブルンのように冷静なわけではなかった。

朝日がどんよりした空を暖め、すでに雲を散らしていた。雪は止み、明るい日光がひらけた場所に差していた。

「ブルンはいつ合図するんだろう？」ブラウドが音を立てないように身ぶりでグーブに言った。「太陽がもうあんなに高く昇っているぞ。せっかく早く出発したのに、どうしてこんなところに座っているんだ？ ブルンは何を待っているんだ？」

グラドがブラウドの身ぶりに気づいた。「ブルンはころ合いを見はからっているんだ。空手で帰りたいか、それともちょっと待つか？ 我慢するんだ、ブラウド、学べ。いつか、おまえがころ合いを見はからう役目を担うんだぞ。ブルンはいい族長で、いい狩人だ。ブルンから教えを受けられるなんて、おまえは幸運だ。族長になるには、勇気以上のものが必要なんだ」

ブラウドはグラドの説教が気にいらなかった。おれが族長になったら、副族長をやめさせよう。どっちにせよ、もう年をとりすぎてる。ブラウドは姿勢を変え、強風に少し震え、じっと待った。

ブルンがようやく〝用意〟の合図を出したとき、太陽は高く昇っていた。どの狩人も、鋭く刺すような興奮を覚えた。身ごもっている雌《めす》が、群れの周辺にいて、さらに外に出ようとしていた。かなり若かったが、きばの長さからして、この妊娠が初めてではなかった。そろそろ産むのか、動きがぎこちなかった。それほど速くも機敏でもないだろうし、おなかの子の肉までおまけでついてくる。

雌のマンモスは、ほかのマンモスたちがまだ出くわしていない草むらを見つけ、そのほうに近づいていった。ちょっとの間、彼女は群れの保護からはなれ、一頭きりになった。これこそ、ブルンが待っていた瞬間だった。ブルンは合図を出した。

グラドは、すでに熱い炭を出して、たいまつをかまえていた。ブルンが合図を出すやいなや、グラドはたいまつを炭火につけて吹き、火をつけて燃え上がらせた。ドルーグがこの最初のたいまつからほかの二本に火をつけ、一本をブルンに渡した。三人の若い狩人は、合図を見たとたん、すでに峡谷に向かって走っていた。この三人の役目が果たされるのは、もっとあとなのだ。たいまつに火がつくと、ブルンとグラドはすぐにマンモスの後ろを走りながら、燃えるたいまつを草原の乾いた草の上に置いた。

十分に成長したマンモスには、人間以外に天敵はいない——ごく若いマンモスや、ひどく老いたマンモスが、肉食獣のえじきになるだけだ。しかし、火は恐れる。自然に起こる野火は、ときに何日も猛威を振るい、マンモスの行く手のあらゆるものを破壊する。人間の起こす火も、同じくらい破壊的だ。火を感じると同時に、マンモスの群れは本能的に集まった。雌がほかのマンモスと合流しないように、火がすぐに燃え広がる必要があった。ブルンとグラドは、雌のマンモスと群れの間にいた。どちらの方向からも襲われる可能性があったし、どっと逃げだす巨大な動物の群れに踏みつぶされる危険もあった。

のんびり草をはんでいたマンモスたちは、煙のにおいに気づくと、かん高い大きな声を上げ、混乱状態に陥った。雌のマンモスは群れのほうを向いたが、すでに遅かった。炎の壁が彼女を隔てていた。雌は助けを求めてかん高い声を上げたが、強い東風にあおられた炎が、混乱して逃げ回るマンモスたちにすでに向かっていた。マンモスたちは、どんどん近づいてくる炎から逃れようと群れをなして西に向かい始めた。この野火はもう抑えようがなかったが、狩人たちは気にしなかった。風がこの火を運び去り、狩人たちの行きたい場所までは燃えないはずだ。

雌のマンモスは、パニックに陥って恐怖の叫び声を上げ、よろめきながら東に向かった。ドルーグは、火がしっかりと燃え広がるまで待ってから、走りだした。雌のマンモスが動きだすのを見ると、ドルーグは、その混乱しておびえた獣のほうに駆けていき、大声を上げてたいまつを振り回しながら、進路を南東に変えさせた。

狩人たちのうち若くて足の速いクルグとブラウドとグーブは、雌のマンモスの前を全速力で走っていた。先に走りだしていたが、その半狂乱のマンモスに追い越されてしまうのではないかと思った。ブルンとグラドとドルーグは、マンモスが進路を変えないようにねがいながら、遅れまいとマンモスの後ろを走っていた。しかし、いったん走りだすと、巨大な獣はやみくもに前進を続けた。

三人の若い狩人は行き止まりの谷まで行った。クルグが谷に入った。ブラウドとグーブは、南側の壁の前で止まった。グーブは緊張し、息を切らし、炭の火が消えていませんようにと自分のトーテムに祈りながら、オーロックスの角に手を伸ばした。火は消えていなかったが、グーブもブラウドも息を切らしていて、たいまつに火をつけられなかった。しかし、強い風が助けてくれた。二人とも二つのたいまつに火をつけると、両手に一つずつもって、マンモスが近づいてくる場所を予想しながら、壁から移動した。長くは待たなかった。おびえてかん高い声を上げている巨大な動物が暴走してくると、二人の勇敢な若者はそれぞれ自分のトーテムに無言で祈り、煙を出しているたいまつを振り回しながら、突進してくるマンモスの前に走りだした。動転したマンモスを谷に追いこむという、難しくて危険な仕事を割り当てられていたのだ。

パニックに陥った厚皮動物は、恐れおののきながら炎から逃れてきたところが、前方にまたもや煙のにおいがするので、逃げ場を探した。そして、いきなり向きを変えると、ブラウドとグーブに追われながら谷の中へと突き進んだ。巨大な獣は大声で鳴きながら、谷の中を暴走し、狭い道に入りこみ、行く手をふさがれた。前に進むこともできず、狭い空間で向きも変えられず、マンモスは失意の叫び声を上げた。

ブラウドとグーブは、息を弾ませながら全力で走り寄った。ブラウドは、片手にナイフ――ドルーグによって丹念に仕上げられ、モグールによってまじないがかけられたナイフ――をもった。そして、向こう見ずに素早くダッシュして、マンモスの左の後ろ脚に近づくと、その腱《けん》を鋭い刃で切った。マンモスのかん高い苦痛の叫び声が、空気を引き裂いた。マンモスは前に進むこともできず、向きを変えることもできず、今や後ろに下がることもできなかった。グーブがブラウドに続いて、マンモスの右脚の腱を切った。大きな獣はひざをついた。

それからクルグが、ぐらつきながら苦悶の叫び声を上げているマンモスの前の岩陰から飛びかかり、とがった長いやりをマンモスの開いた口に真っすぐ突き刺した。マンモスは本能的に襲いかかろうとし、武器のなくなった男に血を吐きかけた。しかし、クルグは長い間武器のないままではなかった。岩陰にまだ何本かやりが隠してあったのだ。クルグがもう一本のやりをつかんだとき、ブルンとグラドとドルーグが谷に到着し、行き止まりのところまで駆けつけ、身ごもった大きなマンモスの両側の岩に飛び乗った。そして、この三人はほとんど同時に、手負いの生きものにやりを突き刺した。小さな片目を貫いたブルンの体には、生温かい真っ赤な血がかかった。マンモスはよろめいた。最後の力を振りしぼって、マンモスは挑戦的な叫び声を上げてから、地面にばったり倒れた。

自分たちが何をやりとげたか、疲れきった男たちが気づくにはしばらく時間がかかった。急に訪れた静寂の中で、狩人たちは顔を見合わせた。新たな興奮で、心臓がさらに速く鼓動した。心の奥深くから、何ともいえない野生の衝動が湧き上がり、口から勝利の雄たけびが発せられた。やった！　大きなマンモスを仕留めたぞ！

マンモスに比べれば哀れなほど弱い六人の男が、技術と知恵と協力と勇気を用いて、巨大な生きものを仕留めたのだ。ほかのどんな肉食獣もなし得ないことだ。いかに足が速く、いかに強く、いかに狡猾《こうかつ》でも、四つ足のハンターにはこんな芸当はできない。ブラウドが、ブルンの立っている岩に飛び乗ってから、倒れたマンモスの上に飛び移った。すぐさま、ブルンはブラウドのわきに立ち、ブラウドの肩を温かくたたいてから、マンモスの目からやりを抜き、高く差し上げた。ほかの四人も急いでマンモスの上に乗った。男たちは、巨大な獣の背中の上で、自分の心臓の鼓動に合わせて意気揚々と踊った。

それから、ブルンが飛び下り、狭い空間をほぼふさいでいるマンモスの周りを回った。一人もけがをしていない、とブルンは思った。かすり傷一つ負っていない。じつに幸運な狩りだった。トーテムがわれわれに満足しているからに違いない。

「われわれが感謝していることを霊たちに知らせなくてはならん」ブルンは男たちに告げた。「帰ったら、モグールが特別な儀式を行う。さしあたっては、このマンモスの肝臓をとりだそう。各人一切れずつとり、ザウグとドーブとモグールのぶんももち帰ろう。残りはマンモスの霊に捧げる。モグールがそうするように言っていた。マンモスの倒れたここに埋めるのだ。腹の中の子の肝臓もな。モグールは、脳には触れるなと言った。霊がそのままもち続けるよう残さねばならないのだ。最初の一撃を加えたのは誰だ、ブラウドかグーブか？」

「ブラウドだ」グーブが答えた。

「では、ブラウドが最初に肝臓をとるのだ。しかし、この獲物を仕留めたのは全員の手がらだ」

ブラウドとグーブが、女たちを呼びに行かされた。男たちの仕事は、エネルギーを一気に放出して終わった。今度は、女たちの番だ。マンモスを解体して保存処理するという面倒な仕事は、女たちに任される。残った男たちは、女たちを待ちながら、大きなマンモスの内臓をぬき、もうすぐ生まれるところだった腹の子をとりだした。

女たちが到着すると、男たちは、女たちがマンモスの皮をはぐのを手伝った。すごく大きいので、全員が協力する必要があったのだ。格別おいしい部分は切りとられ、凍らせるために、石でつくった貯蔵所に蓄えられた。残りの肉の周りには、火がたかれた。一つには凍らないようにするため、一つには、血と生肉のにおいに引きつけられてくる清掃動物を寄せつけないためだった。

洞穴を出て以来初めて新鮮な肉にありついたあと、疲れてはいたが満足した狩猟隊は、ほっとしながら温かな毛皮に潜りこんだ。朝になると、男たちは集まって、胸おどる狩りの話をしたり、互いの勇気をたたえ合ったりしたが、女たちは仕事にとりかかった。近くに川が流れていたが、距離があったので、いくぶん不便だった。女たちはマンモスの体を大きく切り分けると、川のそばに移動した。肉がいくらかこびりついた骨のほとんどは残し、徘徊する清掃動物と飛び回る清掃動物の好きに任せたが、ほかのものはほとんど残さなかった。

一族はマンモスのほとんどすべての部分を役立てる。マンモスの強じんな皮は、履きもの――ほかの動物の皮より丈夫で長もちなので――や、洞穴の入口の風除け、料理用の深なべ、縛るのに使う強い皮ひも、野外用のテントなどにされた。うぶ毛のように柔らかい下毛は、たたいてフェルト状にされ、枕や敷き布団に詰められ、吸収性があるので赤ん坊のおむつの詰めものとしても使われた。長い毛は丈夫なひもによられ、腱《けん》は縄にされた。膀胱、胃袋、腸は、水袋や、スープのなべ、食料の貯蔵袋、防水服としてさえ用いられた。無駄になるものはほとんどなかった。

肉やほかの部分が役立てられるだけでなく、脂もとりわけ重要だった。一族の者のエネルギー源となって必要なカロリーを補い、暖かな季節に活発な活動をさせてくれるばかりでなく、冬には新陳代謝を高めて体を温めてくれた。皮をなめすのにも使われた。一族が殺す動物の多く――シカ、馬、オーロックスやバイソン、ウサギ、鳥など――は、基本的に脂肪が少なかったからだ。マンモスの脂は、光ばかりでなく暖かさももたらしてくれる石のランプの燃料ともなった。防水材料として使われ、さまざまな軟膏の材料にもなった。湿った薪《たきぎ》に火をつけるのを助け、たいまつを長い間燃やすのにも役に立ち、ほかの燃料がないときには料理用の火の燃料にもなった。マンモスの脂の用途は、このように多数あった。

毎日、女たちは働きながら、空を見ていた。もし天気がよければ、たえず吹いている風に助けられて肉は七日ほどで乾くだろう。いぶし火は必要なかった──寒かったので、クロバエが肉を害する恐れがなかったからだ──が、これはまさに幸運だった。洞穴のある樹木の茂った山腹や、たくさん木の生えた暖かい南部の草原に比べて、このあたりの草原には燃料が乏しかったからだ。ときどき曇ったり、空が雲におおわれたり、雨が降ったりしたら、薄く切った肉が乾くのに三倍の時間がかかるかもしれない。強風にあおられてちらつく程度の粉雪は、大きな問題ではない。季節はずれに暖かくなって雨でも降ったら、仕事が中断されてしまう。女たちは、乾燥した、よく晴れた寒い天気をねがっていた。山のような肉を洞穴までもって帰るには、出発前に乾かすしかなかったのだ。

毛むくじゃらの重い皮は、厚い脂肪層や血管や神経や毛包をいっぺんにかきとってきれいにされた。寒いために硬くなっている厚切りにした脂肪は、火にかけた大きな皮なべの中にいれ、溶けた脂は、きれいにした腸の中に注ぎこみ、大きな太いソーセージのように結わえられた。皮は、毛のついたまま手ごろな大きさに切り、きつく巻き、帰りの旅のために硬く凍らせた。洞穴に戻ったら、冬の後半に、毛をとりのぞいてなめすのだ。きばは折りとられ、野営地で誇らしげに飾られた。きばももって帰るのだ。

女たちが毎日働いている間、男たちは小さな獲物をとったり、とりとめもなく見張りをしたりしていた。川の近くに移動したので、一つの不便は解消されたが、別のもっと難しい問題が生じていた。仕留められたばかりの獲物に引きつけられた清掃動物が、狩猟隊のあとを追って新しい野営地まで来たのだ。ひもにかけた肉は、たえず見張っていなければならなかった。一匹の大きなブチハイエナは、とりわけ執拗《しつよう》だった。何度も追っぱらわれたが、野営地の周辺に潜んでうろつき回っていた。男たちは、それほど本気でないにせよ何度か殺そうとしたが、うまく逃げられた。その獰猛《どうもう》な顔つきの生きものは一日に数度、乾きつつあるマンモスの肉を一口かっさらっていくほどずる賢かった。まったく困ったものだった。

エブラとオガは、最後の大きな肉の塊を薄く切って干し始めようと急いでいた。ウカとオブラは、腸の中に脂を注ぎこんでいた。エイラは小川で別の部分を洗っているところだった。水際には氷が張っていたが、水はまだ流れていた。男たちはきばのそばに立って、投石器でトビネズミを狩ろうかどうか決めようとしていた。

ブラクは母親とエブラのそばに座り、小石で遊んでいた。そのうち、石に飽きて、何かもっと面白いものを見つけようと立ち上がった。女たちは仕事に集中していて、ブラクがひらけた草原のほうに歩いていくのに気づかなかったが、別の二つの目がブラクを見つめていた。

ブラクのおびえたかん高い叫び声を聞いて、野営地の者は全員そのほうを向いた。

「坊や！」オガが叫んだ。「ハイエナがわたしの坊やを！」

肉食獣でもあり、不用心な子どもや衰弱した年寄りを襲おうといつも狙っている忌まわしい腐食動物が、強力なあごでブラクの腕をくわえ、さっさと引きずりながら逃げようとしていた。

「ブラク！　ブラク！」ブラウドが叫びながら、あとを追った。ほかの男もあとに続いた。ブラウドは投石器をつかむと——やりを使うにははなれすぎていた——ハイエナが石の届かない範囲に行ってしまわないうちにと、急いでかがんで石を拾い上げた。

「ああ！　しまった！」石が届かず、ハイエナが進み続けたので、ブラウドは絶望の叫び声を上げた。

「ブラク！　ブラーク！」

　突然、別の方向から、ピシッ、ピシッと連続して二つの石がはなたれた。石は二つともハイエナの頭に正確に命中した。ハイエナはその場で倒れた。

　片手に投石器をもったまま、さらに二つの石を準備ずみのエイラが、泣き叫ぶブラクに走り寄るのを見たとき、ブラウドは驚いてぽかんと口をあけて立ち尽くしていた。エイラは、いつもハイエナをえじきにしていた。よく研究し、習慣と弱点を知り、そうした獲物を狩るのが習性になるまでに訓練していた。ブラクの叫び声を聞いたとき、エイラは結果のことなど考えず、自分の投石器に手を伸ばし、素早く二つの石をつかむと、はなった。ブラクを引きずっていくハイエナを止めようという考えしかなかったのだ。

　ブラクのところまで行き、死んだハイエナからブラクを引きはなし、振りかえってほかの者のじっと見つめる目を見たとき、エイラは初めて衝撃に襲われた。秘密がわかってしまった。自分から教えてしまったのだ。わたしが狩りができることがわかってしまった。冷たい恐怖の波がエイラに打ち寄せた。わたしはどうされるんだろう？

　エイラはブラクを抱くと、信じられないという視線を避けながら、野営地に戻り始めた。オガが最初にショックから立ちなおった。オガは腕を差しだしながら走り寄り、わが子の命を救ってくれた少女から感謝しながらブラクを受けとった。野営地に着くとすぐに、エイラはブラクの体を調べ始めた。傷の程度を見るためだったが、ほかの者を見ないですむようにするためでもあった。ブラクの上腕と肩はかみくだかれていた。二の腕の骨も折れていたが、こちらは複雑な骨折ではないようだった。

　エイラは、腕の骨をつなぐのは初めてだったが、イーザがやるのを見たことがあるし、緊急の場合にどうしたらいいかは教わっていた。ただ、イーザは狩人たちのことを心配していて、小さな子どもの身に何かが起こるなどとは思っていなかった。エイラは火をかき立て、湯をわかし始めてから、薬袋を出した。

男たちは、まだぼう然としたまま、黙りこんでいた。たった今、目にしたことを受けいれられず、受けいれたくもなかったのだ。ブラウドは、初めてエイラに感謝の気持ちを覚えていた。自分のつれあいの息子が、避けられない、醜い死から救われたことでほっとし、ほかのことはあまり考えられなかったのだ。しかし、ブルンは違った。

ブルンは、この出来事の意味をすぐに理解し、自分が難しい決定に直面していることを知った。一族の伝統、事実上、一族のおきてでは、武器を使った女に対する罰は死にほかならない。これは紛れもない定めだ。例外的な場合は別にする、というようなただし書きはない。この習慣は大昔からのもので、よく理解されているので、数えきれないほど何世代にもわたってこの法が発動されたことはない。こうした定めをめぐる伝説は、男が霊の世界との交渉を引き継ぐ前、女がそれをつかさどっていた時代の伝説と密接に結びついている。

この習慣こそが、一族の男と一族の女を明確に分かつ力の一つだ。狩りをしたいなどという女らしからぬ欲求をもつ女は、生存を許されないのだ。数えきれないほどの年月にわたって、女にふさわしい態度と行動がとれる者だけが生き延びてきた。結果として、この種族の順応性は奪われた。基準から外れた一族の女はもはやいなくなっていたし、それがこの一族の方法であり、一族の法律だった。しかし、エイラはこの一族に生まれたのではなかった。

ブルンはブラウドのつれあいの息子を愛していた。いつもストイックに自分を抑えているこの族長の心を和らげるのは、ブラクだけだった。ブラクは、ブルンに何でもすることができた。ひげを引っぱったり、ふざけて目を指で突つこうとしたり、体中によだれを垂らしたりしても、構わなかった。その小さな男の子が誇り高い不屈の族長の腕の中で安心しきってやすらかに眠っているときほど、ブルンが優しく素直な気持ちになれるときはなかった。もしエイラがハイエナを殺さなかったら、ブラクが死んでいたことは間違いない。ブラクの命を救ってくれた娘に、死を宣告することなどできようか？　しかしエイラは、使えば死ななければならない武器を使ってブラクを救ったのだ。

どうやってエイラはあれをやったのか？　ブルンは不思議に思った。ハイエナは石の届かない位置にいたし、エイラは男たちよりもずっと遠くにいたのに。ブルンは、殺されたハイエナが横たわったままでいるところまで歩いていき、二つの致命傷から出て乾きかけた血に手を触れた。傷が二つ？　ブルンは見間違っていなかったのだ。確かに、石は二つ放たれた。あんなにうまく投石器を使うことを、エイラはどうやって覚えたのか？　ザウグにせよ、これまで聞いた誰にせよ、あんなに速く、あんなに正確に、あんなに強く、投石器から二つの石を放てる者はいない。あれほどの距離からハイエナを殺せるほど強く石をはなてるとは。

いずれにせよ、ハイエナを殺すのに投石器を使った者などいない。ブラウドの試みが無駄だということは、最初からわかっていたのだ。ザウグは、可能だといつも言っていたが、ブルンは心の中では疑っていた。ザウグの言葉を否定したことはないが。ザウグは今でも一族にとって貴重な財産だし、けなすわけにはいかない。そうか、ザウグの言うとおりだったんだ。ザウグがきっぱりと言っているように、投石器でオオカミやオオヤマネコも殺せるのか？　ブルンは考えこんだ。そして、いきなり目を大きく見ひらき、それからすがめた。オオカミやオオヤマネコだって？　クズリも、ヤマネコも、アナグマも、フェレットも、ハイエナもだ！　さまざまな考えがブルンの頭の中を駆けめぐった。最近死骸が見つかったあの肉食獣は全部？

「そうだったのか！」ブルンは身ぶりで自分の考えを強調した。エイラだったんだ！　エイラはもうずっと前から狩りをしていたんだ。でなければ、あんな技を身につけられるはずがない。だが、エイラは女で、女の技を容易に身につけた。どうして狩りまで覚えられるのだ？　それに、どうして肉食獣を？　どうしてあんな危険な獣を？　いったいどうして？

もしエイラが男なら、あらゆる狩人がうらやむはずだ。しかし、エイラは男ではない。エイラは女で、武器を使ったとなると、死ななければならない。さもないと、霊たちが怒ってしまう。怒る？　エイラはもう長いこと狩りをしてきたのに、どうして霊たちは怒っていないのか？　怒るどころでない。おれたちはめでたくマンモスを仕留め、一人もけがをすることもなかった。霊たちは怒っているのではなく、おれたちに満足している。

族長は頭がこんがらがって首を振った。霊か！　おれには霊のことはわからん。モグールがここにいればいいんだが。ドルーグの話だと、エイラは幸運をもたらす。ドルーグの言うとおりのような気もする。エイラを見つけて以来、何もかもうまくいっている。もし霊たちがエイラにこれほど好意を示しているなら、もしエイラが殺されたら、霊たちは機嫌をそこねてしまうのではないか？　だが、それこそが一族のやり方だ。ブルンは悩んだ。そもそも、どうしてエイラはおれの一族に発見されたのか？　エイラは幸運をもたらすかもしれんが、思っていた以上に頭痛の種だ。モグールと話さないと、結論は下せない。洞穴に戻るまで、決断は保留だ。

ブルンは大またに歩いて野営地に戻った。エイラはすでにブラクに鎮静剤を与えて眠らせ、傷を消毒剤で洗い、腕の骨をつなぎ、湿らせたカバの樹皮を当てた。カバの樹皮は乾いて硬くなり、骨をしっかり固定するはずだ。だが、はれがひどくなるといけないので、よく見ていなければならない。エイラは、ハイエナを調べて戻ってくるブルンに気づいた。ブルンが近づいてくると、エイラは震えた。しかし、ブルンはエイラを完全に無視し、何のそぶりも見せずに通りすぎた。自分の運命がわかるのは、洞穴に戻ってからだ、とエイラにはわかった。

（下巻に続く）

ジーン・M・アウル (Jean M. Auel)

1936年、シカゴ生まれ。18歳で結婚、25歳で五人の子の母となる。エレクトロニクスの会社に勤めるかたわら、ポートランド大学などで学び、40歳でMBA（経営学修士号）を取得する。この年に、先史時代の少女エイラを主人公とした物語の執筆を思い立ち、会社を退職して執筆活動に入る。当初から六部構成の予定だった「エイラ―地上の旅人」シリーズは、『ケーブ・ベアの一族』が発売されると同時にベストセラーとなり、世界各国で読み継がれている。

大久保寛 (おおくぼ かん)

1954年、東京都生まれ。早稲田大学政経学部卒業。英米文学翻訳家。主な訳書に、フィリップ・プルマン『黄金の羅針盤』『神秘の短剣』『琥珀の望遠鏡』（新潮社）、オーエン・コルファー『アルテミス・ファウル』（角川書店）などがある。

ケーブ・ベアの一族《いちぞく》　上
THE CLAN OF THE CAVE BEAR
エイラ―地上の旅人 1

2004年9月29日　第1刷発行
2018年9月17日　第3刷発行

著者　ジーン・M・アウル
訳者　大久保寛《おおくぼかん》
発行人　遅塚久美子
発行所　株式会社ホーム社
〒101-0051　東京都千代田区神田神保町3-29　共同ビル5F
電話　［編集部］03-5211-2966
発売元　株式会社集英社
〒101-8050　東京都千代田区一ツ橋2-5-10
電話　［販売部］03-3230-6393（書店専用）
［読者係］03-3230-6080
印刷所　凸版印刷株式会社
日本写真印刷株式会社
製本所　凸版印刷株式会社

Earth's Children

『エイラ―地上の旅人』

ジーン・アウル／作

第1部
『ケーブ・ベアの一族　上・下』

大久保寛／訳　A5判・ハードカバー

☆地震で家族を失い、孤児となったエイラは、ケーブ・ベアを守護霊とする
ネアンデルタールの一族に拾われる。さまざまな試練にたえ、
成長してゆくが、心ならずも洞穴を離れる日がやってくる。

第2部
『野生馬の谷　上・下』

佐々田雅子／訳　A5判・ハードカバー

☆自分と同じ種族と出会うことを夢見て、北に向かってあてどのない旅は続く。
過酷な大自然のなか、生きのびるための技術を身につけ、
野生馬を友としたエイラは、ひとりの男と運命の出会いを果たす。

第3部
『マンモス・ハンター　上・中・下』

白石朗／訳　A5判・ハードカバー

☆男とともに、マンモスを狩る一族と出会ったエイラは、身につけた狩猟の技で
驚嘆されるが、生い立ちをめぐる差別や、一族の男からの思わぬ求愛に悩む。
だが、試練によって、ふたりの絆は深まってゆく。

第4部
『平原の旅　上・中・下』

金原瑞人・小林みき／訳　A5判・ハードカバー

☆故郷をめざす男との旅のなかで、独特な医術で少女を救ったりする一方、
凶暴な女の一族に男が襲われる。死闘の末、危機を脱したエイラは、
難所である氷河越えを果たしたとき、身ごもっていることに気づく。

第5部
『故郷の岩家　上・中・下』

白石朗／訳　A5判・ハードカバー

☆5年ぶりに帰りついた男は歓迎されるが、動物たちを連れたエイラの姿に
人々は当惑を隠せない。岩で造られた住居に住む人々に
本当に受け入れられるのだろうか。身重のエイラを不安が襲う。

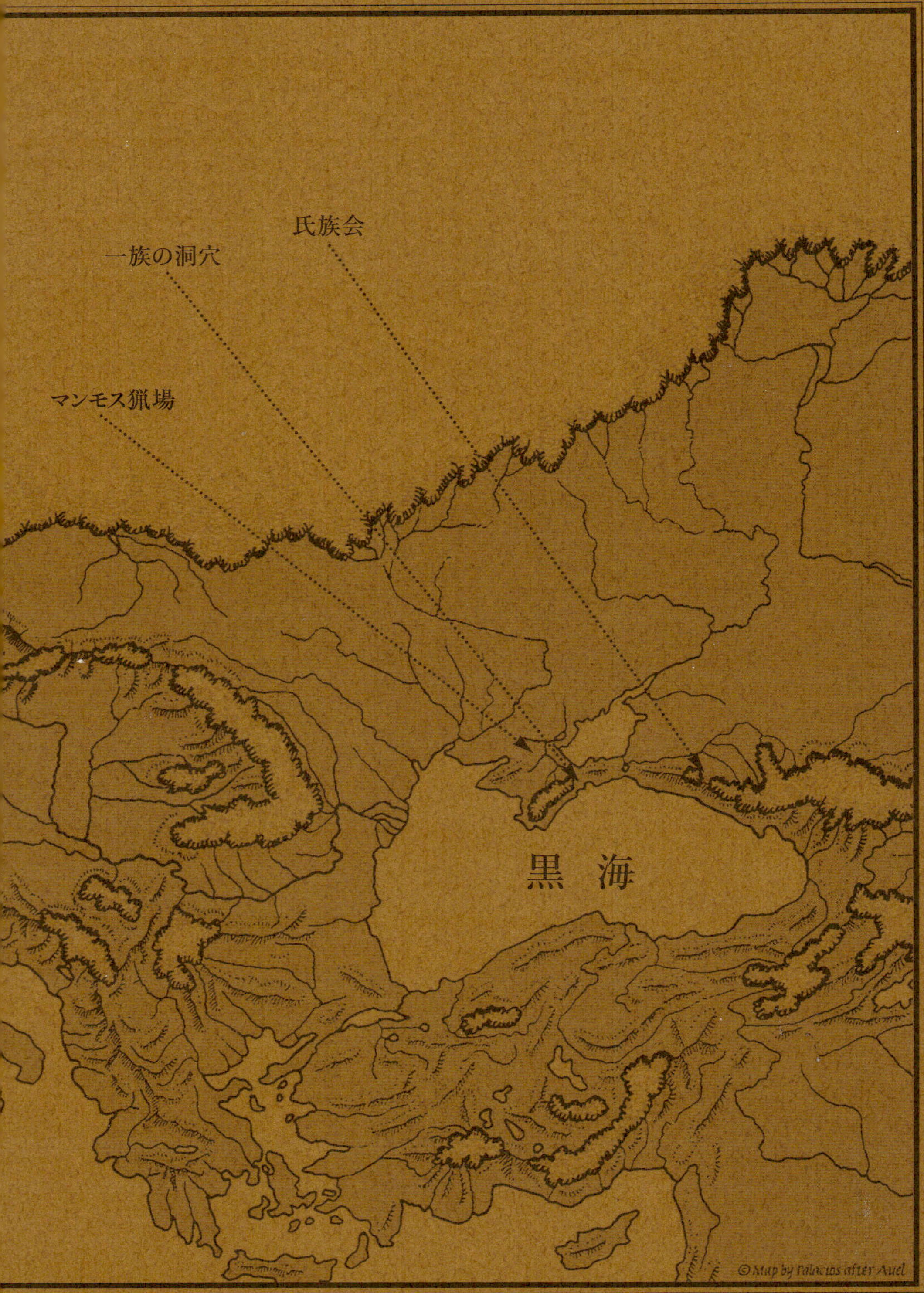

氏族会
一族の洞穴
マンモス猟場
黒 海
© Map by Palacios after Auel